新世纪作家文丛 第一辑

维格拉姆

宁肯◎著

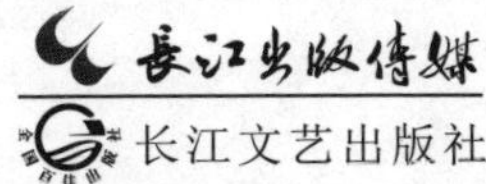

长江文艺出版社

图书在版编目（CIP）数据

维格拉姆 / 宁肯著. -- 武汉 : 长江文艺出版社, 2015.11(2023.3 重印)
（新世纪作家文丛）
ISBN 978-7-5354-8382-9

Ⅰ. ①维… Ⅱ. ①宁… Ⅲ. ①中篇小说－小说集－中国－当代 Ⅳ. ①I247.5

中国版本图书馆 CIP 数据核字(2015)第 223264 号

策　　划：刘学明　尹志勇
责任编辑：刘兰青　　责任校对：毛季慧
封面设计：天行云翼　　责任印制：邱　莉　王光兴

出版：长江出版传媒　长江文艺出版社
地址：武汉市雄楚大街 268 号　　邮编：430070
发行：长江文艺出版社
电话：027—87679360
http://www.cjlap.com
印刷：三河市百盛印装有限公司

开本：700 毫米×970 毫米　1/16　印张：20.5
版次：2015 年 11 月第 1 版　2023 年 3 月第 2 次印刷
字数：283 千字

定价：68.00 元

《新世纪作家文丛》编委会

“新世纪作家文丛”总序

白 烨

摆在读者诸君面前的，是长江文艺出版社接续着“跨世纪文丛”，新推出的“新世纪作家文丛”。

在20世纪的1992年至2002年间，长江文艺出版社聘请资深文学评论家陈骏涛，主编了“跨世纪文丛”，先后推出了7辑，出版了67种当代作家的作品精选集。因为编选精当、连续出书，也因为是一个在特殊时期的特殊文学行动，“跨世纪文丛”遂成为世纪之交当代文坛引人注目的重要事件。当时，主编陈骏涛在《“跨世纪文丛”缘起》中说道：“‘跨世纪文丛’正是在新旧世纪之交诞生的。她将融汇20世纪文学，特别是80年代以来中国文学变异的新成果，继往开来，为开创21世纪中国文学的新格局，贡献出自己一份绵薄之力，她将昭示着新世纪文学的曙光！”这在当时看来实属豪言壮语的话，实际上都由后来的文学事实基本印证了。“跨世纪文丛”出满67本，已是21世纪初的头两年。《中华读书报》曾经在一篇文章中这样写到：“在新世纪的钟声即将敲响的时候，它暂时为自己划上了一个圆满的句号。这套文丛创始于7年以前的1992年，其时正值纯文学图书处于低迷时期，为了给纯文学寻求市场、为纯文学的发展探路，陈骏涛与出版家联手创办了这套旨在扶持纯文学的丛书。丛书汇聚了国内众多名家和新秀的文学创作成果，王蒙、贾平凹、莫言、梁晓声、韩少功、刘震云、余华、方方、池莉、周梅森等59位作家均曾以自己的名篇新作先后加入了文丛。几年来，这套丛书坚持高品位、高档次，又充分考虑到读者的阅读需求和阅读期待，为纯文学图书闯出了一个品牌。”这样的一个说法，客观允当，符合实际。

也正是自1992年起，在邓小平南巡讲话精神的强劲指引下，国家与社会的改革开放，加大了力度，加快了步伐，社会生活真正开始以经济建设为中心，经济建设以市场秩序的确立为重心。社会生活的这种历史性演变，对于未曾接受过市场洗礼的当代文学来说，构成了极大的冲击与严峻的挑战。提高与普及的不同路向，严肃与通俗的不同取向，常常以二元对立的方式相互博弈。正是在这种日趋复杂的社会文化背景之下，以严肃文学的中青年作家为主要阵容，以他们的代表性作品为基本内容的“跨世纪文丛”，就显得极为特别，格外地引人关注。究其原因，这既在于“跨世纪文丛”不仅以高规格、大规模的系列作品选本，向人们展示了当代作家坚守严肃文学理想和坚持严肃文学写作的丰硕收获，还在于“跨世纪文丛”以走近读者、贴近市场的方式，给严肃文学注入了生气、增添了活力，使得正在方兴未艾的文学图书市场没有失去应有的平衡，也给坚守严肃文学和喜欢严肃文学的人们增强了一定的自信。

大约是在20世纪90年代中期，在“跨世纪文丛”出满5辑之际，我曾以《“跨世纪文丛”：九十年代一大文学奇观》为题，撰写了一篇书评文章。我在文章中指出：“跨世纪文丛”是张扬纯文学写作的引人举措，而且“有点也有面地反映了80年代以来文学发展演进的现状与走向。在纯文学日益被俗文化淹没的年代，这样一套高规格、大规模的文学选本不仅脱颖而出，而且坚持不懈地批量出书，确乎是90年代的一大文学景观”。我在文章的末尾还这样期望道：“热切地希望‘跨世纪文丛’坚持不懈地走下去，并把自己所营造的90年代的文学景观带入21世纪。”

好像是冥冥之中的一种缘分，我当年所抱以期望的事情，现在正好落在了我的身上。

因为种种原因，“跨世纪文丛”在文学进入新世纪之后，未能继续编辑和出版，因而渐渐地淡出了读者视野与图书市场。约在2014年岁末，在新世纪文学即将进入第十五个年头之际，长江文艺出版社决意重新启动这套大型文学丛书，并希望由我来接替因年龄和身体的原因很难承担繁重的主编事务的陈骏涛先生。无论是出于对于当代文学事业的热爱，还是出于对于长江文艺出版社的敬重，抑或是与亦师亦友的陈骏涛先生的情意，我都盛情难却，不能推辞。于是，只好挑起这付沉甸甸的重担，把陈骏涛先生和长江文艺出版社共同开创的这份重要的编辑事业继续下去。

2015 年 1 月 7 日，在北京春节图书订货会期间，长江文艺出版社借着举办《中国年度文学作品精选丛书》出版 20 周年座谈会，正式宣布启动大型重点出版项目——“新世纪作家文丛”。由此开始，我也进入了该套文丛的选题策划和作者遴选的准备工作。当时的“新浪·文化”就此报道说：“面对新的文化格局、新的文学现象，出版人仍然应该‘有自己的事情要做’。‘跨世纪’有跨世纪的机缘，新世纪同样有着它的使命召唤。在一片喧扰之中，一大批严肃的理想主义文学者，仍然怀揣着圣洁的执著，身负着难以想象的重压蹒跚而行，出版人当然没有理由旁而观之。这正是《新世纪作家文丛》的缘起。”

经与长江文艺出版社的社长刘学明、总编尹志勇、项目负责人康志刚几位多次沟通和商议，我们大致达成了以下一些基本共识：一、新的丛书系列以“新世纪作家文丛”命名，即以此表示所选对象——作家作品的时代属性，又以此显现新的丛书与“跨世纪文丛”的内在勾连与历史渊源；二、计划在 5 年时间左右，推出 50—60 位当代实力派作家的作品精选集，每辑以 8—10 位作家的作品集为宜；在编选方式上，参照“跨世纪文丛”的原有体例，作品主要遴选代表作，并在作品之外酌收评论文章、创作要目等，以增强作品集的学术含量，以给读者、研究者提供读解作家作品的更多资讯。

事实上，文学在进入新世纪之后，在社会与文化的诸种因素与元素的合力推导之下，越来越表现出一种史无前例的分化与泛化，创作形态也呈现出前所少有的多元与多样。文学与文坛，较前明显地发生了结构性的巨大变异，我曾在多篇文章中把这种新的文学结构称之为“三分天下”，即以文学期刊为阵地的传统型文学（严肃文学）；以市场运作为手段的大众化文学（通俗文学）；以网络科技为平台的新媒体文学（网络文学）。在这样一个有如经济新常态的文学新生态中，严肃文学的生存与发展，传统文学的坚守与拓进，就显得十分重要并具有非同寻常的意义。因为这一文学板块的运作情形，不只表明了严肃文学的存活状况，而且标志着严肃文学应有的艺术高度，这也在一定程度上影响和引领着整体文学的基本走向。而就在与各种通俗性的、类型化的不同观念与取向的同场竞技中，严肃文学不断突破重围，一直与时俱进；一些作家进而脱颖而出，一些作品更加彰显出来，而且同90年代时期相比，在民族性与世界性、本土性与现代性等方面，都更具新世纪的时代特点和新时代的审美风貌。即以最为显见的重要文学奖项来说，莫言获取2012年度诺贝尔文学奖的殊荣自不待说；近几届的茅盾文学奖、鲁迅文学奖，不少出自“60后”和“70后”的作家频频获奖、不断问鼎，获奖作者的年轻化使得文学奖项更显青春，文学新人们也由此显示出他们蓬勃的创造力与强劲的竞争力。这一切，都给我们的“新世纪作家文丛”的持续运作，提供了丰富不竭的资讯参照，搭建了活跃不羁的文学舞台。

我们期望，藉由这套“新世纪作家文丛”，经由众多实力派作家姹紫嫣红的创作成果，能对新世纪文学做一个以点带面的巡礼，也经由这样的多方协力的精心淘选，对新世纪文学以来的作家作品给以一定程度的“经典化”，并让这些有蕴含、有品质的作家作品，走向更多的读者，进入文学的生活，由此也对当代文学事业的繁荣与发展，乃至对社会主义精神文明建设，奉上我们的一份心力，作出自己的一份贡献。

我们将为此而不懈努力，也为此而热切期盼！

2015年8月8日于北京朝内

新世纪
作家文丛

目　录

维格拉姆

马丁格小屋

王摩诘与维格走出秋天的树林，来到白哲寺，正是午后最宁静时。白哲寺远看是个整体，置身其中却又是像在迷宫里一样分散。无数个局部堆叠、铺排，无数的小巷像网一样。无论去哪儿都没有正确的路，也称不上错误的路，条条道路相通却无方向可言。维格每星期都要来这里一次，非常熟悉这里，但就算这样也不能保证每次走的都是与上次相同的路。王摩诘跟着维格上升、回转、向左、向右、向下、向上，试图记住这条拜访马丁格的路线，但当王摩诘问维格这里是否到了寺院西部，维格回答正好相反是东部时，王摩诘完全被搞糊涂了。另外，这里不见溪水，却总是听见溪水叮咚；这里阳光明亮，但阴影也同样纷乱，阳光与阴影被折叠得忽明忽暗，阴阳难分。在通过一线天的石阶上，他们迎面遇到了一队红衣喇嘛，红衣喇嘛像红云一样，好像从天上流淌下来，流进了狭窄的小巷。维格恭敬地侧身让路，行注目礼，王摩诘没这个习惯，维格拉了王摩诘一把让王摩诘边上站。这是一个真实而自然的动作，从这一细小的动作王摩诘感到维格二分之一藏人的血液。维格恭敬如同黑衣修女，某个瞬间王摩诘甚至想到维格落发为尼的可能的情景，王摩诘想，如果维格出家，披上红氆氇，一定会倾倒一方信众。也许这对她真的不失为一种选择。

他们在一扇阴影中的柴门前停下。柴门虽关得很紧，但轻轻一推就开了。推开即是阳光，即是明亮，即是另一个世界。一个很小的院子。也就是三十平方米的样子。院中长着两棵小树，两树间有个石桌，几个石凳，一方草坪。一间石头小屋在院子一侧的阳光中，门、帘、窗，自在又自然。作为寺院最小的单元，这里井然有致，十分简单，简直像画片一样简单。马丁格从小屋里出来，因为石头房门矮小，他高大的身体看上去十分谦逊，甚至有些弯曲。此外马丁格的脸庞如此之瘦、白，好像闭关了许多年。马丁格不像外国人，一点也不像，那种裹在绛红色袍子里的宁静已不分东方西方。他已是这座古老寺院的一部分，他的内心即是他的外表，外表也是他的内心，它们已难以区分。他与经册，与长明灯，与岩石墙是同一的，甚至他本身就是庙堂①。

---

① 在马丁格面前，谁都不能不承认藏传佛教几乎首先是一种身体艺术，然后才是一种哲学或一种意识形态，一种宗教。这方面没有哪种宗教的身体能同佛教的身体相比。面对这样的身体，你无须话语，只需默默的注视就会感到来自心灵深处的时间的流动——感到这个身体在向你注入流动的时间和空间，这时的时间就像泉水和黄昏巨大的光影一样，无所不在。

（本书作者）大体同意王摩诘上述对马丁格的评价，尽管我认为多少还是有些夸张。我见过的马丁格事实上是一个平易的学者型的修行者，不是高僧，不是活佛，身上没有高贵的黄披单，只是普通的绛红色氆氇袈裟；像所有人一样袒露着左臂，非常简单，但是整个看去又异常深邃。我能感到王摩诘在马丁格身上感到的那种简单至一的力量。事实上我认识马丁格远早于王摩诘，正如认识维格也早于王摩诘。的确，马丁格是非凡的，从我认识他那天起，我就知道他迟早会进入我的小说。是的，我一直想讲讲马丁格的故事，但一直不知道该把马丁格放在一种什么样的框架下讲。我知道他不会成为一部小说的主角，因为他的规定性太强，尽管他博大精深，像佛教本身，但他的道路过于清晰，很难有小说家恣意想象的余地。直到出现了王摩诘，马丁格的真正的意义才呈现，而马丁格自身也在以王摩诘为主角的小说中找到了恰当的位置。小说常常就是这样，当你特别想写生活中某一个人时，往往并不是最合适写他的时候，只有当另一个人意外出现的时候，那个你特别想写的人才会突然恰如其分地诞生在一部小说中。我有一些失败的小说，我是说一些半成品，一直压在箱子底，我永远也不会把它们拿出来，因为如果靠它们自身，永远也不可能成为一部真正的小说。就算让它们问世，它们一出世就是死者。与其如此，不如让它们等待救援，等待新的生机，即等待另一部小说。王摩诘的出现让许多不相关的人一下相关，一下使许多潜伏的人物站了起来，一下诞生了一个完整有序的世界。

马丁格的房间很简单，只有书，成排的经册、唐卡、上师的相片。当然还有必不可少的长明灯、净水和必不可少的卡垫。卡垫可以坐，也是睡觉的床，可以看见另一端的被褥。不过真要论简单，王摩诘倒觉得马丁格的房间比起自己在学校的石头房子还要稍稍复杂一些，他没有供奉，没有佛龛，没有偶像，因此也没有长明灯，没有净水，没有唐卡，没有铃、杵、羽毛一类的法器。那么支撑他的是什么呢？知识构成理性能否同时也构成信仰？他需要信仰吗？他一直认为自己需要真理就可以了，但真理有时是多么孤单呵，而且真理常常是可怕的。马丁格的简单生活与宗教有关，王摩诘想：自己的简单生活和什么有关？和一种认识有关？譬如极简主义有关？极简主义认为世界不应是无限增加的，而应是减少的，增加只会走向反面，这方面他与马丁格有相似之处。

马丁格用藏语感谢王摩诘带来的新鲜蔬菜，赞扬王摩诘的志愿者行为，对王摩诘种菜表示钦慕。很显然马丁格很了解王摩诘的情况，不用说维格向马丁格不止一次讲到了他。

王摩诘的藏语比较初级，只能听个大概，说就更困难了。王摩诘原以为马丁格与维格会讲法语，而王摩诘将使用英语或简单的法语交流，完全没想到他们会使用藏语，现在藏语布满了三个人的空间。王摩诘过去还认为维格常来这儿有法语的因素，现在完全打消了这个念头。这里非常纯粹，在王摩诘听来藏语几乎就是宗教用语。不过听得出维格的藏语远不如马丁格，因此她有时还要转而用法语请教马丁格。

维格告诉王摩诘，今天是她学法的日子，让王摩诘听着就是了，不要多言。王摩诘让维格不用管他，他做个第三者也很有趣。在绛红色藏桌前，在长明灯下，一身绛红色氆氇的马丁格捧着经卷朗读、讲解，不似教授，胜似教授，不似博导，胜似博导。马丁格的藏语非常地道，没任何法国味，没有任何舌头不直的问题，当然了，也许王摩诘的藏语水平不高听不出来问题，或者，要么马丁格讲汉语王摩诘才能听出法国味？王摩诘不知道。不过有一点，马丁格娴熟的声如钟磬般的藏语让王摩诘惭愧，这点应该让时而还要用法语请教的维格更加惭愧。不过维格这会儿除了偶尔的法语，她的一切都让人感到陌生：她的黑袍子，白袖子，马尾状的头发，她的神情，都不是王摩诘所认识的通常的维格。女人的确应该信仰宗教，女人有信仰是多么的美，以至后者让王摩诘多少有些恍惚，不由得想到文艺复兴时期的绘画，想到画面上温暖向上的烛光、柔美仰望的神情，想到拉斐尔、波提切利、提香，这种想象就好像时光迅速倒流，好像不是二十世纪末，而是中世纪或但丁时代，那时人已觉醒，但信仰的光辉依然烛照……

王摩诘举起照相机，拍了一张维格虔诚仰视马丁格讲经说法的照片，闪光灯骤然的“邪恶之光”打断了时间深处的马丁格和维格，他们的神色都中断了一下，好像一下子回到二十世纪。现代科技太强大了，简直没有什么不被它摧毁。王摩诘赶快收起照相机，没有再拍。王摩诘很想多拍几张，可觉得自己就如同闯入时间隧道的现代魔鬼。王摩诘决定认真倾听，认真感知这难得的时间画面。维格这会儿似乎向马丁格谈到一些困惑，她总是缺乏坚持的毅力，她对每一项“加行”都要完成三十万遍的定额感到力不从心，她总是半途而废。像“大礼拜”，她说，她最多持诵了不过三万遍，就是她最敬仰的“文殊咒”到现在也只持诵了不到五万遍。另外她持诵的“莲师心咒”虽然达到了十万遍，可内心是怀着功利的，而且总是一出门或遇危险才会想起莲花生大师……

十万遍，五万遍，三十万遍——王摩诘听着这些数字感到吃惊，觉得不可思议，他想，这简直像机械运动、钟表运动，人怎么可能像钟表那样没有尽头地计数呢？王摩诘听维格说过她腕上的那串佛珠是马丁格曾持诵过数百万次“文殊咒”的佛珠，马丁格把它送给了她，当时王摩诘听了没觉得什么，现在却觉得难以想象。王摩诘想，自己就算数数也不可能数到万，更何况一边持诵一边记数？王摩诘认为这不是他能理解的宗教，难道说佛教就是一组没有边界的天文数字？甚至一种数字的强迫症？不过在强迫的意义上王摩诘倒是觉得维格需要天文数字，因为在天文数字中维格是这样素净、美丽、古典，这样物我两忘。宗教的力量有时就在于重复，千万次的重复会使人变得不同，变得与重复的事物融为一体，变得与万物凝结在了一起。

直到维格的功课结束（可算完了，谢天谢地），王摩诘才试着用英语对马丁格说如果允许的话他希望经常能拜访大师，他对宗教感兴趣同时也有相当多的困惑，他希望常能聆听大师的法音。果然，马丁格的英语一样棒，仅就掌握了多种语言而言，马丁格就堪称大师。马丁格用英语告诉王摩诘：困惑是求识、求法的开始，佛陀二十九岁才开始觉悟，之前佛陀也是困惑之人，佛陀就是为困惑存在的。王摩诘问马丁格是否也还有困惑，问完立刻有点后悔，因为这是一个既不礼貌又低级的问题。不过在这样的大师面前王摩诘不必担心什么，马丁格始终是那么从容，他告诉王摩诘，人都有困惑，没有没困惑的人，包括在寺院修行许多年的人，所以要寻求解脱之道，佛法就是解脱之道。马丁格诚恳地认为王摩诘这么年轻，已经对佛法心生解念，是难得的开始。马丁格如此平易，以至王摩诘忘记他们是在用英语交谈。马丁格是个谜，马丁格的修养、学识、佛法，包括仍能感到的逻辑清晰的科学素质都让王摩诘觉得不可思议，深深佩服。当然，王摩诘同时并没忘记对五万遍、十万遍机械持诵经咒的不信任，甚至轻轻地哂笑。不过，王摩诘对维格一点也没流露出此意。王摩诘认为，对马丁格可以置疑，但对维格不能，这就像可以对上帝置疑但不能置疑他的信徒。王摩诘知道某些个信徒出于种种原因把自己交给上帝或佛陀很多时候是有益的，比如维格。

离开马丁格的小院，阳光依然明亮，甚至更加明媚。他们站在寺院一线天石阶上，可以一览山下的坛城、田野、鹤或鹳翻飞的阿莫湿地，可以看到布满倾斜光线的蓝色的拉萨河，河对岸矮矮的秋天的树丛，山上不多的雪，以及雪线勾勒出的山峰。这是寺院每天面对的，如同一个人每天面对的。

——很难想象你一直在念经，可竟然这是真的。路上王摩诘夸奖维格。

——我念得不好，很困难。维格低声说。

——也许出家就不困难了，比如到这里。王摩诘不想嘲笑维格，但还是忍不住嘲笑了一下。

——我出不了家。维格叹息，少有的真诚。

——不过你刚才的样子很美，可能是你最美的时候，我给你拍了一张照片，应该像中世纪的油画。很遗憾，我没多拍几张。

——你还没见过我灌顶时拍的照片呢，那才是真正的美。

——灌顶，不就是沐浴吗？我在沐浴节上见过你给自己灌顶……

——你真是白痴！（又听到维格平时的声音）哪有自己给自己灌顶的?!

——我就经常给自己灌，我还打肥皂呢。

——我说你是什么星座的？巨亵（蟹）座的吧？

——不，双鱼座。王摩诘认真地说。

停了一下，王摩诘接着感叹地说：

——少拍或不拍照也是对的，这个世界已经传播得太厉害，有时我常想为什么不让西藏保有一份独特隐秘不为人知的价值呢？一种传播很多时候就是一种灾难，现在这个世界上有独特价值的东西还有多少？多样化文化消失的速度像物种消失的速度一样快，甚至更快。我们的主体性已大大超过了赖以生存的客体性，客体不再制约主体，这是很危险的，技术过度发展是一条不归路。

——那你不还是给我拍了照片吗？维格反驳说。

——我当时就有点后悔，就感到是一种破坏。其实一切应保持在心灵上，而不是物质上，心传比物传更牢靠、更长久。人类心传的历史有几千年，而物传的结果往往是泛滥，是最终一切都变成一次性的碎片。你能想象密宗的灌顶仪轨成为一个只要交费就可以操练一遍的旅游项目吗？就像在很多异俗之地游客可以交一百元钱当一回“新郎”入一次“洞房”的项目？那是一种泛滥，一种文化垃圾，将一切有价值的东西垃圾化似乎就是我们的宿命。

——你好像喜欢在宗教之上思考宗教。

——不是我在思考，一些先哲早就思考过，譬如克尔凯廓尔就思考过这些问题。

——原来你也是拾人牙慧，我以为你多伟大。

——牙慧，啊，这并不是个坏词儿。

他们穿过卵石区，没走原路，向着阿莫湿地边上的乃穷寺走去。

坛 城

坛城，一个复杂而深奥的意象。“坛城”在梵语有“圆圈”的意思，藏语中还有“中心与边缘”的意思。坛城有圆的、方的，有二维的、三维的，但无论二维还是三维，“中心与边缘”的原则一定存在。坛城的四面代表着东南西北四个方向，由中心和四边组成一个汇集宇宙能量的地方。藏传佛教认为，宇宙本身存在有着一个“坛城”的形象，所以要接近它、建造它、供奉它，因为它是宇宙本质或佛法的聚汇地。坛城中心通常是供奉时间之神与时间女神的神殿，据说总共有721位神居住于坛城，它们大多数是和时间有关的神，如季节之神、日神、月神、午后之神。此外还有元素之神、感觉之神、星象之神。在坛城中心的时间之神与时间女神的旁边，是四冥想佛和它其空行母女伴，然后是众菩萨、众护法，越到中心，神力越大。坛城的结构可以看做是宇宙的缩影，至少是对宇宙的想象。坛城有时可以画在唐卡上，有时可以画在墙上，有时可以画在沙地上，有时就是一个寺，譬如乃穷寺。

乃穷寺坐落在阿莫湿地边缘，标准的正方形，四周有院墙，院墙也是坛城必不可少的回廊。回廊绘满了彩色壁画，画的多是时间之神、时间女神。回廊以及院子约占整个寺院的三分之二，主殿占三分之一。进入东门是回廊组成的院子，院内青石板铺地，中间一根石柱，十多米高，柱子顶端永远是经幡猎猎，彩旗飘飘。每年的萨嘎达瓦节——释迦牟尼降生、成道、圆寂的日子，拉萨各大寺院都要举行各种纪念法会，乃穷寺也不例外。虽然乃穷寺比起拉萨的三大寺要小得多，但因其最完整最集中体现了坛城的观念，它的法会更有一种神秘庄严的宇宙色彩。白哲寺不具体属于哪个教派，既不属于黄教，也不属于红教或白教，任何一个教派都可以在这儿举行法会。通常，如果法会中央挂着莲师唐卡并专修莲师所传的大法，在藏传佛教各教派中便是宁玛派即红教的标志。

维格的第一个上师就是在宁玛派的法会出现的，那个著名的节日，维格对王摩诘说，宁玛派旗幡猎猎，映红了阳光，阳光如彩色的雨纷纷闪烁飘落，宁玛派年轻俊美的卡诺仁波钦率领一长队喇嘛从坛城东门彩虹一样进入了四方的院子，长长的法号与漂亮的海螺一同吹响。他们中间有一幅绘有“莲师八变”的唐卡被慢慢竖起来，各种法器闪着不同的光泽，光泽与嘤嘤嗡嗡的经声、法号声、海螺声，汇成了彩色时间、彩色阳光、彩色雨露。在声光色之中，在“莲师八变”唐卡之下，一位年轻的高僧，丰赡飘逸，光彩照人，端坐在法座上。他的年轻让人惊异，他像祥云一样接受着信众的哈达，给每一个俯下身的人摩顶加持。他就是著名的卡诺仁波钦，那时他的信众已排到寺外，队伍沿着山村蜿蜒曲折，像经幡装饰了山村的小径。

维格也排在人流中。她穿着崭新的黑氆氇，身上没什么饰物，既不像别的藏人一手拿着念珠，一手拿着转经筒，也不像牧区来的藏人，身上挂满了银饰、宝镜、绿松石，走起路叮当作响。维格崭新的藏装虽不是第一次穿，也差不多是头几次穿，新得甚至可闻到从八角街尼泊尔商店刚刚买回来时的印度熏香。那时她刚到拉萨不久，一切还都怯生生的。其实她至少应该戴上一串念珠，或是哪怕一串佛珠手镯，但是都没有。她倒是戴了一串深蓝色项链，却不是在西藏才有的那种链子，而是在巴黎她就戴的那种——在巴黎这串项链是西藏风格，在西藏它又是巴黎味道，而她觉得自己就像这串项链。

她排在了队尾，一点一点地跟着彩色的阳光和别人留在地上的影子前行。此前一些天，她已去过大昭寺和三大寺，知道一些有关的礼仪，因此带了一条哈达。接近中午，她进入了坛城，虽然一切都已熟悉，但感觉还是那么的陌生、那么的新奇。她听说今天是一位宁玛派的仁波钦做法事，现在她已看见了那位神话般的仁波钦。她对宁玛派基本一无所知，只听说这个教派更神秘，更有一种神奇的法力，这使她的内心多少有些紧张。她离仁波钦越来越近，不由得头越来越低。低头的人排成了一线，她不得不随着大伙如此。她看不见仁波钦的面孔，但是她已到了法座前。她看见仁波钦的脚面，当她像别人那样将洁白的哈达举过低俯的头顶，她还以为像在色拉寺和甘丹寺那样，感到头顶被轻轻地抚摸，然后她默默地离开。

她根本没想到抬头，她就要后退着离开，但是与以往不同，这次她感到有什么东西围绕了她。不，不是有形的东西，是无形的东西，但是非常有力量。她感到了某种顷刻的照耀、提升，心里好像升起一朵火焰。她分明听到他叫她的声音，她终于勇敢地抬起头！

至今她还记得，也就是在这一瞬，她内心的那朵火焰变成了一朵微笑的莲花——卡诺仁波钦正微笑地从上面看着她。是的，正是这罕有的微笑和目光围绕了她，像魔法一样让她低垂的头禁不住抬起来，否则她怎么敢抬起头来？

她没想到他这么年轻，简直年轻得神奇，他的眼睛就像高山的湖水，那样纯粹，那样光彩，又那样自在。

他要她抬起头，那只刚刚给她摩过顶的手竟握有一样东西：一撮黑色的类似矿物质的砂粒。他打开掌心，示意她收下，她张开了手，但感到自己的手就像不是自己的一样慢慢张开，当一颗一颗黑色砂粒像一串黑珍珠一样落入她的掌心，她的泪水也突然如白色珍珠落下，每一颗砂粒恰好呼应着每一颗泪珠。而那泪珠也不像她自己的，因为她根本就控制不住。她捧着砂粒和泪珠望着年轻的卡诺仁波钦，卡诺仁波钦再次给她摩顶。她没再低下头，只是透过金灿灿的泪珠看着年轻的几乎还是男孩的仁波钦。谢谢啦，她对少年仁波钦说，同样鬼使神差地对仁波钦笑了一下。这是她自己的语言、自己的微笑，她非常清楚。她已不完全是信徒，当然也不全是女性化的本能。

她说不清为什么要挑战一下某种礼节。她不低头就是要挑战一下。还有微笑，甚至于某种眼神……都是不应有的，但她又是发自内心。她心如水波，如此愉悦。但是她没看到在她幻化中卡诺仁波钦的表情有任何变化，他依然那样纯粹，依然像湖水一样平稳。变化的是她，不是卡诺仁波钦，而她的一切变化又都来自于他。她感到冷、透明，感到好像穿着水的衣裳，他让她消弥在他的湖水中。

那天的一切都像幻影，幻影一直没离去，永远也不会离去，永远是我和卡诺仁波钦的一个印心！你知道吗，印心就像两种光的重叠，速度极快，一闪而过，我觉得那就是我们常说的光年，在最遥远处光年非常快又非常慢，你知道一光年是多少年吗？

——一光年就是一年，就是光走一年，这很简单。

——不，绝对不是！

——这在物理学上是常识。

——我觉得就是不一样，光年有空间感，我们平常说的年有吗？

——可能空间上不一样，但计时是一样的。

——我说的就是空间不一样！不，时间也不一样！

王摩诘承认维格在坛城可能的确感到了不一样的时间。按照爱因斯坦的相对时间理论，那天的时间，由于卡诺仁波钦与维格心灵的加入，可以想象变成了怎样遥远的心理空间。那时，时间飞翔，空间旋转，时间既可以被坛城中心的目光加速，也可以随时被中心的目光中止。也许可以说维格感到的水的衣裳就是一种中止、一种定格、一种边缘，但同时，毫无疑问，也是一种最神秘的印心。

不管时间多长或者多短，维格告诉王摩诘那天她都得离开了，因为后面还有很多很多排队等候的人。她慢慢后退着，不像别人低着头离开，她始终注视着卡诺仁波钦，注视着湖水，水的衣裳，她觉得水的衣裳慢慢变成了轻纱、变成了壁画、变成了永恒。卡诺仁波钦继续做法事，他的持有铃杵和法鼓的手是如此的完美，形状同样像古老壁画上所绘。在他的轻摇慢击的时候，他就是时间之神、季节之神、感觉之神。

但谁是时间女神呢？维格那时也许在捧接黑砂粒那一刻已具有了时间女神的可能？她已在佛法中被召唤？卡诺仁波钦给予她的印心究竟是什么？格言上说：弟子成熟的时候，上师就出现了。

可那时维格不要说成熟，就连信仰也还谈不上。事实是她到这里来时还没有真正的信奉，只是想通过这里来确认自己的另一半神秘的血液，只是在尝试用宗教的途径。她从法国回来不久，刚在拉萨定居，她看到了以往只在梦中出现的星罗棋布的寺院、桑烟、雪山、长明灯和同样古老的藏人，看到了自己在这里的独特的根系。这根系使她同过去的自己以及别人区别开来，一切都让她激动，她的一直沉睡的那部分血液涌遍周身以至沸腾。但同时这部分血液又让她陌生，甚至也让别人陌生。某种意义上说，她不是任何一个地方的人，不属于内地，不属于法国，不属于西藏——她是被三者都排除在外的人，又是三者的混合。混合意味着多种特点，这使她富于与众不同，但她知道是什么在真正起作用，那就是西藏，而不是别的什么。过去的很多年里，她的另一半西藏的血液没人知道，包括最好的朋友也不知道。从小到大，她所填的各种表格都是汉族，所有的证件，学生证、身份证、护照都是汉族。很长时间以来她认为这是自然而然的事，但实际上她知道——她很小就知道，自己身上有一种和别人不同的东西。她虽叫沈佳媛又“秘密”地叫维格拉姆，小学、中学、甚至直到大学，她没向任何人说过自己还有另外一个神秘的名字。她不知道自己为什么不说，她就是不说，一直不说。当然，她并非真的不清楚为什么不说。小时候她不说自己的另一个名字是因为她总是害怕和别人有什么不一样，她一直小心地隐藏着自己的另一半血液的秘密。但是后来，慢慢地，记不清从什么时候起，那些源自自己秘密名字的自卑、恐惧、不安慢慢地消失了，不仅如此，她秘密的名字反而一下变成了她内心的骄傲，甚至是她最大的最隐秘的骄傲。但她还是不说。许多年了她已习惯了不说，她不愿轻易把自己最骄傲的秘密告诉人。她知道她迟早要去一次西藏，尽管她并不出生在西藏；她没想到母亲一退了休便先到了西藏，定居在了西藏。现在她也来了，她以为自己就像回到故乡一样，结果她发现西藏竟是那样陌生。她竟然一时找不到故土的感觉，这让她惭愧。

当初她想象西藏时——无论是在内地还是在巴黎——她觉得自己身上有许多天然的又隐秘的西藏的东西，但到了西藏之后才发现：自己西藏的东西不是越来越多而是越来越少了，她与西藏的区别太大了。其实这也很正常，内心的倾向与实际情况从来都是有很大距离的。她竭力想缩短自己与西藏的距离。她觉得自己是一个离家太久的孩子，她由衷地喜欢这里的寺院，喜欢盛大幽深的长明灯，喜欢绛红色的袈裟，喜欢神秘的区别于日常生活的宗教节日，喜欢各种法会、仪轨、色彩、光感，把宗教活动当做一种富于复杂仪式感的审美来欣赏来参与，甚至——模仿性地投入其中。她觉得新奇，觉得自己身上有了绛红色的色彩，觉得多了一种神秘文化。但如果没遇上年轻的卡诺仁波钦她会一下子从灵魂深处进入身体中的西藏吗？而宗教也不会这么快地在一瞬间就震撼了她！她觉得奇迹迟早会发生，但没想到这么快就发生了！年轻的卡诺仁波钦啊，他那水天一色的目光是多么的让她晕眩！它越过许多东西把她一下投进内心巨大的漩涡，某种久远沉淀的东西在她心中爆发了。她本来已走出坛城，来来已面对山下蓝色的拉萨河，可是眼前的一切好像都变了，一种强烈的愿望又牵着她走回了坛城。

再度由边缘到达中心。好像有什么附体——她大胆地执拗地对年轻的卡诺仁波钦身边一个上年纪的僧人说：请转告卡诺仁波钦，我想认识他，我要跟他学法！从来没有人这样直截了当，从来没人这样求法，她的话好像不是她说的，好像是她身体中另一个声音说的。卡诺仁波钦边上的老喇嘛尽管不懂汉语，但一下就认出了她。她被带到了一个年轻的戴白边眼镜的僧人身边，她再次大胆地重复了自己的请求，依然用汉语，因为她基本不会说藏语！她等待着答复。她看到年轻的戴白边眼镜的僧人到了卡诺仁波钦身边请示，不一会儿戴白边眼镜的僧人回来了，告诉她：卡诺仁波钦说他和她已经认识，他早就认识她，欢迎她到他驻锡的寺院来学法。

——这太神奇了，我当时太激动了，你知道我当时有多么大胆，我胆大得没边了！

——这没什么奇怪的，你很漂亮，像唐卡上的女人。

——是吗？我像唐卡？

——谁都喜欢美的事物，神一样，活佛也一样。美就是神造的，你看壁画上和唐卡上的白度母、智慧女，哪一个不漂亮？不是美女？

——让你一说就俗了，哪儿有那么简单！

——当然不简单，如果简单恐怕就是登徒子了。

——臭嘴，王摩诘，你要遭报应！你不信奉也行，也要有点敬畏之心！

——我说的是事实。

——什么事实，你是胡说八道！

——我说过你不是一般的漂亮，你有唐卡味道。

——得了吧①。

---

① 说维格像唐卡或者有唐卡的味道，是个具有宗教性的评价。维格的许多追求者中没有一个人从宗教的角度评价她，而这是至关重要的，王摩诘提到这点特别让维格认可。但是，王摩诘一下子又提到登徒子，完全颠覆了美轮美奂的崇高的感觉。王摩诘总是这样，别指望他让人完全的舒舒服服。王摩诘也不完全是故意的，维格已很了解这点，在维格看来，王摩诘是一个直率的尖刻的毫不隐瞒观点的人，可就是这样的人反倒让她什么都想向他敞开。每个生命都有自己同别人无法交流的东西，交流从来都只是部分，因此人们常常幻想自己身上有另一人，同这另一个人说话，告诉这个人心中所有的秘密，而且什么也不用担心。通常，这个人要么是自己幻想中的最爱，要么是一个远在天边的根本不存在的人——可对他随便说，完全不用设防。王摩诘的客观性便让维格产生了某种另一个可以完全不设防的自己的感觉。那段时间，他们长时间漫步，或者品茗，或者呷酒，有时日以继夜，甚至夜以继日。维格的个人史非常特别，一旦敞开便一发不可收，王摩诘不时评上一两句，非常直率，总是挑起维格更大的诉说欲望。有时他们完全忘记了时间，不知道已经穿越了整个阿莫湿地，不知道在拉萨河岸已走了多远，不知道牛皮舟将他们渡过对岸又渡回来。他们完全沉浸在话语的时空里，外界几乎像幻觉一样——只是流动似乎并不存在。王摩诘不仅是一个耐心的倾听者，而且是一个异常纯粹的倾听者。几乎所有同维格打过交道的男人，维格总是或多或少嗅到他们身上某种寻寻觅觅的动物气息，唯独王摩诘一点也没有。王摩诘从里到外都非常干净，干净得让她完全放松，甚至惊讶、不解、着迷，难道世上真有如此客观纯粹之人？她不相信，这反而勾起她另一种潜在的欲望。

蓝色仪轨

拉萨多夜雨，天亮放晴。那个雨后之晨如此清新，世界如此清新，维格永远不会忘记拜访卡诺仁波钦驻锡的小小的寺院的情景。虽然那是个常见的雨后清晨，但维格从未感觉过像自己在那一天和天一样的清新。维格步行走在大路上，没坐公共汽车，甚至也没骑自行车，只是满怀喜悦地走着、迎着雨后初升的太阳，有一刻她几乎感觉自己在与太阳一同升起，与整个河流和金光灿灿的布达拉宫一同升起。那时候由于太阳的升起好像一切都在升起，拉萨，天空，还有她，甚至那些磕长头的人。她悠然而轻盈地走着，她觉得比起那马路中央磕长头的同胞，自己不乘车不骑车而是脚踩大地走着是完全对的，她与大地有一种从未有过的切实的接近感。她就是要走路，哪怕是很远的路。

她穿过了拉萨西郊，穿过了药王山和布达拉宫广场，穿过了北京路和宇哲路，来到了八角街上。她围绕八角街顺时针转了三圈，每一次面对大昭寺都默默合掌一会儿，然后将身体俯下，让额头触摸大地。一切就像召唤，如此的自然，再也没有以前怯生的感觉。

她走了差不多三个小时——以后每次也都是三个小时，来回就是七个小时，但是她愿意，她身上有无穷的力量，一如那些沿途磕长头的人的力量。在柏油路消失的地方，她几乎进山了，她看到了旋柳丛中掩映的一座红色的寺院。

卡诺仁波钦已站在台阶上等候她，她很惊讶，因为她并没说具体今天来，她问年轻的卡诺仁波钦怎么知道她今天会来，卡诺仁波钦说他早就知道她会来，他们不认识时他就知道她会来。卡诺仁波钦说得非常认真，一点没开玩笑，尽管如此，维格还是感到多少有些异样。由于不是在五彩缤纷的乃穷寺坛城法会，更由于卡诺仁波钦没戴帽子，没有黄色披单，没持任何闪闪发光的法器，周围也没有法号长鸣、旌旗招展，总之，由于没有坛城法会的盛大与庄严，维格开始几乎没认出普普通通的卡诺仁波钦。卡诺仁波钦甚至几乎还有些孩子样儿，只穿了件普通的袒露右臂的袈裟，头发短短的，像寺中随处可见的年轻僧人。如果不是卡诺仁波钦那不变的湖一样的眼睛，维格几乎有一刻要失望。或者，尽管如此，她已经失望了。她还在竭力回想乃穷寺坛城法会绚丽的五彩缤纷的感觉，那辉煌的场面，而这里竟没有一点当初的梦一样的感觉。幸好，仔细看，卡诺仁波钦的眼睛还是那么透澈，还是那么低垂着，偶或抬起还是像湖水一样激动人心地波动。正是这双如湖水波动的眼睛让维格慢慢忘记坛城的缤纷世界，回到朴素至真的世界。

卡诺仁波钦不会讲汉语，维格也基本上不会讲藏语，因此更多时候他们用相视和宁静交流，正像当年年轻的马丁格与赫延采仁波钦。卡诺仁波钦拿给维格的一本《佛子行诠释》，藏文版的，可维格一个字也不认识。维格盲人般地看着藏文书，感到自己有些荒唐，也许，她当时想，她是否应该知难而退？世上有盲人同时还是聋哑人这样的佛门弟子吗？是的，她原是准备学习藏语的，可现在就要用怎么办？想成为佛门弟子她得渡过千山万水，她有这个恒心吗？其实这不仅是维格的难题，也是卡诺仁波钦的难题。当时的维格几乎准备告辞，卡诺仁波钦没给维格退缩的机会。卡诺仁波钦从藏红色小茶几里拿出一支笔，一个牛皮纸封面的本子，交给维格，请维格打开看。

维格打开本子，上面什么字也没有。这是一个手工缝制的本子，纸不是很白，但非常干净。卡诺仁波钦让维格在本子上写上自己的名字，然后卡诺仁波钦发出介于汉语和藏语之间的音——“维格”，之后把笔放在维格手心里，示意维格写。维格没写“维格”，写的是“维格拉姆”四个汉字，给卡诺仁波钦读了一遍。卡诺仁波钦拿过本，在“维格拉姆”四个汉字之下写了一行藏文。

——维格拉姆。

卡诺仁波钦让维格重复，非常纯正的藏语。

维格没想到一切是从她的名字开始的。

维格念熟了自己的藏文名字。卡诺仁波钦又在牛皮纸本上写下了几组藏文，继续教维格念，一边用钢笔指点着。维格从小学英语，上大学后主修法语，对语言异常敏感。很快，几组藏文单词、词组和短句她就可以独立而准确地念出来。尽管她不知道念的是什么，可是内心已充满莫名的感动。

在维格反复练习的时候，卡诺仁波钦找来了一个懂汉语的僧人，不是别人，正是在坛城见过的戴白眼镜的尼玛次仁。尼玛次仁向维格施礼，没有多余的话，似乎这是课堂不是说话的时候。尼玛次仁坐在一边，拿起笔记本，推了一下白边眼镜，在藏文空行下一一写下对应的汉字。每个字写出来，维格的眼睛都是一亮，像是被摘除了蒙眼布。那些藏语发音的佛教词汇是："阔瓦""米达巴""勒炯则"，汉语意思分别是"轮回""无常""因果"；短句"什格巴尼"，意思是"发菩提心""入佛门"。那句音乐般的祈愿文"贡觉松拉佳速契哦"是："皈依三宝"。

维格念着念着，泪水蒙住了眼睛。

看着仁波钦，多想拥抱仁波钦，她感到巨大的冲动！可她不能，她感激的泪水忽然变成了神伤。卡诺仁波钦垂下目光，缓缓地说：

——此生为人是难得的，但人生无常，只有业报相随，六道轮回，所以要寻求解脱之道，佛法就是解脱之道。你对佛法生起信心，是非常难得的，作为释迦的弟子我愿意帮你走在寻求解脱的路上。

如此平静的语言，通过尼玛的翻译，依然是那样平静。

维格的泪水不再向外涌，而是向内慢慢回流。

什么东西净了、空了，心就异常安静。

卡诺仁波钦拿过牛皮纸本又写了几行藏文，字迹仍十分工整，像印刷体一样，每行之间都留下了足够的空行。写完，卡诺仁波钦自己读了一遍——听上去音调非常美，像诗一样——然后一个音节一个音节教维格发音、朗读。每个音节都用笔标了出来，每个声调起伏都辅以手势，提示句尾的韵脚，就像诗一样。

的确，这就是一首诗，一首经册中的诗。

尼玛次仁译过来是这样的（尽管译得不太好）：

啊！像空月在水中的倒影虚假反映出多种面目，
众生在游荡，在被禁锢于生死轮回之中。
为使众生之心停留于自然的空——光明之中，
我身上的菩提心自四无量中诞生。

后来维格才知道，这是“四不共加行”中的第二步，也就是“发菩提心”的一节。“加行”是“基础”的意思，卡诺仁波钦告诉维格，修习佛法首先要进行一系列“加行”的修持，其中包括“四共加行”和“四不共加行”。佛陀所说的三乘佛法之中，从小乘，至大乘，再至金刚乘，一乘比一乘高，一乘比一乘难，乘乘修行下来，最终便可到佛的境界。因此，作为学佛的人，必须严格经过有关“加行”的修持和训练才可获得真正的成就。“四共加行”是佛教所有层次及所有教派都共同要修持的，“四不共加行”则是金刚乘佛教的特别修持的法门。

年轻的卡诺仁波切第一次向维格传法时就已经同时向维格开示了“四共加行”和“四不共加行”，即：人生难得，死亡无常，轮回皆苦，业报因果；“四不共加行”为“发菩提心”、皈依大礼拜；净障专修金刚萨埵；积聚资粮献曼扎。“四共加行”是佛之真谛，而“四不共加行”则几乎是诗一般的修持意境。

小小的寺院异常清静，景色优美。景色召唤室内的人，因此年轻的几乎就是少年的卡诺仁波钦并不总是在森严的佛堂传法。有时也在户外，在树下，就像当年的释迦牟尼佛一样。夏天的拉萨，特别是雨后，干燥的空气少有地润洁，天空总是飘着很薄很薄的雨云，雨云们一块块擦着拉萨周边的山脊或山腰飘来荡去，看上去就像大团大团虚幻的天鹅或羊群。有时一块雨云甚至就在树丛上空飘起来，像一张阳伞，人在下面时而会忽然感到一层薄薄的阴影。卡诺仁波钦驻锡的寺院被树丛包围着，寺里也有树，树中有寺，寺中有树，树下常有一块简陋的石桌，两三块石凳，石桌石凳并不打磨，非常接近自然形态地放在那里。

通常石头上摆一只暖瓶、两只木碗，当然，有时要拂去石凳上可能有的雨水，因此会在石上铺上一块藏红色的织毯。比起其他宗教，佛教在所有宗教中是最亲和自然的一种宗教，佛教在本质上与自然相通，佛陀认为：所有的佛法都存在于自然当中。比如“发菩提心”就是人与自然与月亮对话的结果。树下的卡诺仁波钦比之在坛城法会，比之在辉煌殿堂里显得更年轻、更单纯、更清澈，眼睛也不总是低垂着，看习惯了常常就如湖水同远方的天融为一体。维格与卡诺仁波钦自然相视时，也不总是怦怦心跳了。有时他和她也聊几句天，谈点各自情况。维格慢慢知道卡诺仁波钦诞生于一个离拉萨不远的牧人家庭，不到五岁便成为转世灵童，如今他在这里已驻锡修炼了十四年，他现在还不到十九岁！维格看出卡诺仁波钦年少，可没想到只有十九岁！不管怎么说维格一直认为卡诺仁波钦在二十三四岁上下，应比自己小不了几岁。她之所以觉得他年轻也是相对那些寺里的老喇嘛或相对崇高而言。

——你真的只有十九岁？

维格脱口而出改用了“你”。面对维格的惊讶，卡诺仁波钦却十分平静。

——算上我的前世，就不止十九岁了。

卡诺仁波钦说，一生下来他就很老了，这话让维格心里一动，维格赶快说：

——不，不，你不老，不过我觉得也不止十九岁，应该和我差不多。

——你很年轻。卡诺仁波钦说。

——啊！维格说不出话，只是叫了一声。

卡诺仁波钦的声音与他的年龄实在不相称，另外他的眼睛和身体好像是分离的，甚至声音也和他是分离的。的确，卡诺仁波钦身上好像有着完全不同的时间，好像许多时间并置在他身上一样。他说她很年轻的口吻是多么的从容，而他的声音像来自一个中年男子的声音，听起来像是他的无边的眼波发出的！

是的，直到这会儿维格才明白卡诺仁波钦的眼睛为什么总是让她感受到浩瀚的湖水的光芒，实在是因为他的眼睛有许多前世的影子！你能说湖水老吗？很难说，但你也很难说湖水年轻。是的，现在，维格面对卡诺仁波钦时就是这样的感觉。

——您真是不可思议！维格不由自主地叹道。

她又改回了“您”。她愿意改回来，而卡诺仁波钦已开始了在她的羊皮纸笔记本上的书写。学习继续。不过，自那以后卡诺仁波钦毕竟有所不同，他们更熟悉了，也随便了一些。有一次，他们正在树下念一首“四不共加行”中的诗歌，有飞鸟纷纷飞过，忽然一块鸟屎“啪”一下落在维格头顶上，维格大叫起来：

——啊，真倒霉，落哪儿不成偏落我头上！

卡诺仁波钦也紧接着叫了一声：

——啊，真幸运，终于落到你头上！

卡诺仁波钦的表情没有一点开玩笑的意思。

——这有什么寓意吗？维格不解地问。

卡诺仁波钦看了一下飞鸟儿刚刚掠过的天空：

——这是加持，是鸟对你的加持。

——这也是加持？

——不是什么人头上都能落上鸟粪的，有人一生盼着这块鸟粪，却一生没得到。

——谁一直盼着没得到？

——总有人，这块鸟粪在提醒你，你从前也像鸟在这里飞过。

——鸟是我的前世？维格睁大眼睛。

——你的前世是鸟已经很幸运啊。

——啊，仁波钦，你真的没开玩笑？

——没有，这是真的。

如果是玩笑，这个玩笑太深邃了。如果不是，又太纯真了。维格最终也没弄清到底是前者还是后者，不过无论深邃或纯真这两者维格都喜欢，因为这两者都是非凡的。最纯真的时候可能恰是最深邃的时候，最深邃的时候就是最纯真之时，佛法总是在这两者间转换。

那一阵子（维格告诉王摩诘）她每周来卡诺仁波钦这里两次，每次都是步行，一路默念心咒。语言的障碍不再是障碍，反而成了桥梁，以至即使后来维格的藏文水平突飞猛进仍坚持要卡诺仁波钦把教的藏文写下来，并让卡诺仁波钦领读，就像教小学生一样。维格习惯了那样的方式，仿佛那样的方式成了必不可少的学法的仪轨。事实上，维格能坚持学下来，很大程度上来自于卡诺仁波钦的深邃与纯真，以及这两者难以区分的混合。

在差不多一年的时间里维格修习了各项加行的法门，为各种仪轨的加持着迷。在维格看来藏密仪轨是宗教中最复杂神秘也最富美感的仪轨，单是藏密中各种仪轨使用的器物如宝瓶、海螺、铜镜、金刚杵、水晶石、净碗、孔雀毛、佛冠、铜铃，就是一个观念纷呈的世界。西藏的佛教很大程度是仪轨的宗教，而最常见的灌顶仪轨的整个过程就如一个美妙绝伦的行为艺术。卡诺仁波钦教导维格：灌顶的意义就在于上师把所具备的功德加持到弟子身上，使弟子成为一个有成熟心的修行者。

卡诺仁波钦对维格说，灌顶可以是有形之物，像清水，这是最常见的，任何一个节日去寺院的人都可以享受到这种甘露的灌顶加持；灌顶也可以是无形的事物，口诀、咒语、秘密、开示都可以。后者是比较严格的灌顶，往往只在师傅与弟子之间进行，一般是先以清水漱口，流注，表示洗净身心，然后师傅以各种法器加持弟子的头顶、胸口、掌心。此外灌顶可分为宝瓶灌、秘密灌、句义灌、智慧灌四大类。这其中智慧灌顶是最难的，也叫大圆满灌顶，因为它可以随机用各种形式灌顶。卡诺仁波钦告诉维格，这方面，最著名最经典的例子是当年释迦牟尼佛给弟子传法，有一次，释迦牟尼佛轻轻拿起一朵花，含笑不语，即“拈花不语”；在座的弟子大都不知含意，只有大迦叶微笑了一下，表示知道释迦在做什么，因为大迦叶弟子得到了释迦的印心。释迦拈花不语代表了“空慧”，大迦叶在瞬间明白了“空理”。当下心和心的明白叫“印心”，也就是心心相印。这是最难的一种灌顶，因此被称为大圆满灌顶，非一般弟子能得到。

维格不仅着迷灌顶仪轨，私下里还看了很多这方面的书。不过她看的再多也不如师傅卡诺仁波钦掌握的多，在不到一年时间里，卡诺仁波钦在佛堂或在树下先后给维格做过十余次各种灌顶，其中印象最深、永远难忘记的有两次。一次是殊胜的“文殊顶”，一次是闻所未闻的“舌灌顶①”。舌灌顶曾让她想入非非，而“文殊顶”则使她进入了“心和心的明白”即“心心相印”的境界。“文殊顶”是在灯火辉煌供奉莲师的大殿里进行

① “舌灌”不是“吻灌”，但维格当时以为舌灌就是吻灌，激动得浑身发热，仿佛进入了迷离而又澄明的化境。不，维格不认为那仅仅是口腔的渴望，那也是一种至高的精神提升，是卡诺仁波钦带她向香巴拉的飞翔。但她想错了，卡诺仁波钦只是把她带到了花丛，观赏了一会儿花。卡诺仁波钦拈起一朵红色格桑花和一朵白色格桑花拿到自己嘴边，闭目默念有词，然后用舌尖分别加持了两朵奇葩，再让维格张开嘴巴含住。维格张开了，含住两朵花。卡诺仁波钦让维格咀嚼并吃下去，这便是舌灌。舌灌并不复杂，只是带有了上师更多的气息。舌灌的含意是两朵鲜花分别代表了红菩提和白菩提，因为红白菩提是无法得到的，它们是上师身体里的东西，因此上师一般都用红色花瓣和白色花瓣来象征，也就是上师把红白花瓣加持以后，让受灌顶的弟子吃下去，弟子能量便会大大提升。的确，维格吞下花瓣后感到自己殊异的美丽，仿佛飘到壁画上，进入了智慧女的行列。

的，那时维格不知道卡诺仁波钦就要远赴不丹，他们将难以再见面（卡诺仁波钦是秘密出行的，直到许多天之后维格才知道了卡诺仁波钦的去向）。“文殊顶”是一项智慧顶，非常庄严，也非常复杂，卡诺仁波钦像在坛城那样穿上崭新的绛红色袈裟，披了黄色披单，戴上了红色法冠。维格还是以往的黑色藏裙配白绸水袖，乌黑的长发上破例装饰了康巴女子常戴的绿松石珠串。珠串是维格前一天才在八角街一个摊上买的，以使自己更接近原汁原味的藏族。卡诺仁波钦含笑摘去了维格的发珠，好像在批评她，又好像更欣赏她的洁净的长长的黑发。

或者也许灌顶时头上不能有任何东西？否则会成为障碍？维格不知道，也没问。文殊顶代表智慧，卡诺仁波钦那天使用了多种法器，每项法器都有严格的程序与内在的逻辑。先是宝瓶灌，将清水流注于头上，清水涟涟有如珠玉从维格头上滚落，维格用舌尖接住成串的水的甘露。然后是金刚杵加持维格头顶上，海螺加持她的胸口处，水晶石加持在她的掌心，孔雀翎加持在她颈上。这一切持续了很长一段时间，卡诺仁波钦左手持念珠慢慢地将念珠交到维格手中，然后用右手无名指交叉地勾住维格的右手无名指——两人相向，指与指相连；旋转，慢慢地旋转，步步莲花，步步飘升，卡诺仁波钦湖水般低垂的眼波完全覆盖了维格，覆盖了整个世界，维格觉得进入了烟波浩淼的清明世界。卡诺仁波钦念诵一句经文，维格跟着念诵一句，他们的声音一高一低，一轻一重；他们离得那样近，造型殊异，就像一种舞蹈，最伟大的舞蹈；一种约定，一种永世的默契，一种印心，一种心心相印……

卡诺仁波钦只有十九岁。

同时——不止十九岁……

那是她一生的造型，她永远停在了那一刻……

他们慢慢旋转着，舞蹈着，目光一刻也没分离……某个瞬间她的确想到了 DV，想到应记录下这永恒的时刻，甚至想到如果拍了 DV 拿到巴黎，肯定会轰动。

她一点也没想到卡诺仁波钦事实上就要离开她。

她不知道他为何要走，至今不知。

母 亲

维格的信仰尽管并不纯粹，仍有着早年的孩提时代的情结。这非常重要，因为很多时候信仰是一种习惯，一种来自于父母的引领。后天也可以形成宗教信仰，但如果没有早年的习惯，没有血液里某种东西，总是不那么纯粹或者至少不那么自然。为什么西藏的宗教那么自然而然？就是因为信仰首先是一代代人的生活习惯。

维格是母亲维格拉姆最小的女儿，维格出生时上面已有两个哥哥、三个姐姐。对最小的女儿母亲总有一些想法，比如将自己名字与女儿的名字重叠，仿佛一个圆，一个轮回。这是西藏常见的习惯。虽然来自神秘的西藏高原，但在北京，在那无差别的年代，已经有了六个孩子的维格的母亲和内地的任何一个普通的母亲看上去没什么不同。维格拉姆有一份工作，操持家务，一日三餐，早已不穿藏装，连发型都变成了那个时代的妇女最常见的齐刷刷的发型。虽然每个孩子出生时母亲都给起了一个藏族名字，像达瓦、尼玛、卓玛，或是央宗、晋美、罗布，但没一个孩子的藏族名字真正叫开过，不久就被忘掉了。所有的孩子都随了父姓，清一色的汉族名字，每次填表时都是汉族，就连最小的维格拉姆也不例外。那时，七十年代，住房紧张，一大家子人住在学院的筒子楼里，和绝大多数拥挤不堪的家庭没有任何区别。别想有什么特色，甚至也不许有特色。

孩子们自然都没什么西藏概念，就算知道母亲是藏族也被忽略了，因为孩子们不想和别人有任何的不同。当然，孩子们都非常爱母亲，这不用说。事实上他们对母亲的爱远远超过了一向严格的父亲。主要不是因为别的，主要是因为母亲从来管不了孩子，没人听母亲的话，孩子们可以在母亲面前无法无天。母亲因为信佛不仅在孩子们面前毫无权威，而且在孩子们看来经常是可笑的。比如母亲一着急或遇到意外就会突然合掌，双眼一闭，口中念念有词——这一习惯在毛泽东时代哪怕是后期也是如此特殊，以至令人发笑。有段时间，淘气的姐姐们故意逗母亲让母亲合掌，比如突然大声喊：啊，外面着火了！或者：沈佳媛（维格）掉床下了！那时淘气的姐姐或哥哥就会挤眉弄眼说：瞧，妈又念经了！这样的情况屡试不爽，可妈妈从没因此打过她的孩子，因为她根本就不会打人。不用说打人，母亲就连骂人也不会，顶多是摇头叹息。母亲合掌祈祷的习惯多次被学校批判过，写过无数次检讨，甚至被隔离审查过，虽然这一习惯后来在外面改过来了，在家里却一直没有。

如果说习惯性合掌诵经还不过是一个可笑的习惯，那么母亲另外一个不易见到的举动就让她的所有的孩子笑不出来了。母亲秘密藏有一尊铜佛像，佛像有许多条手臂，样子跟《农奴》电影铁栅栏后面可怕的多手佛母像一模一样！因为母亲非常秘密，不是所有的孩子都见到过母亲的佛母像，正因为如此，没见过的孩子在想象中、在别人的传说中越发觉得可怕。佛母像的眼睛被描绘为蓝的、白的、弯弯的，嘴唇是红的，脑门儿上还有一只眼睛，眼睛是蓝的……

神秘的佛像被锁在立柜门里一个小柜门里。小柜门有一把专用钥匙，钥匙什么时候都放在母亲贴身的地方，就连晚上睡觉她也不摘下来。在极少的情况下，哥哥姐姐见过那尊可怕的多手佛母，那是母亲以为家里没人或孩子们已睡下的时候，母亲悄悄打开柜门，长时间合掌，然后双膝跪下，念念有词。也许那就是西藏的传统节日萨嘎达瓦节、雪顿节、燃灯节，总之应是一些重要的宗教节日，否则母亲也不敢偷偷地礼佛。不过孩子们并没睡着，或者门缝儿处有胆大的眼睛，看着母亲他们浑身毛发都竖了起来。多手佛母太吓人了，一个人怎么会有那么多手臂呢？多手佛母下面有多条哈达——白布条（童年他们一直叫它为白布条）净水碗，母亲轻轻擦拭，给净碗添上差不多已干涸的净水，然后再次跪拜，默祷。那时偷窥的若干眼睛别提多紧张了，哥哥们小声说：啊，就是《农奴》里的佛母像！

他们都看过那部著名的电影，而且看过不止一次。他们都清楚地记得那里的法号、阴森的庙宇、多手佛、各种酷刑、白色宫殿、法号中上升的高高的通向云端的恐怖台阶，而且他们隐约知道那里和他们有些关系！他们知道那好像是母亲的家乡，母亲好像来自那里，简直太不可思议了。他们不愿承认母亲来自那么可怕的地方，可母亲又分明存着电影里的佛像！他们严守秘密，对任何人都绝口不提母亲是西藏人，自己有另一半藏人的血液。

尽管那时维格还很小，并没看过那部电影（当然很久之后看过了），但在哥哥姐姐们的小声议论中还是感到不可思议的诡异与恐怖。对于幼小的心灵而言，没有什么是比恐怖、秘密、不安更牢不可破的记忆了，这些记忆构成了维格心灵的底色。不过维格那时毕竟还太小，毕竟没直接看过电影，因此她的恐惧又是抽象的、模糊的、莫名的。如果说姐姐们恐惧大衣柜里神秘的小柜门——好像那里面供着可怕的魔鬼——那么维格则对小柜门更多的充满了恐怖的好奇。有许多次维格梦见了那个被姐姐描述为眼睛发蓝的多手佛——她们常常用柜门里的魔鬼吓唬她——可奇怪的是在梦中她并不害怕那尊佛像，因为接下来她就梦见了鸟，鸟又变成会飞的多手佛，她骑到了类似鸟的多手佛上，就好像在天方夜谭的飞毯上。维格神往母亲的魔鬼小门，有一次偷了母亲的钥匙——那可真是胆大妄为的举动！

维格永远也不会忘记那天发生的事。那天母亲正在洗澡，衣服放在椅背上，她看见了母亲那枚小巧的传说中的魔鬼门的钥匙，她立刻想到了大衣柜里的小柜门。她悄悄地溜到衣服后面，解下母亲腰带上的钥匙来到里间屋，吃力地拉开大衣柜，搬了一只小凳子吃力地站到上面，她多能干呀。咔嗒一声，她打开了小柜门，啊，她看到了金闪闪的多手佛！她一点也不害怕，她甚至用小手摸佛像背后的那些小佛手，她还看见了哈达、念珠、净水碗！小铜佛漂亮极了，眼睛弯弯的，好像在微笑，有那么多飞翔的手臂。这就是妈妈的秘密，她一直多想有这个秘密，现在她终于看到了。不过哥哥们为什么这么害怕呢？她想到了哥哥姐姐害怕的神情，她害怕了，她不是怕多手佛而是怕哥哥姐姐们的表情。她手里还胆大妄为地拿着一串念珠。她立刻像被烫了似的放下了念珠，几乎从凳子上摔下来！这时她听见母亲叫她：

——维珍萨，维珍萨！

维珍是维格昵称，那时维格不过五岁。那时母亲早已不再喊哥哥姐姐们的藏族小名，唯独一直坚持喊她的小名。维格不慌不忙锁上柜门，搬走凳子，从房间里走出来，一点也不怕母亲。在母亲面前她从没有恐惧。

——维珍萨，看见我的钥匙萨？母亲说话的尾音总是带一个“萨”字。

——在我这里萨。维格承认却把手背到了后面，钥匙在手心里。

——你拿它干吗萨？快给我萨！

——不给萨，我也要一把钥匙萨。

——你要它干啥萨？

——我要看佛像萨！

——哦—啧！妈妈惊叫一声，立刻合掌，眼就闭上了，口中念念有词。过了很多年维格才知道那是六字大明咒：唵、嘛、呢、叭、咪、吽/唵、嘛、呢、叭、咪、吽。维格像哥哥姐姐平时见母亲那样笑起来，不过这次维格的笑是间歇的、犹豫的，因为这次她清晰地看到母亲的眼球在闭着的眼皮后面奇怪地翻动，因此维格笑的节奏是随着母亲眼球翻动的：

——嘿，嘿嘿，嘿，嘿嘿，嘿嘿嘿……

维格笑得又开心又忘我，结果妈妈一睁开眼就轻轻打了维格一巴掌。这哪里是打，就是轻轻扫了一下，根本没碰到维格。维格不给妈妈钥匙，满房间跑，直到妈妈最终抓住了维格。维格骗妈妈说，只要妈妈一松手就把钥匙给妈妈，结果妈妈一松手她又逃掉了。妈妈急坏了，要是别的东西妈妈多半就不要了，可这是不一般的东西！妈妈真的急了，可又不会打人，不会吼叫，甚至不会抢夺，无奈之下妈妈再次合上双掌，眼睛紧闭，嘴角和眼皮急速颤动。就在某个时刻，维格愣住了，她看到一行泪水从妈妈眼角流了出来，本来维格又笑了，可一看到眼泪吓住了。

这是从没有过的事，她什么时候也没见妈妈哭过。

维格吓坏了，赶快把钥匙悄悄塞到妈妈的手里，自己也跟着哭起来。

母亲停止了哭泣，质问维格：

——你哭什么萨？

见母亲问，维格又突然笑了。

维格记不清是不是就是从那时起母亲开始给她讲一些故事，后来才知道是宗教故事。那些故事母亲给哥哥姐姐们也讲过，不过不像给她讲的那么多那么系统。当时没人知道那是宗教故事，因为故事大多讲的是动物，像九色鹿、鹦鹉救火、割肉喂鹰、舍身饲虎、善忍的龙、慧鸟与狮子，很多很多。那时很多故事讲到最后维格都要问为什么，母亲就特别耐心讲一些她仍似懂非懂的道理。那些故事维格后来才知道都是出自《佛本生故事》，只是母亲当年把所有的解喻内容和宗教术语全部隐去，听上去只是简单的儿童故事。

母亲是有意识的，即使在那个年代她的某种意识也是非常顽强的，没什么能真正打倒母亲隐藏起来的内心。实际上在那样一个年代，母亲等同于重新编纂了《佛本生故事》，她小心删减了应有的说教，保存了故事的核心，反而使故事更朴素生动。当年维格争着要那把钥匙、要看菩萨，维格的母亲不只看到了危险，还看到了最小女儿身上事实上出现了类似神谕的东西——不然维格怎么会拿到了她的钥匙呢？很显然，六个孩子中维格是她的希望，那些佛本生故事应该从小种在她的心上。

很久以后，母亲才说破“故事”的主人，说到了释迦牟尼佛，说到了每个生命都有自己的前世故事。母亲说，佛本生故事就是佛的往生故事，像善忍的龙、九色鹿、慧鸟、狮子都是释迦牟尼的往生，母亲说释迦牟尼佛成佛以前经过了无数次的轮回，有时是人，有时是神，有时是动物，最后在二十九岁那年才在菩提树下解脱成佛。母亲说这话时已是差不多二十年之后，那时维格准备去法国读书，母亲送给维格一本新近出版的《佛本生故事》，要她带在身边。这是童年时母亲就送给维格的礼物。那时母亲已决定离开北京，重返故土，维格还不知道。

维格告诉王摩诘，后来她在越洋电话中才从父亲那儿得知，母亲在她去法国不久便回到了阔别四十年的西藏。父亲陪母亲去了西藏，但飞机一落地父亲便心脏病发作，在医院住了一星期之后便回到内地。

母亲没有陪父亲回北京，而且再没回去过。

秘　密

母亲还有秘密，更多的秘密，但是没人知道。

母亲从没谈过自己的身世，就好像母亲从没有过父亲母亲、兄弟姐妹，好像从没有过亲人。母亲像家里那块巨大的陈年的上水石，因为布满青苔和植物，没人知道它原本是块天上的陨石——母亲来自西藏，正如来自天上。没人知道母亲的父亲就是西藏历史上有名的苏穷·江村晋美。你知道苏穷·江村晋美吗？你不知道，你连听都没听说过，不仅你不知道，内地人不知道，就连现在的西藏人也大多数都不知道，但是你只要稍稍翻开一点尘封的档案就会知道我外公苏穷·江村晋美的名字。

是的，没人知道我外公苏穷·江村晋美是最早接触西方的藏人，没人知道苏穷·江村晋美曾偕同我年轻的外婆长驻英伦达四年之久——曾作为代表向英国女王赠送礼物，拜会外交大臣，考察议员选举制度。没人知道同样著名的维格夫人——当时年仅十七岁的外婆，以流利的英语和美貌倾倒了英国上层社会，上过许多次《泰晤士》报，曾与英国女王合影。

我们全家，包括我父亲、我的兄弟姐妹，没人知道我们家在西藏历史上原来还有众多的亲人，众多人都和我们的家族有千丝万缕的联系。没人知道曾经的藏军司令、现在任西藏政协副主席的阿莫·次旺多吉就是我的舅父，阿莫·次旺多吉舅父现在还健在。我们什么都不知道，一切就好像没发生过，一切都和我们无关。我不知道外公当年从欧洲一回来便向十三世达赖喇嘛上书，谏言改良。有案可查，我外公向达赖喇嘛谏言说：雪域高原，幅员辽阔，比之英、法、德、意加起来还大出许多，有资源千里，宝藏无数，可是雪域高原既不开矿也没有电，既不接触外界，又不发展自己，以致一支不足两千人的英国远征军就可以从喜马拉雅山南麓的印度长驱直入，轻而易举直抵拉萨，如此下去雪域高原怎么能发展？我外公向十三世达赖喇嘛建议重新丈量西藏土地，检查偷税漏税，充实内库，增加军饷，扩充军备。十三世达赖喇嘛赞同我外公的主张，给了我外公以充分的信任，任命我外公为“包细勒空”，即征粮局负责人，过了不久又让外公担任了强力职务：藏军司令。那段时间我外公苏穷·江村晋美身兼军政大权，是十三世达赖喇嘛“新政”的主要推动者。外公强力改革，严格追查隐瞒的土地，对隐瞒者毫不留情地罚款、征粮，严查偷税漏税，在西藏掀起了一场被后人所称为的“苏穷运动”。

可是，天有不测风云，我的阿莫舅父说正当“新政”富有成果之际，十三世达赖喇嘛却突然圆寂，西藏政局出现动荡局面。一方面是保守势力向“苏穷运动”反攻倒算，一方面大权在握的外公认为此时正是自己实现政治抱负的时机。阿莫舅父说，外公那时受西方影响太大了，太自信了，他毫不掩饰自己的抱负，他联络了拉萨一百多名青年贵族，成立了“吉求贡吞”即“求幸福者同盟”。“求幸福者同盟”明确提出噶伦每四年选举一次，取消噶伦终身制；噶伦要有候选人，候选人须从“春都杰仲”也就是“民众大会”当中选举产生，噶伦要向“民众大会”负责……然而正当“求幸福者同盟”紧锣密鼓谋划真正的“新政”时，内部却出现了致命的告密者。

“求幸福者同盟”的核心人物之一，噶雪巴·曲吉尼玛暗中向时任首席噶伦的巴丹·罗布旺堆告密。噶雪巴不仅讲了很多“求幸福者同盟”的内部情况，还编造了苏穷·江村晋美正在密谋杀害现任噶伦、谋求政变等耸人听闻的谣言。巴丹·罗布旺堆噶伦向摄政王五世热振活佛报告了这些谣言后，趁外公在白哲寺参加毫无防护意识的法会时，开始对“求幸福者同盟”成员进行大肆抓捕。阿莫舅父说外公先是被秘密扣押在白哲寺，后来被押解到了布达拉宫的夏钦角监狱。

巴丹·罗布旺堆噶伦无中生有、矛盾百出地指控了我外公的七项罪状：毁灭佛教；密谋杀害现任噶伦；搞上议院和下议院；亲苏分子，建立红色政权；苏穷是妖怪变的，他的鞋子里查出了咒经；无视噶厦政府；苏穷府邸高过了布达拉宫的法王洞……

这些罪名完全是混乱的，毫无逻辑可言，比如搞资产阶级上议院和下议院怎么又是建立红色政权？可是，阿莫舅父说，那年的藏历 4 月的一个清晨，正是高原全民欢度“萨噶达瓦”节的日子，噶厦政府派人通知苏穷府邸，当天不准家中任何人外出，并在门口设立岗哨。就在这天，苏穷·江村晋美被指控的罪名全部成立，他被判处挖去双目，打入布达拉宫夏钦角死牢。判决书同时还判处苏穷家族的人永远不得再步入“仕途”，不得担任地方政府任何官职，不仅如此，苏穷的儿女全部发配亚东原籍。宣判前，我外婆维格夫人从内部得到消息，于是带着最小的女儿，也就是我的母亲，避祸于宇哲家，后来嫁给了宇哲。

判决书在公布之前，遭到了当时的摄政王五世热振活佛的拒绝。摄政王五世热振活佛说：“这是杀生，我是活佛，不能签字，要签你们自己签吧！”于是巴丹噶伦自己下了“手谕”。我母亲的二哥旺钦玉拉虽已入赘大贵族夏扎家，未被株连，但是由于给噶厦政府上了一份慷慨激昂的呈文，为父亲据理力争，不服判决，结果被巴丹噶伦以“犯上”罪施以鞭刑，鞭刑后勒令旺钦玉拉穿上白氆氇衣服，倒骑牦牛示众，然后被发配到了亚东。

我的阿莫舅父虽然已过继给大贵族阿莫家族当继承人，当时已身居四品官爵和“噶准”职位，但因聪明能干，仍被视为苏穷家族最危险的人物，被判处砍右臂。经过色拉寺“齐”札仓堪布说情，才改判免刑，但也还是被罢了官。

阿莫舅父是外公和维格夫人在英国生下的长子，本来名叫苏穷·次旺多吉，少年时过继给了西藏最大的贵族尧西·阿莫家族①，给尧西·阿莫家族的主人伦琴夫人做子嗣，改名为阿莫·次旺多吉。“求幸福者同盟”事件重大，阿莫舅父不能再做官，伦琴夫人知道即便是像阿莫家族这样的

---

① 尧西·阿莫家族历史上曾出现过两世达赖喇嘛：八世达赖喇嘛和十二世达赖喇嘛。此外阿莫家族还与八世到十三世达赖喇嘛沾亲带故。“阿莫”是“阿莫嘎彩”的简称，意思是“龙与神的少男少女们游乐的林苑”。阿莫嘎彩面积很大，坐落在拉萨整个西北部。很久以前阿莫嘎彩生长着参天大树，加上日照充足，温度适中，一泓泓镜子般的天然湖泊星罗棋布，风光无限秀丽。最早相中此地的是六世达赖喇嘛仓央嘉措，他曾在阿莫嘎彩湖泊中央建造宫殿，竣工后经常穿着得道者的衣服前往“阿莫嘎彩之宫”享受闲暇乐趣。仓央嘉措被革去达赖喇嘛的称号后也还曾到阿莫嘎彩的宫殿里暂时居住，并在此留下了不少回忆往昔的情歌。阿莫家族崛起于七世达赖喇嘛圆寂后，当时的摄政五世第穆活佛经过多年寻访后，在日喀则附近一个名叫仁布杰拉日岗的农家，寻访到了转世灵童强白嘉措，强白嘉措成为八世达赖喇嘛。按照惯例，灵童的父亲应得到加封，得到领地，于是灵童的父亲索南达吉被封为公爵，戴“红宝石顶”，封地便是幽美的阿莫嘎彩。从此，八世达赖喇嘛强白嘉措家族成了著名的“阿莫”家族，而史上的另一次变故再度加强了阿莫家族。

因为第九、十、十一世达赖喇嘛在世时间短暂，十二世达赖喇嘛成烈嘉措坐床后噶厦政府面临划定产业的难题：在这样短促的时间内连续为三家划定祖业耗资太大，而第八世达赖喇嘛强白嘉措的家族这时已没有了父系继承人，母系族中又人丁稀少，因此噶厦政府决定不再为第十二世达赖喇嘛的父母和兄弟另建祖业，令他们并入阿莫家族。

阿莫舅父十二岁时到了阿莫家族，那时伦琴夫人虽已中年，依然殊异的美丽。伦琴夫人出生于夏札家，是夏札·班觉多吉最小的妹妹。夏札·伦琴自幼削发出家，与母亲住在拉萨河最美丽的夏札林卡。夏札林卡正好位于十二世达赖喇嘛家族林卡的东面，十三世达赖喇嘛的哥哥朗敦·顿珠多吉公爵对偶然碰到的夏札·伦琴小姐一见倾心，几经往来结为夫妇。

但天有不测风云，藏历木龙年（1904 年）英国远征军入侵西藏，一路势如破竹，直抵圣城拉萨，十三世达赖喇嘛被迫避往蒙古地区，朗敦公爵作为随从一同前往，不幸于途中病逝。伦琴夫人失去了照抚之人，又嫁给了八世达赖喇嘛的侄子阿莫·晋美朗杰，成为阿莫家族的夫人。不幸，阿莫·晋美朗杰公爵 37 岁时突然去世，命运多舛的伦琴夫人再度寡居，不得不独自撑掌偌大的“阿莫嘎彩”。伦琴夫人从未生育，膝下无子，且多次丧夫，心灰意冷，于是上书十三世达赖喇嘛，陈情阿莫家族的达赖喇嘛父系后代已绝，不如将整个阿莫家族的家业改为拉萨三大寺寺产，自己也想出家为尼。

十三世达赖喇嘛不同意伦琴夫人的陈情，批示阿莫家业是映衬布达拉宫的重要景观，若分崩离析对布达拉宫也不吉祥。十三世达赖喇嘛认为阿莫家业不仅要留保家业不变，还应选人在府里作为家族继承人。阿莫家族内已无法选人，大管家们经过商议，决定在拉萨诸多的贵族中为伦琴夫人择一位夫婿，作为掌管阿莫家业的继承人。管家们拟定的名单中列有若干名拉萨贵族子弟，可是呈到十三世达赖喇嘛那里一个也没批准，反倒是十三世达赖喇嘛从名单之外选择了苏穷·江村晋美的长子苏穷·次旺多吉，可见十三世达赖喇嘛是何等喜欢苏穷·江村晋美。我的阿莫舅父当时只有十二岁，由于年龄太小，当时定下“先过继为子，日后再为夫”。这样，十二岁的苏穷·次旺多吉便成了阿莫族的继承人，改名“阿莫·次旺多吉”，同时加官晋爵，成为“噶准”。

地位显赫之家如果没有人在噶厦政府中做官，家族的财产最终也是保不住的。为此，伦琴夫人不得不放下贵胄夫人的身架，用重金贿赂诸多噶厦政府的高级官员，此外还成功地使自己的一个会打情骂俏的远房亲戚嫁给了当时已年近花甲的首席噶伦巴丹·罗布旺堆。这步棋起了关键作用，巴丹噶伦在美人枕旁的催促下，终于有一天同意了阿莫舅父官复原职。

但是狡猾的巴丹噶伦也开出了条件，条件是阿莫舅父必须证明自己不是苏穷·江村晋美的儿子。谁都知道这是不可能的，但问题被提出来，很显然不在于阿莫舅父能否真的证明自己不是苏穷·江村晋美的儿子，而在于这是一个带有公开的羞辱性的条件。可见巴丹噶伦对我外公苏穷·江村晋美恨之入骨，不然怎会提出这种侮辱性的条件？但是显赫的伦琴夫人竟然接受了。在伦琴夫人的不断催促下，阿莫舅父多次到宇哲家族登门拜访，求见母亲，因为要证明自己不是苏穷·江村晋美的儿子只能由母亲来完成。阿莫舅父一次也没见到我的外婆，每次都是宇哲出来接待阿莫舅父。阿莫舅父见不到外婆，最后不得不郑重地给外婆写了封信，陈情利害，希望外婆念及儿子前程，向噶厦政府呈文承认她曾经的长子阿莫·次旺多吉的生父不是苏穷·江村晋美，而另有其人。我的外婆读过信后不久终于有一天写下了给噶厦政府的呈文，阿莫舅父拿到呈文后一点也没耽搁呈到了巴丹·罗布旺堆首席噶伦那里。巴丹·罗布旺堆噶伦心满意足，我的阿莫舅父也恢复了官位。

阿莫舅父经常去看他的父亲，并向父亲发誓：他所做的一切不仅为了阿莫家族，也为营救父亲。外公尽管始终不同意阿莫舅父那样做，那样会大大伤害了外婆，但阿莫舅父最终恢复官职外公还是很高兴。那时外公虽然境况悲惨，但精神不倒，像任何一个革命家一样他忠诚于自己的信念，即使在每天的“黑暗”中也还在写诗自勉。外公的诗充满了理想激情，多少年后阿莫舅父还能背诵——

宏伟的事业刚刚起步，
我却受挫陷落牢笼。
几百个屠夫蜂拥而至，
咒声中一双眼球落地。

啊！眼球任他们挖去，
却挖不了我的主张。
瞎子本来就在黑暗中摸索，
可笑还要关进黑牢。
人说牢房黑暗无光，
我的心却明亮异常。
静虑修行在我身——
怎会黑夜沉沉！

是的，外公还在狱中，外婆维格夫人已嫁给了宇哲。即使是这样，外公仁人志士的豪情也未减，他的心胸非常广阔，从没埋怨过外婆。外公从来不说想念外婆，也从未要求外婆来看望他。外公提到过最多的就是他的小女儿也就是我的母亲维格拉姆。那时我母亲维格拉姆不过三四岁，一直跟着外婆维格夫人在宇哲家避难。外公入狱时我母亲其实不过一岁多一点，他对小女儿应该没什么太深的印象，可外公总是对阿莫舅父说想维格拉姆，总是念叨维格拉姆。外公念叨母亲的名字实际上是叨念外婆维格拉姆。阿莫舅父非常清楚这点，因此后来便成了一个习惯：只要阿莫舅父去看他父亲，必先要去大昭寺前面的宇哲家将我的母亲接来一同去夏饮角监狱看望父亲。我的四岁的母亲那时已认同宇哲父亲，并不认同黑牢里的苏穷父亲，每次我的母亲都会被阴森的死牢吓得哇哇大哭。外公为了不让小女儿害怕自己空洞模糊的双眼，总是戴上宽大的茶镜，总是笑声朗朗，总是给女儿唱儿歌，要么就教童谣，要么讲百喻经上的故事。每次我母亲最后都会变得高高兴兴，而外公都会对我母亲重复这样的话：我要问你妈妈好，可是你年纪太小了，说不清楚，干脆，带张字条给你妈妈吧！

外公虽已失去双目，字迹还是那样清秀、俊朗，字条有时夹杂着很帅的英文单词或短语，有时甚至整个字条都是用英文写的。但是我母亲的母亲也就是我外婆维格夫人从来也没有回音，一直没有，一个字也没有。

观 音

我问阿莫舅父——我不止一次地问：外婆为什么不回外公一个字，为什么没看望过外公一次？如果是不愿让别人看，她也可以用英文，外公不就是这样？外婆是不是和宇哲发生了爱情？否则外公还在狱中外婆怎么就嫁给了宇哲？是宇哲乘人之危，落井下石？还是外婆忘记前情，闭门幽恋？

阿莫舅父从不回答这类问题。

但是如果说女人随遇而安在西藏并不是什么问题，如果说在命运面前女人从来就无足轻重可以抛来抛去，那么受过西方很深影响的外婆可不是一个屈从传统的人，也不是一个屈从现实的人。她到底怎么想的？

不用说，阿莫舅父回答不了我的问题，甚至不理解我的问题。阿莫舅父记得最清楚的就是他如何营救外公出狱，那是他一生最重要的事件。

阿莫舅父由“噶准”升为“噶仲”（噶厦政府秘书长）已是外公入狱七年之后，他有了相当的权力，又是阿莫家族的继承人，于是开始营救外公。阿莫舅父利用特殊身份私下活动了噶厦政府的许多重要官员，同时给摄政王热振活佛五世上了一封声情并茂的呈文。阿莫舅父在呈文中据理力争，陈述了当年巴丹·罗布旺堆噶伦罗织给外公的许多罪名都名不副实，现在狱中的苏穷·江村晋美境况悲惨，已不久于人世，希望摄政王热振活佛五世允许苏穷·江村晋美回家静养。摄政王热振活佛当年就同情外公，而且事情已过去七年，同意开释。

这是个喜讯，我的阿莫舅父多年经营的愿望终于实现了！

可是，当人们见到回到家里的外公并没高兴起来。外公本来是个仪表堂堂、风度翩翩的人，是当时噶厦最有风度最具现代气息的官员，甚至十三世达赖喇嘛从我外公气质不凡的身上看到了西藏的希望，因此就连阿莫家族继承人的事也想到了外公的儿子。

可是七年之后外公的样子惨不忍睹。外公不仅瘦弱，而且当年一双炯炯有神的眼睛变成了一双模糊的放射状的黑窟窿。据阿莫舅父说当年刽子手们行刑时，为了给自己执行这血淋淋的酷刑壮胆，先喝足了青稞酒，用麻醉药“朗勤雍巴”将外公灌成半醉，然后在外公两侧的太阳穴处夹住两小块硬骨，用绳子慢慢勒紧；外公的眼球还没全勒出来时，那些家伙就用不熟练的动作持尖刀剜去了半突出的眼球。当挖出左眼球时，刽子手们还得意地拿给外公突出的右眼看，然后再剜右眼，之后将烧开的青油倒入外公的眼窝，说是消毒。

外公回来了，但是苏穷府邸物非人非，蛛网密布。当年的苏穷府邸是何等的优雅、现代、宾客如云，这会儿的一切在那个阳光如注的日子显得那么凄凉。不过外公不觉得，外公有自己愉快而深切的愿望，那就是希望我的外婆维格夫人回到他身边。

外婆没迎接外公出狱，不仅如此，出狱后甚至没看过外公一次。可外公依然强烈地思念外婆，好像外婆不在家他就像没回来一样。常常外公在露台的阳光中望着远方，一坐就是大半天。外公已没有了早年的激情，显得非常衰老，情绪低落。有一次，阿莫舅父说，外公终于鼓起勇气给外婆写了一封长信，写了有好几个月，写得很长很长，之后外公又给宇哲先生写了信。那时外婆已在宇哲家生活了近十年，与宇哲先生生有一子。外婆自然还是没有回信。但宇哲先生回了信。外公看到宇哲的信非常高兴，因为宇哲先生允诺让外婆回到外公身边。宇哲先生的允诺是决定性的，外公认为与其外婆答应，不如宇哲答应。但事实并非是这样，重要的是外婆。

外婆真的回来了，带着她已是九岁的女儿，也就是我的母亲。不过回来是回了，却一步也没踏进苏穷·江村晋美府邸。外婆只是在一个阳光明媚的早晨将我九岁的母亲维格拉姆送到了府邸的门口，自己甚至没伫立片刻，便消失在了拉萨很少见的早雾中。外婆自此消失，再没有人见过外婆。阿莫舅父后来才打听到外婆是在八角街小巷深处的苍古寺出家了。外婆不见任何人，更不见家人，甚至就连她最小的女儿——我的母亲也不见。

好像受到外婆的影响，我九岁的母亲回到苏穷·江村晋美府邸之后整天也不怎么说话，苏穷府邸的一切对她都是陌生的，因为她在宇哲家生活了八年。她虽然被告知这儿才是她真正的家，但一句话怎么可能代替八年在宇哲家的成长呢？

她从小有两个完全不同的父亲：一个是朝夕相处的宇哲父亲，一个是概念中的苏穷·江村晋美父亲；一个是八角街庭院中的父亲，一个是夏钦角死牢里的父亲；一个是疼爱她就如同疼爱母亲的父亲，一个是戴着茶镜给她讲百喻经故事的父亲——天堂与地狱的概念与生俱来，不用灌输，就是生活本身。事实上，母亲从来不愿看望她的地狱中的父亲，每次都是外婆强行把母亲推给来接她的哥哥。每次，母亲总要在阿莫舅父身上挣扎，喊叫外婆，叫外婆一同去看外公。但母亲的哭喊没有一次如愿，只能随着哥哥走出天堂般的宇哲府邸，进入地狱般的夏钦角黑牢。天堂到地狱，不用说从小就在我母亲的心中产生了巨大的分裂，而回到苏穷父亲身边差不多就等于回到了地狱——特别是面对苏穷父亲模糊的黑洞洞的眼睛。幸好还有佛光照耀，幸好佛的目光总是慈祥地垂视着人间；幸好从出世起，母亲看到的佛光——佛爷的目光——是统一的，不变的，永远低垂，慈视着人间，慈视着母亲、父亲、众生。

母亲没给外公带来多大快乐，而且，她根本也无法代替外婆。外婆失踪的日子里外公情绪一落千丈，几至崩溃，直到打听到外婆去了苍古寺才多少平静了一些。不过内心也越发凄凉。外公不知道为什么外婆宁要失踪也不回到他的身边，要知如此还不如不给宇哲先生写那封长信。这样一来不仅没让夫人回来，还让外婆离“家”出走，哪怕是另一个“家”！外公非常爱外婆，不愿她哪怕受一点苦，因此外公感谢宇哲对外婆的照看。外公不在乎其他东西，只要妻子回来，但是现在他受到双重的重创，不禁后悔异常。

外婆的失踪和出家让外公不思饮食，心情无着，病情一下加重了许多。每天，尽管外公什么也看不见，但还是让人在他面前点燃起一盏长明灯。在外公最后的日子里外公不让任何人守护，只让我的母亲、幼小的维格拉姆守候在身旁。母亲那时虽然不过九岁，但是阿莫舅父说因为过于安静，母亲已有了小少女的模样。特别是我母亲说话的靠后的声音很像我外婆的声音——我也继承了这点，真是一脉相承，我们几代维格拉姆好像有一条链条不断地轮回。

有一次，长时间弥留之后，阿莫舅父说，外公突然用含混的英语向我十一岁的母亲问话，而我年幼的母亲竟然用简单的英语回答了外公。母亲的英语当然是外婆教的，在宇哲家的许多年里，外婆从小就教会了女儿说英语，外公一听就听出来了。此后外公精神好时也开始愉快地教母亲英语，一度，阿莫舅父说外公教我母亲教得是那么起劲，那段日子的外公就像好人一样。但是这种愉快并没持续多久，有一天，就像灯突然暗了一样，我外公整个人有一天突然暗下来。外公不再教我母亲英语，躺在床上一天也不再说一句话。生命有时就是这样，不知道为什么一下就黯淡下来。

外公不说话。像永远睡去了一样。母亲也不说话，两个人常常一天下来安静得像尘埃。不过即使在这样静如尘埃的日子里，外公黯淡的嘴角（嘴角的表情代替了目光，嘴角真的是有表情的）有时仍会流露出幸福梦幻的笑纹。梦中的外公总是喊我母亲的名字，一如喊外婆的名字，或者也是外婆母亲的名字、外公祖母的名字、外公祖先的名字，总之，一代一代的维格拉姆，似乎从来没有消失过。维格拉姆是吉祥天女的意思，也是永不消失的意思；维格拉姆是许多人，是妻子、女儿、祖母、祖先，同时又是同一个人，并且永远是——外公那时已完全进入这样的境界。

最后的弥留之际，我的母亲——外公最小的女儿、十一岁的维格拉姆、永恒的吉祥仙女——开始每天给外公念诵六字大明咒，就是“六字真言”。母亲送外公前往天堂的路——那些日子母亲的“六字真言”终日萦绕着外公虚幻幸福的耳畔，母亲的童声甚至并不亲切，甚至有点陌生、有点不像是亲人，但也惟其如此，更添了一种来自天国的客观性，好像来自天上的天使的播音。正是由于我母亲特别的童声，阿莫舅父说，外公最后的模样是幸福的微笑的。那一天，阿莫舅父清楚地记得是1944年2月4日，午后，外公从多天的昏迷中突然醒来，叫来了他所有的孩子，他握过了他们的手，然后对他们说今天他不舒服，他要吃掉天堂路上的“金丹”，让把“达最”盖在自己的脸上。

“达最”就是用金汁在蓝黑色纸上写的经文，金丹就是“安魂丹”，这两样东西是阿莫舅父从药王山下的鲁固寺要来的。阿莫舅父说外公一一握过孩子的手之后，让所有人都离开，只留下了我十一岁的母亲。这倒没什么，母亲一点也不怕，因为往常就是母亲一个人守着弥留的外公。母亲在外公的指导下有条不紊地服侍外公服下了天堂路上的金丹，摘掉父亲戴了近十年的茶镜，那一刻，母亲稍停了一下，异常平静地注视了一会儿外公模糊的放射状眼眶，慢慢将“达最”盖在了外公的脸上。外公在“达最”下面说的最后一句话是问母亲怕不怕，但我十一岁的母亲那时已充耳不闻，她似乎已超越了具体的时空，像观音一样端坐在了黄色圆形的卡垫上，并且像歌唱一样诵起了六字真言：唵、嘛、呢、叭、咪、吽……母亲天堂般的童声轻轻地绵绵地不绝如缕地萦绕在父亲周围上方以及更大的空间。从午后，直到黄昏，我孩提时代的母亲一直循环往复重复着真言。当金碧辉煌的佛龛和藏红色几案上的长明灯突然一齐骤闪了一下时，一盏主灯倏忽熄灭，我的所有的舅舅们一齐走了进来。舅舅们首先看到的是灯光四射下我的母亲如同一尊小小的千手观音一样一动不动。

而真言始终没停止，尽管外公已经在天上。

外公走了。很长一段时间里也带走了我母亲的灵魂，因为自那以后我母亲维格拉姆就基本上真的不说话了。每天，阿莫舅父说，我母亲除了吃饭和睡觉外就是面对金碧辉煌的佛龛，在黄色圆形卡垫上念诵六字真言，即使后来我的阿莫舅父把我的母亲带到了“阿莫嘎彩”（又一次的离开！），那只黄色的圆形卡垫也从没离开过她。

从没有那么小的孩子超度别人，特别是超度父亲，我母亲做了，这对我母亲一生都产生了重大影响。到了阿莫庄园，阿莫舅父可以说对我的母亲百般呵护，经常为了让母亲高兴一点，接长不短，阿莫舅父就要带母亲去八角街的苍古寺看一下出家的外婆，虽然没一次见到过外婆，但是就算在苍古寺里待上一会儿也是一件让我母亲愉快的事。

伦琴夫人不能说对我母亲不好，甚至看起来像是多了一个过继的女儿。但实际上，伦琴夫人并不喜欢我母亲，我母亲整天离不开黄色圆形卡垫，一言不发，且目中无人。一度伦琴夫人建议阿莫舅父让妹妹出家修行，既然维格终日面对佛龛。阿莫舅父认为建议不错，一直拖着没办。我的阿莫舅父才不想让妹妹离开呢。那时候阿莫舅父尽管是庞大阿莫家族的继承人，但在家族中既年轻又无根基，特别是“苏穷事件”影响所及，更使他这个“植入者”地位受到影响。阿莫舅父从未真正掌控过这个家族，即使由“噶准”升为“噶仲”，家族的一切大权都在伦琴夫人手中。伦琴夫人的建议没被听取，当然似乎也算不上什么大事儿。但是就在这之后不久，家族的大管家们提出阿莫舅父年龄已到，应与伦琴夫人成亲。管家们拿出当年向十三世达赖喇嘛呈文选婿的底本，讲述了当年的情况。当时定下的是年龄太小“先过继为子，日后再为夫”。伦琴夫人虽未出面，但接受了管家的建议。

阿莫舅父别无选择，在我母亲维格拉姆进入阿莫庄园五个月后，与时年已 56 岁的伦琴夫人成亲，由入嗣的母子关系变成了夫妻关系。阿莫舅父与伦琴夫人生活了七年，直到伦琴夫人已过花甲之年，不能再生育，伦琴夫人才为阿莫舅父迎娶了一位名副其实的新娘——同样出身于夏札家的一位大小姐，名叫夏札白玛。夏札白玛小姐是伦琴夫人的小表妹，非常年轻，年仅十七岁。夏札不仅端庄漂亮，活泼淡雅，且喜欢谈经论道，因此一见到静若止水神态非凡的我母亲维格拉姆便像发现了奇花异草一样一见如故。我母亲十五岁，她们年龄相仿，像姐妹，并一直以姐妹相称。夏札小姐像早年伦琴夫人一样从小削发为尼，受到米米钦热寺的严格训练（一个著名的尼姑寺，实际有贵族女子学校性质），结果发现我从未出家修行过的母亲却天然有着一种寺院的超常宁静的气质，不禁大为惊讶。

难怪夏札小姐对我母亲的气质大为惊异，多年来我母亲在“阿莫嘎彩”一直足不出户，深居简出（除了和阿莫舅父定期去苍古寺），在自己明亮的大房间里诵经礼佛。我母亲住在阿莫庄园主碉楼二层的阳光房，房子有很大的一个露台，露台上种有许多种奇花异草，有小小的洋式喷泉，小喷泉和奇花异草有专人照看，但即使如此我的母亲甚至很少在露台上露面。房内雕梁画栋，经幡垂地，布置得和寺院的经堂几乎没什么两样——有释迦像、莲师像、千手观音像、净水铜碗、长明灯、哈达、唐卡、经幢、青稞，以及那个从不离身的超度过我外公的圆形卡垫。

母亲不用去寺院，与伦琴夫人成亲后我的大权在握的阿莫舅父专门为他的妹妹请了色拉寺和白哲寺的喇嘛来家里给母亲上课，内容除了习经诵咒、修持佛法，顺带也学文化课。一度阿莫舅父还为母亲请了英文教师，继续外婆甚至外公的工作。开始母亲学得还很认真，但是有一天突然就终止了学习，没有为什么，就是不学了。阿莫舅父拿母亲一点办法也没有。虽然又一个七年过去，阿莫舅父感觉我的母亲一直没走出七年前的那个午后，一直没走出超度父亲的那一天，感觉我母亲的时间一直停留在七年前。阿莫舅父说一直以来我母亲身上有着外公挥之不去的影子，外公的一部分灵魂一直没离开过她。这一方面当然让阿莫舅父欣慰，因为他能在妹妹身上看到父亲的影子是一件多么高兴的事——好像生命从未消失，好像生命与时间在他的妹妹身上充分体现出了立体轮回存在的性质。就是说，生命不仅仅是轮回的，甚至也是可以并置的。但另一方面阿莫舅父又有些担忧，阿莫舅父担忧妹妹太孤寂了，因为就算妹妹是吉祥天女，而吉祥天女也有嬉戏欢愉的时候呀。所幸的是夏札小姐的到来多少改变了我母亲的孤寂，让我母亲多少有了点“人间”的笑意。

是的，夏札小姐的快乐无论如何影响了我母亲，一度，阿莫舅父说，只要她们在一起，他的妹妹就好像从雪山中醒过来一般，妹妹偶尔的清脆靠后的笑声甚至使明亮的阳光更亮了一点。不用对夏札小姐提醒什么，就如云和云总是自然飘在一起一样，夏札小姐只要没事就会和我母亲待在一起。母亲的经堂成了两位少女共同的经堂，过去空寂无人的露台也在夏札小姐的兴致下成为姐妹俩经常光顾的地方。春天，阿莫嘎彩冰消雪化，水波涟涟，候鸟铺天盖地降临，那时广袤的阿莫湿地映照着蓝天、白云，也映照了两位走入自然走入大片鸟群的少女。夏札小姐对偌大的阿莫庄园的一切都兴致勃勃，特别对如此多的白色候鸟最感惊奇，夏札小姐甚至常常情不自禁追逐飞鸟飞翔——实际上是在指挥鸟群飞翔。母亲看着只是淡淡地笑，并不惊奇，因为她看着夏札小姐也像看着鸟一样。鸟对鸟从不惊奇，我的母亲也是这样。不过，不管怎么说，母亲的样子看上去都比以前快乐多了。追逐大鸟的夏札小姐有时会突然停下，返身凝望我的母亲，好像发现了什么叫道：啊，维格妹妹，你怎么修炼得像前面的大鸟一样安静？啊——我看到了你的前世，你是怎么修行的？

修习佛法是她们最经常谈论的，经文、教义、各种仪轨是她们共同的语言。她们都在修炼《白度母如意轮修法仪轨》，谈论最多的也是这个仪轨。除此之外就是《佛本生故事》。她们不仅谈论，而且你来我往地讲《佛本生故事》。冬天，她们在露台上、在阳光中，乐此不疲地讲“九色鹿”的故事，讲“樵夫与熊”，讲“鹦鹉救火”，讲“割肉喂鹰”，讲“善忍的龙”，讲“慧鸟与狮子”。《佛本生故事》的外壳都是动物的故事，讲起来十分有趣，惟妙惟肖，是她们闲暇时的最大乐趣。我母亲尽管不善表达，可讲起本生故事既清晰又准确，与经册上丝毫不差。夏札小姐当然讲不过我的母亲，说起来，夏札小姐竟然还不知道《佛本生故事》总共有509个故事。我母亲当然知道，并且可以一一道来，夏札小姐对我母亲佩服得五体投地。

但是那段快乐新鲜的日子并不太长，不过两三年光景，随着夏札小姐怀孕、生子，渐渐进入阿莫庄园的主妇角色，世俗生活成为夏札小姐的主务，两个人无论兴趣上还是时间上都开始不可避免地疏离，一同谈佛论法以及修持仪轨的时光不再。

我的母亲再次将身心关闭起来，回到了封闭的佛龛前的生活。

变化发生在母亲23岁那年。那一年西藏组织青年参观团访问内地，阿莫舅父是重要成员之一。阿莫舅父从北京回来后兴致勃勃地谈到了观感，并且带回一个消息：北京中央民族学院准备于明年（1956年）举办首届藏族青年专修班，在全藏招收有文化基础的青年男女赴北京学习。阿莫舅父开玩笑似的问了一下妹妹的想法，并没真打算让妹妹报名。而且，那时阿莫舅父正在操心我母亲的婚事。我母亲23岁了尚未出嫁，已是大龄。那时妹妹的婚嫁是阿莫舅父最大的难题，阿莫舅父不提这件事不行，一提我母亲就说如果容不下她了她就到噶丽寺出家。

也许换换环境开阔一下眼界会有所改变，在这个意义上我的阿莫舅父也并非完全开玩笑。但是，当我的母亲不假思索地同意到北京学习时，可真是让我的阿莫舅父没想到。我的阿莫舅父立刻后悔了，吓唬妹妹，说了许多恐怖的话，都无济于事。我的母亲异常平静、坚定，一如坐在黄色圆形卡垫上的坚定。

苍古寺

没人知道母亲是怎么想的。也许大千世界，佛法广大，我母亲心中的佛法世界没有地域概念？也许母亲根本不知遥远何解，不知他乡何解，或者对我母亲来说也许一切都是本生，都是轮回，就像释迦牟尼佛经历了千回百转的本生，那么，西藏、拉萨、阿莫庄园、内地、北京有什么不同吗？甚至说不定就是某种本生的召唤也未可知。但这些也仅仅是一般性的解释，母亲不说没人知道怎么回事。

那年3月末的一天，也就是母亲远离高原的前一天，阿莫庄园上上下下为母亲准备行程，管家仆人们忙得团团转。阿莫舅父说，母亲那天看上去和往日没什么不同，一清早就照例修行《白度母如意轮修法仪轨》。她就要远赴异乡，可她好像一点感觉也没有。母亲端坐在从未离开过的黄色圆形卡垫上，面对多手尊胜佛母，重复着多年来清晨的仪轨：填上净水，献上哈达，诵经：

我与虚空，一切众生，从今为始皈依诸胜妙上师，皈依诸正觉诸佛世尊，皈依诸正法（七百遍）

敬礼皈依上师三宝，伏愿常续不断，加持我加持众生，加持众生，加持众生（五百遍）

我为证得正觉佛果位，及度一切众生脱离轮回与三有苦海，修持白度母如意轮修法仪轨（七百遍）

嗡古依瓦日阿 阿刚巴当 布白都白 阿洛格 更德纳微下达巴日底恰吽梭哈嗡古依瓦（五百遍）

……　……

一部《白度母如意轮修法仪轨》通常要分早晨、中午、晚上三次才能修完一遍，每次都要两个多小时，不同的是这天母亲从一清早直到中午都一动不动，一气呵成将整套《白度母如意轮修法仪轨》完整地修完了一遍。下午她没有时间了，她要去八角街的苍古寺看我的外婆，她的母亲。此外，今天她还要去一下宇哲家，向宇哲告别。

这天中午，阿莫舅父说，一吃过午饭，母亲便催着他去八角街看外婆。让阿莫舅父不可思议的是，母亲从没单独出过门，更不用说远门，而明天她就要离开西藏开始千里万里的陌生里程，她竟然这么从容。阿莫舅父不知为什么总是有点怕母亲，什么事他都要听母亲的，他一点也不敢违着她。尽管外婆早已不在苍古寺——早已转到别的尼姑寺，转到别的寺就是为了不让任何亲人来看她——但我母亲始终认同苍古寺，隔一段时间就要来一次。午后的拉萨，八角街艳阳高照，阳光总是那么明亮，以至环形的八角街看上去同样有着环形的阳光。每次来八角街，光是看着复杂的阳光就已觉得很热闹，更不消说沿街一个挨一个的摊点以及熙熙攘攘转经的人群。阿莫舅父带着我母亲走在明亮的环形的阳光中，穿过了无数的明亮的人，来到了静静的苍古寺。

苍古寺坐落在八角街众多的小巷之中，很僻静，不像大昭寺在街中心，没有香火鼎盛、人流如织的热闹场景。这个女性化的寺院长年好像只安静地承受着一小片阳光，非常内向，这也正应合了女人的心。据说苍古寺所在之地原只是个土洞，“苍古”即“土洞”之意，据说最早人们在这里祈祷拉萨河不要泛滥，后来宗喀巴的一个弟子在土洞周围盖起了寺庙，从萨迦请来了十几位阿尼，遂成苍古寺。后来阿尼越来越多，寺内又修起了两层的经堂和一座赭黄色小楼，成为修行和居住的地方。苍古寺的一个特色是阁楼的天窗四面都是壁画，许多世纪以来，每当东方欲晓，被壁画围拢的天窗内必有两个年轻的阿尼“对吹”雪白的海螺，拉萨的黎明便渐渐升起来。

母亲自然没见到外婆维格夫人。不过多年来母亲已经习惯了，在母亲看来苍古寺就是外婆，外婆就是苍古寺，苍古寺的安静与环形寂寞的阳光都像是外婆。像每次一样，母亲先是到了二层的经堂，在戴黄帽子的宗喀巴大师的像前长叩跪拜。宗喀巴大师的坐像在苍古寺是双手结转法轮印，手心生出两朵莲花，大师的两边是四位女弟子：甲央卓玛、林圣赤惠、东巴卓玛以及门拉度母。

寺里的阿尼丹增桑姆是母亲最熟悉的人，也是最懂得母亲心事的人，从小到大，母亲每次都要见一见丹增桑姆，小时候每次都要指着一帧壁画问丹增桑姆老阿尼：这是眼泪度母吗？每次丹增桑姆老阿尼都说：是呀，孩子，这里的所有的度母都是眼泪变的。眼泪与度母给母亲留下难以磨灭的印象，关于眼泪度母的故事丹增桑姆已给母亲讲过无数次，而母亲每次都还要问，每次丹增桑姆阿尼就会指着壁画重讲一遍。故事的意思是：观音菩萨普度众生，也不是每次都顺遂，有一年，在苦海中，壁画显示——观音菩萨救度了许多受苦受难的众生，可回头一看苦海里仍然不见受苦的人减少，于是观音菩萨一下流出了一连串的泪珠，后来这些泪珠就变成了白度母、绿度母、黑度母，她们都是菩萨的化身，开始救苦救难。当然，这是小时的事了，今天的母亲没再让丹增桑姆讲眼泪度母的故事，只是在壁画前站了许久。母亲来到了阁楼的天窗上，就是每天黎明前两个阿尼对吹雪白海螺的地方。阿莫舅父说，过去母亲很少到天窗来，即使来她也从没上来过，因为天窗太小了。但是这次阿莫舅父跟了上来，那天他一步也没离开过妹妹，因为一想到远方就觉得前途未卜，心里忐忑。天窗左侧有另一组壁画，画的是释迦牟尼佛脚下一个披头散发的疯女人一会儿咬一个小孩的头颅，一会儿怀抱小孩，一会儿大哭，乱跑乱撞，一会儿又双手举过头顶，一会儿又跪在释迦牟尼佛面前。阿莫舅父说母亲在这组画前待的时间更久，阿莫舅父因为第一次看到壁画，非常的惊讶，问他的妹妹过去他怎么从没看到？画上画的是什么意思？我的母亲摇摇头，依然只看不说。阿莫舅父要去问身后的丹增桑姆，却被我的母亲拦住了。就在这时候阿莫舅父看到我的母亲把一角黄色佛衣包裹的东西交给丹增桑姆，请求丹增桑姆阿尼交给维格夫人。丹增桑姆阿尼虽然一个劲地摇头叹息，但还是接下了我母亲的包裹。阿莫舅父不知道佛衣里包的是什么，也不敢问妹妹，因为他知道就是问，妹妹也不会说。

他们离开苍古寺，离开了热热闹闹的八角街，很快就在比邻的一条街上见到了宇哲家高大的院门。阿莫舅父说一开始他并不知道我的母亲还要到宇哲家一次，因为来时他们还路过了宇哲家，也没听妹妹提起。阿莫舅父以为母亲早就忘了宇哲父亲，结果，母亲早有计划，到了宇哲家大门口突然不走了。阿莫舅父说，母亲虽停下来，却什么也不说，迟迟不肯进去。阿莫舅父以为母亲犹豫不决，自己前去敲门，没想到妹妹是不想让他一起进去拜访宇哲。阿莫舅父并不想拜访宇哲先生，不过是为了妹妹。阿莫舅父到了街对面一家考究的甜茶馆等候妹妹。

妹妹去的时间倒是不长，不大一会儿就出来了，看上去也没什么变化，显然只是一般性的匆匆告别。不过虽然时间不长阿莫舅父却对那个甜茶馆记忆深刻，因为正是在甜茶馆的不算长的等待的时间里阿莫舅父预感到明天的远行可能是一次难以预料的久别，一次由他带来的难以预测。不过即使是这样，阿莫舅父那天也绝没想到我的母亲这一去就是四十多年，而且四十多年中毫无音讯。多少年后阿莫舅父说他所能做的就是回忆自己坐在那个甜茶馆等候妹妹的情景，回忆宇哲家族的已不存在的院门，回忆消失了的苍古寺，回忆丹增桑姆阿尼的眼泪度母的故事，直到后来无法回忆。因为再后来，一切都无法凭依，因为甜茶馆拆了，宇哲家已不在，苍古寺毁了，世事难以拼接，一切都飞快在失去①。

---

① 苍古寺毁于1968年，虽然后来修复，大体恢复了原貌，但只能说是大体，就像一切重修的事物一样，已非原来的模样。年轻人没有记忆，不觉得什么不同，比如维格就一直不觉得有什么不同，但是对于重返故地的老人来说就有很大的不同，因为在修复的地方事实上他们找不到过去的记忆，找到的只是毁灭。比如维格的母亲，比如阿莫先生，比如还有许多仍有记忆的人。1995年，当维格第一次飞临西藏高原，第一次到了拉萨，到了苍古寺，根本不知道两位老人在这里已找不到记忆。苍古寺重修后两位老人来过一次，但是来过一次后便没来第二次，因为重修后的苍古寺太年轻了，记忆中的苍古寺则是古老的，是他们一生下来就存在了不知多少年的苍古寺。现在的苍古寺至少像刚从法国回来的维格一样年轻，简直比维格还要年轻！但是维格不晓得这些，维格第一次听说外婆就是在这里出的家，还兴致勃勃地让母亲和阿莫舅父指给她看哪儿是外婆当年住过的赭黄色小屋呢。没人告诉维格苍古寺是重修的，无论母亲维格拉姆还是满头飞雪的阿莫舅父。年轻人要来，两位老人没说什么还是来了。而维格甚至还拉着两位老人上了每天吹海螺号的天窗。天窗四周新的壁画十分绚丽，但年轻的维格却怎么也找不到那组描述疯女人皈依佛祖的壁画，直到这时阿莫舅父才小心翼翼地（恐怕别人听见）告诉年轻的维格拉姆：苍古寺是重修的，苍古寺不是原来的苍古寺。

不过1995年夏天的那次造访还是有相当的收获，维格奇迹般地见到了当年的丹增桑姆大师。丹增桑姆大师已经九十多岁了，老得简直像外星人。丹增桑姆大师裹在绛红色的大氅中，拄着拐杖，一双基本上不怎么动的眼睛已经萎缩，而眼珠瞪得总像是要掉出来。这么多年阿莫舅父也是第一次见到丹增桑姆，阿莫舅父的眼睛也瞪得和丹增桑姆差不多。两人对视了很久很久。阿莫舅父以为她早就不在了，她也以为他不在了，两人看上去都不相信各自还活在世上。

维格大声地问丹增桑姆：

——您多大岁数了?！在这里多少年了?！

没有回答，眼睛一动不动。

——我要找维格夫人，她您见过吗?

仍没回答，也没有表情。阿莫舅父说话了：

——您还认识我吗丹增桑姆?我是阿莫，阿莫·次旺多吉。

丹增桑姆大师深邃又凸出的眼珠凝聚出吓人的光芒，显然认出了阿莫舅父，却仍没有回答阿莫舅父，而是慢慢地，慢慢转向了维格的母亲，凝视维格的母亲，嘴唇慢慢嚅动地说：

——你，你是维格拉姆?

大师会说话，大师还有记忆。大师说：

——我见过她，我没把东西送她，东西都没有了。

多少年前的事，大师还记得。

维格的母亲非常的平静，倒是维格叫起来：

——什么?您见过她，我外婆?！什么时候?在哪儿?

——想不起来了……我们一起劳动……扫街……我想把东西给她，可东西没了。丹增桑姆依然对着维格的母亲，根本不理会大喊大叫的维格。

——您想想，您想想，我是维格夫人的孙女维格!

直到这时，大师才缓慢地把脸转向维格，凝神看着维格。维格赶快摘下了帽子，理了理长发，好像这样就能证明什么。

——你是维格夫人?大师说，似乎看见了什么。

——是，不，我是维格夫人的孙女维格!

大师的目光瞬间风化，好像有气流漂过……然后慢慢闭上了眼睛。

——大师！大师！维格喊，但老人再也没睁眼。

维格从没见过一个人这样慢慢合掌、坐下、一动不动，再不管世界任何事。

维格不知道：这差不多就是涅槃。

直到一年以后从法国回来重返拉萨、决定在拉萨定居，维格才知道丹增桑姆大师事实上就在这一天圆寂了。

维格相信，自己是大师最后的镜像。

塔

一

如果熟悉晦涩难读的《一座幽灵城的拓扑学结构》，居延泽对自己所置身的幽禁之地一定不会陌生。就像常说的，现实早已在书中存在，很多时候我们实际上并不生活在现实中而是生活在文本中。那书的开头这样写道：

> 头一眼叫人震惊的，是墙的高度；那些墙太高了，通体白色，同人的身材比较显得特别高大，使得这样一个问题根本不必提出：它的天花板到底是有呢，还是没有？

居延泽不熟悉那本书，但并不等于就不存在互文性。如果我熟悉那本书，居延泽又跟我讲了，互文就已经成立。“墙非常高，整个是白的，没有天花板，因为根本看不到，上面都是灯，灯太多了，并且是凹进去的，分了好几层，所以根本就看不见天花板——”居延泽说到他最初的幽禁几乎使用了《一座幽灵城的拓扑学结构》的语言，虽然我们说过他没读过那本书，完全不知道。他说他置身的房子没有窗户，四周全是泡沫板，只是在很高的地方有一些小的透气孔，“墙太高了，我就算跳起来什么也够不到，人和墙根本不成比例，就不像是给人住的，像是给长颈鹿住的。”

房间里几乎看不到门，因为门也包着一层啧啧响的泡沫板，必须特别仔细看才能看到一些缝隙。除了白色，如果缝隙也算一种颜色的话——比如黑色——缝隙就是房间中唯一的颜色。某一天——居延泽记不得待了多久了——经过仔细的研究，居延泽在另外一面泡沫墙上找到了同样隐约的几乎像秘密一样的缝隙，将缝隙拼起来，才大致看出了一扇窗子的轮廓。当然，即使如此，其中也有相当一部分需要想象来完成，真正可视的缝隙加起来不到二分之一。换句话说，房间原是有窗户的，不止一扇。那些透气孔也可以说是一种“黑色”，但只能透气，阳光无法射进来，月光就更不可能了，遑论星光。日夜更替完全由天顶灯控制，开就算天亮了，关上就是天黑。夜的时间很短，有时不过几个小时，多数时间灯开着。

房间有一张白色的软床，没有床单，没有床单的床仍是白的。被子、褥子、枕头从里到外都是白的，卫生间的门也包着泡沫板。有一张桌子，两把高靠背椅，都包着白色海绵，圆圆的，看上去很怪异。房间里没有任何硬物，没有任何可做绳索的东西——就算有也没任何地方悬挂。许多天后，居延泽才找到那些隐蔽的监控镜头，就在几个透气孔里。

事实上房间的四个方向都已经有显而易见的摄像头，根本用不着再在透气孔隐秘监控。居延泽的一切都在立体的全方位的严密监视之下，放个响屁都会被录下来，自然面部的任何时间的表情均在研究之列。

没有电视、报纸、手机、任何声音、任何色彩，开始还有一份当天的《人民日报》，后来就连这份最安全的报纸也莫名地消失了，就像一开始他还有一些书可以看，后来随着报纸也全部被撤走了。每天，他面对的就是白色的泡沫板、四个方向的监控、分层的看不到天花板的白炽灯、白色的床、白色的被子、白色的枕头、白色的拖鞋、白色的内衣、外衣、内裤——白色充斥了他所看到的一切。除非闭上眼，只要睁开什么都是白的。白色本来是用来镇定安静，就像医院的功能，这会儿变成了惩罚。因为他拒不开口。因为他自始至终一个字也不说。他以罕见的麻木、无动于衷，蔑视所有的工作人员、审讯人员。工作人员包括打扫卫生的送饭的以及设备技术人员，对这些人他本可以态度缓和一点，但是他不。他麻木得就像整个房间白色的一部分，如果不是脸和手，他和房间的任何白色的物品没有区别。对审讯人员他想象自己是泡沫板做成的，甚至眼睛都是。

白色与无声，两者的较量是一种怎样的较量？后来，白色升级了，所有的审讯人员，包括工作人员，有一天都整齐划一地换上了白色的衣裳：白色的大褂，白色的皮鞋，白色的帽子以及口罩。居延泽不再可能在审讯人员的身上发现任何有别于白色的肉色，他看到人都像穿着白色的太空服一样。的确，这有点致命，可以设想一个人终日只接触白色，而且是长期的，怕谁也受不了，审讯人员就是这么想的。但居延泽还是惊人地承受了，他同ZAZ组展开了拉锯战，ZAZ分析他的表情，他也分析ZAZ的表情，每次审讯他都盯着对方的表情。

他了解他们的工作，过去跟着老板多次视察他们，传达过老板的指示精神，代表老板督导工作，对他们了如指掌。他们——与法律无关却可以将你送上法庭。他们是神秘机构，权力深不可测，没有什么他们不能查的，没有什么方法不能用的，没有通常的法律程序的约束，个人没有权利。但他们也有弱点，通常他们完成的是政治任务，有来自上峰的压力，如果他不开口，不交代出他们想要的目标，无论他们掌握了多少有关他的证据、事实、别人的交代材料都没用，都不能算完成了任务。交代材料，对，他的交代材料，这点非常重要，没有怎么行？他们有时间表，有一道道上面的催问。他抓住了这一点。审他这样的人是最难的。一般说来他们也不能对他用刑，不能逼供，因为他不是一般人，他在全省差不多是一人之下万人之上。他们都认识他，那时他跟着老板巡视检查他们，那些级别很高的组长、副组长对他很客气，而他们这些具体的审理人员在他眼里不过是小鱼小虾，他根本瞧不上他们。他们怎么不敢动他一根毫毛。不应该有任何皮肉之苦，因为无论如何，哪怕送他上西天，他也是自己人，还是内部问题。在一定范围内自己人不能向自己人动手，这是不成文的规矩，谁也不敢轻易破坏这个规矩，这一点他也非常明白。但如果是别的什么方面的人，比如是教授或企业的CEO，哪怕是国企，若不交代那就难说了。

但他，绝对是自己人，皮肉上无所畏惧，他还怕什么？剩下的就是精神。好吧，精神。白色。

他们还要给他好吃好喝，三菜一汤。

当然，白色——非常痛苦，也非常可怕。

二

至少在白色的运用上，ZAZ 对居延泽差不多无所不用其极，已经有了某种白色的“拓扑学结构”的味道。尽管他们完全不知道这一数学术语在文学上运用的意义，但他们已经实践了它的意义，正如居延泽完全不知道新小说派代表罗布—格里耶，却具有了罗布—格里耶的能力。

终日的白色，居延泽的世界已变得模糊，不确定，又具有连续性。无论中国还是大不列颠百科全书都将拓扑学描述为近代的一个数学分支，拓扑学用来研究各种空间在连续性的变化下不变的性质。居延泽的空间完全具有这种连续的不变的性质。当然这个定义也可反过来说：在一种不变的性质下“空间”的连续性变化。居延泽出现了各种各样的无声的幻觉，常常不知身处何处，总是做白日梦，并且睁着眼睛做。他看到过去、未来、过去与未来的交织，就是看不到眼前。但是无论身处何种幻境，只要一有人来，居延泽立刻会恢复“不变”的清醒。就像刚才打了盹。盹无疑是一种拓扑学，盹后的清醒也是，它们是连续的可定向的，凡是可定向的变化都具有拓朴学性质；哪怕来人后来换上了白衣、白帽、白鞋，居延泽仍能保持打盹向清醒的可定向转换。也就是说他仍能看到不同于泡沫板的白色：脸，眼睛，特别是对方深色的眼睛，真是一种难得的休息。无论对方说什么他都会炯炯有神盯着对方一动不动，不管是男人的眼睛，还是女人的眼睛，好看的眼睛，还是难看的眼睛，他都会感到一种沉溺与休息。

怎么，还不打算开口？来人总是这样问。

居延泽充耳不闻，贪婪地睁大眼睛，仿佛吸毒一样凝视来人。没人真正理解居延泽的眼睛，虽然每次同步或在事后在监控屏上有人做出专业的分析与解释，比如把居延泽瞪大的目光定义为恐惧、崩溃、求生、渴望、混乱、惊恐，却没有一次有人定义为休息，定义为某种荒漠上的动物在水源处大量饮水。

“想通了没有？情况我们都已经掌握。好吧，我们再提供一个事实。XX 年春节前的一天下午，具体时间是三点三十分到四点四十分之间，这一个小时，你和你的一个名叫李莉的女友（她已交代）在北京赛特商场度过，对不对？你当时看好了一套价值六万元的健身器，健身器打完折后四万九千八百元，可你随身带的信用卡的钱不够，你没任何犹豫就给一个叫王长春的人和一个叫高阳的人先后打了电话。”说到这两个陌生人的名字，审讯人员稍稍顿了一下，似乎在给居延泽一点时间想想这两个人，因为这已是多年前的事了。“这两个人都是 X 县的副县长，一个主管农业，一个主管文教，他们俩当时正在北京。你在电话里说有件东西请他们帮忙买一下，你的钱没带够。他们虽在一起，但高阳先于王长春赶到，一看价格打折后四万九千八百元傻了眼。他翻遍衣袋仅凑了八千元，不够一个零头，很没面子，正满头大汗时王长春赶到了，一看价格打折后四万九千八百元眼皮都没眨一下就花钱买了。你当时倒是还客气了一下，说回头把花的钱还王长春，王长春明确说不用还，买了就是送你的。健身器也是王长春拉走的，先放在他自己家的车库里，过了三天送到你家里去。此后不到三个月王长春就被提升为常务副县长了，高阳则以年龄偏大免去副县长职务，丢了乌纱。这事不大，王长春交代得一清二楚，他已在押。”

确实，他们知道得相当细，除了王长春的交代甚至还有前女友的交代。他们在他身上下了相当大的功夫，想不到这些人早就对很多东西了如指掌，只是引而不发，哪怕你被提拔时他们也不吭一声。一切都是来自需要而不是有没有事。事是绝对的，关键是如何运用事，何时用。他们不能决定，一切看另外的因素，那另外的东西就太复杂了。那时居延泽还有《人民日报》可看，可以看报纸上的彩色照片，特别是大幅彩色房地产广告最舒服，最养眼。他根本不认真听，除了提到他的女友时他稍有些反应，其他他给他们的印象简直像报纸在听。这让他们相当的搓火，甚至搓报纸的火。真想夺下他的报纸。可他们不敢。他们对他已很不同，没讲大道理，也没太讲有关从严还是从宽的政策，这些他都清楚，什么都知道，因此审他太难了。因此只能用干货，不断地扔出干货、料。干货非常具体，硬邦邦的，每块都像砖头，不容置疑，不容争辩。“不容争辩”这点他们倒的确是达到了，他根本就不开口何来争辩？他以无声读彩色广告的方式蔑视他们，视他们为无物。经过请示，报纸撤掉了，书撤掉了，所有可视的都撤掉了。

> 你有一张信用卡，名字不是你，可与你的出生日期完全一样。另外，办这张卡的身份证复印件的照片也显示的是你，你不过是改了个名字。卡是国兴电子通讯公司送你的，里面有十万块钱，银行记录这张卡最后消费了九万九千元。当然，这是五年前的事了，对你仍然是小事。为了查你卡上的消费，我们在有关的商场、饭店、银行查找了数以万计的账单。你还有多少张消费过的信用卡我们也一清二楚，还需要我们一张一张地说吗？

没了报纸，他凝视他们，像是最认真地听，开始时没人能懂他为什么听得这样认真却并无真正的预料之中的反应。那么，他每次的聚精会神为了什么？有一次换了一个新的审讯人员，此人不但一身白色太空服，而且戴一副外星人般的白色墨镜，墨镜的镜框是白的，镜片也是白的，就是那种一圈儿一圈儿的白，只是到了最中心才有一个黑点，针眼那么大。因为防护了皮肤、眼睛，再加上多层的灯光，白色的泡沫板，白色的桌椅，白色的人，居延泽的眼睛再没处可放。看着那一圈一圈的不可思议的白色、极小的视点，居延泽甚至感到恐怖，那一圈圈的白是有旋性，看多了会把人旋晕，居延泽最后不得不低下头去。但来人的声音也接近白色，那种干枯的仿佛来自镜片的声音如同白色薄铁片。

> “XX年六月二日，还是在北京，也是多年以前的事了，”薄铁片说，“你遇到了省财政厅副厅长吕东，吕东告诉你他到财政部跑外汇额度。这个额度没多久就跑下来了，当晚他从北京回来就告诉了你，他想通过你让省主要领导知道他的能力、政绩，他争取到了五百万美

元外汇额度，你明白这个额度意味着什么，找到兰陵王酒业集团董事长杜远方，你告诉他你找财政厅副厅长向财政部跑来五百万美元的外汇额度，你们开始密谋这个额度……”

即使闭上眼睛也无济于事，声音甚至更响、更清晰地传递着旋转的白色，通感的效果反而越发明显。此人是专门请来的“色彩学”专家，名叫方末末，据悉特别对白色以及白色的声音有研究，在如何将声音变白、将白变成声音，以及它们和视觉、听觉、心理与精神系统的关系上都有着既前沿又前卫的建树——他的确最开始是个前卫艺术家。他在“五十一区”有自己的影像与多媒体工作室，离这儿不过百米，几乎算是审讯室的邻居。本来他的工作室属于前卫艺术范畴，但一不小心就跨界到了色彩犯罪学领域，与检方多有合作，且屡有奇效。工作室也因此扩大了面积，更名为“影像·色彩·犯罪”多维艺术中心。接到特别的邀请后，方末末制订了严密的白色墨镜审讯计划。之前艺术家方末末调看了所有视频资料，没费吹灰之力便发现了审讯人员眼睛的破绽，当然还有面孔、手。他戴上白色的防毒面具、手套，还有他的特制的白墨镜，声音由于防毒面具的过滤听上去也像来自太空的声音。也就是说来自太阳的附近，或者有时月亮的附近，甚至星星的附近。显然方末末主要是艺术家，来自太空般的声音问：

你安排杜远方与吕副厅长在省招待所见了面，是不是？副厅长已经交代了。副厅长认为兰陵王可以以购买设备为由得到五百万美元额度，你们的密谋就像刺杀列宁的密谋，“你是说尼古拉大门也要打开？不不不，两百万我不干，我要两百五十万！”《列宁在1918》看过吧？你肯定看过，你们的密谋太像了。但需要给省里打报告，上面批一下，而这正是你拿手的。在你的授意下，杜远方给省领导打了“申请拨给五百万美元外汇额度以应生产备料之需”的报告，报告很快得到批示后，转到了财政厅。副厅长马上给杜远方解决了五百万美元的外汇额度，你带了一个叫张华北的人来见副厅长。张华北是你另一张牌，你要想消化掉这五百万美元的额度非此人不行。此人是东方租赁公司冀办负责人，一直负责给兰陵王集团进口设备和原材料，既如此你要求副厅长把外汇额度给张华北就行了，这样绕一下隐蔽了。原则上这么办是不行的，谁的额度就给谁，当然也不是绝对不行，反正这个额度是专用于兰陵王的，只要兰陵王通过东方进口了设备就不会有大的问题。你打了个擦边球，你非常聪明。这个问题一解决，剩下的事就顺理成章而且更加关键：过去杜远方的兰陵王购买进口原料和设备一般都是用人民币换外汇，与美元的比价10∶1都认可，而当时外汇额度的比价却是6∶1。那么如果有了外汇额度，无形中就等于有了一笔巨额的差价利润。五百万美元的外汇额度粗粗一算，就会有两千万元人民币的利润！但这事由兰陵王直接操作不行，必须由东方租赁公司的张华北来完成，多了一层障眼。

你不愧是学过金融的，你很有办法，两千万的差额利润非一般人能运作出来，技术性很强，我总结一下：为了这笔隐蔽的巨额利润，你先让张华北写了一份申请五千万元贷款的报告，经你的运作，主要领导就把报告批了，批给了省人民银行，人民银行按程序又批给了冀北证券有限公司具体办理，最终以东方租赁公司为兰陵王集团进口设备为名，冀北证券有限公司将五千万元贷款汇入了东方租赁公司账户。之后，东方租赁公司张华北用这五千万元名义上按市场价格给杜远方的兰陵王集团换了五百万美元的外汇，而当时外汇额度的兑换比例是6∶1，这样一来实际上张华北只花了三千万元，剩下的两千万元就变成你或你们觊觎已久的差价利润。这笔钱经过多次转账，最后辗转到了香港你的前任戴一鸣公司的账上。在香港，庆祝胜利时，你对戴一鸣得意洋洋地说了一段话："我在官场，你在商场，今后就是要这么相互配合好。你要把人民币越赚越多，我要把官越做越大。我需要钱找你，你在官场有什么事我来办。"这话戴一鸣做了录音，你知道吗？

白色的声音，非常可怕，又仿佛来自太空，来自白色旋转的宇宙深处，居延泽脑袋快炸了。戴一鸣原也是老板身边的人，后来下海到了香港办公司，下海前戴一鸣推荐了居延泽接替自己，那时居延泽与戴一鸣就定下了里应外合的私密战略，这事没人知道，怎么会有录音？难道戴一鸣也出事了？天知地知那的确是他们两人举杯击掌时说的话，戴一鸣竟然录了音?！居延泽完全没想到这点。这点甚至更让他惊讶、完全不解。如果这是真的，显然已是真的，居延泽不由心头火起，对戴一鸣这种背叛非常看不起。当然，震动居延泽的远不止于此，更让居延泽心惊的是通过戴一鸣的录音、两千万元的巨额，他越发清楚他们真正的目标是谁，戴一鸣是手段，他居延泽也是手段，所以他们要用一个个硬邦邦的巨大的事实摧毁他，让他开口。他们需要他，太需要了，而且很急切。他们采取了多少手段啊？做了多少外围工作？他是最后也是最重要的防线。不过急切意味着什么？如果他不倒，那么老板就会岿然不动，老板岿然不动两千万又算什么？

尽管白色，声音，幻象重重，失去现实感，事实巨大，但是居延泽就像特殊材料制成的，脑子依然敏捷，不用视觉仅凭声音也能一下抓住要害。这倒不是他有天生的嗅觉，而是他太了解某些东西，比如政治。一个人太了解某些东西看问题就会和一般人不一样，对他使用一般的办法也会失效。

的确，没有用一般办法，而且相当技术化，虽然表面上看仍没什么用没什么效果，实际还是有用的。至少居延泽自己内心承认他对白色包括白色的声音越来越不适，越来越感到抬头困难。如果说一个人待在房间的时候，低头，闭目冥想，还算是一件自然的事情，那么当你的面前有一个人——这人近在咫尺，戴着白色墨镜，你长时间低头冥想就会非常困难，几乎是一件不可能的事。至少在听到某个细节时，比如戴一鸣竟然做了录音，居延泽会条件反射地抬一下头。居延泽不是禅者，只是内心有一股力量。这力量与禅毫无瓜葛，并不真正足以抵抗某些东西，事实是每一次下意识的抬头都感到一种锥心的东西。

前卫艺术家方末末如此专业，对白色的运用简直炉火纯青，简直像白色的魔鬼。在审讯思路上也堪称一流，与声音、白色配合得非常有力，只说事实：时间，地点，何人，何事，结果，如同新闻的五个 W，没任何说教，完全是技术，这才尤其可怕。如果居延泽的内心是魔鬼，那么方末末也是，或者更是。没有比一个魔鬼对付另一个魔鬼更有效，居延泽慢慢地低下头，低下头，低下去，不能再低了。那一圈圈的白色如同靶心，靶场，行刑之时。有时居延泽毅然地抬起头，直视白的墨镜，那些令他恐惧的行刑的联想瞬间纷纷消失，但直视的时间一长白色靶场的幻觉又开始形成，像雪崩一样，他不得不再低下头，低下去，承认某种程度的失败。他坚决再不睁眼，无论白色墨镜再说什么。

三

午后，一切都如此明亮，阳光属于所有能达到的地方，也属于与居延泽一墙之隔的另一个房间。这两个房间结构相同，但这间没有进行泡沫板及多层灯的改造，保持着原始的空间结构：屋顶呈现出包豪斯风格的蛋壳状，一侧是斜面铺下的大玻璃窗，因为房间太高，窗子分成了上下两层。这样的设计无疑充分考虑了光与反射光的因素，保持了光线的均匀、稳定、立体，透视感很强。同时从某个空旷的角度看，又可以感到某种不知来自何方的幽暗，或许来自空间比例的不对称——这里人显得太小了。三个人在这儿办公，更多地方空着。

三个人坐在大显示屏幕前，两边的工作台还有两个终端，每个人都穿着白大褂，其中一个是女性，相对年轻，我们可以称之为C。一个五十来岁，很短的头发，花白，我们称他为A吧。第三个也相对年轻，毫无特点，就算B吧。我知道有人反感汉语小说人物用英文字母代替，我觉得反感得有道理。我想用甲乙丙丁代替，但显然有点不够抽象，缺少字母的工具性。事实上在这个房间的人都具有抽象性、工具性。当然，他们也像拉丁字母一样缺少神秘性，然而甲乙丙丁在我看来一样缺少神秘性。或许只有从《周易》里寻找，比如，兑、巽、艮、坤，神秘性没问题，是否太古老了？或许用一用就好了？我们试试。

如果仅从外表看，兑——年轻得还像个姑娘，她外表清秀，眼睛可爱，嘴角微翘，不过在两个男人中间的那份从容一看就已婚，譬如给花白头发的巽和毫无特点的艮倒茶或拿什么东西总是很到位，没有一点青涩。如果不是日常太熟悉男人了，如果不是早晨忙这忙那绝不会这样稳当。有时在给一动不动的巽倒茶时多少还有点本能的放电，不过简直称不上放电，只是尽量表现得可爱一点儿而已。那时巽坐在大屏幕中心，身体挺拔，肤色很重，很硬的花白头发与白大褂有种老军医的味道。巽的左边是兑，右边是毫无特点的接近中年的艮，艮三十五岁左右，说话不多，即使说话也是围绕着巽。从背后看三个人正好是一个“山”字，甚至不同的椅子正好给他们分出高低。因为要看监控屏，部分窗子拉上了部分的窗帘，但显然这不是构成房间某种昏暗的原因。

就大屏幕和另两台终端而言，这里很像总控制室，它控制着这幢城堡一样的建筑物，而三人的白大褂又使这里像诊室或 CT 室，不过，大量牛皮纸袋、案宗又给人这里是档案室的杂乱印象。当然，单看屏幕，特别是几个屏幕上同样的内容，这儿又像是直播间。当然是神秘的直播间。大屏幕上画面有时被切割非常复杂，除了实时的画面，更多是静止的分析性的画面，不同角度的监控镜头反映着隔壁居延泽低下头去的痛苦表情。这些相同又有细微差别的表情非常重要，对于拒不开口的居延泽是唯一进入其内心的通道。审讯者方未未与被审者居延泽虽在同一画面，但两人显然是背离的，因为居延泽的头越来越低，甚至低得像是已经死去，戴白墨镜的方未未则怎么看都咄咄逼人。有时巽会下意识地或者莫名其妙地把白色墨镜的定格放得很大，放得特别刺眼，完全充满了大屏幕，连居延泽也从没放大到这样的程度，完全没必要这样。或许是赞赏色彩专家方未未？但也许正相反，反映了某种不耐烦？一时有点失控的焦虑？有时兑会在旁边插一两句话，仿佛提醒什么，不时夸奖一下方未未。但巽照例无动于衷，没任何反应。兑完全习惯了，也不指望巽有什么反应，不过说说而已。

延请某些方面的审讯专家也是常有的事，应该说这次请来方未未还是令人满意的，毕竟有了某种效果，在方未未白色墨镜的逼视下，对象虽然依然拒绝开口但显而易见不再是无动于衷的，甚至像一种酷刑，居延泽非常痛苦。是的，这太明显了，这是之前从未有过的——这个以沉默无视一切的家伙简直是块蔑视一切人的石头。但是现在，石头有了表情。然而如果兑和艮有一种惊异的满意表情，巽却显出越来越不耐烦，越来越愠怒，毫无道理的愠怒，甚至对兑和艮表示的满意也不满意，以至有种一动不动的厌倦。

巽是对的。巽看事物的角度与兑和艮不同，两个下属毕竟年轻，一点变化就高兴了，也不看是什么变化。巽看到了兑和艮看不到的东西，不错，白墨镜在痛苦上是成功的，但这痛苦的性质是什么？如果痛苦是双重的——感官的又是心灵的自然最好，但如果不是这样，如果仅仅是视觉上的痛苦，以至于削弱了精神上的痛苦，难道不是南辕北辙、本末倒置？今天，最重要的是两千万元的侵吞金额，是个重磅炸弹，由方末末来扔不过是想借助白色理论，让重磅炸弹更具爆炸当量，显而易见的是白色理论见效了，但两千万元的侵吞公款却没有任何反应。两千万元的调查花了大量时间大量心血，每个环节都毋庸置疑，任何人都难以等闲视之，但是白色墨镜导致的痛苦淹没了两千万的痛苦，那一圈一圈的白色恐怖怎么能让人思考？完全是喧宾夺主！

“停！结束。”巽对着麦克风发出指令。

兑和艮感到万分惊讶。

“为什么停下？”兑忍不住问。

这也是艮的问题，艮没敢问，只是急切地看着巽。

屏幕上的方末末同样惊讶，倒是头低得很低的居延泽没反应，无知无觉。方末末站起来，离开，画面几成空镜头。

方末末气喘吁吁走进来，仍戴着一圈一圈的白墨镜。

“怎么让我停下来？”

有一会儿没任何出声。

“把眼镜摘了吧。”巽说。

方末末不是下属，是请来的专家，对他说话不应该是命令口吻，应该客气一点。但巽就是这样的人，对谁都有一种枯燥的冷冰冰的口吻，或许是查人查惯了。

方末末摘掉眼镜，“头儿，居延泽已近崩溃，难道您没看到效果？”

“是呀！”兑和艮异口同声，谨小慎微的艮这回也忍不住了，居延泽这么明显的变化，太难得了。

“太不人道了。”巽看着方末末。

“什么？!!”兑、艮、方末末难以置信巽会说出这样的话。

或者难道是幽默？嘲讽？但也太冷了。

“我看到了效果，不是两千万的效果。”

“怎么见得不是?!”

“倒可能是相反的效果。”

“相反的效果?!”又是异口同声。

“是。”巽点点头。

“您是说适得其反?”方末末狐疑地问。

“我们要的是让他开口,”巽一动不动,“他好像很痛苦,但我看到他的嘴巴闭得更严了。他眼睛难受怎么还顾得上反应两千万的问题?白色墨镜不是好主意,偏离了问题方向。这个我也有责任。现在,你们都来看看他的特写照片,看看他的眼睛,他的嘴角,他在为什么痛苦?看看,是为两千万吗?”

方末末有些脸红,还想争辩什么,止住了。

“可是,如果他忍受不了白墨镜?”兑试探地问。

“这和用刑还有区别吗?”

“也许两千万的痛苦和白色的痛苦,混一块了。”艮嗫嚅地说。

“所以要把它们分开。”巽严厉地说。

“怎么分开?”方末末问,不管巽的严厉。

“再审一次,不要白墨镜。”巽说。

“这不又回到过去了吗?”兑大声说,女人和专家有同等性质。

“就是要回到过去。”巽凝视着兑。

巽这样说等于给方末末下了逐客令,然后转向方末末:“你的任务完成了,完成得很好,但不是我要的。他会把头扎到怀里,但不会张口,实际上,你坚定了他的不开口。你的色彩理论还有不完善的地方,而且,说到底,这是旁门左道,不是正路,这个教训我也要牢记。”

巽一开始看上去本来没打算训人,但说着说着还是训上了。巽有这个权威,早已习惯了自己的权威。他是全省里神秘可怕的人物,没有官员不怕他的。他掌握了太多东西,那些东西多到什么时候拿出来都能置人于死地。不怕巽的只有居延泽,几次陪老板检查工作时居延泽都开过满脸严酷的巽的玩笑,“你那儿是不是也有不少我的料?别老捂着,有也悄悄告诉我一下。”当然是挑战。这种玩笑从没人敢和巽开,但居延泽不仅不怕,实际上还有点蔑视。的确,如果不是某种情况,不是出现了时机,巽拿居延泽还真没办法。不是有问题就能办，得在需要的时候，得有指示。这是巽的苦衷之处。也是他的冷血之处。居延泽是学历史的，知道巽这种人的厉害，但也知道他们的局限，对他居延泽来说巽动不了他，巽对他也只能是落井下石。至于井，那是神秘莫测的，绝对的小概率。那种小概率是他不能管的，如同不能管抛硬币的结果，这是他从本质上蔑视巽的原因。

现在显示屏上，居延泽像虫子一样慢慢缓过来，抬起头，恢复了一贯的淡漠。居延泽把几个监控镜头分别看了一遍，又盯着一些可疑的地方看了一会儿，慢慢地起身，走近饮水机，用纸杯给自己倒了一杯冷水，慢慢地饮下。居延泽知道自己的一举一动都在不同角度的监控中，他的镜头感相当强，这方面他几乎有着演员的自恋与天赋，只要是镜头，不管什么镜头，哪怕监控镜头，他都在乎别人怎么看自己，他都要想着给别人什么印象。与镜头异曲同工的是过去他对镜子也一样敏感，在任何一个洗手间，哪怕是机场赶飞机时的洗手间，或者甚至是在亚光电梯间他都会本能地注视一会儿自己。但他不会像有些人还会理一下头发，不，他不会，他只是看，端详。居延泽的确有些与众不同，四十出头，既有年轻人的样子又很成熟坚定，唇线早已铸就。他身材并不算高，但看上去比他实际的身材高，很匀称，一双很大的单眼皮的眼睛，下巴长，饱满，稍一微笑嘴角就会上翘，很迷人，但这迷人的线长通常总是被淡漠的目光控制，这种淡漠有时甚至会表现为忧郁。稀疏的连鬓胡子，看上去沧桑，但显而易见一旦笑会非常迷人。他不当演员有点可惜了。在监控摄像下，他的表演真实而自然，非常接近他的内心。特别在刚刚谈完话之后。是的，严格地讲一直是谈话，不是审讯，这儿不是看守所，也非监狱，只是一个内部秘密机构，可以在任何地点。

如同居延泽所料，谈话只是突然中断，不是结束。泡沫板的门重启之际居延泽还以为方未未回来了——刚才很显然方未未是被临时叫走的，方未未一直戴着耳麦他得听场外的指挥。居延泽完全想不到方未未被中止了，以居延泽之聪明这方面他一点预感也没有。也难怪，白墨镜是唯一的一次成功，它迫使居延泽放弃了无视与无动于衷。无动于衷、无言、无视，不仅是一种策略甚至也是一种习惯。另外平时居延泽就习惯以貌取人、以资历取人、以印象取人，总之，先不说内在的东西，仅仅外表就会让居延泽不愿搭理人。到了这里也一样，这儿所有人都跟他谈过话，却没一个即使在外表上让他看得上的人。他特别看不上乏味的艮，特别艮还拿腔拿调地问他这问他那，简直让他想吐，想用一口呕上来的痰啐在艮白开水般还自以是的脸上。兑是女的，稍好一点，长得不坏，从性感的角度倒是可以看看某个部位，胸，侧影，腿，不过如果不是在这里，如果还是他高高在上之时，他一眼就会觉得兑是个乏味的办公室的女人，机关里这样的办公室的女人不少，她们要么嗲声嗲气，要么充满卷宗和公文味道。在男人化的办公室她们不可能是自然的，更别说参与什么审查工作。

进来的是巽，居延泽略有意外。包括片刻的轻松，毕竟白墨镜没有了。居延泽照例看不上巽，但和看不上别人有所不同。这么些天巽只露过两面，谈话时间也不长，没有实质内容，甚至能看出巽也不太想说话。第一次时间最短，好像只是告诉他他落他手里了，是对他过去玩笑的回复。第二次时间也不长，只是枯燥地慢慢地交代了各种政策、法规，似乎其志得意满就在枯燥的政策法规的字里行间。这更可恶，也更卑鄙。主要是居延泽不认为他的进来不是巽的本事，不是他居延泽出了问题，而是老板和更上面的出了问题，这不是他居延泽左右得了的，如果不是这个问题巽敢动他试试？巽没什么可在法律法规里得意的，而他还得意得这么低调，真是可恶。而且，说到底，现在输赢还难说呢，巽要想赢首先得过我这道关，你巽牛什么？我不配合你什么也得不到，你依然不过是某种东西的棍子，你这充低调实在没什么了不起的。居延泽希望巽多露面，多来审他，这样他可以从巽身上嗅到更多的上面斗法的信息。这种信息当然主要靠直觉，比如巽有哪些细微变化，尽管这是一个很难看出有什么变化的人。此外，他们是有时间表的，居延泽需要从巽身上判断他们的压力，他们拖不起。

四

巽隔着改造后的白色桌子慢慢坐下，虽然穿着白大褂，但没戴医生的那种白帽子，好像作战室的将军不戴帽子，枯燥的花白头发一如这个人枯燥的表情。巽不是有意地低调，就是有一种内在的无精打采或者说淡漠。

另外巽的眼睛有些黄，但又不是天然的其他种族的褐色，显然是某种东西使然。尽管如此，居延泽还是在巽的眼睛中得到某种休息。同这样的眼睛比，方末末的白墨镜太不人道太邪恶太高科技了。感谢巽的花白头发——有不少还是黑的，感谢褐色的眼睛——虽然有另一种不舒服，另外不戴白帽子无论如何有点人道。

巽与居延泽对视，半天无话，每每他们都是先用眼睛交谈。

巽慢慢地开口："两千万，够判你死刑的了，你知道吗？这个和其他什么都没关系，死是肯定的。除非你有重大立功表现，"巽顿了一下，意在稍稍强调了"重大"二字，没什么新鲜的，非常乏味。"除非你有重大立功表现。"巽重复了一下，他的某种干燥让一般人受不了。显然他有太久的便秘历史，已经感觉不到便秘了，习惯了，可别人真的有点受不了。

"你选择生，还是死？还是，选择立功表现？顽抗没有出路，只有死路一条。"话语陈旧，毫无个人色彩。居延泽面无表情。居延泽也只能用便秘一样的目光看着巽，看上去没任何思考，当然，实际在思考。

巽继续乏味地说，像读文件："对一个死人，一切都没有了意义，你保护的人是否得到保护，我们是否如期完成任务，对你都没有意义，因为你已不存在。不存在，我们如何对你有意义吗？我要跟你说的就是这些。"

审讯很简短，巽总是很简短，巽说完便站起来，绝不拖泥带水，只是简单地居高临下地打量一下居延泽，没认真观察居延泽的反应，便离开了。

和以前一样，巽说的都是干货。

观察从来是相互的，巽不观察居延泽也就让居延泽失去观察巽的机会。居延泽不可能每分每秒都记着监控镜头，短时间也会忘记，也会失去镜头感，这时的居延泽非常真实。没有比一个人，哪怕是行为艺术家，暂时忘掉自己的时候是更真实的自己。但就算如此，居延泽作为一个更真实的自己，仍然与表演的自己有一种无法割断的联系，并不判若两人，更像是兄弟。

不能不佩服居延泽，虽然被击中，但没有倒下，也没出现呆滞，只是看上去异常凝重，在一墙之隔的显示屏上，居延泽犹如定格了一般。和白墨镜下的情况完全不同，那时是像虫子一样的痛苦，现在无论兑还是艮看到的是外表一动不动的内心的震撼。如果有一种表情你看到了痛苦，却看不到内心，那就是一圈圈白色墨镜下的痛苦——何为旁门左道？这就是。

现在，兑和艮不得不佩服巽，佩服巽的枯燥、简至、冷血。巽果断地制止了方末末是对的，居延泽不能再用痛苦掩盖痛苦。

“您太厉害了，效果非常明显，他在做思想斗争，在想！”兑说。

“他还从没这样过，他完了，刚才我们偏离了方向。”艮说。

“您卡的时间太准了，一击毙命。”兑女性化地做了一个手势。

“您这种正气凛然谁也受不了！”艮也学着做了一个手势。

“不，”巽盯着屏说，“他只是受了伤，远不致毙命。”

“我看也是。”方末末不满地说。

方末末可以走了，但是没有。方末末不欣赏居延泽凝重的样子，在他看来居延泽的凝重太正常，太像雕塑了，一点也不符合他的影像艺术的观念。当然，方末末不走是还有事情要做。就在巽审讯居延泽、兑和艮全神贯注面对终端时，方末末将一个遥控装置悄悄安置在了大屏幕的后部。方末末没想到巽结束得那样快，以至于差点没安装完，好在巽没发现什么。

“你还没走？”巽问方末末，一点不客气。

“我们有协议的，”方末末反应也很快，“您中断审讯违反了协议，我还没控告你们，我可以控告你们。”方末末发出了薄铁片一样的警告声。

“你告谁？”巽困惑不解的样子。

“你，你们，你们ZAZ。”方末末到底是艺术家，话里有股激越之情。

“哦。”巽恍有所悟，一点也不像装的。

方末末走了，虽然调子很高，其实是虚晃一枪，方末末真实的意图是在掩盖他刚才的秘密行为，他更关心的是画廊那边的影像墙是否成功。

他成功了。这儿的审讯在百米之外成为艺术的一部分。

方末末走后，巽问兑是否签了协议，兑回答说是签了，巽没说什么，继续注视大屏幕，似乎瞬间便忘了什么。大屏幕以及另外两个终端上，居延泽已慢慢从雕像状态醒转过来，他抬头看了看监控镜头，然后托起腮，类似思想者一样又回到雕像状态中。居延泽知道自己刚才忘了镜头，忘了就忘了。他甚至一笑——又开始表演。他夸张了自己的某种轻松与不在乎。没办法，只要居延泽意识到镜头的存在就会表演。同时他的笑也在告诉镜头后的人们：他没事儿了。

黑夜来临，即：天花板上的灯关闭的时候。这时房间只有接近地面的墙灯与鞋灯微亮，灯均是橘黄色，监控大体只能监视出居延泽的身体轮廓，居延泽只要用手稍遮挡一下脸即可完全隐去自己。对居延泽来说，夜晚来临（关灯）是一天中的轻松时刻，他从不用这难得的时刻睡觉，而是彻底放松自己。特别是放松面部表情，说真的，一天下来表情是相当累的，因此居延泽差不多总是早晨灯一亮便开始睡觉，他用枕巾将眼睛蒙上，倒不怕镜头。不，他是真睡，如果无人审讯他一直能睡到中午。夜晚走动，开始真正的属于自己的思考，每次都信心满满地迎来早晨开灯的睡眠时刻。

但是今天，刚刚放下面具，一放松，居延泽就感到自己垮了。不，不是心垮了，而是脸上的肌肉彻底垮了。今天，他的脸面临了最严峻的考验。生，死，这是个问题。这个名言他还知道，莎士比亚的，人类最古老的问题，他毕竟读过大学，而且还是研究生学历。事实上白天在雕塑状态时他已想了一遍，但是有监控干扰，现在居延泽稍稍遮上脸，又仔仔细细想了一遍生、死。

居延泽用了七个夜晚思考，最终决定还是沉默，他认定在所有的变数中沉默仍是最大的变数。“还是把一切交给沉默吧”——在第七天的永恒灯光开启的早晨，即将进入睡眠的居延泽对自己说。这是他最后的决定，这时他的脸上有了一种七天来沉浸于“黑森林”中从未有过的光。这光并不来自天花板分层的白炽灯，更像是来自居延泽内燃的自身，似乎即使没有天花板上的灯他的身体也会慢慢地自燃发亮。与此同时，这七天也是巽的脸——确切的说是眼睛——变得完全无光的过程。一个本来就没多少光的脸，如果再失去光是什么样子？就是巽的样子。对巽来说，居延泽是手段，不是目的。

这点两个人都看得很清。

必须通过居延泽。只有通过居延泽才能拿下下一个目标。某种意义上说的确是巽、是ZAZ有求于居延泽，不是居延泽有求于ZAZ。居延泽看出了这点，抓住了这点，勘破了这点。这是个太了解内部东西的家伙。巽承受着巨大的压力，居延泽不破，某种势力不垮，夜长梦多或许会有反作用力。而且，最致命的是，有些难以预料的东西往往会说变就变，甚至一夜之间就变了，政治游戏就是这样，巽已非一次经历。而时间往往是政治博弈最大的变数，要真发生变化，就算铁证如山，居延泽也不一定获极刑。相反巽自身的前景将会变得莫测，这是巽本来就没有光泽的眼睛却还在失去光泽的原因。当然，莫测巽倒不怕，主要是他是否尽了最后的力？这天早晨，巽看到居延泽容光焕发，几乎有一种透明状，知道他必须要请一个人出山了。

巽再次拿起电话，打给病入膏肓的住在寺里的老友谭一爻。

昨天巽与谭一爻通过电话，但没说出口。

五

巽打电话要谭一爻出山。那时谭一爻确实在山上，在一个坐落在次一级山峰的小庙里。谭一爻是法学教授、著名的审讯专家、国务院政府特殊津贴享受者，几个月前查出了肝癌，近来谭一爻自行停止了化疗，也停止了药物，来到群峰中的次高峰上。这里苍松翠柏，古木参天，寺宇错落，庭院的修竹、海棠、丁香、玉兰，显然刚植了没几年，与同样看上去仍崭新的寺院建筑一起提示这里的复兴。小庙名慈云寺，始建于唐，毁于明，荒圯已五六百年，后世从未重建，直到近年才由一位海外神秘人士捐资依址重修。小寺不大，一个山门，一进庭院，天王殿与大雄宝殿矗立当中，事实上分成了前后院。三处禅房，香火不旺，和尚也不多，不过四五个。几乎没有什么香客，有也是个别的采药人和一些专业攀岩训练者。但这儿并不缺少有实力的施主，每年那位海外人士，包括他的友人，都会作为施主前来山上小住。外表看条件虽简，实际上品质极佳，石阶，钟楼，放生池，香炉，佛龛，窗楹，连同客人用度的禅房都十分讲究，纯木结构，接近日式禅宇。法学教授、著名的审讯专家、国务院政府特殊津贴享受者谭一爻认识这位海外施主，施主向谭一爻推荐了这里。

这里清静是足够清静了，超越也足够超越，方便也足够方便，但具体如何在这弃世谭一爻也还没最后想好，终日就是在禅房沉思，在山顶散步，却极少去大雄宝殿叩首祈祷，更未燃过一炷香。山顶面积本就不大，几个星期下来一切都已熟稔，连周边景致也胸有成竹。慈云寺很小，所在基本是一座孤峰，也容不得寺院太大，恰好因地而设，布局实际非常合理。山峰本来无路，硬在岩上开出了一条盘旋而上的石阶，环峰而行，至山顶，许多地方绝不亚于华山之险。更特别的是石阶一侧没设护栏铁索，没任何安全设施。此山路开凿花销不菲，不差护拦这点钱，显然有意为之。山路之险影响了施主上香，但显然这不是一个意在俗世的寺院，唯有心诚者才能攀登。即便海外那位施主每年来此小住也要只身攀登，全不在乎亿万之身。

虽然险要，谭一爻第一次攀登却丝毫没感到困难，更未意识到危险，仿佛这条登极之路是专为他修建的。他的情况和海外那位施主所料差不多，一到山顶，两位便远隔重洋通了电话，海外友人祝贺谭一爻顺利登极，谈及自己每年都涉险登极，之后一年都平平安安，想必一生也会如此。海外人士最后的话里有深意，但谭一爻只是一笑置之。

寺后是那座更高的山，峰巅已经无树，纯粹的岩石，一天中慈云寺要有很长一段时间落入它的阴影中。小寺没有围墙，不必围墙，四周悬崖、树、竹，堪称围墙。谭一爻住的禅房在大雄宝殿后面，是两间独立的石头禅房，恰是每年的海外施主所住。房前一条竹林小径伸向松林，接到巽的电话时谭一爻正在落满松枝的小径散步，那时早雾刚刚散尽，前面就是断崖。如果从远处看寺院谭一爻差不多就是站在断崖上，就像有些画上面经常看到的达摩那样。当然，这样的视角必须是在相同或后面更高的山峰上才能见到。这里有个中国移动或联通的发射塔，信号非常强，比谭一爻在大学和家里的信号还强，电话里那边巽的声音也异常的清晰，好像离得非常近。

谭一爻婉拒了老友，理由不言而喻。巽无话可说，对死亡能说什么？能提什么要求？但是还要提。这就是两人的关系。

“你看，我正在人生的断崖上，”谭一爻对老友巽说，“我已经想好不从这里跳下去，我原来是打算从这儿跳下去的，我有了更好的更有趣的弃世的方式，不过无论什么方式都已和你的邀请无关。”谭一爻转动了一下身体，一边向回走一边对着电话慢慢悠悠地说，“你应该忘了我，从我离开家开始就已不再属于这个世界，更不属于你我要去的那个世界。这非常有趣，我从未在这种状态下思考过问题。你知道吗，你在和一个既非生也非死的世界说话，并且你还向这个世界发出了邀请，巽，这是不是有点残酷了？”

巽举着电话，如同举着死亡，无语。最后巽枯燥地问：

“我来看看你，总可以吧？”

谭一爻还是谢绝，他到这来就是不让别人找到他。他谢绝任何人来，包括与他同居多年的蓝。谭一爻一生没有结婚，除了蓝没有第二个女人。女友蓝先是他的学生，从本科到研究生、博士生，一直都是，一直追他，直到蓝留校任教又追了三年两人开始同居，但一直没结婚。那时谭一爻已过不惑之年，蓝也从二十岁的小姑娘变成三十出头的大龄高知女青年。即使同居他们也是拜访式的，拜访被谭一爻认为是一种最恰当的两性形式。谭一爻与女学生商定：不履行法律程序，有绝对的私人空间，各有各的家，这周她来他这儿，下周他去她那儿，或临时电话商量。经济上也各自完全独立，任何一方都不接受超过自己生活水平的礼物，永不退还礼物。计划外的见面时间地点须事先商定，没有约定，任何一方不得以任何理由擅自跑到对方家里来，双方不持有对方的钥匙。拜访还有补充条款，比结婚的法律条款还严格，如：任何一方只要提出分手，不再见面，分手就已生效，不得询问为什么。即使询问，提出分手一方也可以不做回答。这样做的实质是即使两个人相爱他和她也仍然要保持平等、相互尊重，不干涉对方的绝对自由——谁破坏这个原则，谁就将失去对方。蓝接受了全部的类似法律的条款，蓝认为一个人爱一个人可以做奴隶。蓝对爱的理解虽与谭一爻纳粹般的条款迥异，但又殊途同归，只要她像奴隶一样绝对服从他们就没争议。蓝对老师说一个人的绝对自由意味着另一个人的不自由，不自由就是爱，她愿用绝对不自由的爱换取老师绝对自由的爱。谭一爻反驳学生，爱是一回事，自由与不自由是另一回事。在那所大学里，他们这对过去的师生关系后来是一对最奇特的两性关系。没人知道谭一爻为什么会有那样奇特的要求，也没人知道蓝为什么接受谭一爻，如果非要解释，也只能是这对师生都太迷恋他们共同的审讯学专业了。他们的专业深入了他们的骨髓，挤占了他们的感情空间，甚至性的空间。有人说他们看上去仿佛是不做爱的，像两个无性的外星人。这种猜测当然有些夸张，但也不无道理，事实上他们的确做爱不多，见面更多就是吃饭、看电视、聊某本书，相拥而眠，不做爱对他们是自然的事。

谭一爻认为自己会患上癌症是或迟或早的事，当检查结果还没出来时他比医生提前就已知道自己得了淋巴癌，他摸到腮下有硬结，结果出来是肝癌，这多少让他有些意外。当然，淋巴上也有了，不过还很小，现在主要是肝，医生是这么告诉他的。这比他想象的还令他吃惊。他倒不认为癌症和自己经常应邀参与审案有关，虽然可能的确不无关系。他想会不会是淋巴先有了然后传给了肝而肝发展得比较快反超了淋巴？他这样问医生，医生认为并不存在这样的逻辑，事实正相反是肝传给了淋巴。谭一爻质疑说可是许多年前我二十多岁的时候就查出了淋巴有问题，他对医生强调。医生说也可能有特殊情况，不过这个意义不大，谁先谁后有什么关系呢？你为什么非要弄清这个关系？怎么没有关系，这是科学，他要求医生再仔细检查一遍，看看到底是谁先谁后，谁因谁果？医生只得做了重新的检查，还是维持了原来的结果，如同维持了原判。

谭一爻待到了慈云寺无人知道，无人能找到，就算找到了，爬上来也几乎是不可能的。除非像谭一爻一样，已将生死置之度外，或者训练有素。不过巽来过电话后谭一爻知道巽要想找到他是能找到的，可以说就没有巽找不到的地方，他甚至可以卫星定位他的电话，或者已经定位了，谁还能难得住巽这个堪称最神秘的人物？当然，如果最初根本就不接巽的电话巽也找不到他，但那时他在犹豫片刻之后还是抑制不住地接了。他告诉巽，即使巽找到了这里他也很难爬上来，他几乎有点得意地以至跃跃欲试地描述了危险的石级的情景：你去过华山吧？对，你知道，华山如果没有护栏铁锁是什么样子吗？就是我这儿！而且，没人能帮你，你只能自己爬，一不小心你就会落入万丈深渊，万劫不复。这样吧，干脆，我告诉你路线吧，你来吧，你要能上来我就跟你走！巽挂了电话。不知巽是不是听到了他后面的话，他心痒痒地又打过去，喂，喂，巽，巽，老巽，到底要不要我告诉你我具体在哪儿？怎么走？巽说不用了，说完又挂了。谭一爻不能断定巽到底是生气了还是会来，想再打过去电话，又放弃了。跟巽是老朋友了，他们一起办的神秘案子已不计其数。

秋天，盛大的草虫奏鸣，漫山遍野，至少能听出三十种虫子，三十种振翅，所有的草都在颤动，但看不到一个虫子。一切都在下面，甚至整体的隆起，似乎只要轻轻掀开一角就会发现一个音乐世界：乐队如此整齐，无数重复的乐器辉煌如整个重复的秋天。谭一爻听了许多天秋天的虫子，似乎听不够，所有的地方似乎都是处女地，都没人来过，都是永恒的虫子的世界。还有鸟叫，也听不够。一辈子也没听过这么多鸟叫，早晨在禅房听鸟是一种效果，到大自然是另一种效果，前者像音响，后者像现场。很奇怪，在现场总是不如在禅房听到的种类多，好像各就各位时一切都自在，你稍改变一点秩序自然界就知道，就有鸟不叫了。除非站在一棵树旁半天都不动，一步也不挪，仿佛你是一尊雕像，大自然分毫不差的秩序才会恢复。虽然不过月余，但经不住出门即自然，谭一爻已无师自通地将鸟分出了两大类：一是雀类，叫声干脆、精确，一声一声，如同点射，有的频率快一点，有的慢一点，但都很带劲。还有一类是眉类，叫声婉转，一叫是一串音，有节奏，还有变奏，有时固定的节奏与变奏会结合起来。最多的最普遍的是一种三音阶的节奏，翻译过来："守，守纪律/守纪律—守纪律/守纪律"，每每谭一爻会想起自己的童年，手背后，跟老师一句一句，念课文。在断崖上，谭一爻有时一待就是一天，不吃午饭，有时早饭也不吃，有时松鸡或喜鹊嘎或嘎嘎的叫声会叫醒处于类似弥留早年的幻境中，更多时充耳不闻。

当然，在蝉声与鸟叫和山泉中也有来自大雄宝殿的经声，可能由于经文不同，有时某种低鸣的经声异常浑厚，以至统摄了自然界各种声音——即使在断崖上也会感到被恢弘之音萦绕。这是法音，是三世佛之音，能在此处沐浴法音哪怕稍有宗教感或慧根的人都会感到某种莫名的感动，以至融化。但谭一爻却觉得有些吵，希望这阵弘音赶快过去，甚至有时颇为烦燥地踢踢脚下的草，偶或就有石子落入万丈深渊。

某种意义上说，谭一爻来这儿是个错误，这儿虽清静、自然，但更是个梵净之地，由于山门、大雄宝殿、禅房与香火的存在，自然——比如鸟叫与虫鸣以至泉水，实际在这儿已边缘化，即使在最边缘的断崖也在经声与法音的半径之中。谭一爻没有任何宗教信仰，对任何宗教可以说既无知也没一点兴趣，他只相信法律，虽然法律也常让他伤心。或许是童年的宗教鸦片说，他对宗教的拒绝与生俱来，后来也从未试图改变过。其实谭一爻有许多机会接触宗教，按理说接触多了，耳濡目染，多少总会有些感觉，每年他都有机会到祖国各地甚至国外开会、讲学、学术交流，安排参观必不可少，其中相当多的就是寺院或教堂，但谭一爻非常固执，他能不去就不去，能在房间待着就在房间待着，除非集体行动不再回来。但常常即使到了寺院门口，即使没办法走进了寺院——不能脱离集体——谭一爻也只是宏观地转转，从不进大殿。一般只是看看树、花、古钟、碑、小桥流水什么的。他无法面对那些不可思议的佛像，好像一面对就过敏似的浑身不适。倒不是怕什么，没有任何畏惧，就是不舒服，觉得面对一尊塑像不可思议。虽然不再觉得这是鸦片、迷信，但也不觉得是佛。在国外的基督堂、天主堂、圣母院也是这样，那些天顶画、圣母圣子、耶稣受难像，没任何什么能打动他。所以出门在外他实际上能去的地方很少，通常就是面对沙漠、山、大海或河流坐坐，晒晒太阳，仅此而已。

他的专业没的说，不说国内首屈一指，也是为数不多在犯罪心理学与审讯领域都同时被广泛认可的一流专家。那位神秘的海外施主当年就是谭一爻在国外讲学时慕名而来的，两人成了朋友。但也正因为宗教的原因，他们并没什么深交，之后也几乎再没联系。当然，以谭一爻的偏执，他几乎很难与任何人深交，他没有朋友。除了巽吧。他和巽，两人尽管看上去非常不同，却有一个共同特点，就是除了审讯与犯罪以及适用何种法律外对别的什么都不感兴趣，他们只在专业上兴奋，别的休想让他们兴奋起来。恰好在这一点上他们又多有合作的机会，且合作异常愉快。他们共同破解过许多审讯难题，有些成为范例。这些范例谭一爻在自己的许多著述上都有提及，都必不可少地提到了巽、与巽的合作，甚至巽的贡献。有一次，谭一爻在国外作完学术报告，邀请方后来向巽发出了邀请。但巽没有去，巽所在的部门不便让他在国际论坛上发言或者作报告，此外也不对口，国外没有司法之外的审讯机构。巽是一位忠于组织忠于职守的人，虽然也出过国，但都是以私人身份。

发现患癌之后谭一爻一开始想沿沙漠走向无穷，跟巽商量过，巽不同意。巽有一点与谭一爻不同，就是在对待生命上非常强硬，无道理的强硬，天然的强硬。不过这倒促使谭一爻给海外朋友打了电话。谭一爻知道海外人士在中国大陆捐了一个庙，而且离他还不算远，就在太行山某处。由沙漠到海外人士到佛门是谭一爻不小的一个转变，他平生几乎第一次穿过天王殿，拜了主管未来的弥勒佛，跨进了巍峨的大雄宝殿。在佛教中，大雄宝殿是正殿、寺院的核心建筑，也是僧众朝暮集中修持的地方。大雄是佛的德号，“大包含万有的意思；雄者，摄伏群魔的意思；宝者，佛法僧三宝。”香火缭绕中谭一爻在一个沙弥指引下知道了一些入门知识，认识了基本的三世佛：诸如主尊释迦牟尼佛，释迦牟尼佛左边东方净琉璃世界药师佛，右边西方极乐世界的阿弥陀佛，以及迦叶、阿难、文殊菩萨、普贤菩萨、日光菩萨、月光菩萨、观世音菩萨、大势至菩萨、燃灯佛，十八罗汉之宾度罗跋罗惰阇、二迦诺迦伐蹉、三迦诺迦跋厘惰阇、四苏频陀、五诺矩罗、六跋陀罗、七迦理迦……未及十八，谭一爻制止了小沙弥，坚决地，甚至愤怒地退出大雄宝殿。

谭一爻从此再没到过大雄宝殿，正殿前院都来得很少，更不消说暮鼓晨钟中的早课与晚祷。谭一爻不接受什么大雄宝殿，脑子几乎要炸了，但是有一天却在禅房中接受了佛法的某种生死法门。确切的说是佛法的圆寂理论，比如通过修炼预知死亡时间，可自然了断生命。这比坠崖或服安眠药更接近自然死亡。比如一僧人说自己将三天以后坐化圆寂或三个小时后坐化圆寂，结果真的就在那个时刻坐化了；生命完全可控，就好比说像拉灯绳一样，想关上咔嗒一声就关上了。这样的了结神界令谭一爻无比向往，只是稍稍深阅读下去发现事情并不简单。比如坐化、圆寂、涅槃，叫什么都行吧，这些深奥得有些混乱的概念（比起法律条文没有什么不是混乱的）并不仅仅是指身体死亡，更是指“诸德圆满、诸恶寂灭、灵魂离开躯体获得新生”的意思。总之坐化或圆寂、涅槃不仅仅指一种死亡的技术，还指一种包括了死亡技术的“人”的再生——这在著名法学家与审讯专家谭一爻看来就是混乱。

谭一爻虽然接受了圆寂理论，但决定自行其是。谭一爻对巽说他不再选择坠崖方式而已经有了更恰当的方式，其实也没什么新鲜的，不过就是准备了 49 颗蓝色药片这么简单。事实上上山之前他就已带上了这些药片，药片本来就是选项之一，不同在于，在谭一爻看来：药片与圆寂理论其实是有共通之处的。“另外，”谭一爻兴致勃勃对两天后神奇地上得山来的巽说："这儿有一个消失了好几百年的传统，最近又恢复了，僧人圆寂坐化的时候可以坐在缸里，就是陶缸，专业的说叫'坐缸'，是名副其实的坐化。"谭一爻两眼放光，好像不是谈论死亡而是谈论新生，"坐缸之后僧人们将遗体四周填充木炭、柴草、衣物，密封，然后放在室外，保存七日，七日之后僧人们将陶缸下面一个预先置留的小孔掏开引燃缸内的柴草，木炭让遗体慢慢焚化。你知道吗有可能会烧出舍利，舍利你知道？这儿的方丈说只有高僧大德才会烧出舍利，但我会，你相信吗?!"此时谭一爻已完全不像法学教授，好像有什么附体。也许无论如何这儿是精神之地，气场太大，即使是法学家的谭一爻也不可能不受影响。巽很不适应谭一爻的精神状态，一直板着脸，尽管汗湿的面孔看上去气色不错。

六

"我向这儿年轻的方丈提出了坐缸的请求，"谭一爻饶有兴致地说，"之前，我将所有的财产布施给了寺里，我没给蓝，我的妻子——我想我可以称蓝为妻子吧——留一分钱，可是即使如此，年轻的方丈仍然不同意我的请求。方丈的理由是：我不是这儿的僧人，只有这儿的僧人才可坐缸坐化。如果我执意要求，我必须接受坐化之前的一些仪式，如剃度，皈依，也就是所谓的'放下屠刀，立地成佛'，我要穿上寺里的袈裟。别的都可以，怎么剃怎么皈都行，但我不接受'放下屠刀，立地成佛'的说法。因为就算我的职业和杀人有关，但我从没亲手杀过人，我不是刽子手，连判官也不是，我只是让罪犯说出了罪行。年轻的方丈说就算如此，我的业力仍然过重，必须接受放下屠刀的'咒语'方能入缸。我的海外朋友也打来电话说我应该接受这一'咒语'，之前为了我要求的坐缸曾为我求情。海外朋友的话让我幡然省悟，我接受了，彻彻底底接受了，不仅接受了，我还以玩笑的方式告诉年轻方丈：七天之后我会留下七七四十九颗舍利。年轻方丈当然不信，哪怕是我作为法学家说的话也不信，他认为只有得道的高僧大德坐化后才可能出舍利，别说像我这种凡人、这种离杀人比许多人都近的人绝无可能，就是他，他们这里所有的僧人，如果现在就圆寂也都不会有舍利的。年轻方丈说，这个寺重建时间还太短，他们在这里剃度时间最长的人也不过才在这修行了八年。但我还是和年轻的方丈打了赌，我说：如果我万一一不小心有了舍利怎么办？能不能把它们放在大雄宝殿的香案上？年轻方丈口诵阿弥陀佛，说如果真有舍利就不仅供到香案上，寺院还会为我修一座塔，我将是该寺五百年来第一个获得七级浮屠的人。浮屠你知道吗？浮屠？就是塔，我那天才知道浮屠就是塔！”

谭一爻声音很大，并不在意是否隔墙有耳。不可能有耳，他这儿是一处独立的禅房，小和尚送斋饭都要走上一阵子。谭一爻甚至向一直一言不发的巽具体谈到了坐缸用的木炭，谭一爻要求年轻方丈为他用最好的樟木炭，只有樟木炭才可能出舍利，樟木炭会有一股香气，开孔引燃后他的整个人都会是香的。

“你认为我会有吗？”谭一爻问巽。

巽脸上因爬山的汗水完全干了，脸色像牛皮纸一样难看。

“难道，你一点儿也不想知道我用什么方法让自己产生四十九颗舍利吗？”谭一爻的声音依然不减，他把自己的计划向巽和盘托出。

谭一爻今年正好四十九岁，他为自己准备了四十九粒药片，每粒安眠药片代表谭一爻曾经存在过的一年。就像咖啡伴侣一样这四十九颗药片也应该有药片伴侣，就在昨天和前天以及大前天，谭一爻花了三天时间三上三下华山天险般的慈云寺，在一条宝石蓝的山溪中捡了四十九颗晶石。“我左挑右拣，像一个山间的淘宝之人，上山下山，如沐春风，如履平地，我准备在坐化之前将四十九颗药片与四十九颗晶石一起吞下，你想想，七天之后坐缸的小孔开始点燃，香火缭绕，香樟味道弥漫寺院，最后有什么结果？你能想象晶莹的舍利渐次出现的情景吗？能想象年轻的方丈会怎样欢喜？能想象我将成为一座塔？”

巽说：“你说过你要跟我下山的。”

“我希望那天你能在场，你是唯一知道真相的人。我一会儿带你去认识一下年轻的方丈，你应该认识这个人，我认识的人你都该认识，如果你将来愿意如法炮制，我们两个人的真相将永远成为真相。”

“我刚才有三次差点没命了，”巽干燥地说，“你说过我上来你跟我走。”

“我是说我不行了，你得送我上来，你听明白没有？”

“这个，这个没问题。”

谭一爻充满遗憾地对巽说：“明天就是秋分，你破坏了我的秋分。秋分是个难得的好日子，一年只有一天。太阳在这一天到达黄经一百八十度，直射赤道。这天二十四小时昼夜均分，各十二小时，多好的日子，南北极也无极昼极夜现象。秋分之后北极附近的极夜就要开始慢慢扩大了，南极附近极昼也一样，两边同时。”

巽看了看禅房，又看看外面，对谭一爻变得如此唠叨充耳不闻。外面不断有淡淡的云漫过，并沿着山岩继续上升、渐浓，峰顶隐在雾中，已不得见。

“我们走吧。”巽忽然打断谭一爻。

“你对秋分不感兴趣？”谭一爻完全不解地问。

“不。”巽说。

没办法，谭一爻先带着巽到方丈院，见了方丈。方丈的确年轻有为，看上去还不到三十岁（实际不止），戴透明的眼镜，像个学者、学生，淡然而和蔼，通情达理。尽管如此，巽还是非常冷淡，一句礼节性的话也没说。

一切都谈妥了。

“你太傲慢了，简直无礼。”谭一爻批评巽。

“那也比你强。”巽说。

谭一爻与巽下了山，停在草丛里的黑色轿车好像幻觉一样。这是一条无人的石子路，因为来的人少长出了许多杂草。司机也像幻觉站在草丛里，甚至像异物，像另一种时间的人。所有的草都结了毛茸茸的穗子，一派秋天暖色、整齐、摆动的黄，远处，水色天光，溪水清澈，映着秋天的蓝与云，只要稍有点慧根都会觉得这儿有出世之感，难舍难分。谭一爻不断发出感叹，这点无论如何谭一爻与巽还是有所不同。巽毫无感觉，他刚刚履险下来不恨这儿就不错了，遑论欣赏。还不错，上来时巽没让司机陪着上来，这点还算人道，可能是考虑到若是司机不慎坠崖无人开车，反正不管怎么说他让司机留在了这里。

车慢慢驶出土路，上柏油路，山环水绕，出了山谷，来到平原上。山寺消失在群山之中，直到完全脱离了山的阴影巽的脸上才稍稍地松弛了一点，甚至有种少有的明朗。到这时谭一爻算是名副其实“出山”了，平原的庄稼、村舍、水渠正映着一张越来越凝重的脱去幻象的脸。特别是进了城，到了市中心人声鼎沸的高楼大厦中间，无尽的车流、行人、商厦、写字楼，过去的一切都已回到谭一爻的脸上。巽注意到了，嘴角浮出一丝淡淡的笑。不，不是嘲笑，事实上更像是自嘲，是一种难以描述的稍稍地松弛了一点的阴沉的笑。车驶到了烟囱林立的老工业区，但这儿的烟囱多数已不冒烟，仿佛停在某个历史的瞬间中。谭一爻声音也完全回到了过去，对巽说：“哈，好久没来这儿了。”

黑色轿车载着他们进入一个很大的厂区大门。这是谭一爻熟悉的地方，一切都像是故地重游，过去没少来这儿。厂区大门已没有牌子，上方倒是有个巨大醒目的LOGO：三十一区，显然好像模仿美国五十一区，实际上完全两回事，倒类似北京的七九八。是的，这儿是个艺术区，就连成因也一样：城市化步入快行道，城市不断扩张，原来的老工业区慢慢变成城区的一部分，原有的工厂或停产、或外迁，偌大的厂区在商业的包围下日趋荒凉，以至于成了鸟、杂草甚至小动物的世界。俗话说，只要是鸟的世界就可能是艺术家的世界，像鸟在这儿做窝一样，这个城市包括周边其他城市贫困的艺术家，自然地，开始在这儿以最低廉的租金做窝，有的甚至不交租金像盲流一样随便在某个角落安营扎寨，也生存下来。开始就是窝，有个地方住能画画就行了，后来因为有了买主，慢慢形成了市场，生存空间扩大，逐渐亮出牌子，有了东一个西一个的艺术家工作室、画廊，以及酒吧、快餐，让寂静的烟囱、巨型的蛛网一样的高炉、露天的管道、铁轨、废弃的厂房、荒草、货场展现出前卫的生机。

厂房多为二十世纪五十年代东德援建，宏伟的现浇架构与明亮的天窗为其他建筑少见，典型的德国包豪斯风格：房顶是独特的锯齿弧形。此外德国人在建筑质量上一向以追求高标准著称，为了保证坚固性，建筑师使用了500号建筑砖；厂房窗户多向北，随便走进一间厂房都有十米多的挑空，屋顶呈现四分之一蛋壳状，一侧是斜铺的大扇玻璃窗，天气好的时候阳光倾泻而下。此种设计充分利用了天光和反射光的均匀而稳定，从视觉感受来看，恒定的光线可以产生稳定的美感。换句话说，不是任何一个地方都能满足艺术家的要求，是这里本身固有的废弃、时代标语、国家主义、包豪斯，多个向度所构成的后现代拼贴的意味触动了艺术家的敏感，再加上艺术家们原生态的装修，才有了今天的三十一区。

与北京七九八有所不同的是，这里最早进入的不是艺术家，而是巽领导的ZAZ组，虽然ZAZ的秘密地点不止这一处，但三十一区却是最主要的一处。许多时候权力与艺术有相通之处，喜欢安静、封闭、神秘，多年前ZAZ想找一个秘密的完全独立的审查地点——过去往往是包下某宾馆的一层或某招待所的若干房间，但是混在来来往往的客人中总有不便，而且安保总难以做到位——巽手下一名工作人员提醒巽说有一大片废弃的厂区可以利用，而且可无偿使用。巽以不自知的艺术家的角度一眼就看上了这里：寂静的厂区如同一个死去的工业巨人：肌肉消失了只剩了巨大而复杂的骨架，车间、办公楼、食堂、礼堂空空荡荡。水电还有，基础设施不错，几乎不用太大的改造即可使用。其实办公楼用起来更合适，但巽一眼看中了怪异的锯齿弧形车间，巽完全不知道包豪斯却具有包豪斯的目光：认为这儿的坚固性接近监狱而迷幻的采光性又不同于监狱，恰好符合ZAZ内向而又扑朔迷离的办案风格。巽以白色的类似医院但比医院还要严酷的风格成功改造了这里，主要材料就是泡沫板，所花不菲，但没花一分钱租金。巽不知道他的改造在虚构的世界早已存在，甚至连墙上的告示也与我们前面提到的那部小说几乎如出一辙。

> 告示上方印有《规章制度》四个字，用特大号罗马正体大写字母印成的；在左侧的每段文字的开头处，印有——1，2，3，4——四个数字，字体大小同标题一样。但恰恰相反，每段文字都是用小号字印的，使人无法卒读。第五段文字在告示的最下端，只是“5”这个数字在左侧空白上应占据的地方，完全被其中一个人物的脑袋遮住了。(引自罗布—格里耶小说《一个幽灵城的拓扑学结构》第二十一页第三自然段。)

谭一爻看着墙上的《规章制度》时，有一刻他的头部也刚好遮住了“5”这个数字。这是他的办公室，装了部分白色泡沫板，当然是为了统一的风格，因此原厂房内高处的五项《规章制度》保留了下来。办公室简明扼要，类似宾馆客房，又不同于宾馆客房，某种意义上更接近病房。

“你不会直接就让我到这儿干活吧？”谭一爻对巽说。

“这儿是你待过的办公室，不记得了？”巽问。

“当然记得，”谭一爻又四下望望，“但每次来还是觉得特别。”

“也许太特别了，你来之前一个骗子在这间办公室住了些日子，他是这儿的一个白色艺术家，对色彩有专门研究，特别是对白色，我手下的人说他懂色彩审讯学，我相信了这家伙。”

“效果如何？”谭一爻目光逼人。

“是个骗子。”

他们相视，看不出眼睛里的内容，只有老友才有这种相视的目光。两人的目光具有专业的相似性，都呈褐色，都没有光。

“你时间不多，我也不多，可我已经浪费了不少，我该早把你找来。”巽坐在沙发上说，“居延泽是你一生最好的对象，也是我的，我们再合作一次，最后一次。我不知道你死了以后我的前途是否难料，但这个先放一边，你的谢幕演出不应该是上次，而是这次。其实，有这样一个难缠的人为你送行你说该有多好？我会步你后尘，可我就没你幸运，现在你还有我。”

“你的敌人讨厌你，不用说了，朋友也讨厌你，你知道为什么？”

“这话你好像跟我说过。”

“你太自以为是。”

“习惯了，不像你当教授。”

“你就算当教授也一样让人讨厌。”

“应该可能好点。”

“行了，”谭一爻站起来，将一针杜冷丁注射进左臂，非常麻利。现在如果说他还在用药的话，也就是这一种药。巽今天看到是第三针。

“我现在差不多还是个毒品依赖者。”谭一爻收起了针具。

“这个我可以管够，除了这个你要别的吗？”

“海洛因？可卡因？”

“要什么有什么，对你。”

“当然，你是谁！”谭一爻站起来，“算了，不满足你的为所欲为了，到控制室看看吧，看看我的老朋友居延泽。头前带路。”谭一爻潇洒地做了个手势，巽却停住了，认真地问谭一爻：

“你跟他是朋友？”

“校友，一面之交，如此而已。”

他们到了隔壁的控制室，谭一爻注意到了大屏幕上石膏像般的居延泽。两个终端的小屏也呈现着居延泽。虽然是同一个人，但大小不同看上去还是多少有点不同。兑和艮热情迎上来，仿佛看到救星一般，非常激动。这激动里包含着对一个身患绝症的人的真诚的感动。他们都认识谭一爻，算老朋友了。巽被冷在一旁，但巽一点也不在意。

“谭教授，您身体还好吧，真没想到。”兑异常温柔。

“谭教授，您气色真好！”艮说。

绝症患者总是震撼人的，仿佛绝症就是死亡。谭一爻一边点头，一边凝视屏上的居延泽。

“这家伙太难缠了，我从没见过这么顽固的！”

“他应该不好对付。”谭一爻说。

“您来就好了。”

谭一爻一动不动，似乎看到了什么。

谭一爻已进入了某种状态。所有人都不再出声。专业就是专业，什么绝症死亡都不存在了。工作是一种状态，状态中人是超凡的，何为专业人员？这就是。就是一下就能进状态，带着在场的人也都进入状态，屏住了呼吸。

七

谭一爻研究了三天居延泽，调看了所有监控，特别认真看了方末末的白色理论。巽太武断了，绝不能说方末末是骗子，方末末已接近成功，在审讯理论上的确有突破。也许再坚持一下真的有突破，一旦突破将是重大突破，真是后生可畏，在国际上也会引起轰动，只是他没机会再在国际上作报告了。当然巽的深厚质疑也有道理，国际审讯学派也会有相当的人站在巽的一边。一个新课题，这要由他主持才行，可惜面对居延泽也许不适用。毫无疑问，居延泽是特殊材料制成的，在他身上失败不能说就是失败，不能完全否定白色理论。可惜他重病在身，时间不多。

在一个月光皎洁的晚上，谭一爻第一次面对居延泽。彼时深不可测的多层天顶灯已全部关闭，高旷的即使夜晚也呈现着白色的空间只有墙脚的地灯昏黄地亮着。光从下面打上来，映着谭一爻、居延泽阴影重重的脸，两张脸都有一种一动不动的透视感。从来没有人晚上找过居延泽谈话，那时居延泽的“表情”累了一天，刚摘下面具，房门开启之际，先是廊灯亮了，接着桌上那个从没亮过的布艺台灯也亮了，然后又都关上了。所有的灯都由控制室外控制，居延泽从来没开过一盏灯，自然也没关过一盏灯，他从来没找到过任何开关。显然，控制灯的人应是听这个来人的，但不知用什么传递信息。居延泽看到来人同样穿着白大褂，但没戴白帽子，头发枯槁，稀少，橘黄的地灯打在白大褂上和打在脸上的色彩不尽相同，脸更暗一些，白大褂倒有些暖人。

尽管影影幢幢，光感迷离，居延泽仍觉得来人似曾相识，好像在哪儿见过。但是认真看了一会儿之后——特别认真看了陷在阴影中的眼睛之后——又完全否定了认识的印象。居延泽的记忆力非常好，见过的人会过目不忘。来人竟然让居延泽想到另一个人，那个人和眼前这个人轮廓像，那人是某市一个检察长，死于一场车祸。想到那场车祸居延泽突然觉得相似的不是轮廓，事实上完全没有相似之处，但是为什么又有着一致性呢？

“你是什么人？”居延泽话到嘴边又咽回去。

他们相互看着，凝视久了居延泽看到来人的瞳孔同样也有着不正常的或者说更有点紊乱的暗褐色，类似巽的眼。这倒是真正的相似：同样没有一点光泽而且似乎更甚，即使有橘色的地灯侧上照耀。在这个意义上这人似乎比巽更可怕，居延泽分析着，他有足够的时间，来人几乎不知时间为何物。此外这人太瘦了，仿佛在山洞待了许多年才出来的。不，不是灯光的原因让居延泽想到山洞，就是瘦，他注意到阴影与身影一样瘦，除了骨头就是一张皮。

不能说话，只能用对视收集信息，用极有限的信息分析外面的形势——无论如何，居延泽还是关心外面的形势，也就是他的老板与查他的人较量的态势，此人的眼睛非同一般，但是否有些过分？什么原因？他们交不了差，请来了这个人？但不管这人是干什么的，有一点他已判断出：这人如果不是个病人就是个专门人员。他的判断在两方面都是对的。

居延泽耸了耸鼻子，弄出轻轻的响声。居延泽是故意的，示意他闻到了某种药味，以此提醒来人他对可能的病人轻视。就在这时，桌上的布艺台灯又亮了，不仅亮了而且光线越来越温暖，柔和，一定是后台在调光。来人骨感的脸上阴影完全消失了，稀疏的胡须与衰弱的头发一致，脸瘦得只有一条。还不如只有地灯，没有台灯，那样有立体感，还显得不那么瘦得吓人。突然，天花板上的多层灯一齐大亮，整个房间恍若白昼，眼前的两只眼睛如同树叶标本上的眼睛。

“我叫谭一爻。”

“你真的是谭一爻？”

“我们见过面。”

“你怎么变成这样了？”

“我一直在化疗。”

“哦——”

居延泽心里动了一下，竟然没意识到自己开口说话。居延泽刚才想到了谭一爻，后来否定了一下，如同否定了那个检察长。现在居延泽想起在一个场合见过谭一爻，当时还聊起过共同认识的一个人。居延泽知道谭一爻是司法界大名鼎鼎的人物，擅长审讯，就像台湾的李昌钰擅长侦察一样。知道谭一爻经常地被省里征调，许多卡死的难有进展的案子因为谭一爻当事人开了口，案子告破。即使没见过此人居延泽也会知道此人，更不用说见过，更不用说他们是校友。居延泽曾想到最后或最关键时刻谭一爻出场，他不是怕他，是由于骄傲使他有时想到这个人。他甚至期待着谭一爻，看看这个大名鼎鼎的审讯专家到底有什么办法让人开口，现在果然来了。一直以来，居延泽都觉得审讯他的人太土，既不专业，也不上档次，无名鼠辈岂在他的眼里？而一些旁门左道更是让他不齿，不是谁都可以在审判席上和他讲话的，平时他习惯了高高在上，即使到现在也受不了这小鱼小虾。ZAZ 里也就是巽算得上是个人物，级别也算够了，但居延泽还是反感巽的那种乏味——有一种说不上来的反感，或者还有骨子里对巽的同行性质的蔑视，从大的方面说他们是同类，同类总是相轻。

化疗像一道闪电，撕开了深渊。

“你说的是真的假的？”

“什么真的假的？”

“化疗。”完全无情的进攻，剑一样直指咽、鼻。

谭一爻不回答。

“我得确认，”居延泽认真地凝视谭一爻，忽然又显得诚恳，没半点得意与任何的幸灾乐祸。甚至有种吁求——他有权吁求。“怎么知道不是假的？一种审讯战术？”又有了点挑衅味道。

“你已经开口，他们说你几个月一言不发，我今天也是这样准备的。我们先见个面，相互熟悉，不一定说话。”

“有医生证明吗？”

“他们把你交给了我，我多少知道你的情况，看了你很多材料、视频、档案、记录，这些虽然重要，但都没我们面对面重要。今天我不打算谈什么，就想看看你，很多东西我们来日方长。”

“我既然破了戒，就想多聊聊，可以把上面的灯关掉吗？”

谭一爻点点头天顶灯就关掉了，光线如同黄昏。

“台灯能不能也关上？”居延泽进一步要求。

话音未落台灯也差不多自动关上，只剩下脚灯。

“我都照了一天了，太累。这样好，我喜欢下面的光照着你，看着舒服，你的样子也好一点。我也是为你考虑，你受不了那么强的上面的光。你知道你的样子有多可怕，不是我怕你，是我看着太难受了。这么强的光，我觉得你都快‘化’掉了，这算化疗吗？现在的样子很好，你这么看着我是不是也很好？以后能不能多给我一点夜晚？对你们来说夜晚很容易，关上灯就是。”

“没问题。”谭一爻在阴影中说。

“发现多久了？”

“三个月了。”

“化疗很耗人的，”居延泽体贴地说，“我记得那时见你你也瘦，但不是现在这种瘦法，那时的瘦很有力量，是那种瘦人的很锐利的力量。一个瘦人要显得有力量很不容易，可一旦有力量就比胖人给人的印象深刻。你是搞法律的，我觉得法律就该像你过去那么瘦。当时，你给我的印象非常深，我很敬佩你。看到你我就觉得我要做一个好人，现在你同样打动我，可我很难受。”

居延泽压抑了太久的说话欲，话很多。

“谢谢，”谭一爻说，“我当时觉得你也前途无量。”

“别说这个，说这没意思。”

“我说的是真话。”

“是吗？”

“我见过许多领导秘书，你不一样。”

“我不一样？怎么不一样？”

“不太像奴才吧。”

“什么，你说我们是奴才？”

“生活秘书，拎包，开车门，缩着肩夹着包，随时冲到前面、旁边、后面，动作很快。”

“这是工作！”

“是，是工作。”

“你说我不同？”

“你也做这些，但做得不一样。”

“你说对了！我就是不同，我就是不仅仅做这些！”居延泽的话匣子一下被打开，大谈自己如何和别人不一样，为什么不一样，谈人的尊严、气质、服务意识，谈中国的门卫和外国的门卫有什么不同，谈巴黎威尼斯哥本哈根门童的气质，中国门童点头哈腰的奴才文化，谈着谈着发现谭一爻头上的汗水，突然停住了，凝神地看着谭一爻侧光的额头。

“你在出汗！很疼吗？”

谭一爻点点头，汗往下淌，但是没擦。

侧光中的汗，无光的眼睛，依然有力量。

“抱歉，要不今天就到这儿？”居延泽说。

谭一爻站起来，“有什么要求就跟我说，今天我没准备。”

“什么准备？”

“杜冷丁，没带在身上，我想很快会结束。”

谭一爻蹒跚走向门口，居延泽本能地搀住了谭一爻，谭一爻没有拒绝。

走到门口，门自动开了。

“谢谢。”谭一爻回头说。

居延泽停下来，门关上。谭一爻一出去即被兑的手搀住，艮也等在门口扶住了谭一爻，二人非常激动，为了居延泽开口，谭一爻如此羸弱。到了最近的一墙之隔的控制室，赶快去谭一爻的房间拿来了杜冷丁。兑、艮、巽都不会注射，否则就帮谭一爻操作了。谭一爻痛苦地取针、药瓶，砂轮在小药瓶上割了两下，砰的一声掰开，吸药，迅速而麻利地针入皮肤。谭一爻甚至没马上把针拔出，而是长嘘了口气，眼看着瘦得像灯一样的绷紧的痛楚慢慢缓解、放松，他慢慢地拔出了针头。

“以后我要学注射，我给您注射！”兑女性的声音特别可人。

“您还得吃药，治疗！”艮忧心地说，虽真挚也还是那么乏味。

“艮说得对，”巽说，“不能光打杜冷丁，还要化疗。”

“您太棒了，一下就让居延泽开口，您千万得保重，您不为自己为了我们也要保重，明天我就陪您去医院！”兑柔声细语又异常动情。

“这只是开始，”谭一爻说，“离交代问题、承认问题还差得很远，说实话这家伙本质不坏，我对他非常有兴趣，为了他我也会听你们的。我要争取点时间，我得谢谢你老巽，没有比你更了解我的人了。”

“我后悔一直没下决心让你来。”

“早来也不一定有这个效果，我摘了桃子。”

“没有您这桃子摘不下来。”兑说，声音里简直要亲谭一爻。

“我现在就给医院打电话，”巽拿出电话，“让他们明天安排你的治疗。喂，王院长？我是巽，省 ZAZ 的巽……”巽的口吻历来这样，比公安的口吻低调却也更不容置疑。是的，谁不怕 ZAZ 呢，很快院方就打来电话，一切都已安排好，治疗工作两不误，会用最好的药，最好的医生，请省里放心，我们一定会多争取时间。

“太好了，明天我陪您去。”兑一边拍手一边说，表现出足够的温柔，甚至有点诱惑的味道，不过还好，比起公司的女人远不算过分。

巽送谭一爻到办公室兼卧室，办公室兼卧室与居延泽的房子结构完全相同，虽然很高，但能清晰地看到天花板，两盏小灯在上面亮着，还是原建筑留下的小灯。可以看清纯水泥屋顶，没装泡沫板，整体上许多地方还保持着过去厂房的样子，锯齿弧形的大斜面窗子分成了两层，均呈卧倒的长方形，窗上装了铁条——显然这是后装的。早年车间的《规章制度》还挂在墙上，虽然字迹清晰但词语显得很过时，完全是另一个时代的语言。墙上还是贴了不少泡沫板，大块的几何形，颇有艺术感，与三十一区的气氛是吻合的，甚至某种意义上这里更前卫，更抽象，更冷，巽是个天生的后现代艺术家，他是这里最早的开拓者，虽然他自己完全不自知。下面有沙发、床、地毯、电视柜、写字台，这是一个未完成的房间，一半是监狱，一半是客房性质的办公室。

两位心心相印的老友谈了会儿病痛，很私人的话题。谭一爻认为巽也应及早做个检查，邀巽明天一同去医院，巽没答应。

“你眼睛的颜色也很不好，真的，老兄。”

“跟你差不多了吧？”

“早点做个检查，别像我，晚得一塌糊涂。”

“早有啥用，无所谓。”

巽一贯的严肃刻板，甚至枯燥，很少流露出忧郁味道，也只有在谭一爻面前才有一点淡淡的流露。他们相识二十年了，许多话也只有他们两人之间才能说。有几次巽想把谭一爻从大学里挖出来，调到省直，他们搭伴能办一些想办的事，但这方面谭一爻比巽认识得似乎还要深刻，在谭一爻看来就算他们在一起成为正副手，也解决不了本质的问题，也只能是选择性办案。“你还想怎么样？想不到你在机关比我在大学还乌托邦。我们又何必在一起？增添不了什么力量，可能反而还麻烦，不如就这么临时搭档，办力所能及的，恰好也为我的学术研究提供些例子。”巽承认谭一爻说得对，后来再也没动员谭一爻。

谭一爻有学术研究，巽有什么？巽好像从不想这类问题。

“很奇怪，我是不是应该在你前面？”巽说。

“你好像很得意这点？”谭一爻哼了一声。

“那可不是。”巽笑。

“我有居延泽，你将来有谁？”谭一爻。

“感谢我吧。”巽认真地说。

“拜托你了。”谭一爻说。

“拜托什么？”巽有点不解。

“别忘我说过的话。”

“噢，”巽想起谭一爻对后事奇怪的交代，“你怎么信起教了？”

“那算信吗？”

“这点我还真没想。”

“佩服吗？”

“不。”

两人陷入沉默。无言。寂静。

沉默在两人中间经常存在，沉默是他们关系的一部分。当他们用沉默交流的时候，往往是他们内心最深刻的时候，甚至也是最享受的时候。

八

居延泽想：“如果一切都是表演，汗也能表演吗？”

痛苦当然可以，但汗能表演居延泽没听说过，也许电影特技或是江湖术士有可能，但问题是法学教授会像江湖术士吗？居延泽凝视着白色泡沫板想。或许搞审讯研究的人有特殊性？居延泽想，哪怕是百分之一的可能也要想到。如果是假的，是表演，应该说也是无懈可击，没有任何破绽，太逼真了，从里到外的那么逼真。如果是真的——这点不用考虑。主要考察是不是假的。

居延泽没有任何参照，没有电脑，没有可供查询的东西，四壁都是禁止思考的白色泡沫板。要是有电脑就可以查查他谭一爻，过去他一个人就有五六个笔记本电脑，办公室里、车里、家里、女友处，都是最新款。他总挂在网上，电脑是他的另一个脑。一个人能慢慢地把自己的汗逼出来？那得是多深的功夫？可是他根本没看到他用力，反而他差不多是凝固的。如果不错，一切都与死有关，从他走进来那一刻，就好像是打死亡那儿走来。

当然，这仍可能是“审讯专家”的表演。

关于死，居延泽想得太多了。但从没认真地想，因为不敢认真，不愿认真。它存在着，非常现实，巽审他的那番话有作用，有如雷霆，也非常恶毒。正是恶毒反倒激起了他一种力量：死怕什么？他可以视死如归，他走上这条路就不怕什么。他从本质上蔑视巽，蔑视所有整他的人、他的对手。“一切到他这儿为止，他们什么也别想知道。”这种情绪支撑着他，死——总是在这种情绪下或者说在这种情绪的包装中悬置起来。而且，不仅如此，有时他开始反着算——他觉得自己并不亏，以他的数额可以死两回，甚至三回，他够了。就算他们没都查出来他也够了。另外，老板肯定不会坐视，想到这儿死也总是一下飘远。然而，他也闻到了某种上面的意味，这又让他黯然。每想到那种意味就有一种釜底抽薪的感觉，死又临近了。死像蚊子一样飞来飞去。

这时，另一个死出现了。完全没想到的死。

死开门走了进来——他必须确认它的真实性。

必须。必须。不能有一点假。这对他至关重要。他甚至感到死的亲切，这人就像从对岸走来，他有伴儿了。他不敢相信，但他愿意相信，他多么的愿意相信——事实上他已经相信了——他搀扶着他到了门口，那种搀扶让他感到多么的温暖。所以必须确认它不是表演。

他急于再见到他，再观察他。可是谭一爻再没露面，第二天没有，第三天也没有，第四天，第五天，一个星期，他度日如年，谭一爻简直像一个梦，谭一爻真的出现过？终日的白色泡沫板早已让他失去现实感，人有期待就觉得时间过得特别慢，加之更不易忍受的白色，居延泽无心茶饭地迅速瘦下去。他不知道谭一爻究竟发生了什么，难道突然恶化了？又进了医院？他问送餐的、打扫卫生的、例行检查的安保人，问所有的工作人员。他过去缄默，现在所有他见到的人比他还要缄默。似乎真的发生了什么，有种无声的悲痛气息。

当居延泽已不抱希望，内心再一次地“死”了时，谭一爻出现了。瞬间居延泽心里的一块石头落了地，激动得有些失态，但以他的机警刹那又恢复了平静。人常常就是这样：有多寂寞，就有多敏感；有多激动，就有多警觉，从思念到怀疑不过眨眼工夫。当然，居延泽的怀疑也不是没道理，因为谭一爻变化很大，几乎不是那天晚上见到的死亡敲门般的谭一爻。

谭一爻虽然还是那么瘦，眼睛还是那么黯淡无光，但仪容整洁，并且西装笔挺，干干净净，已看不到任何死亡的影子。除了眼睛。而同笔挺的西装比起来，他的眼睛似乎历来如此，和癌症无关，和什么都无关。

此外不再穿白大褂，完全是个教授。一个只有一个学生的教授。

“你变化很大呀。”居延泽冷淡地说。

“是吗？”谭一爻打开黑色精致的皮包，拿出一台超薄笔记本电脑，慢慢地按键，打开，对着笔记本电脑而不是居延泽说：“时间过得很快，最近集中做了一次治疗，本来已经放弃了，因为你我接受了建议。”

“你的绝症好了？”居延泽阴阳怪气儿地问，毫不掩饰某种东西。一般说来这样的罪犯让人无法容忍，而且极其少见。

“你不希望我好了？”谭一爻打开文档，写上日期。

“不希望。”居延泽直截了当。“也不是不希望，”居延泽似乎觉得还是应该解释一下，缓了一下口气，“你要是真的好不了，和我希望不希望没什么关系，这个问题有点弱智。抱歉我这么说，这事儿事关我的命，你可是来要我命的。”

谭一爻基本不抬头，像个记录员，不像审讯者。

“不过你具备了一点资格，”居延泽说，“我开了口，这些日子我的嘴像贴了不干胶，其实我也不是绝对的不想说，也是在找适当的人开口。可是这里的人一个都没有，每个审我的人跟小鬼儿似的上来就想举着刀一下把我宰了，也不想想他们是什么东西。他们连人都算不上。你得先是人，才是罪犯，才能审犯。我知道我有罪，我的罪也不是他们想犯能犯得了的，更不是他们想过问能过问的，他们就是一帮虫子。他们只有巽还是个角色，不过这人是个太乏味的人，他以为他有多大权力，有多正义，要不是上面斗法他能弄我？他死活就不明白这点，扛着炸药就上，他以为一下能炸死我，他炸别人成，也不想想炸的人是谁！你看着吧，巽将来比你死得还惨，他会死得很难看，很无聊。”

这家伙有点太狂了，超出谭一爻的想象。一股豪气顶在谭一爻喉头上，但是谭一爻忍住了。理智与专业告诉他，就是要让他多说，不管他说什么。他说的越多他的能量就会越减少，对他的掌控就越精准。当然了，这家伙太特殊了，某种难以描述的东西也让谭一爻感到居延泽超出了他的专业之外。这之外的东西也是他个人的命门所在，是他的灰色的东西。他当然不会让居延泽看出他有怎样的模糊的激烈思考，或克制着的情绪。

“这几天，”居延泽说，“我还挺想你的，我已经跟你说了多少话？对你真的够不错的了吧？他们别的人甭想！他们没有资格。这说明我总的来说是相信你的，并不完全是怀疑。实际上我对你的绝症只有一点点怀疑，连一个小手指头都不到。我相信你有病，你的眼睛有点说明问题，傻瓜也看得出来，的确很像是绝症。但到底是不是？是不是你利用了你眼睛？像你这种高手一点点怀疑都可能是全部，我不能排除这一点点。我必须要百分之百的真实，一点怀疑的余地都没有，这对我很重要，是我们谈话的基础。”

“也是审讯的基础，对吗？”谭一爻说。

“对，你可以这么说。”

审讯是事实，谭一爻再冷酷居延泽也无法不接受这个词。

但还是不舒服，停住了刚才的滔滔不绝。

高明的审讯就是适时地打断这种滔滔不绝，并且无懈可击。

“那么，我也问你一句，你对死怎么看？相信吗？”

“我若不信，还跟你这么较真儿干什么？”居延泽已没有刚才的气势，突然变得很真诚，很性情。嚣张的人会有性情的一面。

“在死的面前，我们平等了，是吗？”

“是，所以，我必须确认。”

“好吧，”谭一爻认真地点点头，“那就先解决我的问题。”

谭一爻早已有准备，从电脑包里取出病历、药方、彩色CT片子、医保本、缴费单、诊断、化疗单、验血单，所有单据都有日期，且都是连续的，包括最初检查的日期。居延泽照单全收，并没因这些单据有任何放松，一张一张认真看，核对，反复看了几遍。在天花板深不可测的多层灯下看机打单子的小字正合适，一切都清清楚楚。这一整套能造出来吗？

依然可能，没什么不能的。

“能脱了衣服让我看看吗？”非常过分。

谭一爻没有犹豫，慢慢脱下外套，解下领带，一个一个解开马甲的扣子、衬衫的扣子，撩开腹部，紫色的印迹赫然呈现。注药的栓揭去纱布后，同样呈现。死亡的戳记，深入到肉里，不是紫药水。

“其实这些对我都没用了，不过是延续些时间，别发展得太快。它已经扩散，全身都是，本来已不再治了，因为你又开始了。”

谭一爻慢慢合上衣衫，系上扣子。

居延泽一动不动，是个货真价实的石膏像。

“另外，我本来已经去了一个寺院，”谭一爻说，“准备把自己交给佛国，在那儿走完最后一段路，一段并不像我的路，虽然我并不信教。但巽找到了我，他是老友，不管你多不喜欢他，他都是我最好的朋友，我把我的后事也都交给了他。我们达成了协议，最后他要把我送回山上。”

“有个问题，”居延泽冷冷地问，“为什么这么具体地告诉我你的死亡？虽然我要求得很具体。”非常无礼。

“这个我不再解释。”谭一爻将两手交在一起。

“为了完成任务？”居延泽锲而不舍。

“完成任务是我一辈子的目标，这毫无疑问。”

“还有别的吗？”

“这是愉快的任务。”

居延泽低下头，面对各自的死亡两人都陷入了沉默。

“谢谢，”居延泽抬起头来，“现在疼吗？”

谭一爻拿出针具、两支小药瓶，说：“我随身带了这个，上次没带，没有准备。这特批给我的，吗啡，杜冷丁，不限量，我要可卡因也会给我。”说着又拿着其中一支，用小砂轮擦了两面，掰掉头部，针头插入药瓶，吸净，针头扎入左臂静脉，慢慢推进。

“我可以注射一支吗？”居延泽惊奇地要求。

“不，得要医生诊断。”

“你们诊断还不行吗？巽已给我下了死亡诊断。”

“巽说你没有痛苦，等你有了痛苦再说。”谭一爻笑。

两人都笑。像两扇窗子同时打开。

“我想好了，我会让你满意，”居延泽说，“但也不会轻易地让你满意。你们最想知道的、最重要的，我最后再谈，等你快不行了，我用三天——其实用不着三天，一天就行，我告诉你全部你们想知道的，之前我要谈别的。”

“你不再盼着我死？让我自己盼？”

“对，我们达成协议，你同意吗？”

“但愿死亡快点来临。”

“但愿慢点来临。”

两人再次笑，死亡对死亡的笑。

“你得认真治疗，”居延泽说，“你还得陪我聊。聊点什么呢？我想跟你聊聊我的一生。”

“噢，一生？我可等不了这么久。”

“等到哪儿算哪儿吧。”

“尽量简短。”

“那要看情况，根据你的情况。”

“你确实不好对付，是我见过的比较特殊的。”

“当然了，我是谁。”

关于过去居延泽的确早已想得太多，长时间的不开口，一个人在白色中冥想，支撑他的就是过去、回忆，是那些美好的、惊心的往事，那些每时每刻就像放电影似的，已放过很多遍。

“我谈的，就算是我的自传吧，一个将死人的自传。但作者不是我，而是你。我之所说的‘自传’是你提问，我回答，你录音、记录、整理，如果没人出版我自费出版。我也有干净钱，不全是赃款。这样吧，版权算我们俩的，署我们两个人的名字。对了，你的名字在前面，你是教授，出版应该就没问题了吧？这也算你的学术著作，你是著作权人。”

“老实说你的建议我没想到，不过很有趣。”

“巽会答应吗？可能旷日持久，除非……巽能容忍吗？”

“这个我说不好，如果你拖得太长。”

“你跟巽商量商量，今天到这儿吧。另外，从今天起只开台灯和地灯，把上面的灯关了行吗？”

“你还可以再想想其他要求。”

谭一爻站起来，没有丝毫吃力感。

“你也应该有传记。”居延泽对着谭一爻的背后说。

谭一爻半转过头：“不，我一生很简单。”

“你是成功人士。”居延泽笑。

“和你一样是个失败者。”

“是吗？这我倒没想到。”

“我们没有胜利可言。”

居延泽觉得明白，慢慢掩上门，面向门站着一动不动。

意识到监控才离开。

九

像谭一爻或居延泽预料的那样，“传记”的审讯方式遭到质疑。质疑一：居延泽是否是拖延战术？过去是缄默的方式拖延，现在是开口的方式，不过换了种方式？这家伙太狡猾了，以可疑的“传记”代替沉默。质疑二：ZAZ 现在压力很大，需要尽快突破居延泽，对上面包括对京城要有个交代。最后也是显而易见的是：谭一爻的身体拖得起吗？谭一爻的病情随时恶化，居延泽来得及所谓最后陈述吗？一切谭一爻都清楚，比谁都清楚，谭一爻不能断定居延泽没有拖的意图，特别饶有趣味的拖延竟然还是祈愿延长他的生命。这倒并不重要，不过是一种趣味甚或一个玩笑。但是，说到底，为什么不能拖呢？居延泽有没有拖的权利？从法律上说居延泽都有什么权利？或者谈得上权利吗？

当然，这是内部，内部就可以不受法律约束，个人的权利可以忽略。但内部与外部，这是一种什么形态？谭一爻对许多东西一直都有专业疑问，不要说别的疑问，就是在“专业”上就有许多疑问。

但是说到底，谭一爻只是专业人士，专业人士意味着疑问归疑问，现实归现实，上帝的归上帝，恺撒的归恺撒，因此，谭一爻与巽以及巽所领导的 ZAZ 的合作这么多年在内部的机制中也一直顺顺利利、顺风顺水，并无任何挂碍。一句话，一直十分愉快。思考与行为脱节，行为与思考无关，在一种异物感（好像胃中始终有一把手术刀）中竟然无碍地合作了许多年，过关斩将，攻无不克战无不胜，非常顺利。但是最终如何？最终谭一爻清楚而且越来越清楚一切只是在所有次要的方面所有的局部取得了胜利，主要方面却是失败的。

但是思考归思考，巽要的是行动，一如过去一样。行动是绝对的，巽不需要思考，思考总是让巽的脸色更黄，更暗，眼睛更无光。只有行动、再行动、不停的行动他才显得有点生机——他自己感到的以及别人也能看到的生机。巽最常说的一句是：别扯淡，扯这些干什么？赶紧，把这浑蛋拿下，让他开口。或者说：办一个是一个，别的我管不了，我们最终是吏，不是官，吏就是办事的，不管别的。巽是学历史的，对中国历代官制以及官与吏的区别上大学时就有研究——比如春秋时官与吏没有区别，到了秦汉才开始分化，有官、僚、吏，官是正职，僚是副职，吏是办事的。巽知道官有主体，吏没有，吏听命于官，附属于官，就是具体办事。在森严的级别系列里，官与吏是相对的，任何一个下级官员相对上级官员都是吏，任何一个上级对下级又是官，而相对于官吏自身构成的官僚机器——所有的人又都是吏。当然，这些巽早已不关心，他安于办事，事情办得总是极其认真仔细一丝不苟，甚至冷酷无情，比起谭一爻教授，巽更有着一种历史冷血的冷酷。

谭一爻有时就显得还不太成熟，有时还有一些想不通的愤青情绪。当然大学与机关的气氛还不尽相同，大学虽然也在机关化，甚至于吏化，但毕竟因为图书馆的存在，思想还是存在的，声音虽然不多但也还是存在。不过巽并不认同大学的特殊性，进而也不认同谭一爻的特殊性，在巽看来那点特殊无关轻重，无关痛痒，这一点说起来谭一爻也认同。两人就是这样，总能达成一致，合作愉快，感情笃厚。但这次和以往有所不同，谭一爻没有听巽的，巽有点难以驾驭谭一爻教授。

“居延泽想让我晚死，你却想让我早死。”谭一爻一反常态对巽道。

“开什么玩笑！”

“你就是想让我早死。你说，是不是？”谭一爻有时会同巽要小孩子脾气，这也是谭一爻与巽感情笃厚的地方，“你就是想让我早点坐缸，你好了事。”

“胡说！”巽几乎涨红了黄褐的脸。

“那就别太着急。”谭一爻笑。

“我后悔请你下山。”

“我说什么来着？你晚来一天我就准备坐缸了，后悔了吧？”

“别跟我提坐缸，你真是有病。”

“坐缸怎么了？不爱听了？”

“这是两回事！”

“一回事，”谭一爻说，“是一回事。”

巽毫无办法，也没有任何笑的神经。

“你早晚也得坐缸，又何必呢？”

“我说过不要再跟我提坐缸了！”巽真的急了，大声说。

“瞧，还是怕坐缸吧？一说就急了，脖子上的筋都暴起来了，哎，好像有肿瘤，有疙瘩，你最好去查查，别是晚期。”

巽不说话了，过了会儿才对谭一爻说：“好吧，我明天去查。”

两人相视，巽是认真的，倒让谭一爻有点愧然。

“你听不出我在跟你开玩笑？”谭一爻说。

“你以为就你会开玩笑？”巽说，终于笑了一下。

“好啊，连我都给蒙了，行，进步了，这就对了。”

巽同意了，这是个重大决定，可以说前所未有。自传式的“审讯”让监控室具体工作的人厌倦，童年、幼儿园、父母、老师，两人一问一答，在显示屏上就像人生访谈，因为是监控镜头，完全是黑白色的，看上去仿佛时间很久的纪录片。其实不必再人工监控录像，ZAZ 事实上可以放上几天假，大家也轻轻松松，但巽一如既往戴着耳机，一动不动，不知道听还是没听。巽的定力简直让人叹服，无论过去听不到一点声音，还是现在的毫无必要的人生对话巽总是能坐到规定时间，喝几杯茶上几次卫生间都极有规律。兑和艮也不敢怠慢，索性认真听起了居延泽的人生访谈，以至有时完全忘记了审讯工作。但其他辅助人员就不一样了，像安保、后勤、技术人员，十几号人耗在这里，哈欠连天，无所事事，不得不允许他们有一些小小的娱乐，像玩手机呀、打游戏呀，早早地开饭，或打扑克，下象棋，诸如此类。

有时，能听到偶然流窜到门口的游客与保安大声吵嚷，游客质问为什么不让进，难道这儿不是工作室？这儿建筑很有特点，这是典型的包豪斯！你们难道真的是保安吗？你们太像保安了，这一切都会被记录下来吗？有些游客走火入魔以为没有什么不是艺术，以为保安都是作品！

幸好这里处在三十一区隐秘的边缘，来这儿的游客不多，不多的人中闯禁区的更是少之又少，但这少仍嫌太多。巽当初绝没想到他的敏感也是艺术家的敏感，他的废墟的隐秘的趣味也是烦人的画家的趣味，他不知道某种神秘的政治其实也是艺术的精髓所在，他是不自知的艺术家。一度巽想阻止不断来做窝的艺术家，他找到了厂区管委会，后来又找到有关部门，他的话还是有人要听的，不敢不重视，但是“野火烧不尽，春风吹又生”，不仅没阻止了，更没想到的是这里竟慢慢发展起来，发展得这么快，这么花样繁多，每年来这儿参观、访问、观摩、学习、交流、购买艺术品的人是越来越多。不久前调查显示最吸引人的前五位的排序是：绘画，影像，雕塑，行为艺术，设计。巽有时阴沉地想如 ZAZ 对外开放的话会排第几？ZAZ 一开始没雇专业的保安，后来不雇不行了，光靠便衣根本无法阻止那些疯疯傻傻的人，但是后来以最低价格从保安公司雇来的保安让巽大为光火，主要是保安的服装和纳粹几乎分毫不差，甚至行礼与早操的手势也差不多，难怪会招来旅游者！

这天大屏幕上总算有了点变化，技术人员走进了谭一爻与居延泽几乎静止不动的对话画面，真是难得！技术人员进来后将一幅有大海与沙滩植物的风景画张贴在了泡沫版的墙上，立刻产生了回归自然无限温馨的效果，连整个监控室的人都感到心旷神怡。接着又有人走进屏幕，搬来了好几盆鲜花，又搬来了一个原木茶几、深色的电视柜、电视和沙发，这样一来由过去的极简主义风格一下回到了悦目的写实主义（方末末），一切都比过去看上去真实了许多，与现场的回忆、叙事、对话越发相称，就好像话剧舞台的暗转一样，灯暗灯亮场景就换了。但兑和艮同时有些迷惑不解：这还是监房吗？越来越像直播间，像凤凰卫视，为什么给居延泽这样的待遇？这是不是对以前的否定？巽从来不予以回答，变得越来越奇怪，越来越像一个影子，越来越像入定了一般。

还没容兑和艮解开疑惑，更让人不解的事发生了，赏心悦目的变化仅仅存在了三天，突然又全部撤掉了，房间恢复了纯粹白泡沫的世界。即使不戴耳机仅从画面上看居延泽与谭一爻发生了争执，如果不撤掉风景陈设不知道争执什么。彼时他们已分不清谁是审讯者。最初是谭一爻提出将房间恢复现实主义传统，居延泽同意了，但三天之后居延泽提出了反对意见，理由是他已经完全适应了过去的白色，白色让他的脑海充满了寂静的回忆，没有现在也没有未来，一切历历在目像放电影一样。而海滨、绿树、沙滩、少女干扰了他，使过去变得不稳定，脑子里经常出现马赛克。他已经不喜欢色彩，一点儿也不喜欢。最过分的是在一切恢复原状后居延泽甚至要求谭一爻戴上方未未留下的作为纪念品的白墨镜。谭一爻当然不会，居延泽只好自己戴上。激烈的争执是在这时发生的，谭一爻无法忍受这种刑具一样的眼镜，认为想出这种眼镜的人不是疯子就是纳粹。争来争去后来不知怎么镜片掉了一片，两人的关系总算相对稳定下来。其实他们一直谈得挺好，居延泽的童年、少年、青年都是美好时光，就像蓝色的海水，至少也像湖水，有阳光、鱼、无尽的田野。

事情总算过去，一切又在白色中恢复了正常。不动的画面，与案情毫无关系的声音，交互的眼神，除了这些基本没动感。当然，嘴一直在动，但因为一直在固定地动，和不动也差不太多。直到有一天，差不多两个月之后，乏味的声音中出现了杜远方的名字，监控室里的疲惫不堪、哈欠连天才被一扫而光，人们像被吹起了冲锋号或起床号，一下行动起来。杜远方是涉案人中的重量级人物，人们开始为谭一爻啧啧称叹，甚至也叹服巽的麻木入定，这样的坚持在巽这里是从未有过的。说实话大家一直有一个担心，那就是有一天 ZAZ 突然被撤销，现在杜远方浮出水面完全可以向上交代了。当然了，这只是开始，路还很远，传记的方式就是这样，它有着自身的逻辑，人们也只好耐心等待。

无论兑还是艮、巽，谁也没想到居延泽青年时代就结识了大名鼎鼎的杜远方，没想到他们一开始的关系就如此复杂。不能不承认白色的确是最好的回忆颜色，从居延泽有时戴着的只有一个镜片的白墨镜的脸上，可以看到他的不同的青春，两半的青春，朴素的又神经质的青春。他本来是一个历史系的大学生，却来到了一个酒厂实习，完全是因为杜远方。如果可能的话居延泽的眼睛这时会有上一行白色数字：XXXX 年。不错，几乎从居延泽接近白色的目光中，我们看到一大片厂区，显然已经有过一次升级改造，一些厂房是新的，而二次升级刚刚开始，塔吊、哨声，一座座建设中的新型的蒸馏塔崭露新姿，“兰陵王酒业有限公司”生产工艺已臻成熟，杜远方作为老总因近十年取得的行业内佳绩已是全国新闻人物、省利税大户、省政协委员，有北方“酒王”之称。居延泽讲杜远方的“右派”经历，讲后来如何创业，如何成为他的精神教父，讲杜远方如何上上下下人脉深厚，如何通过关系把他分配到政策研究室，又如何到了秘书处，一下成为老板的秘书。

“……你知道……在很多人看来，秘书就等同于他所服务的人，见秘书如见老板，可是当初我成为秘书时完全不知情，事先没任何人告诉我，没人给我哪怕一点点暗示，杜远方没有，杜远方和我——我们共同的情人李离也没有，我没有任何准备，上面让我马上报到……我回来收拾东西主任处长们脸色都很不好看，怪我一点消息也不透露……（那时谭一爻两眼已像灯一样，有时闭上半天才睁一下，居延泽时有停顿）我的 BP 机上的信息像雪片一样飞来，认识的不认识的熟悉的不熟悉的都要请我吃饭，我没回一个信息，没吃一顿饭，但一种被冉冉托起的感觉还是让我深刻地意识到，一切和过去不一样。当我再见到李离、见到杜远方时，我再没有耻辱感，也没有恨了，甚至连过去都不存在了……我们就是朋友……很好的老朋友……我感激他们……我们三个之间一切都被荡涤、被照亮，因为我们的目标是共同的，就是把我送上去……一切都明晃晃的……像是透明的……我最先见的是李离，我打电话约她，她不想出来，想在家为我庆贺。我们一见面就紧紧拥抱，再没一点醋意……我感到李离的后背跟我同样的激动，我们长时间吻，什么也不说，我看到她的泪水。我们做爱，我熟悉的身体，熟悉她的一切，熟悉的激动、长吻……她做了一大桌子菜，菜都凉了……见到杜远方……还是在香港酒楼……他不换地方，还是他请……我们握了手，我感到他还想拥抱我，但我转过了身，他很优雅很大气地搂了搂我的肩，显示他还是教父……”

居延泽断断续续，一直没有停，巽也没叫停，始终没叫，直到血慢慢地从谭一爻的嘴角渗出。不是喷。就是涓涓的细流，丝丝如缕，仿佛慢镜头。居延泽看见巽、兑、艮匆匆进来，但仍未停下讲。他的眼睛与嘴似乎是分离的，讲不妨碍看，看不妨碍讲，吐血的谭一爻的脸、手、目光都有一种紧张的绷着的僵硬，脸色铁青，完全脱形。但谭一爻依然有力，藤一样的手抓住扶手，整个躯体像一团树根坐在椅子上，仿佛从椅子上长出来似的。

血之所以流得慢，细，是因为被一种最后的意志控制着，因此倒也不怎么吓人。没拨 120，没叫急救车，没有惊慌，没送医院，一切都照着一份早就拟好的遗嘱执行着。许多天前谭一爻就已呈现“最后一天”迹象，事实上每天似乎都像是“最后一天”。只是令人惊奇的是，“这一天”总是没有到来，支持了这么久。尽管越来越像非人，越来越像根雕，但是毫无疑问地活着，甚至有时仍在提问，提问时目光一动不动，间或一轮，堪称艺术品。当“这一天”真的来了，如同演习多了，战争一旦来了已习以为常，巽颇为从容镇定。兑和艮也一样，在谭一爻胸前慢慢放了许多纱布。血还在慢慢往外渗，颜色发黑、有味。每个人都戴上了口罩，口罩也是事先准备好的，这方面早就咨询过医生，最后是要准备口罩的。口罩也给了还在讲的居延泽一只。居延泽戴上口罩，对着从容忙碌的人们继续讲，对着被抱起来的谭一爻讲，对着担架上的谭一爻讲，对着谭一爻留下的有血迹的空椅子讲，虽面前已无一人，谭一爻已被移开。

居延泽兑现着承诺：讲出所有的一切。

监控室已无一人，当然，监控并没有停，一切都会留下。所有人都到了外边，彼时谭一爻已被抬上一辆考斯特面包车，考斯特面包车两排座早已卸掉一排，许多天前就已卸下，一直备勤，一直随时准备出发。

通往寺院的道也非常熟悉，司机拉着备勤人员跑过三次，完成了抬着担架登山的训练。谭一爻的遗嘱便是巽务必把他送上山，不去医院，不拨打 120，不通知医院。他是寺院的人，已属寺院，他有权以寺院的方式处理自己最后的身体。果然到了山脚，两个工作人员的确训练有素，很熟练地将谭一爻用专业绳子捆绑在担架上，上山前又注射了一针强心剂，重新给谭一爻换上氧气，戴上氧气罩，绑得很好，绝不会因倾斜脱落。谭一爻还有呼吸，微弱的心跳，当然强心剂起着作用。另外一个星期前巽就已上过一次山，与年轻方丈进行了接触，检查陶缸、柴草、香樟、木炭、燃孔一切事宜，随时可以入缸。年轻方丈唯一的要求就是要活着送上来，否则谈不上圆寂。

当然，生死其实是难以界定的，特别对佛家而言。尽管如此，年轻方丈出现的时候谭一爻竟然睁了一下眼睛，看了一下方丈，这让巽非常吃惊，巽一直担心年轻方丈会拒绝谭一爻的遗体，在巽看来到达山顶前谭一爻已没任何生命迹象，之所以还戴着氧气罩不过是给僧人们看的。谭一爻把最后的目光转向巽，没任何表情，然后合上。谭一爻被两个僧人慢慢安放于缸中，端坐，竟然还能坐着，仍让巽惊奇。两个抬谭一爻的工作人员欲帮忙被和尚拦下，劝到了旁边。年轻方丈与四个和尚站成一排，口中念念有词，过了一会儿，年轻方丈拈花指轻轻拿掉氧气罩，交给工作人员，示意他们可以走了，巽挥了挥手，工作人员走后方丈又向巽合掌，巽懂了，这是也让他离开。

巽最后看了一眼缸中的谭一爻，的确，看上去已经圆寂，非常安详，甚至不用僧人再扶着即可坐着。头发已剃掉，青青的头皮异常浑圆，完全像刚刚出家的人。早晨巽与谭一爻共进早餐，谭一爻邀请的，巽亲眼看到谭一爻用四十九分钟吞下四十九颗河底晶石，并告诉巽今天将是他最后一天。谭一爻告诉巽这些石头将刺破他体内无数的葡萄，大大小小的葡萄，这些葡萄已经熟透，有的已经开始烂，再不服下这些石头可能就没机会了。的确，显而易见，谭一爻已到最后的时候；只是这么多天他居然没忘那些晶石让巽不解，而这会儿他端坐于缸中，僧人正在加炭，添柴，巽更是不解。年轻方丈虽未驱逐他却一直面对着他合掌，念念有词。他慢慢退着，直到退出装缸专用的禅房，一个僧人将门关上。

巽一直矛盾要不要在山上守上七日，七日后点孔焚化，他并不想看到某一幕，但又想送一送老友，现在看来不必了。不必了。甚至永远不必了。

巽回到三十一区，监控室的大屏幕上居延泽仍在讲，对着椅子讲。椅子上有斑斑血迹，居延泽不让擦。艮抱怨说居延泽不但不让擦也不让别人坐，不让笔录，不让讯问，只是他一个人在那儿说。

“不，他不是一个人。”巽对艮说，又把这话对兑说了一遍。

“没有笔录行吗？”

巽没搭话，看着大屏幕。

一般这时候就不该再说什么，但艮只缄口了一小会儿。

“要不然您试试，您亲自出场？”

“你是不是不想干了?”巽还从没说出过这种话。能看出巽很烦躁，兑赶快将艮推出监控室，同时为艮解释。确实，没笔录是不行的。

“你做笔录，就在这儿。”

“在这儿?”兑睁大了眼睛。

“就在这儿，就让他一个人说，每天让他在笔录上签字。”

“他会签吗?”

“他肯定会签。”

尽管旷日持久，居延泽说出了一切，每天看也不看就签字，上午一次下午一次。一年以后居延泽死于注射，当然经过了正式批捕，走完了所有的法律程序，涉及了很多人。注射车是从德国进口的，乳白色，奔驰系列，全国也没几辆，非一般人能享受。就连杜远方也没用上。杜远方用的还是传统的子弹，子弹从大脑门穿过，两枪，两个血洞，没用第三枪。时间上杜远方也早一些，据说那时注射车刚刚到港，还未及分配。不过即使分配下来杜远方也未必能用。居延泽被注射那天，巽从医院出来，只身去了慈云寺。一年没有来过了，只差一天就是整整一年，但今天是居延泽注射的日子，又是自己的日子。

年轻的方丈认识巽，一见如故，或者比一年前亲切许多。

巽在寺里住了三天，清茶斋饭，暮鼓晨钟。

一生也没这么静过。每天他都要在一座塔前伫立良久。

百思不解。

词与物

1

事情本来不大，而且可能搞错了。电话打来时是早晨六点，苏为民以为是妻子王小华的电话，让对方过会儿再打来，结果就是找他的。苏为民怕吵醒妻子王小华，捂着电话问对方是谁，对方自称是何忠德的妻子。但何忠德又是谁呢？这个名字苏为民听起来好像比来电话里的陌生女人还要陌生。

“你们是中学同学。”女人声音微弱。

女人称在何忠德生前的电话本上查到了苏为民的电话，苏为民看了一眼身边的王小华，拿不定主意是否继续接这个电话。苏为民认真想了一下自己的中学同学，还是记不起何忠德。苏为民中学毕业快二十年了，几乎和同学都没什么联系，仅有的一点联系还是有一次在街角上偶然碰到了一个叫周季平的同学，留了联系方式，但那也是五年前的事了。

陌生女人邀请苏为民参加何忠德的葬礼——且不说他的同学中到底有

没有一个叫何忠德的，也不说是否参加这个葬礼，首先，苏为民认为“葬礼”一词的用法就有些问题。现在这种事情一般都叫“遗体告别”，基本没人用“葬礼”这个词。“葬礼”在外国电影中比较常见，这个词总是让人想到草坪、墓地、祷告、下葬，在这个意义上“葬礼”很大程度上已是个外来词。

当然，苏为民捂着电话想，女人在这个突如其来的早晨称“葬礼”可能有所考虑，可能对死者怀有深深的感情，可能让自己也让别人易于接受。口头表达与书面表达可以有所不同，但如果是在登在报纸上就必须规范使用“遗体告别”，这样虽简单，生硬，但事实清楚。

苏为民在一家不太景气的行业报纸做校对，用词上下过很硬的功夫，他不知道自己这方面可能已是专家。

“就是‘遗体告别’吧？”苏为民清晰地问。

“是……”女人泣不成声。

“在哪儿？”

等了好久，女人才说出一个让苏为民更加意外的词，“验尸中心”，而且是在沙河，全称叫“沙河验尸中心”。苏为民一时想不起来沙河在哪儿，但是有一点已十分清楚，就是更不能称为“葬礼”。事实的确越来越清楚，根本不可能有葬礼，在女人的啜泣中苏为民知道了“老同学”何忠德几个月前失踪了，女人到处找不到他。女人在《北京晚报》《北京青年报》还有《信报》多家报纸断断续续刊登了几个月的寻人启事，最近终于有人在枯水期的沙河（在北京与昌平之间）发现了何忠德的尸体。据警方现场堪察何忠德身上至少绑了五十公斤沙袋（说明何忠德会游泳，相当自负），沙袋用的是自家的印花沙发的座套，警察据此排除了他杀可能。五十公斤太过分了，三十公斤足矣，不过，苏为民想，何忠德是否还有别的意图？是否五十公斤就可以永远地坐在河底自家的沙发上再不问世？但何忠德没想到枯水期，况且磨损过度的沙发座套也不牢靠，沙子会慢慢流失。也许皮质座套会时间长一点，不过也不一定。

还有，枯水期迟早到来，一切迟早会水落石出。

苏为民不是非想这些不可，只是早年苏为民游泳也不错，他的记忆不由自主掠过二十年前的陶然亭游泳池，水面，耀眼的阳光，一个个模糊的同学的脑袋，但仍然无法确定有一个叫“何忠德”的同学。苏为民没问“何忠德”为什么自杀，甚至也不必问——女人复杂的哭泣已包含了难以言传的内容。

苏为民答应参加“葬礼”，不仅如此，还答应了帮助通知老同学，女人不能再向同学一一重复这件事。

“你们一定要来啊……”女人的请求甚至并不悲伤，而是恐惧。

苏为民不知自己是否真的会去。这样一场“葬礼”或“遗体告别”（遗体告别也称不上）对不想再问世的何忠德是否有意义？何况那是一个泡了两三个月的人？尸体显然已经腐烂、脱骨，可能只有部分的脸，四分之一或三分之一的脸。其实如果不是印花沙发座套完全可以不认领的，不认领对谁都好。女人已认不出何忠德，但无法否认沙发座套。何忠德有些想法不错，但办事还是不牢靠，哪儿不能解决一个沙袋？何必非用家里的。

“不能到殡仪馆吗——”苏为民问，觉得验尸中心实在可怕，恐怕没人愿来。

“……殡仪馆不收……”

绝不是“葬礼”，不能用这个词，苏为民想，但是什么呢？

“没法整容？”苏为民轻声问。

“是的！”女人几乎愤怒地挂了电话。

苏为民是好意，殡仪馆告别室比较正常，验尸中心有点吓人。此外即使当年班里真的有个叫何忠德的同学，肯定大多数人也已把他忘记，就算勉强想起来，谁会到闻所未闻的验尸中心与一个自己早已忘记的人告别呢？

女人不仅有恐惧，似乎还有愤怒。

何忠德的确让人愤怒。

2

接下来愤怒的是妻子王小华。王小华一开始就被吵醒了。王小华周六在公司加了一天班，今天本想多睡会儿，结果被这个又恐怖又拖拉的电话弄得再也睡不着。苏为民刚放下电话，王小华就踹了苏为民一脚。“你说你这人丧气不丧气！八百年没你一个电话，来一个电话还是这破事儿！”

苏为民没吱声，因为他觉得王小华说的有道理。

“谁跳河了？”王小华坐起来。

苏为民说不上来。苏为民不能说是老同学跳河了，也不能说不是。

“说呀！”又踹了苏为民一脚，“告诉你啊，你别又一个屁不放，我今天烦着呢！”王小华这样说是好意，是保护苏为民，苏为民应该知道他再不出声王小华就要掐人了。王小华掐人是一绝。王小华不是慢慢掐而是一下手就能让苏为民喊出声来。不过天长日久，现在苏为民的承受能力已出奇的好，很多时候他差不多完全可以只做出叫的口型而不发出声音。现在苏为民的口型几乎发出声音，“说是我的一个老同学，可我不能确定……”苏为民艰难地说。

“你真有病！连是谁都没搞清就和人瞎聊半天，告诉你啊，不许去！”

王小华并不想知道何忠德是否苏为民的老同学，是不是老同学都一样，她主要就是要下这道命令。命令肯定会执行，并且一向如此。

王小华去了卫生间，不可能再睡了。苏为民不用看胳膊，准知道青了一大块。苏为民完全可以痛快地说是一个老同学跳河了，但他认为这种确定的回答与不确定的事实不符。一个不能确定的事实不能用肯定句，也不能用否定句，这需要时间思考。但苏为民思考的速度通常总是赶不上生活的速度，如果生活不是这样快，并且不总是包含着威胁，苏为民完全可以准确地使用“不确定”的语气回答，但生活根本不允许他有思考的时间。此外，按照身体的惯性反应，苏为民还要同时启动身体的疼痛预警系统，也就是说，他要一边考虑如何回答问题，一边考虑王小华何时出手，怎么出手，是真出手还是假出手。

经常的，王小华还没出手苏为民已经本能地预先地做出口型，当疼痛真的落实他会觉得好一些。王小华早就摸透了苏为民的这个特点，她最恨的就是还没下手苏为民就开始倒抽冷气。王小华也有了经验，掐之前总要反复发出真假难辨的威胁，直到认为苏为民的预警系统因混乱而崩溃（这干扰了苏为民不确定的思考）。那时一指下去，苏为民即使咬紧牙关嘴里也会咝咝作响。不过就算这样苏为民也已经习惯了。现在苏为民轻轻地抚着痛处，还是想不起何忠德是谁。他答应了女人，自己能不能去倒在其次，主要是还要通知老同学。

3

老同学都在同学录上。同学录是五年前在街角碰上的周季平后来寄给苏为民的。十五年没见，名字虽一时想不起来，但周季平的面孔还算熟悉，这说明形象记忆总是大于抽象记忆，名字只是一个抽象的符号而已。也许见到了何忠德苏为民会想起何忠德，每个人的脸上会写着许多抹不去的记忆。不过要是部分的脸就难说了，比如三分之一的脸？是否同样有三分之一的记忆？

同学录在儿子房间里，不过是在他与儿子共用的抽屉里还是在书架上的某本工具书里夹着，或是与儿子过去的考试卷子混在一起，这些苏为民已记不大清楚。儿子总是藏他的东西，总是把他的一切都弄得乱七八糟，书被扔得东一本西一本，甚至有时儿子会把他的书垫在脚底下。有时一不留神他的某样东西就会不翼而飞，最后准能在床底下或窗户外面找到。

儿子希望有自己独立的空间，他已经十二岁了，可是王小华一拿到这套房子的钥匙就分配好了房间：苏为民要更多与儿子在一起，要看好儿子，盯住儿子，一刻也不能放松儿子，因此他名义上的书房就挤在了儿子的房间。儿子明年就要上中学，上好学校、市重点，要有特长，因此所有的希望都寄托在了苏为民辅导儿子的弹钢琴上。儿子的钢琴现在弹到了七级，正是看到希望又差一大截的时候。七级还不算特长生，得十级才算。现在还有不到一年时间，儿子能一年连考三级吗？但王小华坚持说能，王小华瞪着没上妆的可怕的双眼皮说："有的人一年就连考了三级，别人能，咱们怎么不能！"王小华举出某某孩子的例子。就算这例子是真的，那也是罕见的神童，儿子怎么能和神童相比？

王小华的双眼皮割得太大了，没上妆时很吓人，看上去就像外国现代派的画儿。当然了，王小华上了妆后确实漂亮，有很深的眼影，还植了睫毛。不过漂亮虽漂亮了，但已不是过去的王小华。现在家里存在着三个王小华：结婚时细长眼睛的王小华，没上妆的王小华，上妆后的王小华。王小华每次从公司回来都好像发廊的招贴画一样，一身重妆，十分漂亮。王小华算是打拼成功的女人，几年前她只是公司的出纳员，现在已是骨干会计。王小华已出过三次国，两次韩国、一次日本，特别是从日本回来，王小华变得更加精细严格。

钢琴考级一年只有两次，一次一级，怎么会有一年考三级？苏为民有一次总算说出了常识。可王小华说：你这人真是孤陋寡闻，你没听说有跳级考的？我要你们平时抓紧练，你们就是不听，整天拖拖拉拉，磨磨叽叽，老牛拉破车似的，你说说要你有什么用？我告诉你们，从今天开始，每天再加两小时！

王小华训儿子从来不直接对儿子，而是对着苏为民，她经常把“你”和“你们”混和起来用，单数复数不分，这要是在报纸校样上，有多少就得改多少。当然，王小华这是故意的，校对与修辞有时不在一个层面上，有时校对得服从特定的修辞。王小华虽不懂语言学或修辞学，可她懂生活，生活导致了她这种混淆修辞的产生。也就是说并不是王小华有意识破坏语言，是生活本身在破坏语言。苏为民当然与儿子不同，可生活硬是把他和儿子绑在了一起，他与儿子本来就存在着混淆的错误关系。

作为语言学家（我们说过他自己不知道），苏为民从事校对员工作快二十年了。二十年前苏为民不过十八岁，那年高考完没什么事，正好一家新创刊的报纸招聘高考落榜生做校对，苏为民没等高考公榜就拿着准考证报了名。那次果如苏为民所料，他没考上。他读书的学校是一所普通高中，他们那届高考之后因为鲜少有人考上，那所中学改为了职高，从此退出了高考竞技场。苏为民的成绩在那一年的学生中还算不错的，只比录取分数线低了七十来分，更多人低了一百多分。他们根本就毫无希望，只不过是按惯性像赶羊似的被赶进了考场。

苏为民对自己的校对工作很满意，干起活又认真又谦虚又带劲儿。那些记者编辑（都是本科，还有研究生）当然轻松得很，他们自由散漫，谈笑风生，中午聚众打牌，斗地主，拖拉机，苏为民可没这份心思。他从不往牌堆儿前凑，他知道自己得自修，得好好练饭碗，得练最基本的文字功。他的办公桌上从最开始的一本《新华字典》几年时间逐渐增加了《现代汉语小词典》《成语词典》《中华大字典》《辞海》《辞源》《古汉语字典》《说文解字》《语法与修辞》《同义词与近义词》甚至《语言学概论》《简明大不列颠百科全书》，不下三十余种。尽管这些工具书遭到不少编辑记者的嘲笑，尽管一张报纸根本容不下这么厚厚的严肃的大本的工具书，尽管他被认为是一个典型的没受过高等教育的人瞎使劲，但从最后异常干净整饬的校样上看，没人不承认苏为民是个有硬功夫的校对。

事实也是如此。苏为民那些书绝不是摆设，也不仅是为了使用，而是文字已成为他的栖身之地、生存之地。他的各种工具书在达到顶峰的五十多种之后突然没有再增加，不仅如此，甚至开始慢慢减少，并且最终，也就是五年前在街角上碰上老同学的时候，他的办公桌上呈现出他刚来报社时的情景：只剩下那本报社最初发的《新华字典》。如果不考虑某些情况，苏为民好像走了一个轮回，好像他把工具书都装进了他的肚子，好像他完全用不着了。

事实不是这样。苏为民不是天才。就算天才也不可能把那套简明大不列颠百科全书装肚子里，尽管苏为民确实熟悉它们。事实是报社的改革让苏为民对自己那些心爱的工具书有点不太放心。报社减员增效，报纸各版面实行编校一体化，也就是逐步减少处于二线的校对人员。原来的校对由版面责任编辑承担，据说最终有可能取消包括最重要的一版在内的所有的校对。在报纸不景气的情况下，必不可少的校对一时被人们认为可有可无，编辑们稿子都编了，文章也写了，区区文字校对难道不能顺手干了？不要说这项改革最终事实上没能进行到底，就是这种看法对校对从业人也是致命打击。是的，当然了，最终苏为民和另外两个元老级的校对留了下来（他们都是一创刊就到了报社），而且他们都是响当当的好手，想要让他们下岗回家绝非易事。但是某种看法或趋势让苏为民感到自己的那些工具书绝不能同报社发的书混淆起来，因为事实非常清楚，报社只发了那本《新华字典》，其他书都是他自己买的。

4

他找到了同学录。那时儿子已经起来了，儿子没把同学录叠成纸飞机扔到十二层的窗外还算不错。他的许多东西，像钥匙、笔、手套只要不翼而飞一般都能在楼下找到。有一次楼下一只小狗叼着他的一只袜子着急地乱跑，好像寻找袜子的主人。同学录夹在《辞海·历史分册》里，说明当时他还是很看重同学录的，不过也可能无意识地把它归入了历史。总而言之，当时究竟是一种怎样的心情现在他已记不清了。像他预料的一样，同学录上没有何忠德的名字。当然也没他自己。那是一次规模较大但仍是部分同学的聚会，名单上有三十几个人，应该不算少了，一些名字不用想立刻就能浮现出生动的笑容。哪里都有令人难以忘记的人，正如哪儿都有默默无闻的人，就算这三十几个人的名单苏为民也有相当一部分回忆不起他们的面孔。那就打电话吧，苏为民想，告诉他们何忠德跳河了，10 月 15 日上午九点举行遗体告别。

但这会儿苏为民没时间打电话，因为马上就要吃早餐了。早餐后要练琴，练完琴后去姜杰钢琴城学琴，回来就是中午了。下午带儿子去光明外语学校学英语，同样要考级，像钢琴特长生一样还有不小的距离；之后呢，去游泳馆游泳一个小时，一千米。儿子学习好，身体也要好，一样也不能少。儿子不想游泳，想改成去体育场踢球，王小华说不行，踢球会把人踢野了，游泳是文明人的行为。游泳馆有规矩的泳道，有彩色护栏，有洗浴，是有教养人去的地方。儿子要标准化培养，要上好中学、好大学，将来出国，拿绿卡……这些是王小华的口头禅，苏为民一点也不反对，并且任劳任怨，同样把希望都寄托在儿子身上。

早餐。每天差不多都是这一幕：

“儿子，再吃点，现在是关键时期，营养一定要跟上。”

“不吃了，我就不吃了！”

“那把苹果吃了，我跟你说，水果必须吃！”

“我要屙屎！”

“吃完再屙！好儿子，快点，快点，就几口的事儿。”

儿子吃了一口扔下苹果或橘子，冲进卫生间。

儿子去了厕所，王小华问苏为民：“你刚才找什么呢？”

“没找什么。”苏为民有些紧张。

“告诉你呵，别管那破事！你听见没有？不许打电话！”

苏为民的一举一动王小华都清楚。苏为民也想如厕，感觉下体堵得慌。苏为民不知道自己的反应怎么和儿子如此相似，如果说儿子有大不列颠百科全书上的恋母情结，下体拥堵也算一种的话，那么他这算什么情结？他又不是王小华的儿子。大不列颠百科全书的弗洛伊德词条说：恋母情结是男孩潜意识里有一种排除父亲占有母亲的本能，这种本能不为社会所容，是不可能实现的，所以就被打入了潜意识。大不列颠还说潜意识在孩子成长中不会自行消失，会以某种形式影响男孩成人后的性格、行为以及对女人的选择。母亲是某些男孩永恒的情人，无论男孩到了什么年纪总是服从和依恋母亲。那么儿子依恋王小华吗？他可没从儿子身上看出来。儿子说要屙屎，他没什么屎，就是堵得慌，这算什么潜意识？苏为民搞不懂外国人，外国人的许多事情苏为民都搞不懂。

不管怎么说钢琴都是悦耳的。哪怕它发出的是愤怒的声音。王小华当然听不出来，这已经是钢琴八级的曲子，王小华不可能在复杂的《吉格舞曲》里听出魔鬼的声音。儿子是被王小华从卫生间里喊出来的，喊了五六次儿子才出来，当抽水马桶“哗”的泛音响过之后（抽水马桶什么时候听上去都像愤怒的声音），你能指望一个蹲了三十分钟厕所还不愿出来的孩子，一上来弹得优美动听吗？

《吉格舞曲》是巴赫的曲子，速度很快，要求把八分音符弹成断奏，十六分音符弹成连奏，三、四、五指要非常灵巧，有力度，同时弹出颗粒性。此外作品虽然没有表情记号，但并不等于音乐从头到尾都一样，它要求自然地顺从音乐本身的发展倾向做出渐强渐弱的起伏。还有，老师要求装饰音的第一个音一定要落在拍子上，不能有误。巴赫的音乐比较难懂，在技术上是很难的，每一级考试巴赫都是可怜的中国孩子的陷阱。刚屙完屎的人，哪怕没屙出来，事实上不应该从巴赫开始。这是个错误。屙痛快了难以进入抽象的巴赫，不痛快就更难进入，就像便秘的人很难承担富有耐心的工作。应该从莫扎特的《奏鸣曲》开始，莫扎特总是轻松的、愉快的，有比较清晰的音乐形象。《奏鸣曲》有精气神儿，有生气勃勃的快板，全曲的音乐感觉非常明亮。《奏鸣曲》即使速度要求弹奏到一个四分音符等于每分钟一百三十二左右的节拍，也因为欢快而不难做到。

儿子五岁弹琴，现在已弹了七年，苏为民陪了七年，从最开始的一级拜厄、小汤普森，到全部八级的车尔尼系列，从巴赫、贝多芬、李斯特、海顿、亨德尔到格里格、门德尔松、肖邦、柴科夫斯基，数不胜数。所有的音乐家苏为民都查过他们的词条，所有的曲子老师教过之后他都要首先记住，然后回家督导儿子、纠正儿子；每种调式、每个休止、每种指法他要都十分熟稔。他虽不亲自操琴也等于学了七年琴，现在他辅导任何一个五六级的孩子都没问题。

5

“注意两个音的连线，前一个稍强，后一个稍弱。”

“不要忽快忽慢，注意左手配合。”

“伴奏弹得轻一点，不要喧宾夺主，要突出旋律声部。”

“注意跳音，连奏和断奏分开。”

年轻女教师这样纠正儿子，苏为民回家后同样要这样纠正。苏为民做笔记，录音，他的笔记已有六大本，差不多就是一套辅导教材。如果苏为民尝试出版《家长如何辅导孩子弹钢琴》不是没可能，甚至说不定成为畅销书也未可知。但苏为民对此一无所知，正像他在语言学上的造诣无人知晓。

女教师是不久前新调换的，三十出头，A 级，中央音乐学院教师，很有艺术气质，不注意看一点也看不出她的眼皮同样做过切割，不过是很精致细微的手术，几乎像天然的双眼皮。眼睛是心灵的窗口，不应该用手术刀，甚至激光也不行，只有纳米技术最接近心灵本身。不过如果想有王小华那样一双大眼睛可能还得用手术刀，至少激光手术刀。可是为什么要那么大呢？女教师的眼睛多好。

女教师认为儿子基础好，很扎实，不过八级九级强调的比较多的是对作品的理解和感觉，更看重即兴作品的演奏。女教师说，像肖邦的《夜曲》，就特别要注意作品中的“鲁巴托”。“鲁巴托”的意思就是在一首整体节奏严整的作品中，允许某些片段、某些乐句不严整。女教师不是对着儿子而是对着苏为民说：“具体一点儿讲，就是在一个乐句中，要把前面的几个音扩充一些，时值拉长一些，这些时值是从后面的几个音上‘鲁巴托’（夺）过来的；这时还要注意与随意的自由的节奏律动区分开来；弹奏肖邦的作品，一定要具备这种‘鲁巴托’节奏感觉的发挥与律动。”这些话苏为民飞快地记在本子上。

但这已不是苏为民能理解的，更不用说儿子。

女教师说，技巧不是一种僵硬的东西，只有当技巧成为自然的感觉流露时技巧才真正成为技巧，考级制度把许多孩子的天赋都给毁了。

“鲁巴托”已让苏为民望而生畏，如在雾中，现在更不明白女教师的话是什么意思。女教师的意思是儿子只有僵硬的技巧？甚至已被考级毁了？天赋毁了没关系，我们本来就没天赋，我们不想当音乐家，我们就是要一年之内能不能考过后三级，能不能上重点中学。虽然苏为民已经十分窘迫，但还是实话实说了。

“还是先看看能不能过‘鲁巴托’吧。”女教师歉然一笑。

“怎么才能过‘鲁巴托’？”苏为民有点张口结舌。

没有回答，只有微笑。这位纳米女郎很有修养，也更让人绝望。

“您说句实话，我们儿子有希望吗？”

“他才十二岁，您不能这样问。”

苏为民无话可说。回家的路上，苏为民问儿子，如果不考级你还愿弹琴吗？儿子的回答让苏为民惊讶，“不考级干吗要弹琴？”苏为民说：“我是说如果，如果你明白吗？”儿子不解：“不考级妈妈同意吗？”“我没问你妈同不同意，这是两码事，我就是让你想一下，如果不考级你愿弹琴吗？”苏为民大声说。儿子同样放大了声音：“那想它干什么？我不会想！”儿子连想都不愿想，或者真的不会想，他的脑子没有“如果”这类幻想、假设一类的词汇。这孩子不要说天赋，连基本的想象力都没有。儿子说不上聪明，各科的学习成绩一直还算不错，对此不管怎么说苏为民还是满意的，但现在他发现儿子像墙一样。

6

星期天。饭菜永远没的说。非常丰盛。王小华相信科学，考虑到了各种营养的摄入，蔬菜、肉、蛋、鱼、汤、水果。一大桌子菜，像在餐厅似的。这很辛苦，也都是钱，是苏为民微薄的收入达不到的。包括这套明亮的楼房，以及富康车都不是苏为民能办到的。这个家有今天应该全仰仗了王小华，王小华既主内又主外，做饭、洗衣、挣钱、供房、买车（当然是她开），哪样都是王小华，苏为民唯一能做的事就是抓紧儿子的学习。过去王小华还指望过苏为民熬成个记者编辑什么的，可自从报社改革了校对，王小华想也不想这事了。

苏为民和王小华都是高中毕业，王小华上的是财会职高，两人都是普通的工作，说不上底层，就是一般人。不能说苏为民不努力，那么多工具书应该说相当努力了，不过要和王小华比起来就有些乏善可陈。王小华运气也好，本来她所在的制药厂一直不景气，后来和外国人合了资给老药厂带来机遇，同时也给王小华带来转机。王小华通过种种努力，包括割眼皮的努力，不仅使自己变成了一个美人，也改变了自己出纳员的命运。这个改变自己的逻辑王小华也应用在了苏为民身上，特别当王小华拿到这套单元房的钥匙后，王小华有一个美好的设计：苏为民一边自学高考——没文凭不可能转成编辑记者——一边督导儿子的学习。后者苏为民比较忠实地按设计要求做到了，前者却半途而废。

半途而废有种种原因，首先苏为民没想过当编辑记者，做梦都没想过；其次，他认为校对是适合他的工作；第三，也是最重要的一点，他转成编辑记者几乎是不可能的。是的，苏为民对王小华说过，校对中是有转成了编辑记者的，但情况不同，那都是新分来的大学生，他们分到报社要在校对科实习一年，一年后自然就到各编辑部去当编辑记者了。苏为民对王小华说，我们这批人不一样，我们是当初报纸创刊时按招工指标进来的，不是干部编制，是工人编制，我们要想成为编辑记者就得先转干……“你们这批人有没有一个转干的？”王小华质问苏为民。苏为民承认有，王小华又问：“有没有转了干又转成了编辑记者的？”苏为民当然不能说没有，可那得是有关系的人……“那你就不会想点办法！哪有什么事都是现成的，你就是没志气，你能不能长点志气？”

那时苏为民校对当得好好的，让王小华一说很不是滋味，不过心里还不是很服气。苏为民想，校对当好了也不容易，校对也有职称，也有一级二级校对，也是一门专门的学问。但是报社的改革让苏为民吃到了苦头，事实证明当初王小华说对了，王小华当初就说：“你要是不上进就连现在的饭碗也没准儿保不住！”王小华的直觉总是对的。何况王小华不仅仅有直觉，王小华看什么都一针见血，并且总是恶狠狠的。那以后，王小华再怎么教训苏为民他都再没一点话说，不仅如此，苏为民还得担心哪天下岗报社别把他那些工具书一起收了去。苏民为再要想自学高考王小华也不让了，王小华说：“你行了吧，我也不指望你了，你这人我也看透了，根本就不是那块料，你把儿子的学习盯紧了就算积了德了！”

苏为民也并不真的想自学高考，不过是勉强的一点自尊的表示。苏为民看清了自己的希望所在，一心都扑在了儿子身上，只要儿子在家便与儿子形影不离。不过稍有空闲苏为民仍离不开那些似是而非的工具书，一来这些都是花钱买的，二来他对这些书也有感情。他仍然热爱字、词、句、专有名词、成词典故乃至百科词典，他爱这些就像别人爱烟酒那样成了不可或缺的嗜好。他完整地跟儿子重新上了一遍小学，儿子的课本他都几乎能背下来。他每天检查儿子的作业，与儿子一起背古文、诗词，一起写作文，一起上钢琴班、外语班、游泳班、美术班、智力开发班……一度儿子夜里不好好睡觉偷着起来叠纸飞机，王小华便让苏为民在儿子房间打地铺，看着儿子。儿子恨苏为民就像恨一种食品、一种异味、一种无以名状无所不在的空气，儿子讨厌他，藏他的东西，撕他的书、本、证件，一不留神他的自行车钥匙便不翼而飞，车胎总是被放气。

不过苏为民就算像空气一样存在，儿子居然仍有自己的秘密。儿了最大的嗜好就是叠纸飞机，简直不知他何时叠了那么多的纸飞机。有一次苏为民从柜子里从床底下从书包里从被子里从铅笔盒里翻出了那些纸飞机，后来才知道那些纸飞机大多是儿子半夜黑着灯在被窝里叠的，另外还有不少是在学校里叠的。那次苏为民做了彻底搜查，搜出了足有一百多架飞机，飞机大大小小，一套一套，一组一组，有不少飞机用纸都是苏为民工具书上的缺页。苏为民气坏了，把它们统统扔到了楼梯过道的垃圾堆里。扔了还不解恨，又从垃圾里捡回来放了一把火。苏为民要疯了，还不只是为纸飞机还为那些工具书的缺页。那次之后苏为民再没发现大量的纸飞机，儿子的飞机叠得少了，不叠那么多了，只是反复地叠一架飞机。儿子拆了叠，叠了拆，反反复复，不知叠了多少回。苏为民有时也觉得儿子可怜，不管儿子，叠一会儿就叠一会儿吧，也是一种休息。儿子总得有一点换脑筋的时间、玩的时间，可后来发现儿子反复叠一架飞机也不是个事儿。有时儿子看上去根本不是叠飞机，就是出神儿，一边叠一边出神儿，叠飞机与他的神态是分离的。是的，儿子倒是越来越听话，一般让不叠就不叠了，让做作业就做作业，让背唐诗就背唐诗，让念外语就念外语，让弹琴就弹琴，可一有一点空闲就拿出纸飞机……“鲁巴托”就是要在一个乐句中，把前面的几个音扩充一些，时值上拉长一些，这些时值是从后面的几个音上“鲁巴托”（夺）过来的……儿子这样能过“鲁巴托”吗？

7

吃呀，儿子，再吃点，你瞧，妈给你做了多少好吃的，再吃点，再吃一点儿，把汤喝了，这是骨头汤，是补钙的，你现在长身体，最缺的就是钙，喝了，啊，听话，再喝点，再喝一口……水果可不能不吃，哎呀，你瞧瞧你，每次吃水果都这么费劲，吃了，吃了！再吃一口，最后一口……

吃饭是科学，是规定，是维他命、卡路里、钙、胡萝卜素，每次吃饭都要进行一场高科技战争。饭后十分钟看电视的时间。一分也不能多。王小华给儿子看着表，数着数，10，9，8，7，6，5，4，2，1……然后预习英语，两点钟去光明外语学校上英语班。儿子要求再看两分钟，就两分钟、一分钟、十秒钟，别关，别关，别关！关了。灭了。极刑，电刑，慈母，“慈母手中线，游子身上衣。临行密密缝，意恐迟迟归。”这诗让人流泪。苏为民和儿子站起来，像兄弟，但绝非兄弟，他们回到他们的房间。

苏为民本想和王小华讲点什么，比如“鲁巴托”什么的，但想想还是算了。许多年了一直是这样，想想也就算了。在王小华这里，苏为民已基本丧失了语言能力，尽管他是语言学家。回到房间苏为民没管儿子干什么，也不看儿子。苏为民拿出了同学录，看了一会儿，慢慢地，无意识地，也把同学录叠成了一架纸飞机。然后像儿子一样拆开，叠，拆，叠。王小华灭掉电视时他几乎决定打电话通知遗体告别的事，他要通知那些老同学，而且就当着王小华通知，但最终他放弃了。风暴随时来临，但仍可控制，只要他无声无息。他可以无声无息，永远无声无息，但儿子怎么办？儿子这样叠来叠去别说“鲁巴托”能不能“夺”过去，是不是还有点不正常？儿子才十二岁，儿子路还长。

但他不想风暴，可风暴还是来了。王小华突然进来了。

“干什么呢，干什么呢？我说他怎么这么没出息，原来是跟你学的！瞧瞧你们俩这样子，我整天为你们服务，你们倒好，叠飞机玩！我告诉你苏为民……”

子弹，扫射，密集雨下，遥控器就像机枪。

后来只有口型，白布，三分之一的月亮。

苏为民没出一声，但眼泪流出来。

王小华有些惊讶，“怎么了你？苏为民？”

苏为民说没什么，泪往下滚，可看上去一点也不悲伤。

“那你哭什么？你多大人了？！你有什么毛病？……”

泪很快就干了，葬礼结束了。

儿子乖乖念起英语，念得异常清晰带劲。任何一种新的因素都会暂时让人改变一下，这种因素——譬如父亲的眼泪，虽然不能理解，但足以让儿子振作一下。儿子清亮的童声如水流的声音。这是美好的，清纯的，让人心动，让人牵挂。

三分之一的脸变得模糊……

8

白天也有月亮。苏为民很早就注意到了白天的月亮。白天的月亮因为淡，因为只是一小块浮白，很少人注意。事实上如果认真凝视，白天的月亮比夜晚的还要含义不明：它本不属于白天却升起来，它那样不是自己，却浮在天上。午后，小区人不多，行道树还太小，遮不住秋高气爽的阳光。是否还要通知其他的老同学？显然没必要。苏为民已给老同学打过几个电话，基本可以确定女人搞错了，没有一个同学记得一个叫何忠德的。电话亭空空的，一直没人，现在手机差不多人手一个，电话亭就像信筒一样鲜有人问津。

苏为民为打电话换了不少硬币，同学录上三十几个人得用不少呢，可几个电话后这些硬币在口袋里像何忠德一样似是而非。没人记得何忠德，甚至除了街上碰到的那个老同学，也基本没人记得苏为民。每次都是这样：苏为民报出自己名字，对方要想半天。他得解释一会儿，提到二十年前的一些往事，提到当年的活跃分子周季平，对方才算确认了他。有的同学还不错，向他道歉，有的呢，像路人一样。这很正常，过去人们对他就没什么印象，现在又过了二十年。苏为民确认自己都如此困难更不消说何忠德。苏为民想给何忠德的妻子打个电话，告诉她可能搞错了，遗憾的是没能留下女人的电话。

苏为民坐在长椅上等儿子下英语课，口袋里的一堆硬币沉甸甸的怕是花不出去了。换这些零钱挺不容易的，跑了好几个小店。王小华曾准备给苏为民买个手机，苏为民不要，没什么人打电话找他，除了王小华。当年 BP 机风行一时，到了最后苏为民也有了一个，结果呢，他的 BP 机基本就是哑巴。有一次 BP 机三个月没响一声，苏为民自己在家呼了一下自己，居然很神奇地响了。苏为民把这事告诉了王小华，王小华把 BP 机收走了，送给了别人。王小华不呼他，王小华找他非常容易，他不在单位就是在家，不是在送孩子的路上，就是像现在这样等儿子下英语课。

白天同样有上弦月、下弦月，因为参照物十分准确，月亮移动得同样准确。几点，几分，它在什么位置，何时被楼接住，何时又会出现在楼的空当儿，以及每次的差异苏为民都看得十分清晰。常常，苏为民得调整一下自己的位置才能再次看到楼间隙的月亮。这会儿月亮又稍稍上升了一点，差不多是小半个，比三分之一略大，上弦较实，下弦几乎虚掉或烂掉或被鱼吃掉了。何忠德没想到枯水期，是呀，他怎么想得到？城里的孩子谁了解河流？最熟悉的水面也就是陶然亭游泳池、十米跳台，苏为民站在上面，同学跳下去了，他不敢跳，顺阶梯又爬下来，那个同学倒是跳下去了，可是横在水上，水花飞溅，他上来时裤衩拍没了。他不知道，光着屁股，屁股粉红粉红的，就像大虾。游泳的地方不多，就那么几个地方，陶然亭、什刹海，不像现在有很多游泳馆，他无法教儿子跳水，游泳馆连三米跳台也没有，只能顺泳道游，来回来去，来回来去，来回来去，一千米，没有止境，要是有跳台也好玩一点，三米跳，五米跳，七米跳，直至十米，每一级都是挑战，说是游泳实际就是去跳水，看谁敢跳十米，没人想是健身，就是玩，一大群孩子玩，一大群孩子个个晒得黑黑的，互相还比谁晒得黑。当然，现在也很好，过去没有电话亭、外语学校、小区、绿地、会所、变形金刚似的楼房、游泳馆、保龄球、游乐园……过去做梦也没想过这样的小区，这样的三维动画一样整齐的午后，也不过就是几年前，他们才从低矮的大杂院搬到了高档的社区，很长时间都不敢相信自己会是画里的居民、电视楼盘里的主人，当时真像做梦，喜悦了可是好一阵子。

小车排起了长龙，后来的车上了便道，堵了学校门口。自行车也不少，因为汽车乱停自行车更是有意地乱放，每次下课都人喊车叫，骂骂咧咧，与过去的胡同里的习气没什么两样。其实现在的胡同倒是好多了，胡同已没剩下多少，剩在胡同里的人也不多了，很多很大的院子里真正的住户没几家。有一次苏为民回老房子看了一下，院子异常清静，不说十室九空，至少也有多一半的老街坊不在了。很多外地人租了房住了进来，院子里南腔北调，小厨房的炒菜味道都有改变。儿子出生在胡同大杂院里，想想当年，王小华也真是不容易，一间小平房，不足十二平方米，孩子生下来保姆都没法雇。儿子是冬天生的，在同样拥挤的岳母家刚过了满月就顶着那天的雪回来了。那天的雪下得如此的大，岳母让他们改天再走，可王小华一天也没有多留。因为拥挤、吵闹，王小华在岳母家哭了好几回，每次都差点暴走。他们没有任何帮手，自己带孩子，每一步都充满了艰辛。那种老房子，那种大杂院，那种北风呼号、夏天燠热，那种拥挤、油烟、垃圾、邻里纠纷、恶吵、械斗……一点也不值得怀念，相反充满了不堪的回忆。

儿子不远不近站在苏为民的长椅前，老位置，每次儿子下课都会来这里找他，每次儿子不说话。也没什么好说的，按规定下面就是他们去游泳馆，就是一千米，就是冲澡，必须洗干净了，回来要检查的。很多次苏为民恍然看见儿子，不知儿子已在他面前站了多久。这次也是如此。自行车停在旁边，车筐里放着手提袋，里面是毛巾、浴液、泳具、拖鞋、衣服，以及饮料。没有任何变化，任何一个细节一句话一个骑上车或跨上车的动作都是一样，甚至连苏为民经常的一怔都是重复的。唯一不同的是一个在长高，一个在衰老。

9

“下课了？”

“嗯。”

“是外教吗？”

“嗯。”

“累了吧？”

儿子每次都是“嗯”。接下来应该是苏为民把自行车推到马路沿儿下，儿子跨上自行车后座，他们去小区康体中心的游泳馆。路也不远，只消过了购物中心、美食一条街、家乐福，再过一个过街天桥就到了。但是苏为民让儿子坐下，自己往边上挪了一下。儿子也不问为什么，就坐在了长椅上。

“今天不游泳了。”苏为民说。

儿子没听明白，不过总算有了表情。

苏为民又重复了一次：“今天不游泳了。”

“那干什么？”

“你想干什么？”苏为民轻声说。

儿子回答不上来，还是不明白父亲的意思。

“你想想。”

“回家吗？”

“不，不。”

“去踢球！”

“啊，咱们没带球。”

其实苏为民已想好了去哪儿。骑上车，父子俩一边说话一边走在秋天发黄的银杏树下。草坪。斜阳。中心广场。楼群。一切都反映着秋天的明亮。白色和红色小车从他们身旁驶过，带起一些金黄的安静的落叶。街边地产广告从来不把自行车设计在内，其实出现自行车更有生活气息。他们穿过中心广场，经过装潢考究的匹萨饼店，到了“星空影院”前。儿子想看周星驰的《功夫》，可时间不合适，且是小厅。苏为民建议看《加菲猫》，时间也合适，刚开演不到五分钟。儿子不知道《加菲猫》，不太想看，苏为民也不知道《加菲猫》怎么回事，他们从没进过电影院。父子俩讨论了一会儿，拿不定主意，就问售票员这电影是否好看。看吧，大片，很开心的，刚开演，售票员的话差不多一锤定音。

价格真是不菲，学生半票，苏为民几乎想让儿子看自己在外面等着。苏为民节俭惯了，不过这会儿他的犹豫一点也没体现在掏钱上。他应该陪儿子，这事他在看白天的月亮时就决定好了。他们在昏暗中落座，没能体会到等待电影开演时的心情。早年的那种等待的心情是看电影很重要的一部分，现在都是循环场，没有令人激动的幕布，没有之前的钟声。苏为民不知道现在的电影院已不像过去有钟声、铃声，有大幕徐徐拉开或升起，没有早年电影院那种庄严的仪式感，即使他们不迟到也没有了苏为民想象中的情景。

苏为民坐稳没一会儿便重新来到了大厅给儿子买饮料、小食品。矿泉水贵得惊人，爆米花也让他咋舌，什么都比外边贵三分之一到一半，但是苏为民同样没有犹豫。回到座位上，儿子已完全被电影吸引了。儿子聚精会神，像所有人一样大笑，简直不知道他怎么突然那么开心。儿子几乎没注意到苏为民回来，苏为民把打开的矿泉水和爆米花送到儿子跟前，儿子看也不看父亲，抓爆米花就往嘴里放，笑得前仰后合。苏为民无心看电影，想着其他的事，但很快也被电影吸引了。

现在加菲是一只拿着遥控器、吃着零食、躺在舒适沙发上看电视的大懒猫。加菲总是拼命往肚里塞意大利粉糕，撑得四脚朝天起不来，边打嗝还边对主人嚷着：“爱我，喂我，不要离开我……”加菲生在一家意大利餐馆的厨房里，一生下来就开始了狼吞虎咽的一生。加菲全无吃相，居然快把餐馆老板吃破了产，被卖到了一家宠物商店，在那儿碰到了新主人乔恩。加菲身形浑圆，脸部扁平，爱说风凉话，爱睡觉，还爱捉弄人。加菲想干什么就干什么，想说什么就说什么，如果早晨能晚点开始，它还会更喜欢自己的生活。加菲爱看电视，为这事儿总是跟主人乔恩争夺遥控器，最后总是它赢。它又赢了！儿子激动地抓住了父亲的手，好像抓住了遥控器。儿子全神贯注，浑身充满了加菲的活力。但是苏为民却想现在他们已经过了准时回家的时间，王小华这会儿一定正看墙上的挂钟呢。

10

电影是梦，苏为民在梦中也是清醒的。危险已然发生，并且现在每分每秒都在加重某种东西。尽管他已没什么好怕的，但不安仍笼罩着他。他几乎犹豫了是不是接下来还建议吃更危险的匹萨，这也是他午后叠纸飞机时想到的。儿子完全忘了身外世界，完全沉浸在加菲的白日梦中。他多快乐，这是难得的一天。

梦醒时分，走出电影院，天已黑了。街上霓虹灯广告，闪烁的店面招牌，车水马龙，把中心广场装扮得如梦如幻。儿子话多了，还在电影中，儿子从没说过这么多的话，他竟然准确无误地记住了很多加菲的台词：

“巧克力的麻烦就是，你把它吃了，它就没有了。”

“今天我要睡第三个午觉了。”

“我向星星许了愿，我并不是真的相信它，但反正也是免费的。”

“我多想有更好的方式开始新的一天，而不是千篇一律在每个上午都醒来。”

“这个汉堡包的味道不错，但不如前八个好。”

“今天我要做俯卧撑……呃呀呀……今天先卧……明天再撑。”

过了匹萨饼店，儿子在自行车后又叫了一声：

“嘘，千万不要告诉他们我做了好事，这会影响我的形象的！”

苏为民突然停下自行车，问儿子想不想吃匹萨。

“这个汉堡包真不错，但不如前八个好。”儿子喜出望外，同样用台词回答了父亲，“真的吗爸？我并不真的相信星星，但反正也是免费的。”

快乐是有惯性的，快乐什么也挡不住。苏为民掉转自行车头，带着儿子重返刚刚已经过去了的匹萨店。那时他犹豫了，现在这一步回头之后再没犹豫的余地了。但是到了匹萨店门口儿子却忽然站住了。

“妈妈知道吗？”儿子问父亲。

“不知道。”苏为民如实地回答。他必须诚实，不能欺骗儿子。此外如果儿子提出回家他不反对，他甚至希望儿子提出来。

“我们没游泳。”儿子说。

“是的。”苏为民说，几乎包含着鼓励。

“那怎么办？”

“加菲会怎么办？”苏为民为自己的话感到吃惊。

“那是猫，不是人。”儿子回答得真好。

现在还有机会，最后的机会，甚至千钧一发。

“是，那是猫，不是人。”苏为民说。

父子犹豫不决，都没有明朗的态度。

苏为民说：“那我们还是回去吧，你妈妈在等着我们。”

“不，我要吃匹萨，你给妈妈打电话。”

“打电话这事准泡汤了。”

“我想吃匹萨。”

“走吧。”

服务生把他们引到座位上，人很多，但是一点也不乱，整个店的质地色调仍像在电影中，连桌上的刀叉都像。“加菲最爱吃意大利面条，”苏为民说，“这店是意大利人开的快餐连锁店，全世界都有。”苏为民错了，不是意大利人开的而是一个美国人开的。“我知道，”儿子说，“匹萨饼就是馅饼，但是和咱们的馅饼不一样，馅是在外边。”儿子爱说话，无论如何他都是高兴的。

苏为民让儿子挑选馅饼，馅饼种类很多，儿子看得十分仔细。几年前，还是他们刚搬来这里，全家在这儿庆祝乔迁吃过一次，儿子印象深刻。

“你想吃夏威夷匹萨，还是金枪鱼匹萨？”儿子问父亲。苏为民让儿子任意挑选，他喜欢什么就要什么，一切由着儿子。儿子还有些不安，但是没有钱的概念，要了可真不少，炸鸡翅、金枪鱼匹萨、意大利面条、沙拉、可乐、冰激凌，两个人根本吃不了。苏为民想提醒儿子，但是提醒从来不如个人经验，这次要多了以后他就会有考虑，有些知识就应该这样得来。

儿子去盛沙拉，很小的一个瓷盆，苏为民只提醒了儿子一句："你要想盛得多就得动动脑子，" 末了又向儿子快乐的背影补了一句，"可以先看看别人怎么盛。" 想对儿子少指教简直不是一件容易的事。

11

一切都无可挽回，因此苏为民已不再恐惧。他在想更远的事，想自己终于做出某种决定，想风暴之后的情景。更远的事让眼前变得宁静，以致远远看着儿子搭建沙拉，好像是在某种远方的幻觉里。儿子去了很久了，儿子孜孜不倦，正在很小的沙拉的盘子建筑大厦。他盛得可真不少，这个聪明的家伙，他有"鲁巴托"天赋，只要给他机会。

儿子回来了，像托塔天王似的。苏为民站起来迎接儿子，儿子躲开，"不用，不用，我能行!"炸鸡翅上来了，大杯可乐上来了，一平锅金枪鱼匹萨，还是大锅的！还有意大利面条、汤、冰激凌，摆了一桌子。苏为民一点也没责怪儿子，不仅如此，苏为民像成人那样与儿子碰杯。儿子自己注意到要多了，"爸爸，您甭担心吃不了，一点都不多，我都能吃了，我快饿疯了，这个汉堡包不错，但不如前八个好。" 儿子看加菲有点中邪了。不，也不完全是，儿子接下来的话让苏为民吃惊。

"还有妈妈的一份，我要了妈妈的，我们给她带回去。"

这顿匹萨大餐吃了近两个小时，儿子喋喋不休，神气活现，他喜欢加菲也喜欢它的主人乔恩。意外的电影，意外的大餐，意外的匹萨店，电影与现实已难区分，儿子完全打开了自己，像花，像树。如果不是结账时出了点麻烦，今天对儿子来说就像童话。儿子兴冲冲地打包——他多愿意做这些事情。麻烦出在付款上，服务生希望苏为民更换一张一百元大票，苏为民不知为什么。

"您这可能是假币，您最好换一张。" 服务生客气地说。

苏为民不相信是假币，随服务生到了收银台验钞，结果真是假的。苏为民已经没有另一张大票，零钱又不够，今天的花销超出了他的想象。如果他不陪儿子看电影，如果儿子不要那么多……苏为民窘住了，满脸通红，又不会狡辩。

没办法他只能回家取钱了。

他得把儿子留在这儿，可他怎么能独自回家呢？

“我可以押些东西，明天，不一会儿就送钱来。”苏为民把表摘下来。

“您有证件吗？”

“什么证件都没带。”

“您留个电话也可以。”

“好，谢谢您！”苏为民飞快留下家里电话交给服务生，“不过您最好现在不要打，我马上给您送钱。”

“收好您的表。”

“谢谢，放这儿吧！”

苏为民感激不尽，觉得世界既难测又美好。但是因为假币问题，苏为民本来全力以赴应对王小华风暴的稳定心境被破坏了。他骑得慢，慢极了，儿子一声不出，好像知道即将来临的恐惧。他们正在走向一场无可回避的风暴，不，根本谈不上回避，他们简直是去迎接风暴。上楼。乘坐电梯。到了门前。按铃的那一刻就像按动引信一样。这不是英雄行为，但比英雄还难。没有爆炸。没动静。苏为民按了第二次、第三次，另一种紧张袭上心头。儿子静若尘埃，苏为民拿出自己的钥匙，转动防盗门，木门。门开了，没有王小华。

苏为民暂时长出了一口气。

家里有些乱，餐桌上摆着饭菜，盘子扣在菜上面，筷子摆得整整齐齐，如同往常回来一样。“妈妈呢？”儿子轻轻地问苏为民，也是问自己。苏为民看着饭菜越发感到不祥，“可能找我们去了。”苏为民几乎在冥冥之中说。“妈妈没吃饭，”儿子说，把打包的餐盒轻轻放在餐桌上，“她上哪儿找我们了？”

“没你的事，你去写周记吧。”

“写写加菲、匹萨。”

儿子非常听话，去了自己的房间。

苏为民注视着餐桌，摸了摸砂锅，掀开，又盖上，然后坐下。炖的鸡都凉了，其他菜更不必说。游泳馆。光明外语学校。除了这两个地方她还能去哪儿？就去了也该回来了。早该回来了。在小区里乱找。体育场。派出所。

等吧。等吧。电话突然响了，像炸弹一样。

儿子从房间跑出来。苏为民一动不动。

“爸，电话。”

“你去接。”

儿子拿起电话。

儿子说了情况，尖叫声透过空气传出来。

“妈妈让你接。”儿子颤抖着说。

苏为民接过电话，刚放到耳畔就像烫着了一样，又移开了。苏为民捂住话筒，让儿子回自己房间。儿子慢慢退进房间，慢慢关上门，但留了条缝儿。苏为民放下电话，过去把门拉严，电话在茶几上几乎直跳。

苏为民重新拿起电话，电话已是忙音。

王小华在派出所，刚报了案。

如果苏为民这会儿逃走完全来得及，但苏为民没有。

12

苏为民想到了所有的情况，唯独没想到自己会动手打王小华，而且一出手竟是那样重。不，严格地说不是出手，而是“出头”。苏为民用头撞了一下王小华，以至于险些将王小华撞到医院去。除了打过一回儿子苏为民从没打过人，事实是这次也没有，他不过是像女人一样一头撞向了王小华。

在王小华语言和肢体的风暴下他失去理智。他长着一对招风耳，王小华揪着他的一只耳朵在厅里打转，提起，放下，再提起。王小华气疯了，简直要吃了他。但是他知道这是他必须承受的，他豁出去了，他想干脆把这耳朵给了王小华得了。就在这当儿，他瞥见了王小华颈下的乳房，加上王小华又加了力，他一头撞向王小华丰满而又陌生的乳房。

王小华倒在地上，捂着乳房满地翻滚，口吐白沫。也幸亏王小华的胸罩比较厚，不仅有虚假的曲线，关键时还起了保护作用，否则也许会出人命。那时苏为民尽管眼冒金星，但是看到王小华口吐白沫一下惊醒。他闯了大祸，儿子抱着王小华大哭，他已经准备打电话叫急救车，但就在这时，王小华一跃而起扑向了他。他闭上了眼，一动不动。他想，她没事了，她多有力气，她没白去健身俱乐部健身，她强大无比。他听见儿子拉起王小华说，妈妈，别打爸爸了，妈妈，别打爸爸了，别打了……他听见“啪”的一声，儿子没声了。

就是那一刻，他也没睁眼。

他庆幸，后悔，悲哀。

无地自容。

13

那个夜晚不堪回首，王小华打累了，让他走，永远不要回来。他收拾东西，一时也没什么可收拾的，只拿了点钱和一些衣物离开了家。当然，后来他把他那些辞书工具书拿走了。此外，这个家他什么也没要，简简单单回到了老房子。他后悔当初王小华挂了电话他没就此离开，当时他想能承受王小华的风暴，也必须承受，要来的，该来的，都得承受，是免不了的，也不能免。

那个夜晚老屋的锁已经锈死，怎么打也打不开。

他没任何工具。无法撬锁。最后只能像贼那样捣碎玻璃，从窗子进到了空荡荡的布满尘土的老屋。他在这儿住了近三十年，其实离开也没几年，可老屋竟然如此陌生，好像不是自己曾经住了那么多年的房子。许多天，他反复回忆那越来越远的一天。那个电话。鲁巴托。匹萨。月亮。乳房。

风暴是可控的，只要他无声无息。

某种意义上正是他制造了风暴。

就在苏为民沉湎于无尽的混乱的回忆时，有一天（已是冬天）他没想到在胡同口的商店碰到了何忠德的妻子，这再次加重了那个冬天的死亡气息。何忠德的妻子带着女儿在小商店买年货，苏为民买方便面。何的妻子裹着青色长羽绒服，仍然戴着醒目的黑纱，女孩比儿子小两岁，穿着过年的新衣服，同样戴着黑纱。女孩先认出了苏为民，叫了一声苏叔叔。之后女人也看到了他，女人淡淡地说，没想到在这儿碰到您，您也在这儿买东西？苏为民盯着女人说，我住在这里，就在前面。女人带孩子来看爷爷奶奶，何忠德就住北面的北极巷，31 号。苏为民住南极巷，即使他与何忠德不是同班同学，至少无疑也是校友，附近几条胡同的孩子出不了那所普通中学。

“谢谢您光临葬礼。”女人说。

“不，不客气，应该的。”

没更多话，苏为民感到恍惚。

“再见，苏叔叔。”

“再见。”

女人坚持说葬礼。根本不是什么葬礼，告别也称不上。没有告别室，没有花圈，没有白花，没有鲜花，甚至没有临时性的纸棺。无法想象的尸体蒙着白布，从冷库的铁抽屉里拉出来。尸体被放在一辆担架车上，推到了认领室——就算是告别室了。认领室连椅子也没有，人们只能站着，等人齐了。一直就是五六个人，女人，孩子，女人的两个哥哥，何忠德的弟弟，女人的一个女友。苏为民到了之后再没来过一个人。没有悲伤，所有人都静静的，连孩子也只是贴在母亲身上，眼睛瞪得大大的。苏为民一个人站着，最后不得不实话实说告诉女人，他通知了一些老同学，可是他们都不记得何忠德，可能不会来了，他代表老同学。他这样说像是催促开始，女人的两个哥哥问女人还有什么人，然后向工作人员走去。白布缓缓揼开，苏为民只看了一眼便背过身去。不是何忠德，甚至不是任何人。女人没有哭泣，只有何忠德的女儿哇哇哭了几声，在墙角里喊了几声爸爸。担架车上了灵车，苏为民没能跟着灵车去火葬厂。苏为民本来懵懂地想上去，但是被女人拦住了。您回去吧，谢谢您，女人说，车门“嘭”的一声关上。苏为民一个人留在验尸中心铁栅栏门外，看着远去的灵车，觉得自己一开始就不伦不类，现在更加不伦不类，在活人和死人世界他好像都无法确认自己。他为什么要参加这个“葬礼”？他自己也不知道。或者仅仅证明不是葬礼？

他也妻离子散，事情应该已经结束，怎么又见到了何的妻子和女儿？这是真的吗？苏为民望着母女俩幽灵般的背影。她们仍戴着黑纱，可就是在那天苏为民也不记得她们戴过黑纱。不，不，他怎么也不记得戴黑纱。这一切究竟是怎么回事？难道她们会一直戴下去？这究竟是不是一个梦？何竟然是他的邻居，北极巷 31 号，那个院子的确有他的同学！现在他离何忠德更远了，还是更近了？

一个人很脆弱。特别是一个离异的人。

一个人有时就像一个影子。

14

死亡。冬天。雪。一场雪后，苏为民推开房门，像一只活动的小动物站在院子里的雪中。苏为民开小厨房的锁，上面的雪落在身上，毫无感觉。夜里蜂窝煤炉子灭了，他要到小厨房的液化气灶上引燃炭。平房没有暖气，依然要靠古老的烧煤取暖。煤要炭才能引燃，炭要液化气点燃。苏为民点燃了液化气，炭就噼噼啪啪地冒起烟来。小厨房比正房矮一大截，用碎砖头砌成，虽不如正房古老也有了多年历史。苏为民和王小华结婚时曾翻修过一次小厨房，甚至简单吊了纸顶，但是十几年过去，早已面目全非。到处是油烟、蛛网、灰尘，灰尘吊在纸顶上十分粗大，一点也不惧北风呼号；晃晃悠悠，但不会落下。

苏为民生着了火，屋里依然寒冷。

炉子生在了靠床和桌子的夹角处，苏为民需要靠近火。房子不足 13 平方米，依然空荡，简陋得像小旅馆。事实上除了一张床，一张两屉桌，一把椅子，几乎没什么其他东西。当初搬到小区时这里的东西能搬走的都搬走了，电视机、冰箱、立柜、五斗橱，只留下硬板床和两屉桌。两屉桌险些搬走，但是摇摇晃晃，加上苏为民提议才留下来。苏为民记得当时并没想还会回来，只是有一种说不清的感觉，好像不忍。毕竟他是在这房子住了近三十年，他对这房子有感情，他觉得不该这样粗暴地对待这老房子，人不在了，至少该给房子留点什么。房子没了东西还叫房子或旧居吗？现在他果然回来了，好像有一种不解之缘，好像房子还有生命。

冬天吃水困难，院里的水龙头上冻，头天得打上几桶水放屋里。即使这样一大家人仍然不够，那时候就得常常用有限的开水去浇冻得硬硬的水管，这事儿苏为民过去没少干。好在现在苏为民一个人，用水不多，而且可以等别人把水龙头浇开。不过有时水龙头从早到晚也没人浇，这时苏为民得去浇。过去有老街坊，可以跟街坊要点水，现在大都已搬走。院里的居民不多，空空荡荡，主要是几家外地人。苏为民倒是喜欢外地人，可以不用跟任何人寒暄，不用谈及家人，不用解释自己怎么一个人回来住了。在别人看来，他何尝不是外地人。

无论如何，房子还是太空了。空得就像苏为民自己。房子失去了什么他就失去了什么，他空空如也地回来了，一如这老房子。他没要家里任何东西，甚至没分割财产，只是简单的衣服、证件、不太多的工具书，一辆出租车就把他的全部带回来了。他回来了，房间多了一个小的铁书架。没有电视。倒也不需要电视。如果世界不需要他，他也不需要世界。《新闻联播》对他没什么意义。他也从不需要娱乐、电视剧、时装秀、综艺，诸如此类。过去看护儿子时他就没养成娱乐的习惯，这一习惯也带到了现在的生活中。他不喝茶，不吸烟，从没碰过酒。

除了听一点音乐。主要还是辅导儿子的古典专业音乐。苏为民有一个随身听，虽然严格地说不能算是他的个人物品，但他还是带到了这里。随身听跟了他好几年，已经很旧，也像他一样非常内向，别人根本听不到放什么。他听的带子没一盘是流行音乐，都是教学带。为儿子的音乐考级苏为民那时下了多大力气，什么他都得走在儿子前面，他路上听，上班听，在家听，没事就听。没有任何一种物品比随身听与他的实际关系更为密切，除了刚结婚时的王小华。

是的，除了一点音乐，但他也并不常听，只是在最想或最需要时才听。如果心情不好，如果被往日的混沌包围，如果百无聊赖，如果无所事事，如果痛楚不堪，他不会用音乐打发自己。他宁可承受，出神，什么也不做。没有宗教，没有主，就是生受。他要在平静的时候才听，生命清晰的时候听，周末或节日的时候听，在净手、洗头、房间收拾整齐、倒上一杯净水之后，才会静静套上耳机。这时往事淡淡，如缕如烟，如放电影一样。听的都是过去听得烂熟的，有时会愉快地流出许多泪水，这是他最幸福的时候，而且是真的幸福。

15

工作还好，还算稳定。每天上班骑一小时车，然后面对并不太需要他的报纸大样。自从校对出版部改革后校对办公室也被取消，仅存的两个老校对没地方安排，便拼在了激光照排室的格子间。年轻的编辑和年轻的录入员生气勃勃，一边谈论王菲、周星驰一边敲字、组版、校对。更多的版面编辑毫无怨言地承担起校对工作，原校对工作的部分工资加到他们身上，收入有所提高，不过由于惩罚也相当严格（一个差错扣50元钱），效果好像还不错。当然要看谁挑错，如让苏为民挑错，即使一分钱没扣的拿全奖的版面，苏为民也能挑出许多错。

曾有人提议苏为民做版面校对总验收员，结果遭到所有编辑的反对，甚至多数领导也反对。理由不言而喻，苏为民在文字上优秀得有些过分。以苏为民的纠错能力恐怕所有的终校都得重来，所有人的奖金都要遭到灭顶之灾。问题还不在此，问题在于这样一来报社的改革将被证明是失败的，而苏为民要是有了点权力绝对会证明这一点。这不是一个简单的校对质量问题，而是政治问题。苏为民当然不知道问题的复杂性，他看到了许多错误，错得简直不能容忍，他不明白一份面对公众的报纸怎么能允许那么多错误？一度他积极参与评报，每天在评报栏圈出大量差错，标出错误理由。直到某天有人悄悄地但极其权威地让他闭上臭嘴。之后报社一片升平，评报依然热闹，只是鲜少差错率问题。其实苏为民应该知趣，改革虽把校对组取消了，但古老的校对事实上因为苏为民的存在依然存在。

苏为民工作轻闲，每天只有两块版，就好像报社给他划出的特区或濒危物种保护区一样。保护区真是不一样，就校对学甚或语言学来说，苏为民的版面干干净净，十分整饬，每天都可载入校对学史册，完全可堪称经典。事实上就算进入中小学课本也绝无问题。平心而论大家都知道苏为民版面语言学的价值，但话说回来，如今语言学又的确是不被需要的价值。现在的读者对信息的要求是快、海量，谁在乎语言是否规范严谨？特别是相对口水一样的网络语言，报纸多多少少还有把关的，这就已经很不错了。所以，实事求是说，我们这个时代真的不再需要苏为民，苏为民也应该体谅我们的改革已经对他很宽容了。

但是苏为民并不清楚这些，苏为民一直不解，并且一直耿耿于怀，而他所能有的表现方式也只有把版面校对工作做到极致做到经典。没人欣赏，他只能自我欣赏，这些年他没少收藏自己校对过的版面，有时还会拿出来看看，有时会发现五年或七年前他的版上某一处不当之处，他感到惭愧。他热爱校对，热爱对他来说已不需要理由，就是一种习惯，而习惯最终会变成自我欣赏。苏为民在这样的习惯中有时甚至忘记了自己已经离异，忘记了冬天老屋的寒冷，忘记了过去的一切。他几乎像一个鞋匠，一个钟表匠，一个手工艺人，让他把活做得差是不可能的。

常常，他在格子里一坐就是一天。过去中午休息的时候他有时还去阅览室，单身后阅览室也不去了，就是在自己的小空间坐着，没事玩一支铅笔。那支铅笔浸满了他的体味，如同僧人手中的念珠。当他离异的消息传开，没人觉得吃惊，以至于有不少女编辑奇怪苏为民的老婆怎么才刚刚离开他。她们都与苏为民搭档过，苏为民放在谁的版上谁都得认倒霉，每天苏为民都能把她们折磨疯了，而要命的是苏为民又总是对的。低级的错误不用说，有时候看起来可改可不改的地方苏为民总是坚持要改，不改不行，必须改，那时苏为民又是引经据典，又是文字源流，又是百科全书，又是修辞学概论。而苏为民就喜欢别人和他争执，那于他是一种快感。与苏为民搭档的编辑已不知多少，每个编辑最后都几乎不惜辞职要求苏为民走开。没办法，后来不得不形成一项不成文的轮换制度，苏为民定期轮流到各版，谁赶上谁倒霉，好像苏为民是一股祸水。

16

当然，也有钦佩苏为民的人，报社是知识分子成堆的藏龙卧虎之地，不过能钦佩苏为民的人少之又少，而且通常也都是恃才傲物、彼此孤立、从不与人交互的人。他们认为自己足够强大，因此认为相同的人也足够强大，所以内心虽尊重，但也决不多说一言。他们不知道苏为民事实并非如此，有人甚至错把苏为民看成一个心怀高远的人。不，苏为民从没高看过自己，即使在他引经据典与别人争执的时候。苏为民自己一直都在实际的困难之中，能够给他安慰的人不是那些清高傲物的人，而是同样处于困难中的人，比如他的仅存的同行，另一个老校对。这个同他一起到报社的资深校对对人更加老实，一样没上过大学，没有任何文凭，依然是工人编制，事实是靠了苏为民的存在他才幸存下来。报社不能只留一个校对，总得有个陪着苏为民的，大家的看法就是这样。而这名资深校对对工作完全失去了信心，一点也不努力，整天混一天是一天。不过话说回来，像苏为民这样努力又如何？事情就是这样让人无可奈何，不知所向，不知所终。

还有就是何忠德事实上给了他更深刻的安慰，甚至给了他某种力量。电话可能打错了，但他现在已完全承认了这个老同学。他参加了他的几乎是水中的葬礼，就像参加了自己的。他在葬礼中获得了力量、支持以及本质的冷漠。自杀者收获的恐惧远超过悲痛，而恐惧的本质就是冷漠。还有什么比三分之一的脸最终让人冷漠乃至厌恶的吗？他没有澄清自己可能并不是老同学，可能事情在哪个环节上弄错。他觉得用不着，是不是老同学已经没有意义。他没能让更多人来，女人虽没说什么，但显然增加了绝望，如果不是冷漠。白布掀开了，掀开了不足一分钟，没人哭泣，然后盖上。女人谢绝了他去八宝山，因为自始至终他完全是个陌生人。不说多余，但也不恰当。也许他应当向女人简单地虚拟地谈谈何忠德生前的情况，譬如回顾一下与何忠德早年的同学的情谊，可是他不会虚拟。事实是作为何忠德的老同学他表现得比任何人都木然，而且不用说他还是个无能的或没有责任感的人——他哪怕再找来一个同伴，也可以虚构生前好友一方。她们不需要他，他被留在验尸中心的大路上，那是一种怎样的情景？画面？他玩着铅笔，手汗渍渍。相同的中午一个个过去，没有尽头，尽管时光飞逝。

时光飞逝，但时光的核心又是不动的。也许只有进入时光内部，才能构成真正的生命。事实上这是迟早的，必然的，甚至别无选择的。发呆是一种时间，玩弄铅笔是一种时间，叠纸飞机是一种时间，临窗是一种时间，凝视炉火是一种时间。阅读也是，而且，对苏为民来说最终是。苏为民的书不多，仍旧是报纸改革之前的那些，不过照苏为民的读法也足够了。除了发呆、凝视，他无法不读那些工具书，即使在被死亡阴影包围时，在脆弱时。在晚上，周末，节日，年假，何以为生？只有阅读——甚至重复阅读。像各种字典、词典、辞源，都具有某种重复阅读的特点。没有故事，没有止境，格式也完全一样。如果说大海是单调的，那么《辞海》也一样。翻开《辞海》的任何一页，都如同在大海之心，前后都没有边际，而每个词既是孤岛，又暗中联系。谁能记住大海的每一滴水？苏为民试图记住。每一次都是“千里之行，始于足下”，以苏为民的体会，那种认为这个成语的“千里”构成了“足下”的目标或有一种明确的方向实际上是错误的认识，因为通常没有方向，“千里”在哪儿呢？而且“足下”的路会重复走，正如读过的“词”会重复读，大海的一滴水他会重复接触。当他在词的海洋中，当碰到那些熟悉的词、许多年前研究过的词，他会像见了老朋友一样感到亲切，并感到温暖。这样的词有时不期而遇，有时他会重新拜访，而当他发现某个词在不同的版本有不同解释时，他会变得兴致勃勃，究追不舍，忘记一切。如果是周末，他会一整天就交代在这个词上。在他对报纸语言二十年的校对生涯中，他早就发现词语的不稳定性（比如“葬礼”的不稳定性），积累了不少这样的词汇，假如他沿着这个方向编写一本《词的漂移》《词的不稳定性》乃至《词与物》不是没有可能。但是他连想也没想过这种可能。或许最终他会产生这样的想法，比如二十年之后。语言在某种意义上拯救了他的孤单，但同时也加深了他的孤单。

17

第一次见儿子，冬天尚未过去。儿子脸儿红扑扑的，眼睛又黑又亮。不用说儿子肯定不弹琴了，不过音乐显然还留在眼睛里，他的眼睛就像黑白琴键。不弹了可惜。儿子也在打量他，好像不认识他似的。没有思念，只是好奇。好奇也好，好奇也是一种生动，过去儿子何曾有过好奇？永远是叠纸飞机那样。也许父子应该抱头痛哭，应该紧紧拥抱，但是没有。好奇就挺好，苏为民还怕儿子哭。

儿子的好奇让苏为民一下放下心了。儿子看上去并没因为家庭解体而有所不适或者伤害，这就是相隔时间长的好处。离婚协议规定，三个月后苏为民才拥有每月见一次儿子的权利，苏为民完全赞同，甚至苏为民想要求时间再长一点，他认为也许半年更恰当。不过三个月一过他就打了电话，他想儿子。那个月的最后一个周末，在学校门口，在北风中，苏为民和儿子穿着同样的羽绒服见了面。他们的羽绒服都是蓝色的，一大一小，是过去王小华一块儿给他们买的。两个厚厚的羽绒服走到一定距离便站住了，没有拥抱，没有激动，苏为民问儿子冷不冷，这是三个月来苏为民跟儿子说的第一句话。儿子眼睛清澈，回答干脆：不冷。他摸了摸儿子的手，三个月不见儿子的手好像又长大了一些。

他掏出电影票给儿子——电影票在羽绒服贴身兜里，焐得热热的。昨天他预先到了一趟故园般的小区（又有了一个故园），买了今天上午的电影票。他想了无数次与儿子初次见面的情景，觉得还是一同看电影比较好。可是儿子并没对电影票表现多大兴趣，看也没看电影票，似乎还没从对他的好奇中解脱出来。爸，你这么久一直住哪儿？不用说，儿子一直在想这个问题，王小华显然一直没告诉儿子，或者根本不屑告诉。也许儿子问了，遭到了斥责。不，不是“也许”，这词用得不恰当，应当用“肯定”。苏为民默默地告诉儿子，他住在一个很老的院子，是他出生的地方，在一条同样很老的胡同里。儿子想了一下说，他还记得，他能想起来！你能想起什么，苏为民说，那时你才四五岁。我记得有一棵大树，记得树上面许多虫子。还记得什么？苏为民鼓励地问，儿子又说出一些，但是又模糊又孤立。儿子对老屋全无印象，这让苏为民多少有些遗憾。不过儿子的记性算够好的了，那时才多大？苏为民感到一种说不出的感伤。任何一个有关过去的话题都让他触动，让他百感交集、五味俱全，他几乎要流泪。事实上他比儿子脆弱，他不用担心儿子什么，他得担心点自己。他需要在黑暗中默默地坐在儿子身边，看一场忘我的别人的梦。还好，电影院已经到了。照例买了水，爆玉米花，儿子要吃冰激凌，苏为民犹豫，但还是买了。电影音响轰鸣，画面宏大，像他预料的一样很快儿子便聚精会神，手舞足蹈，将他忘到一边——他需要的就是这样。

他请儿子吃麦当劳，在另一场类似电影中的餐馆的喧哗中，电影仿佛仍没结束。他看到自己怎样排着长队，怎样付款，怎样端着托盘把麦香鱼、薯条、鸡翅、奶昔（儿子总要吃凉的）放到儿子跟前，他听见儿子说：爸，我要吃巨无霸，还要一个派；爸，两个麦香鱼不够。他听见自己说，他不饿，他吃薯条就可以了。他收入微薄，每月交了赡养费已所剩有限，两张电影票已花了他近一百块钱。他想退掉一份麦香鱼换成巨无霸，想想还是算了，就又去排队买派和巨无霸。这样一来当儿子让他吃一份麦香鱼时他没再坚持只吃薯条。他还吃了一个鸡翅。儿子让他再吃一个，他怎么也不吃了。今天儿子属于他，属于自由。

今天没有任何恐惧，这点非常重要！

我们何不在恐惧中生活？

他为此几乎付出了一切。

他们踏上了去龙潭湖公园的 12 路公共汽车。尽管只有两站地，走着也可以，但他还是愿意与儿子一同乘公交车，他喜欢那种乘公交车的过程、那种电影般等候上车的情景。他带儿子去冰湖上溜冰，这是儿子自己提出来的，儿子说，他有同学常到龙潭湖溜冰，那儿有私人租小冰车的，他也想去。苏为民听了儿子的想法别提多高兴了，因为如果儿子不提溜冰，他想的是去龙潭湖对面的北京游乐园。他原准备给儿子买张通票，让儿子自己玩，他在门口等。他都准备了这笔票价不菲的钱，而他实在负担不起自己那份。现在好了，龙潭湖门票不过区区五毛钱，而且，说不定还可以碰上他们同学呢。

果真就碰上了同学，儿子高兴极了。

确实，没有什么比同学更让儿子高兴的，什么都代替不了同学。游乐园不行，过山车不行，海盗不行，钱不行。儿子滑着冰车，几乎没用学就会了，简直天生就会。儿子滑了几下，就加入到与同学的追逐打闹之中。冬天。公园没什么人。只有冰上热火朝天。苏为民开始还跟着儿子，后来慢慢退出冰面，站在岸上。当苏为民买来饮料招呼已浑身热气腾腾的儿子，儿子喝了两口便把水放在了岸上，儿子对苏为民说，爸，您回去吧，待会儿我自己回去。天挺冷的，您回去吧。

孩子想彻底自由，不想大人看着，苏为民明白。

当然，也是关心他。

苏为民又站了一会儿才慢慢离开。

18

儿子生龙活虎，苏为民没什么不放心的。最重要的是，家庭解体儿子显然并没受到多大伤害，这一点苏为民非常高兴。至于儿子在家少受了监视，就更不必说，那是早就想到的。此外，儿子每月还有法定的一天完全放任自由，无论如何，他的精神不太可能再会有什么毛病。不过当苏为民第二次接儿子，意想不到的某种东西不大不小地打击了他一下。还是老地方，学校门口，儿子一见到他便提出马上要去一个同学家聚会。他们一个月没见。他以为是个很重要的聚会，譬如哪个同学过生日，儿子受到邀请。但并非如此。不是什么聚会，不是过生日，没有特别说得过去的理由，不过是几个同学约好了今天玩一天。是的，儿子选择了这天，显然早就想好了这天。儿子也别无选择，苏为民心里苦笑。

"妈妈知道吗？"苏为民问儿子。

儿子诚实地摇摇头。

"你不想爸爸？"

"不是，早就说好了。"

"就等今天，是吗？"

"是。"儿子低声说。

"那你去吧，这个球是给你的。"

儿子不接球，提出要些钱。倒是不多，十五块钱。

苏为民给了儿子二十块钱。苏为民原打算带儿子去体育公园踢球，为此一个星期前就买了一只新的少年足球。钱是上月没去游乐园省下的，苏为民决定还是用在儿子身上。球用网兜提着，在家时还用报纸包起来，他要保持新买来时的样子，他自己一脚也还没碰过。在公共汽车上他一直小心夹着球，恐怕让谁碰脏了。

现在，儿子拿着钱走了，一次头也没回。苏为民远远跟着儿子，一点也不怕儿子回头看见他。苏为民甚至希望儿子看见他，然而儿子一次也没有。儿子越走越快，后来几乎奔跑起来。儿子进了三区的大门，穿过一大片冬天的花园绿地，进入了一个单元门。这栋楼呈浅白色，二十七层，板塔结构，与自己原来住的楼完全相同。现在已是二月底，儿子还在假期中，不过明天就要开学了。

苏为民提着崭新的足球仰望高高的二十层楼，阳光让楼顶显得十分夺目。所有的阳台都可能出现儿子，但是所有的阳台也都是封着的。儿子一共有三个要好的同学，要在最后一天聚一次，中午一起去吃麦当劳，这就是儿子的理由。如果没有苏为民法定的一天，儿子绝不敢答应这样的聚会。家里雇了保姆，专门盯着儿子，整个假期儿子一直憋在家里。可以想象王小华的电话不断打来，不断嘘寒问暖，不断问作业，不断发出吃水果的指令，也是监视儿子。这样想着，苏为民觉得好过了一些。苏为民坐在了一处有阳光的长椅上，冷风和阳光交织，时暖时寒。也许他可以把球拿出来踢踢，活动活动身体，这样也暖和一些。但是苏为民没有。苏为民看着球想，儿子还是有些怪，怎么连球也不要呢？

苏为民不知道自己坐了多久，反正他也没地方去，坐这儿离儿子近点也是好的——今天他属于儿子。不过，他想以后怎么办呢？以后每个月他都让出这一天吗？他得教育儿子：除了自己合适也要适当地为别人着想。对，是“适当地”，就是说他并不要求全都为他着想。这一天非常宝贵，不过对别人同样宝贵，这就需要分享和协商。每个人不能光考虑自己，也不能光考虑别人，你说是吗？光考虑别人就会代替别人，别人就会遭殃；光考虑自己呢？就无法和别人相处，就没有朋友，你说是不是？好吧就算我是你爸，你不用考虑爸，可别人你要不要考虑？

爸。儿子站在他面前。

儿子已经站了一会儿。苏为民没看见，光看着二十层的阳台了。

苏为民一直对阳台默默地说着什么。

儿子在二十层看到了冬日阳光中的父亲。

“爸，我跟同学说了，不玩了。”

“这是给你开学的礼物，你不要就跑了，爸就是想送给你。”

苏为民并没说实话，是他临时想的。实际上他就是想让儿子在阳台上看到自己，看看一个父亲坐在冬天花园的情景。

儿子不说话，也没接球。

“行了，拿着，去玩去吧，要按时回家，别让你妈着急。”

“我跟同学说了，不玩了。”

儿子又重复自己的话，显然不想多说什么。

“也好，”苏为民说，“我们去体育场踢球，你不一直想踢球吗？”

“我不想踢。”儿子看着别处。

和同学分开不容易，苏为民有点后悔干扰了儿子。

“那你想去哪儿？”

儿子不说话，眼泪几乎要下来。

苏为民把球塞到儿子手里，勉强搂了搂儿子，“我回去了，你去玩吧，别忘了时间，到点一定回家。”说完苏为民毫不犹豫地走了。

“爸，”儿子在逆光中，“你去哪儿？”

苏为民对阳光中的儿子说：“我回家。”

“我要去你那儿。”

“下次吧。”

“爸！”

19

苏为民曾想过，春天再带儿子到老屋看看，冬天一是天冷，二是老屋太空荡，还不像个家，家里连台电视也没有。苏为民是准备买台旧电视的，但不是现在而是春天。他还要买 DVD 机，买一些片子，这样他们可以看一些好片子。此外他还要把一冬的灰尘打扫一下，要买一套餐桌，一套新碗筷，一个电视柜，一盏台灯。再买点地板革铺地上，这样对儿子来说才像个家。现在的地面是过去的青砖，是自打一有这老房子就没换过的老青砖。砖面破损得厉害，坑坑洼洼，总有扫不完的土。这些他还都没来得及做，而且主要也是囊中羞涩。王小华不缺钱，她挣得比自己多得多，当初为什么不要那一份应得的财产？他竟然还有点大男子主义。

早春二月。阳光不错，但远谈不上春天的气息。苏为民带着儿子倒了三次公共汽车，到了旧城区。下了车，他们在胡同中穿行。说是旧城区，其实也拆得差不多了，到处在起高楼，到处写着“拆”字，到处是瓦砾废墟。一些房子拆到一半停在那里，废墟上长出一人多高的蒿草，而生活垃圾仍在增加。一些人在捡砖头、木料、破烂，在土里刨着什么。一些房子还有人住，烟筒冒着白白的烟。儿子见惯了整齐如画的楼房小区，从没见到如此荒圮的场景。一条狗站在破墙上向他们汪汪地叫，苏为民告诉儿子，它是向儿子叫，不是向他叫，它见了生人才叫。

穿过大片的废墟，进入寂静的被废墟包围的胡同，儿子忽然对爸爸说，我不是生人，我生在这里，梦见过胡同！儿子完全忘记了他的同学，他的根儿在这里，尽管那时他才五岁。但是进了大杂院，穿过密集的小厨房、垃圾盆、蜂窝煤、自行车、三轮车、鞋和塑料布构成的窄窄的过道，儿子的兴奋消失了。这里和废墟不同，废墟是正在消失的事物，这里还是人居住的地方。苏为民问儿子是不是也梦见过这里，儿子干脆地摇摇头。苏为民说，再过两年，这儿也要拆，已经登记过好几次了。那你住哪儿去？还不知道，他还不一定搬呢。苏为民告诉儿子，好些人的拆迁费不够住楼房，就不搬走，不给足了钱我也不搬。

苏为民开锁，掀起又黑又脏的棉门帘。

儿子的陌生之旅停在简陋的房间。如果说刚刚穿越的杂乱的空间还是一个整体的凌乱的事物，那么现在就是具体的父亲的住所。尽管事物是关联的，但是如果没有父亲就很难把废墟、大杂院与具体的一个房间联系起来，同时也就无法把物质的单元房与陈旧的空间拼合起来。空间构成了错位的时间，甚至构成了混乱和难以理解。房间主人如果不是父亲这可能只是一次参观活动，就如同参观一个不相关的场所。但这是父亲的老屋，一切就有了联系的中心。

当然，儿子的头脑还远非这样清晰，儿子更多的是不解、茫然，但那些复杂的联系依然存在——苏为民看儿子可以看到儿子的大脑里。

儿子问：为什么没有暖气？

词与物常常是脱节或错位的。这问题一点也不天真，以后会越来越不天真。苏为民将封着的蜂窝煤炉子打开——还好，封得不错，火没灭。

苏为民对儿子说，过去没有集中供暖，没有管道，一家一户都要生一个炉子取暖做饭。生火很麻烦，人离开时间长了或是晚上睡觉就要把火封上，不封火就会着过头，着过头火就灭了，那时就会挨冻。抽水马桶也是——苏为民很愿给儿子讲某种生活——没有给水管和排水管，就不会有抽水马桶。现在这院子有人家里引来了自来水管，用水方便多了，但排出的水还是没办法，只能在家里放置一个污水桶供排放。水桶满了怎么办呢？就得倒到外面下水道，所以还是不能装马桶。即使有人家里接了排水管——在大杂院这是难以想象的工程——但是没有多余的房子也无法建卫生间，所以上厕所还只能到街上。

在儿子小时候苏为民就带着他上胡同口的公共厕所，冬天厕所不臭，但是冻屁股，儿子常冻得咧嘴哭，这事儿子一点不记得。没来这里之前儿子说对这里还有一些记忆，现在来了却什么也记不起来了。儿子的记忆不是记忆，只是一些烟似的形状模糊的印象，这种印象类似梦，不如就保存在他的脑海里。

儿子难以理解父亲的生活——

房间就一张床，桌子，一把椅子，一个小书架。

如果不是炉子，房子就像图片一样简单。

苏为民就过着图片般的生活。炉子将在春天到来时撤掉，标识生活的烟筒也将去除，那时房间将更简单，那时椅子上只有一个面窗背门的男人。事实上苏为民刚到这里时就是这样。火是这个房间里儿子唯一的兴趣点，火正在趋旺，火带来温暖。儿子一直守着火炉，手没离开过烟筒。直到火苗上来，儿子才要做点什么。儿子要把咝咝响的铝壶挪开，他要看火。苏为民不让挪，怕儿子中煤气。

“煤气是什么？”

“煤气就是煤中的二氧化碳，人吸多了就会中毒。你小时候院子里每年都有人煤气中毒，你不记得了？”儿子怎么会记得，儿子本能地离火远了一点。

“所以晚上封火要特别当心，你看，这儿有个小机关，叫火门儿，每天封火都要记着检查，有时不小心会把它碰关上，那样可就麻烦了。”

“爸，你要小心。”

“小时候怕你冷，夜里我们就不封火，爸爸要不断起来添煤，屋里烧得太干燥，地上还要洒一些水。有一次，”苏为民陷入回忆，“有一次，爸爸妈妈都困得没起来，火着荒了，灭了，爸爸夜里起来生火，烟把你呛醒，你哇哇地哭，你妈也让我气哭了……唉，那以后我夜里睡觉都睁着眼睡，总是起来看火。”

“我怎么一点也不记得？现在夜里火还灭吗？”

“封不好就灭，现在我一个人没事，灭就灭了。”

“爸，人家让你搬你就搬吧，别住这儿了。”

“我说的都是不好的，也有好的，我现在挺喜欢这儿。”

苏为民讲起自己小时候的事儿。

20

苏为民去胡同口小店买东西，快中午了，他该给儿子做饭了。胡同口倒是有家又脏又小的饭馆，苏为民从没去吃过，儿子可能更吃不下。苏为民到了杂货店，有一刻忽然想到：要是他带着儿子在这儿碰到何忠德的妻子和女儿，那会是什么情景呢？他再没见过那对影子般的母女，现在他有了儿子不怕再见她们。

苏为民买了切面、西红柿、鸡蛋，买了一套新碗筷、一个小瓷盆儿、两只盘子，买了一个新切菜板、一条毛巾，还有香皂、杯子、一些熟食，一大堆东西。苏为民回来时，儿子拿着一张照片兴冲冲地问父亲：“爸，这是你和妈妈吗？”

是苏为民和王小华的结婚照，苏为民放在抽屉里，被儿子翻出来。

“当然是。”苏为民说。

“不像妈妈。”

“怎么不像妈妈？”苏为民故意问。苏为民看着王小华那时候的一双又细又长的眼睛，那时王小华没涂口红，非常朴素。苏为民永远不会放弃这张照片，当年照片就挂在这间屋子里，挂了很多年。

“妈妈现在是双眼皮。”儿子终于说出来。

“哪个漂亮？”苏为民充满暗示地问。

儿子看照片，没有回答。

“你的眼睛很像那时的妈妈。”

父子俩端详着。王小华在照片上温婉地笑着，好像过世之人。像遗像。死亡早就存在，并非始自那个神秘的电话。一切都更早，自从手术之后。那刀是什么样？据说是高科技激光刀，很漂亮，可不上妆时仍像遗像。化了妆又像谁呢？谁也不像。她并非魔鬼，不，她不是，她只是横下一条心。

“你不想妈妈？”儿子问父亲。

父亲说：“想，老是想以前的事。”

“妈妈现在胸口还疼，你干吗那么使劲撞她？”

“那不是我撞她……”他几乎要说出“那是死亡撞她”，但是没有。

“你还不承认，我亲眼看到的。”

“是，我不该撞她。”

苏为民去了小厨房。依然恍惚。点液化气点错了火眼，火点在这边却旋了那边的钮，他不知道。浓郁的气体扑鼻而来，险些燃起一场大火，而他并不吃惊。这样的错他以前犯过不止一次。液化气的臭味让他清醒了一些，但幻觉中的火光仍在他眼前晃动，如果这时没有一缕琴音飘来，恐怕幻觉的火会一直伴随他。

前院那个九岁的学琴女孩回来了，刚刚回来就又拉起了琴。每星期天这时候都能听到女孩的琴声，每星期天她要去学琴。女孩拉得不错，应有五级水平了，应该同样是一个残酷的梦。不过小提琴或许比钢琴好点，钢琴几乎是纯技术，而小提琴天生就有一种心灵的东西，连技巧都像心灵派生的。

21

儿子也听到琴声。如果钢琴属于楼房，小提琴就属于平房，前者是节奏的抽象的，后者是绵长的描述。儿子看了女孩，回来告诉父亲：一个小女孩在一间小房子里拉琴，拉得可专业了。苏为民说：那是一间自建房，是女孩的琴房。饭做好了。面条。没有餐桌。就在写字桌上。儿子坐在吱扭作响的椅子上，苏为民坐床板上。儿子用新碗、新筷子，盛西红柿卤的瓷盆也是新的。

小提琴的声音不绝如缕，在冬日的阳光里仿佛描述着简单的空间。不接儿子的星期天，苏为民每逢这时候往往饭也不吃，静静地听女孩细致的琴声。那时他看着火，或窗外冬天的树，直到练琴结束。即使琴声结束他也要坐好久，然后才慢慢吃饭。儿子问父亲，她每天都要拉很长时间？父亲说是的，每天都很长时间。也要考级吗？是的，父亲说。她该吃饭了。得一点钟，现在还不到。爸，我想弹琴。想弹时你还可以弹，过去你已经弹得很好。我不想在家弹，我想在你这儿弹。苏为民不说话，儿子继续说，跟妈妈说说，把钢琴搬这儿来好吗？那怎么行？你先在家弹，以后我有了钱再给你买一架。我就是不想在家弹。这不是理由，你要真想弹在哪儿都一样，别管在哪儿。我试试吧，我真的不想在家。

小提琴是富有感染力的，特别是在一个简单地方。儿子毕竟弹了七年琴，七年的乏味与孤单比儿子一半年龄还长，不过的确也为儿子播下了不可磨灭的音乐的种子。过去的一切并不白废，儿子内心有很敏感的东西，很敏感的东西就是音乐的东西。女孩的琴声同样孤单，在这午后，在这冬日的阳光里。

吃过饭，下午，苏为民带着儿子乘车返回小区。还有一些时间，他们在体育公园踢了会儿球，然后苏为民把儿子送到小学校门口。

冬天过去了。苏为民撤了火。简单清扫了房间。房间更加空荡。原打算春天时好好整理一下家，添置一些家具，但苏为民什么也没做。没铺地板革，没买电视，也没买餐桌，甚至连一个装饰性的台灯也没买，依然是过去的两端已发黑的日光灯。依然是床、桌子、椅子、一只小书架。撤了火后房间更像照片，苏为民在椅子上和不在椅子上都像；白天，晚上，黄昏，任何时候都像。

没有钢琴，始终没有，只有书和时间。

但儿子仍愿到他这儿来。

杜眉医生

一

你总是强调你看到枪，可我听出来你并没把握。你读过很多书，我是说在我的专业领域你也读过一些，我们有很好的讨论基础，因此我的疑问你应该视为正常，你说是吗？

你什么意思？怀疑我说的吗？

我是说比如我们可以做一些学术上的讨论。

我知道你想什么，你想拿我做学术论文，是不是？

我的任何患者都有助于我的学术论文，这是我的工作，除非我不做这个工作。好吧，就算你说的是对的，那么你愿帮助我做论文吗？

为什么要帮助你？

因为我也在帮助你。

医患关系——我知道你这是在建立 A 型的医患关系！

你很了解我的工作。

你说得很对，我大学毕业考过你们专业的研究生，可惜我数学不好，数理化我糟透了，从小我就数学不好，我真不懂心理学为什么算理科，你们真胡闹，它应该是文科。

它部分是理科，部分是文科，是一门边缘科学。我们继续回到枪的问题，你看到她是怎么拿出枪来的？

这还用说吗，拿出来就是拿出来，还要怎么拿出来？

那么，就是说，枪突然出现在她手上？

二

停止电击后，效果还不错，人安静下来。通常是这样，新来的病人或发作期的病人被按到床上，仰面朝天，口中塞上厚厚的牙垫，以防电流通过病人咬断舌头；头两侧装上电极，医生调整好电流，突然按键，挣扎的病人立刻浑身抖动起来，两眼上翻，头发像刮风一样竖起来，瞬间全身僵直，人事不省。围观的众人尖叫，欢呼，翻白眼，手舞足蹈，像一场狂欢，快乐极了。医生走后，众人要在床头观望好一阵子，他们不希望他很快就醒来，甚至永远不要醒来。他们有事干了，听他的呼吸，探他的鼻孔。他们走来走去，在集体晒太阳之后采来野花放在深睡者的床边，有时在胸前盖上一件红毛衣红秋衣，然后他们鞠躬，排着队，做出悲伤的样子，就像有时在电视中看到的。还有悼词。没有纸，就是举着手念，通常评价都很高，大体都是伟人。不是一个人念，是大家一起念，几乎是气声。非常认真。不念也行，可以参与打拍子，有人更愿意无声打哀乐缓慢的节拍。悼词基本一成不变，最早起自哪年无从可考，不过显然不会早于1976年，或者也许还要稍晚一些。游戏是秘密的，专门有人在门口放哨，只要走廊一有动静大家就像刮风一样回到原位，整齐一致，毕恭毕敬。游戏通常要持续到深睡者醒来，那时候人们既失望又欢喜，事实上游戏具有哀悼与招魂双重性质。有一点必须说明，即使平时再有什么打闹行为也没有人伤害深睡的人，最多是探鼻孔、吹气，非常小心。

病院坐落在一条干河上，几里之内荒无人烟，据说有一年暴雨下了一天一夜，干河的来水突然猛涨，滔滔洪水冲决了院墙，几乎将病院一笔勾销或送入远方。现在病院的高墙仍留有当年的洪水痕迹，显然经过再次加固加高，看上去像个城堡。墙头零乱分布着朽烂的铁丝网，其实完全用不着了。谢绝参观、探视，更谈不上后来的杜眉博士倡导的开放治疗。建于六十年代初，据说“文革”刚好派上用场，期间规模差不多扩大了一倍，有许多特殊的治疗手段，因为十分见效，有些手段一直沿用至今。比如病人被编成连排班，当然现在不这样叫了，实质一样。病人实施集体训练、治疗，大声喊号，有为病人特制的音乐和早操，简单生硬。告密与开会制度虽然取消了，但读报制度保留了下来，每间病房都订有一份日报，即使经费再紧张，各种设施年久失修，但报纸一直延续至今。不能小看读报学习，对于重建精神世界的人报纸的言论特别是社论具有铿锵的不可替代的重建功能。当然读报不能代替具体问题，病人除了集体整训一般时间都在病房里，吃饭屙屎撒尿也在病房，倘若有谁发病，刚好管护人员在场，有时马桶就会扣到管护人员的头上，弄得屎尿横流。这种情形在李慢入院时已有所改观，病院专门为病人在院子里修建了厕所，因为刚刚启用不久，厕所十分清洁，甚至可以闻见因潮湿而泛出的砖木檩条特有的香气。厕所让李慢多少有了现实感，倒是对病房很长时间难以适应。李慢一直搞不清病房到底是个什么样的场所，像病房又不像，四周砖木裸露，没有墙皮，没有天花板，第一次电击醒来李慢看到的是黑糊糊的三角屋顶，屋顶的许多横梁之间四脚蛇、蜘蛛总是间歇地跑来跑去，看不清四脚蛇的眼睛，对视是可能的，因为它们总是倏忽而过。窗户涂成了猪肝色，窗棂布满斑斑驳驳密密麻麻的指痕，像狮虎山的铁门。李慢听到尖叫、嬉笑，以为是左近的猴山，结果看到的是一群奇形怪状的目光，目光围拢着他，神态各异，天真而变形，不时向他吹气，各种难闻气味让他想要呕吐却又浑身乏力仍不能动。欢声此起彼伏，好像庆祝什么，像跳神一样。那时李慢身体衰弱，意识仍然模糊，眼睛睁累了，再次睡去。

三

她当时穿了一件白圆领衫，很青春，很高贵，她的脸上还有汗水，可当时我想的不是她而是另一个人，一个夫人的形象，我当时没什么特别印象，只是觉得她不是我想象中的，不过我现在很喜欢她当时的样子，她很少那样。对了那天她还穿了一条牛仔裤，她的腿非常美，美极了。

你这样说不太像之前你一直描述的唐漓。

那天她很特殊，只是我当时很恍惚，我正在写一个诗剧。

不过你对她后来蜡染风格的裙子好像印象很深，听得出你很喜欢那件裙子。

不是裙子，是睡裙，质地特别柔和，像海浪似的，我当时非常惊讶。

头上还别了一只发卡，是吗？

是，是，就别在这儿，和睡衣配起来当时我觉得别提多有味道了——

可黑衣是怎么回事？你曾说到她一袭黑衣对着你。

没有的事！她冬天常穿黑衣服，那天没穿，我不是说过是白色圆领衫吗？

你说过她一袭黑衣用枪对着你，你忘了？难道那可能是一张电影海报吗？

不，不，不是的！

那黑衣服是怎么来的？

她没穿黑衣服，没穿，我对天发誓。

那么她穿着白衣服用枪对着你？

不！是的，她用枪对着我，就这样！就这样！

你太激动了，喝点水。喝吧，不用怕，这是我的杯子，我就用这杯子喝水，是白开水，不含任何药物，喝吧。我知道你非常不容易，没关系，我们只是讨论问题，澄清一些记忆，必须挖出根子，找到障碍，这很重要。你们发生了一些问题，这些问题不是谁都能碰到，不过爱情中存在各种问题一点也不奇怪，只是你的问题比较特殊，但是也完全可以理解。关键你一定要面对真实，不能再让幻象遮蔽真实，只有面对真实，才可能真正开始，你也才能过上正常的生活。我很希望有一天我们的谈话不是在这里，而是在医院外面，我去看你，或你来看我，我们在任何地方，公园或者餐馆，到时你会请我吃饭吗？好了现在我再提个问题，你要仔细回忆一下，回到最初始的情况，你什么都不用考虑，只回答我的话。关于枪的视觉注意我强调的是视觉，你是当时就产生了枪的视觉，还是在后来的回忆中产生的？我们差不多是同龄人，都经历了那个时期，你产生了枪的记忆并且相信那个记忆是这样吗？但是你想想，她为什么要用枪对着你？那是可能的吗？

可能，完全可能，你不知道她是谁！

我知道，你向我强调过很多次了。

我说过吗？

说过。

怎么不可能呢？

是的，有可能，你这样想有道理，我不否定这种想象的合理性，她有枪是可能的，但是我要指出的是那天可能仅仅是一种想象甚至幻象。

你把我搞糊涂了。

好了，现在枪是否是事实已经不重要，我们说到了幻象、合理性，我们已渡过第一道难关。你要知道就算她没有以枪对你，你当时的恐惧也是完全合理的，谁遇到你的情况也会像你一样感到不堪，我可能也同样。今天我们就谈到这里吧，你再好好想想，下次我们专门谈恐惧，对了，你应该知道恐惧在人类精神现象中占有怎样重要的位置，下次我们一起讨论荣格、格式塔，还有弗洛伊德，好吗？

四

电击——也称作电休克或电抽搐疗法，它的原理是以一定量电流通过患者头部，导致全身抽搐达到治疗镇定目的。通电时间一般是 1.5~2 秒，电量为 80~120V，在此电量下，电流直接通过人的大脑，引起脑电图改变，导致全身僵直、抽搐、眼上翻、呼吸停止、意识丧失，持续时间一般为 20~30 秒，随后，病人全身放松，进入睡眠状态。电疗一般以 7~10 次为一个疗程，每日或隔日一次，治疗期间与之后患者会出现意识模糊、反应迟钝、身体僵硬、目光呆滞等症状，一般视疗程长短要 7~30 天，有的要两到三个月才慢慢减弱、恢复正常。那么按此原理，所谓精神治疗某种意义就是对过往记忆的删除，电疗无疑是最干净彻底的方法，大量脑细胞死亡的同时也是记忆的死亡。不过事情并非如此简单，通常所谓对记忆的删除事实是一种通俗的并不科学的说法，因为事实上记忆是删除不掉的。倘若真的删除了那只能说是事故。事实是删除的不是记忆，而是记忆中的情感与声音，这有点类似通常海边渔民的风干工作，也就是说电击之后，你的记忆还在，但水分全失。因为删除了记忆中的情感与声音人们以为就删除了记忆，不是这样。你仍可回忆过去，但似乎与自己无关，或者像另一个人的记忆。最初的几个月里李慢大体就是这样，目光呆滞、行动僵直或一动不动，记忆看上去像一张白纸，实际上陷入了更深的记忆。是的，李慢显得比过去深沉了，甚至过于深沉了，李慢的常态基本是照着罗丹的“思想者”的样子摆在那里，一手托腮，终日一动不动。

电疗当然不是一项惩罚措施，其科学性不容置疑，任何患者经过电处理之后都会安安静静，整齐划一，所有的患者都是同一个患者，无论对病人还是对整个病院秩序一词都不可或缺，须臾不可离开，因此集体电疗的情况也是有的。赶上节假日、重要会议或上级主管检查工作，病院像别的单位一样上上下下行动起来，大扫除，检查安全隐患，防火防盗，同样一次集体电疗是免不了的。如同大扫除之后病院上下整洁井然有序，病房也会安静许多天，白天夜晚都阒无人声，特别是夜晚，更深人静，人类最孤独的那部分灵魂苏醒过来，或直目房顶、窗棂、脚面，或侧耳谛听、聆听像真正的雕塑。人们形态各异，每个人都是思想者，即使清晨李友贵有气无力但仍然尖锐的哨声也不能使人们像平时那样迅速弹起。早晨每个人都慢慢吞吞的，起来又倒下，再起来，缓慢地摇晃。早操自然衣冠不整，七零八落，十分好笑，不过这时再也没一个人发出嘲笑别人的声音。

李友贵也笑不出来，尽管身怀形意通背功夫，同样腿脚不便。李友贵叫李大头，年龄不详，有人说四十多岁，也有人说五十多岁，一般看去应该是个老头了，谢顶，头很大，脸很黑，两侧的头发垂下来与脏兮兮的胡子连在一起，有点仙风道骨又像武林中人或者介于两者之间。因为不怎么见阳光的缘故李大头的黑具有某种潮湿或窖藏的味道，也就是说同自己比他是白多了，但仍然很黑。此外通常一般人谢顶之后会呈现出某种蟹红，秀色可餐，至少看着喜兴，但李大头不同，顶还是那么黑，也许缺少光合作用？实在说不好。李大头来病院多少年了没人知道，不过从他潮湿的几乎生出苔类沉积物的皮肤上看，应该不少于十年。如果相信他不断重复的故事，比如炫耀他曾当过排长、连长偶尔还说当过营长，那么他入院的时间还要往前提，一个单位分成连排应该是七十年代前后的事，比如当时的学校班称为排、年级称为连、校称为营或团，野营拉练对空射击深挖洞广积粮备战备荒提高警惕保卫祖国十八个伤病员要成为十八棵青松，这些听起来恍如隔世，可李大头说起来头头是道，唾沫横飞，连比带画，做出青松状，不像沙家浜倒像威虎山的人。

李大头可能当过中学或小学体育老师，他把一些事弄混了，很多显然不可能是医院的事，让人怀疑李大头是否真的到病院那样早。不过李大头也确实夹杂一些病院的事，特别是其中有关水疗的故事，听上去闻所未闻。后来杜眉医生专门查阅了档案，认为那完全是李大头的胡扯，水疗在建院初期不到一年就废止了，事实上从未投入使用。不过，“文革”时期是否一度投入过使用，对此杜眉医生也没把握，那段历史过于混乱并且基本没有记载。不管怎么说李大头好像知道很多耸人听闻的事情，日日夜夜，如果情况正常也就是说没有人电疗、不读报的时候，就是李大头一个人在那儿讲述，不断重复，周而复始，所有人都瞪眼听着，好像闻所未闻，实际上听过不知多少遍。

某种意义上，更多时候李大头是职业患者，所有人都听李大头的，唯李大头马首是瞻，李大头叫大家做什么大家就做什么，这一方面因为他的资历、孔武有力的身体、无可替代的叙事能力，另一方面显然也与得到医生的认可有关。这种认可由来已久，无须强调，早已授权，李大头每天负责吹起床哨，他脖子上挂的哨就是某种标志。那是一只铜哨，擦得十分明亮，透着年代久远的光泽，几乎像一个古董，似乎印证了李大头说过的当年当过连长排长甚至营长之类的话。是的，是一只军哨，这种哨当年在地方十分普及，就像军装一样。此外李大头还是领操员，每次领操之后意犹未尽，总要在房间单手走一趟形意或通背，起落生风，有时故意碰到谁身上，那人立刻便不知了去向。读报也是由李大头安排，通常他指定别人读，每人一段，秩序井然。种种迹象表明李大头绝非一般患者，早就有传说李大头住院不花钱，不但不花钱甚至还传出过有一份神秘的薪水。当然只是传说，李大头自己从没说过，按他的性格应该会夸耀这一点。李慢后来曾经问过杜眉医生，杜眉医生说不花钱确是真的，薪水是瞎说，不过院方过去确实考虑过这个问题，李大头事实上已兼有管护人员的职责，这是不正常的。

五

你知道她当时把安全套放我脸上是多么从容，就像给我包扎伤口，可又是多么厌恶我，她的眼神我永生难忘，简直像银灰的月光。在她看来我就是人间的一堆垃圾，甚至连垃圾都不如！我顶着软绵绵脏兮兮的避孕套，人都傻了，我觉得房间都变成白色塑料。你是医生见得多，可是你见过这么可怕的银灰色的女人吗？还不如一枪打死我。上帝，现在我一想起来这里还是黏糊糊冰凉凉的。我完了，真的完了，没救了，你不用在我身上费心思了，我命该如此，上帝，你不用费心了……

李慢，李慢，你说出来就非常好，你已经说出来了，你的情况非常特殊，让我吃惊，我说实话你不说出来我永远也想不到，我作为医生不该这么激动，可我确实为你感到难过，不过你说出来了，你会好起来，相信我，你会得到帮助，你会重新站起来，至少有一个人知道了你的痛苦，这个人愿意帮助你，杜眉医生愿帮助你，帮助你是她的职责，也是她心底所愿。李慢，还没有病人让我流过眼泪，你是第一个，因为我觉得你的泪水也是我的泪水，相信我李慢，我们一定能走出黑暗，我们一起走，你会好起来，你已进了一大步。

我觉得我不动手术好不了的，我脑子里老是有一道白光，只要一闭上眼就看到那道白光，除非把它取出来，否则我好不了的。

好的，如果你需要哪天我们动一次手术。

真的可以动手术吗？

只要你觉得需要，就可以。

真的?! 你敢保证。

我保证。

那我可能还有救。你知道那天我怎么回来的吗，我出了招待所大门，路都不认识了，那时天已黑了，山路上连路灯也没有，我就是瞎走，只要有路就往前走，不停地走，摇摇晃晃像喝醉了似的。到了水渠公路我彻底迷路了，好像是月光把我一下吸到了水面，我一路走下去，再没有上到大路。水渠两岸全是树，密密实实，一条波光，上下都是水，都是迷离的月光。月光一会儿被遮住了，一会儿又冒出头来，一会儿像戴上安全套，一会儿又像得了白内障，白内障的月光把整个天空都蒙了塑料薄膜，像一个巨大的安全套，我的脑子什么都透明却什么也看不清，我好像不是在走而是在飘，我就像个气球可是又有个小小头部，我看到远方失火的长颈鹿，椅子对床的攻击，被拉成面条一样的钟表，成群的无人驾驶的自行车潮水般掠过长街，一大滴泪水像月亮一样。我走，走，越走越快，后来好像跑起来，是的，我跑起来，简直就是飘起来，一直到夜色慢慢消隐，天空升起更大的鱼肚白，我吓坏了。我看到更大的恐怖，一下停住了，树也都停住了……我倒下的时候，鸟已开始振翅，扑啦啦从树顶掠起。我醒来时天已大亮，太阳老高，我看到许多重型卡车，我想我是被车队吵醒的。我在树下一辆一辆地数，数了有三十多辆，我不知道醒来之前已过去多少辆，我想至少应该有五十辆，就像战争年代。路上后来再没别的车，好像这条隐秘的公路不再允许别的车通过。我不知道自己置身何方，离山脉很近，就在山脚下，一侧是平原，我抱有一线希望在路边等车，哪怕等到一个行人，但是没有。最后我拦住了一辆农民的摩托车，那是个养蜂人，我才走出水渠公路。我差不多是坐在蜂箱上，许多蜂跟着我跑，有不少就落在了我的大腿上，赶都赶不走！

他把你送到了家？

把我扔到公共汽车站就走了。

没要你钱？

要了，我给了他一百块，一百块！

六

几乎没有人曾挑战过李大头的权威，但李慢确实挑战过，至少是看上去挑战过。在电疗恢复的后期，李大头抓住李慢不放，像对每个新人一样向李慢炫耀形意与通背功夫，有时伏在李慢耳边轻轻吹哨，让李慢仔细看清，讲述恐怖经历、水疗遗址，拉李慢的手吓唬李慢要带李慢去看水疗遗址。结果有一次李慢还真的站起来，要跟李大头走，弄得李大头不知如何是好，大声吓唬李慢是否真的要去。这种情况从来没发生过，李慢坐下来，李大头仍不依不饶，弄得李慢再次站起。李慢两眼望天，好像目空一切，除了对像风铃一样的铜哨声感到悦耳，对李大头的聒噪恐吓充耳不闻，毫无反应。李大头倒也不急不恼，或许经历太多了，很有耐心。李慢实际上在想另外的事物，内心如同默片，上演着童年往事，铁栏杆，猩猩狒狒在眼前走来走去，有时有栏杆，有时没有，它们就在他的跟前手差不多伸到他脸上，他挥它们，呼喊，喂它们玉米花、糖、面包、吃剩的梨桃和香蕉皮，可它们竟然一点也不吃，却总向他不停地说话说呀说呀说呀连比带画，它们吹游人扔给的哨，龇着牙笑，拉他的手，听不清它们说什么，不知道自己何时置身于栏杆之内的，但一切好像都很不同，好像动物园围墙正在拆除，公共汽车鱼贯而入，狮子们卧在马路上十分温顺，蛇在跳舞。李慢曾写过一首《响尾蛇的情歌》，可怎么也想不起来写的是什么，写的什么呢？得到过一本样刊，一张三十元的稿费单，再没什么了。声音越来越大，所有的目光都盯着他，眼角流着黏稠的液体，两边的头发竟然像莎士比亚。是的，李大头有点莎士比亚的样子，也是两边头发垂着，居然知道古老的水疗，还向他描述水疗。水疗这事李慢清楚，水疗是一种相当古老的疗法，嗯，他得认真听听李大头讲的水疗——这个念头在一次睡去之后一直保持到李慢醒来。李慢听清楚了，尽管仍像思想者一样一动不动，但水疗一词使他看到内心慢慢开启了一扇窄门，有阳光和水透进来。水疗很好，是一种人道的疗法，怎么让这家伙说得这样吓人？什么，刘文彩？李慢说。是呀，你知道刘文彩吗？李大头说，刘文彩，刘文彩，刘文彩的水牢你没听说过？就是那样！他们让我戴着枷，枷你知道吗，就是林冲发配戴的；房上吊着长长的绳索，拴着人的两只手，就这样，这样，你看，这样！淹在黑水里泡了多少天？七七四十九天，还有九九八十一天的呢。简直胡说八道。李大头神气活现讲老鼠每天怎样从房顶的绳索爬下来咬他的手指甲，咯吱咯吱，咯吱咯吱……

是的，就是这个家伙，李慢听明白了，也看明白了，就是这个莎士比亚似的家伙整天在他眼前晃来晃去，滔滔不绝如长江之水，一群奇形怪状的人随声附和，呜呜叫喊。水疗不是这样，有一天李慢大声说，众人吓了一跳。李慢说话仍然有些吃力，但是确实想了好几天了想要说什么，李慢说，水疗不是这样的，水疗是一种古老的精神疗法，中世纪就有了，水疗不是刑罚而是一种冷浴，镇静剂，让人头脑清醒，是很人道的。你们知道水疗是怎么来的？

怎么来的？众人齐声呼道，立刻凑上来，众星捧月，目光虽然并不准确，有人外斜视，但都竭力从不同方向对着李慢。显然他们听了太多李大头吓人的说法，从没有谁有异议，这回有了异议，人们想听听李慢的。如此聚精会神方向不一的目光让李慢又有些精神恍惚，不禁再次想到童年、铁栏杆，意识又有些模糊。是的，那时李慢意识还不太稳定，一点新的刺激就有类似变频或电压不稳的闪烁。李慢先讲了一段中世纪，讲得人们不知所云，李慢说，在盛产疯人的中世纪，疯人通常总是被家人抛弃，流落街头，而一个城市对待疯人的办法同样非常简单，还是驱逐，把他们捆起来，装车送往码头的商船上，任其漂流到另一个城市。有一次在押运一群疯人的途中，一个疯人突然跳车逃跑，后面的马车追，疯人跑得飞快，马车也追得紧，眼看快追上了，前面出现了一条河，疯人下了道朝河跑去，后面人也下了马车追，追到河边疯人一下跳入河中，疯人不会游泳，到河里就沉了底，等人们把他捞上来，疯人灌了一肚子水，肚子像个大皮球，都以为疯人死了，结果慢慢又喘上气来，吐了很多浑水，慢慢醒转过来。这次不是一般的醒来，是真正的醒了，一下不疯了，好像做了一场大梦，好人一样。由此人们发现了水可以治病。水疗就是从这儿来的。

就是把人投到河里？是呀，难道就是把人投到河里？

当然不是，那有一套方法，很讲究的，不是你说的水疗，你说的那是水牢。

你刚才说把疯人都送到船上是咋回事？是呀，咋回事？人们闻所未闻，听到了新鲜的事情，欲罢不能。

你们没听过愚人船的故事？

众人齐声喝道：没有！包括李大头。

李大头一下子过时了。

七

那时李慢没意识到他将要成为一个新的叙事者即统治者，尽管时间十分短暂。李慢很小就读过愚人船的故事，读愚人船的故事就像读《堂·吉诃德》的故事一样有趣，这归功于倪维明老人。倪维明老人在谈到《堂·吉诃德》时常常讲到愚人船的故事，老头认为《堂·吉诃德》的写作明显受到愚人船故事的启发，没有愚人船的民间故事就不可能有堂·吉诃德伟大形象的诞生，这就像中国《金瓶梅》之于《红楼梦》。老人说，巨著从来不会凭空而来，每一时代的巨著都有着丰厚的民间文化土壤，都与自由对梦想的渴望息息相关。愚人船的故事看上去荒诞不经，实际上蕴藏着人类心灵的自由与陌生的想象力，它不仅启发了塞万提斯的写作，甚至也是后来文艺复兴和浪漫主义精神的源头。愚人船是迷人的，是人类最早失去家园的象征，同时也是对自由向往的象征。想想那些疯人怎样被押送上船，在河上或海上四处漂流，那是中世纪一个唯一例外的活跃因素，甚至是一道自由的缝隙。疯人像垃圾一样被倾倒在河里，任其漂流到下游城市，以为会就此了事，但疯人并非人类的垃圾，他们仍有生命，他们有着一切正常人的喜怒哀乐，只是多了些什么，比如自由、漂泊、行为怪异，实际就像现在的演员一样。他们从一个城市漂到另一个城市，成为异乡人、流浪汉街头一景，他们乞讨、说唱、占星、杂耍、街头演讲，宣扬异端主张，直到被送上商船。他们将去的地方是未知的，就像他们一旦下了船，人们不知他们来自何方一样。一些城市开始甚至是欢迎他们的，人们在岸上争相一睹，翘首遥望，小城为之轰动一时，如同来了马戏团一样。疯人们衣着褴褛，肮脏不堪，整体模样差不多，但他们的构成事实上极为复杂，当中不乏学者、诗人、占星士、艺术家、预言家、革命者，甚至贵族。他们给中世纪的交流带来可能，带来了不同地方的风土人情、思想流派、手工艺、笑话、舞蹈、疯言疯语、奇谈怪论。

“他们是自由人，”李慢大声说，“尽管不断被驱逐，但仍是自由的！”

显然已具有隐秘的煽动性。许多天来李慢代替了李大头的讲述位置，这一点连李大头自己也没意识到，因为李大头也被李慢的讲述深深吸引。

李慢以为自己知道的大家都知道，结果人们闻所未闻，这让李慢受到鼓舞，他的博览群书没想到有一天竟派上用场。许多眼睛盯着自己的眼睛，自己的眼睛盯着许多人的眼睛，他看到自己讲述的效果。他被众星捧月，像一盏明灯，这种感觉李慢从未有过。谈到“航行时期”结束，“圈禁时期”到来，李慢的话变得铿锵有力，越发富有鼓动性，这时李慢几乎像个革命者。李慢说，“航行时期”在中世纪后期结束了，这意味着人的最后的自由也结束了，疯人院的出现敲响了自由的丧钟，疯人被圈进了高墙深院，铁丝网密布，所有的城市归于沉寂，再没有愚人船驶来，再没有岸上的欢呼，像迎接演出团那样的盛况，有的只是窒息、潮虫、四脚蛇和这些透不进阳光的窗子，就像我们现在一样。李慢已不知道自己是谁，他要干什么，鼓动什么。幸好一次及时的节日例行的集体电疗开始了，一切都像现在的电脑没有存盘一样变得干干净净，否则真不知要发生什么事。之前除了李大头默不作声，不知想什么，或可以理解为迷惑不解，其他所有人都禁不住搓手，跃跃欲试，目光热烈而扭曲，望着北斗星那样望着李慢，好像只等李慢一声令下，人们就要推倒围墙出去“航行”似的。“爱卫运动”在十月之前展开，之后秋高气爽，病院上下干干净净，一派明亮色彩，树叶红了，盆花摆放，如同花园。根本没有铁丝网，有也早已破烂不堪，形同虚设，也没有潮虫，阳光直泻窗内，午后晃得人们睁不开眼，李慢纯粹是胡说。一场可能的危机被偶然化解，李慢再次成为思想者，李大头重开讲坛，再次向李慢重复水疗，照例提到刘文彩与林冲，一切都恢复原状。

八

我的居住环境很不适合做爱，我住的是四合院，我们经常是白天，没有更多的时间，她总是来去匆匆。我们在一起主要就是做爱。那点时间只有做爱。我的窗外是水管子，外面总是有水声，大妈大婶一边洗菜一边聊大天说闲话，茄子扁豆西红柿之类，我们大气都不敢出，恐怕外面听见，不过仍然快乐极了，她用毛巾堵住嘴，那声音让我飘飘欲仙……行啦，我问你是否有电话焦虑，过去你们也被电话中断过吗？我们家没电话，我哪有钱装电话，那得好几千块，我没那么多钱，况且我装电话干吗呢？我又不做买卖。有几次邮差打扰过我们，我记得有一次院门口喊我的信，我们正在那什么，一般我就装听不见，邮差喊几声如果没人接信就会把信夹在大门缝里，可那一次院里大妈大婶正在洗菜，她们接了信，知道我就在屋里，也知道唐漓来了，就使劲喊我的信，我觉得她简直是故意的，李慢李慢地叫，烦死我了。没办法我们只好停下来，唐漓笑，幸灾乐祸，我怒气冲冲穿上衣服，这儿还顶着，不好意思出门，外面一眼就能看出来，我正犹豫，魏大妈竟然敲门了，扯着嗓子喊，我只好弯着腰走出去，使劲收着腹，接过信二话没说立刻关上了门。是一封退稿信，一看就是，我还读了信，但这仍没影响我。我们继续做爱，毫无障碍，甚至我觉得比刚才更好、更有力了，你知道之前我已快那什么，经这一停反而力量倍增，好像报复她似的，她当时就……

行啦！就是说，你那时并不怕干扰？

杜眉医生总是打断我，或许因为杜眉医生还没结婚，我不知道。杜眉医生在那一点上与唐漓有点像，都是那种细腻的女人，但又有天壤之别。唐漓细得果断，有一种凌人之气，或者也可称为南方的野性，更像越南女人。杜眉医生完全不同，具有一种文静的果断，她的果断或者不如说是羞涩造成的，使人想欺负她却又不含真正的恶意。她的博士头衔以及考究的眼镜使她显得相当专业，但是并非通常医生不管多么年轻都显得满不在乎的那种职业的冷漠。杜眉医生的样子就算再干二十年医生也不会满不在乎，也不会冷漠，她是那种职业和人性结合得相当完美的医生。我总是说一些过头的话，对细节试探性地津津乐道，我是故意的，直到被杜眉医生打断，她显出责怪甚至不耐烦，果断地中止我，但是善意或几乎是羞涩的。这种瞬间的打断非但不能使我有任何的挫折感，反而好像得到了鼓励，感到体内充盈，有什么东西在慢慢地苏醒，我不能说是一种欲望，但确实是一种温暖的东西。据我对杜眉的观察，我认为女人最性感的并非她们的美貌，她们的线条和暴露，而是与生俱来恰到好处的羞涩。那些丧失了羞涩感的女人，无论她们多么年轻漂亮都已经枯萎了。

你后来再没见过她？

没有，一次也没有，她一下子消失了，永远消失了。

她很彻底，像她的性格。

噢，对了，想起来了，我接到过她一个神秘的电话，不过我不能确定到底是不是她，非常奇怪，她找我好久了，我的同事告诉我，你知道我好长时间没上班，至少有一个月，我的状态非常不好，一直恍恍惚惚，有一天我刚到办公室，我的同事就喊我的电话，让我赶快去接。我到了走廊上，我们单位只有两部电话，放在走廊里大家共用，每天走马灯似的，我跑过去拿起电话，那时我的心已跳到嗓子眼儿了，我拿起电话却没人接，喂喂了足有五分钟，大声喊她的名字，可是什么声音也没有，连喘气儿声也没有，后来出现了忙音。我没听到电话挂断那种咔嗒的声音，在走廊里等，谁打电话我都拦住，不让打，我觉得是她，可能是线路有什么问题，结果等了二十分钟，一个小时，我的心凉了。

你没听到声音怎么认为是她？

我觉得是她，应该是她！

也没准儿有别人找你，那时应该很恐怖了，很多人打电话相互问安，有没有你经常联系的作者，比如某个女诗人之类给你打电话？

我从来不认识什么女诗人！

你过去的女同学？

我说过了不会有任何女人给我打电话！

就是说你肯定是她？

我当时的感觉就是她，肯定是她！

那你为什么开始说不肯定？

我后来不太肯定了，越到后来越不肯定，因为那以后再没有电话，再没她一点消息，我连给她写信的地址都没有。

你仍然想念她——

不，不是，我就是觉得奇怪，我想弄清楚是不是她。

好了，让我来给你总结一下，你想听吗？我们先假设那个电话是真的，确实存在的，假设电话是唐漓打来的——

干吗要假设？

你不是不能肯定吗？

谁说我不能肯定了？我就那么一说！

那么你肯定？

我不喜欢你这么说！

允许你怀疑就不允许我怀疑？

你不能怀疑，你是医生！

九

细雨绵绵，病院被雨和植物覆盖，季节模糊，任何光线都像是不动的，投到昏暗空落的房间都是永恒的场景，光感、不动的眼睛。如同雕塑的日子漫长，似乎没有尽头。早操以及之前李大头的哨声是人的活动期，之后各就各位听李大头的讲述或读报。哨声是一天中的孤立事件，总像是一个例外，它让人从黑夜的睡眠中一下弹起，活跃起来。倘若没有这瞬间的弹起，生命几乎就是人体陈列，因此哨声是必要的，尽管它的瞬间冲击大体相当于电疗。

日子久的病人已有相当的经验，往往能像李大头那样与光线同步，日月起落，在哨声响起前就已预先睁开眼睛。那些深睡的人就不同了，每天都像被刺了脚心，听到哨声一下子跳起，就算堵上耳朵也要抽搐半天，伴有大声咳嗽，以为脑袋又通电了。哨声中气十足，划破睡眠，而且显然是骄傲的，每次都搁上了年深月久的功夫，哨声不像电流通过让人瞬间失去知觉，但对睡眠神经的爆破却是一种更具考验的折磨。开始的时候许多人习惯电疗却不习惯李大头石破天惊气贯长虹的哨，那时候人们甚至盼望节日领导视察，因为那样就算李大头也不能幸免一次电疗，大家同归于寂。但李大头就是李大头，有功夫和没功夫就是不一样，那时李大头仍比别人清醒，仍不失对太阳的敏感，忠守职责，定时吹哨。尽管如此，毕竟功夫被废，这时的哨声绵软无力，时断时续，加上人们听力严重下降，哨声听上去像一种鸟叫，十分悦耳。人们心里痒痒，像虫子一样蠕动，早操时一边提着裤子，一边听着音乐与李大头的哨声，动作优美而无声，是最容易受到院长或上级领导夸奖的时候。

提着裤子做操这事没什么不好理解的，在没有电疗只有电棍的时代，病人难以管理，用裤腰带伤人或自伤（上吊）事件时有发生，后来病院决定只发裤子不发裤带，也不装松紧带，问题轻而易举地解决了。本来这事是为防范事故的发生，结果发现不仅防范了事故，还有其他诸多好处，甚至也构成了治疗手段之一。每天人们提着裤子进食，提着裤子发呆，提着裤子接受治疗或出操，这样你必须精神集中，提高自我意识，你时时刻刻都要牢记你的裤子，抓住了别松手，倘若一不留神裤子脱落，会引起哄堂大笑。这样的事时有发生，事实上人们的一大乐趣就是盯着谁的裤子不小心脱落，因此虽时有发生却也并不多见，但一旦发生就令人兴奋不已。如果是发生在早操上，看见的人多，就更是轰动。新来的人最不容易过的就是裤子这一关，开始有的人掉了就不再穿上，就晾着，这时所有人都愿帮助他，凑上前连哄带劝，小心翼翼帮他穿上，为的就是再次掉下来。

杜眉医生第一次出现是在早操上，当时我们所有人的眼睛都一亮，因为我们还没见过如此年轻的女医生。杜眉医生的白衣特别白，在那个雨过天晴的早晨显得十分鲜亮。杜眉医生旁边走着院长大人，戴着大黑边眼镜，好像挺有学问似的，其实是个凶神恶煞。不过今天出奇的和蔼，也穿了一件崭新的白大褂，眼镜擦得非常亮，黑胡子也刮干净了，好像还抹了什么东西，尽管这样我们仍不喜欢他，他站在杜眉医生旁边我们就更不喜欢。院长满脸不恰当地堆笑，说杜眉医生是刚刚毕业的博士，本来可以留下任教，但她要求下到基层，上级把她派到我们病院，我已任命她为我的助理，这是我的荣幸，也是你们的荣幸，大家鼓掌欢迎！院长忘了我们不能鼓掌，我们当时紧盯着杜眉医生，也忘了，裤子一下子掉了大半，有人穿了内裤，有人没穿，根本不知道，使劲拍巴掌。我们听到院长大叫：停！停！停下！我们提起裤子，两手紧紧抓住，没觉得什么，仍盯着杜眉医生，我们喜欢杜眉医生。

杜眉医生没有讲话，始终对我们报以微笑，就算我们裤子掉了她也像我们一样毫没在意，我们看得出她也喜欢我们。院长讲完话带走了杜眉医生，看着院长挨着杜眉医生那样近，好像流氓一样，我们有人真的很生气，呸，婊子！我们说，但心里仍喜欢杜眉医生，我们不敢对院长，只能对杜眉医生。

我们继续上操，手不断变换，音乐是为我们专门录制的，像摇晃的爵士乐或残疾人进行曲。我们已非常熟练，一般不懂的人看来无序，实际上是很严格的，有着内部规律，没有一个人会因裤子脱落滑出节拍。不含任何抒情成分，某种角度我们已接近舞蹈或者不如说是活动的浮雕。我们有自己整体的造型，抽象对我们最为有益。当然，现在回想起来那天有点不同，我们看到院长带走了杜眉医生，动作不由自主难以克制地表现了抒情以至悲伤的味道，这是不允许的。我们的低调、零乱、自由展示，做出幅度很大的造型，然后整体地停顿，现在回想起来还历历在目。当时没有录像设备，谁也想不到，也不可能想到，但我们确实创造了现在看来最为先锋的艺术。我们像串起的木偶，看上去像缺胳膊少腿，七零八落，但整体效果却是绝无仅有的表达。不久杜眉医生发给了我们裤带，改变了早操的音乐形式，启用了第八套广播体操，看上去统一了步调，但一切也无可挽回地消失了。

裤带当然应该算人的主要标志之一，甚至是史前人类文明的标志，自从人类直立行走以来腰上就有了什物（当然不发裤带也应该视为文明行为）。杜眉医生发给我们裤带是件大事，过去想都没想过。起初我们不知发给我们一条绳子做什么用，稍后才知道是让我们系上裤子，我们有点忘乎所以了。那是一条带蓝色条纹的绳子，原本和我们裤子配套，穿扣是现成的。我们每个人都系上了裤带，有的人开始穿不上，穿上了又系不上，大家互相帮助，兴高采烈，到每个全都穿好系好时，像全副武装的士兵，我们在房间站了整一排。李大头重操二十年前旧业，喊稍息立正，向右看——齐，向左——转，稍息，立正！声音十分洪亮，我们感觉新鲜，挺胸抬头，做着李大头喊出的全套队列动作。下午李大头意犹未尽，开始教我们怎样发现敌情，就地卧倒，对空射击。李大头拉响了警报，当然是哨子，我们迅速穿好衣服，系上裤带，一切要求在三分钟完成，当然完不成，但我们有的是时间训练，全神贯注，毫不懈怠，一切都令我们兴奋不已。整整一天因为有了裤带使我们变成了一个人，手被解放出来，可以任意正常活动，并且由于有了李大头提供的军训内容，我们的活动甚至超出了正常人的水平。就是说，我们不是一般的人，我们还是有过训练的人，是军人。我们如此信赖李大头，一如既往地信赖，我们觉得李大头是我们的幸运。杜眉医生几次查房看见我们精神振作，面貌一新，十分满意。唯一不满意的是李大头的哨声。李大头收起哨，没再拉响警报，而是撮起嘴发出一种呜呜的声音代替了哨声。李大头在我们面前像个营长，但在医生或管护人员面前从来都十分恭敬，总是满脸堆笑，点头哈腰，弄得我们也服服帖帖，不敢说半个不字。

十

我总结你说的话，在你没上班的那段日子里，唐漓给你打过电话，而且是连续打电话找你，直到你上班接了电话才不再打来，虽然你们没说任何话。你在听到是你电话那一刻心跳得非常厉害，接下来的几天甚至很长时间你都在等她的电话，但是再没有电话，你的心慢慢凉了，以致开始怀疑那个电话是否真的存在过，是不是自己的幻觉，所以刚开始说电话时你不能肯定。现在你认为可以肯定，那么好了，现在我问你第一个问题，你们的一切好像在一天之间戛然而止，可是当你听到可能是她的电话你非常激动，为什么呢？

为什么？不为什么，因为是她打来的。

她打来的所以就很激动？

废话，我当然很激动……你什么意思？

你仍然爱她是吧？

不是！绝对不是！不是那么回事！

你不想见到她、听到她的声音？

我想，可是，我想……上帝！是，我是想见到她，听到她的声音，可我那是想挽回一点尊严！我想摘掉脸上的套子，摘掉你知道吗？我那些天怎么过的你知道吗？我就像一个双目失明的人，整天脑子一片白花花。我抓破过自己的脸，现在脸上还有痕迹，你看，看出来了吗？我们可以分手，可我不想象那天那样分手，我不想！我想我还能有一点机会，我们说说话，忘掉那天的事情，让那天过去……可是她不肯，哪怕在电话说一句话她都不肯，她仍然恨我、蔑视我、瞧不起我，把我看作垃圾，哪怕我能在电话里听到她的喘息也好，可是一点声息也没有，什么都没有，那头黑洞洞的、冷冰冰的，像死亡一样，无声无息，没有挂电话的声音，半天突然就响起了忙音，当时我觉得有许多箭头向我射来，非常密集，那是我听到的世界上最恐怖的忙音，嘟嘟嘟嘟，嘟嘟嘟嘟，你听听那是什么声音，那不是死亡的声音吗？

看来我想错了，你的渴望并不是还爱她，而是——

是是，我就是想能忘掉那天！我像钟表一样突然停摆，定在了一个时间上，我想有谁能帮我拨动一下，可没有一个人。

除了她没有人吗？

是是，可是她不肯，她就是要让我定在那里！

你认为她打电话也是这意思？为了再羞辱你一次？

是，不，我不知道，是这样的！

情况很复杂，我想先不要下结论。你的情况我知道了，说实话出乎我意料，我一直认为你仍然爱她，她对你总的来说相当不错，刚才我想证实这点，我没想到你会那样想，是那样一种心理结构。

你可以写进论文。

你真的同意我写？

写吧，没关系。

这是我们共同的论文。

你别开玩笑了。

好了不说这件事，唐漓连续打电话找你，听到你的声音之后彻底消失了，我觉得这事很怪，问题没那么简单，她的初始动机是什么？怎么想到要给你打电话？想说什么？或者不想说就是想听到你的声音？对了，李慢，我觉得说了半天很核心的就是她想听到你的声音，她也不是不想说话，要不然怎么停了那么长时间电话才出现忙音？她在犹豫，最后才慢慢挂上，你听不到，想想她当时慢慢挂上电话的情景，那是什么样子？我觉得她仍然关心你，但确实不想说话，她知道你平安，放心了，所以没再来电话。另外还有一种可能，我就说不太好，只是猜，也许她后来认为你的恐惧是对的，是有道理的，她非常后悔那样对你，她非但不会蔑视你，可能恰恰相反，因此她同样也无法说话，之后只能彻底消失。当然我这只是推测或是一种想象。种种可能都不能排除，你是诗人，更应富有想象力，不能钻到牛角尖里。

你是不是在安慰我，让我相信她一片善意？

你承认不承认可能性？

微乎其微，你不了解她，她那人不是一般人。

至少我不认为总要往坏处想，不管怎么说可能性是敞开的。

十一

李大头哨声终止的那个早晨，新来的小护士叫起床。叫声清脆悦耳，完全可以让人想到百灵或布谷，但是人们已习惯了李大头早晨的哨声，小护士银铃似的一叫，我们仍像往日一样一下子弹起来，脚心火辣，像有针刺，有人甚至还要跪在床上堵上耳朵抽搐一会儿。巴甫洛夫给狗做过一个实验，每天喂食的时候摇动铃声，一段时间后观察发现，摇动铃声不再喂食狗仍会分泌腺液，做出进食的动作。一种习惯的养成不容易，改也不容易。李慢还好，因为与杜眉医生一系列的谈话治疗情况大为改观，虽然也仍习惯性地弹起，堵上耳朵，但是没抽搐，几乎同时就已意识到李大头已经不在了。李慢松开耳朵，小护士的叫声十分受用，让人想入非非。

启用第八套广播体操李慢要困难得多，这是一次集体习惯的改变，李慢像所有人一样不适应新的体操。过去没有裤带，大家提着裤子，不断变换两手，虽然七零八落，像吊线的偶具，但各自为政，倒也自由自在。新的体操不同了，音乐整齐，要求双手并举，统一有致，大家像一个人，一个人像大家，对我们太难了。尽管我们喜欢杜眉医生，目不转睛看着杜眉医生，但仍不适应杜眉医生反反复复纠正我们提裤子的动作。我们的手虽然解放了，像正常人一样，但也陷入更大的束缚之中。我们勉力做到了统一步调、双手并举，但我们的确非常吃力，手不像我们的手，自己也不像自己，好像我们一个人做两个人的操，有人做着做着突然无缘无故直摔出去，撞到前人身上，弄得鼻青脸肿，浑身抽搐不止。说实话也就是杜眉医生，换了别人谁也甭想让我们这样委屈自己。杜眉医生爱我们，我们也爱她，从来没有医生找我们谈话、聊天、给我们水喝，还有糖果和画报，音乐和风景。头两天整体看上去效果还不错，杜眉医生相信已改变了我们，但事实上我们只是强忍着，仍禁不住思念自己的裤子，总想摸一摸、拽一拽，我们想要是两手能放在裤子上待一会儿那该有多好，要是能单手伸展一下该有多好！那些天我们日夜怀念过去摇晃的音乐，醉人的早操。结果有一天早晨，一个意想不到的情况发生了，我们就像商量好了似的，实际上根本并没商量，音乐一起，有人一带头，过去的情景完整地呈现在杜眉医生面前，那情景就像我后来写的一首诗：我们从墓地站起/像一场叛乱/村庄望风而逃/我们起舞/万户萧疏（《僵尸之舞》）。我们各行其是，动作舒展，表情神秘，有的像问天，有的像招魂，有的像仙人指路，有的像天鹅之死。我们不再抽搐、僵直，尽可能地优美、抒情，甚至于做出歌唱或咏叹的口型。杜眉医生终止了音乐，管护人员大喊大叫，我们充耳不闻，继续操练，如醉如痴，什么也不能使我们停下。变了样的李大头远远地看着我们，我们也看见了他。李大头站在一棵树下，肩上扛了一把扫帚，也慢慢地随我们起舞。我们遥相呼应，好像心有灵犀，好像告诉李大头我们思念他，呼唤他回来。李大头的蓝白条号衣不见了，穿了一件很不合身的蓝大褂，好像穿在一截树桩上，头发又秃了很多，但两边更长了，而且有点卷，怪模怪样的。李大头动作非常慢，手常常停在空中，像一枝干树杈。

早操在一种忧伤的似是而非的气氛中结束了。杜眉医生默默离开，我们都看到了她的背影，也看到了李大头肩上的扫帚消失在树后，隐约听到哗啦哗啦扫地的响声。杜眉医生和李大头差不多是同时消失的，好像有某种呼应。我们原来觉得李大头会走过来，但是没有。我们慢慢停下来，就像散乱的积木又收拢到一起，非常奇怪，我们之中竟没有一个人再手提裤子，都老老实实垂在两边，走回房中，大家一声不语。

十二

茶水博士，是一部日本动画片中一个可爱的老头，戴着老花镜，慈眉善目，片中一个童声总是大声指责老头，茶水博士，您不能这样！茶水博士，您这样分析是错的！声音可爱极了，老头也总是煞有介事，十分可笑。片子当年曾风行一时，老少咸宜，李慢之所以记忆犹新是因为当时他已不是孩子，但仍被深深地吸引。那时李慢还看铁臂阿童木，据他所知，那时除了阿童木没有哪部片子可以超过茶水博士，以至于到了九十年代初期他还常听人们谈论或取笑茶水博士。博士一词就像院士一样似乎从来与中国人无关，它随一部逗笑的动画片进入公众视听，尽管仍有点神秘，但同时也成了笑料。因此当杜眉医生出现在早操上，其博士头衔让人有点不知所云、匪夷所思，既没引起尊敬，也没有笑声，远不如她年轻女性的身份引人注目。但是李慢不同，李慢知道博士的分量，而且听得清清楚楚。那一天李慢最初也像所有人一样，见到雪白的杜眉医生眼睛骤然一亮，只是还没容李慢表现出赤裸裸垂涎的样子，他的眼睛又黯淡下来。李慢伤在女人身上，对女人没兴趣或者不如说心怀恐惧。李慢低下了头，不再想也不再看杜眉医生，他不需要女人，一辈子也不需要，他早已经死了。但就在他想象死亡时他听到了博士一词，这个词如同闪电照亮深海的沉积物，记忆一下子翻上来，有什么类似金属的东西亮了一下。博士？对，就是这个词。她是博士？刚刚毕业？他抬起头，眼里不再有女人只有博士一词。院长在介绍，杜眉医生是国内首批心理学博士，那么，就是说，博士已经诞生了？

居然还是女的，如此年轻，李慢几乎感到一种伤害，陷入深深的思索。当年，是的，假如当年——那是哪年，一九八四或一九八五？他是可以选择一条学术之路的，就像今天的杜眉医生一样。但是为什么没有？那一年谁都认为他会顺理成章走上学者之路，他虽然在班上无声无息，但谁都知道他的阅读量深不可测，那是专为他这种嗜书如命的人预备的看得见的坦途。

那时学位已在大学悄然兴起，研究生炙手可热，就是几年之后他仍不时动过考研的念头。但是他太骄傲了，大学那个样子他还要继续待下去？陈旧的教材，过时的教授导师，照本宣科，口水直流，他要成为他们的研究生？还不如他自己待在图书馆呢。如果仅仅为了留校，有一份所谓的象牙之塔的教职，就要忍受那些面孔模糊毫无己见者的几年折磨？老实说他根本用不着他们，他的视野早已超过他们。这是李慢内心的骄傲。就像当年放弃杂耍演员一样，李慢的骄傲无人知晓。这件事他同样没同倪维明老人商量过，老人这方面很保守，他根本不了解后来的大学，不了解那些所谓的教授，他的脑筋还停留在西南联大，甚至更早的北大，但是一切都已不同。李慢觉得有老人就够了，老人才是他唯一的导师。李慢的骄傲或者因为闭塞或者因为老人或者因为不问世事一直保存着，即使他的一些同学读完了硕士有的成为讲师有的又考取了博士，李慢仍坚持己见，不屑一顾，后来连想也不想他们。但是再后来呢？就出现了唐漓，是的，一切都从唐漓开始。如同生活的悖论，无论怎样躲闪还是与自己最不想相遇的人相遇了，并且身不由己，竟然成了007的读者、希区柯克的悬念，但是只有悬念，没有结局。作者消失了，好像书撕掉了结尾，一切都从这里中断，不再往前走了。他终日这样坐着，手托下巴，看着脚下的悬崖，有时能听到尖叫，有时听到笑声，有时还能看到影影绰绰漂浮或弯曲的影子，看到失火的羊群，无人驾驶的自行车，华表，城门在水中的倒影，清蒸鱼、茄子或卤水大肠，他要了一瓶啤酒，一盘花生米，等待一碗炒饭，先生，先生，是的，是的，我是记者，不，我不是，我是，不是，是，他飞了出去，飘飘荡荡，就像鱼或青蛙那样，青蛙在水中的样子就是他在天上的样子，像孙悟空，铁臂阿童木，妖怪，休得无理，老孙来啦！嚷什么，他听到一声大吼，但是等抬起头时李大头已继续他的喋喋不休了，好像什么也没发生，如同做梦一样。周围永远是一群奇形怪状的目光，虽然奇形怪状但表情是统一的，都围绕着一个人，总是这样，他不理解这些人，永远不解，但是熟悉他们，就像熟悉自己。他是他们中的一个，也认可自己是他们中的一个，他也同他们说话、吃饭、上操，参加悼念活动，手持早晨的鲜花，环绕深睡的人，有时也听李大头滔滔不绝，只要认真能听出讲的是什么，但是稍纵即逝。他可以做到和他们完全一样，但那好像又不是他，好像另有其人，好像他不是一个人而是两个人，他能同时看见一个不动的自己、一个活动的或倾听的自己，就像看电影一样。哪一个更靠近自己呢？他有时清楚，有时不清楚，有时坚信，那个思索的人才是真正的自己。比如现在，他知道他在思索博士一词，头脑异常清晰，想起自己的大学时代，他读过的那些书，那些可能与杜眉博士专业有关的书，他一本一本地回忆，一个人一个人地回忆，理清那些观点、表述、继承与发现，从休谟到弗洛伊德，到荣格、伽达默、皮亚杰、巴甫洛夫、格式塔、潘光旦、施蛰存、穆时英，甚至李金发，杜眉博士是否有这样广博的阅读还难说呢，他要会会这个女博士，尽管他对女人不感兴趣，但他对博士感兴趣，他的骄傲依然存在。他如愿以偿，一个阴雨绵绵的午后，他手提裤子跟着杜眉医生到了治疗室。

十三

到了简陋的治疗室，杜眉医生临时给了李慢一条绳子让李慢系在腰上，那时裤带还没发下来，李慢系上了，但仍习惯把手放在腰部，说到激动时甚至还要两手抓住裤带。把手放下。开始杜眉医生还总是打断李慢，李慢放下手，很不自在，继续大谈《精神分析引论》。每次打断，李慢都越发激动，以致有点口吃，后来发现还不如让他提着裤子，尽管仍是紧张的样子，但那是长期的习惯性的紧张，不影响思维。

通常心理治疗最怕病人不开口，诱导病人讲话是最关键环节，必要时要辅以催眠用点致幻剂一类的东西。李慢不用，非但不用，他滔滔不绝几乎不能使他停下。李慢除了手提裤子的动作，思路清晰，逻辑严密，完全像正常人一样，甚至比正常人还要清晰，当然这同样是典型的症状。那次谈话与其说是杜眉医生安排的，不如说是在李慢要求下进行的。治疗室刚刚筹建好，杜眉医生还要做些改造，但一次次查房李慢已显出急不可耐的样子，热切的目光实在让杜眉医生感动。有几次杜眉医生离开病房走到门口之际背后冷不防传来声音：你什么时候开始？或者：我有事要跟你讲。病人主动要求治疗这是好现象，而且听得出这个人好像懂点什么，病人中什么人都有，既要当他们是病人，也要当他们是各种各样的人，因此治疗不能仓促开始。杜眉医生调来李慢的病历，“偏执，焦虑，幻视幻听，大学本科，编辑，诗人，推销员”，这些同杜眉医生的印象基本相符，只是“推销员”是个疑问。这样的病人有基础，但从经验上看也可能更不好对付，他们有自己的一套，非常顽固，是一件极富挑战性和创造性的工作。

果不出所料，这个其貌不扬、身体矮小、头发长而稀疏的人，目光炯炯，一上来就开始谈他的专业，一口气说出了不下十本书的名字，还有一大串人名。杜眉医生后来告诉李慢，多数书和人名她都知道，但也有不知道的，比如那个李金发，她就从来没听说过。杜眉医生做了些准备，但是李慢实在太不起眼了，出于女性的本能她心目中的首选不是李慢，从哪方面说都不太想从李慢开始，说白了她不喜欢李慢的样子。

杜眉医生认真听着，从旁观察，偶尔插一两句，概括一下或总结一下，没有一味同意李慢的观点，但点到为止，同时也承认某种观点她不知道，没读到过。主要是李慢在说，但看上去像是两人平等地探讨与交流，李慢稍占上风，满足了李慢的表现欲。局面控制得相当成功，除了超出了规定时间，可以说恰到好处。那个下午，李慢手提裤子滔滔如长江水，眼看天色已晚，意犹未尽，杜眉医生几次提醒都无法中止。李慢憋的时间太长了，一肚子书本无处倾倒，这次全倒给杜眉医生了。如果不是后来有人来叫杜眉医生，那次谈话不定还要进行多久。

杜眉医生送李慢回房，李慢恋恋不舍，一手提着裤子一手还在比比画画说个没完，快到病房了，杜眉医生当时"啪"的一声打掉李慢的手，多难看呀，记住没有？这个动作应该说是亲昵的，加上那种责怪，只有女性或女医生做得出来，别小看这么一个小小的打手动作，它有点一石激起千层浪的味道。我之所以记得如此清楚，是因为至今一回忆起来手上仍能感到一种说不出的东西，那种东西从那一刻植入了我的内心，并触动了我久已沉寂的生命，使我几乎恢复了对女人的感受。那个晚上充满美好的回忆，整个谈话如此畅快淋漓，手背的筋脉一直在轻轻地跳，像有许多快乐的小虫子在上面舞蹈。那个晚上睡眠非常甜美，并且梦见了唐漓。

十四

李大头从杜眉医生那里回来的时候脸色灰暗，头顶上不多的茸毛好像都竖起来了，一进屋就先拿了一个骑马蹲裆式，目光直视，泪水横流，呼呼喘气。那一天我们记忆犹新，人们不知道发生了什么事。从没见过李大头这样，都吓坏了，直直地看着李大头。没人注意到李大头脖子上的铜哨没了，要是注意到了也就知道发生了什么事，或许也不至于那样害怕。我们都躲得远远的，有人吓得钻到了床底下，有人躲在别人身后。

通常李大头要是生了谁的气就是先拿一个骑马蹲裆式，当然不忘手提裤子，然后一跃到了房梁上，下来时就会有一个人就不知道飞到哪儿去了。我那时已恢复得不错，见李大头这样子就想偷偷溜出去喊一下杜眉医生，可是李大头的骑马蹲裆式正把着门，架势像是要收拾所有人，谁也别想跑。我正琢磨着，这当儿，也就是一眨眼工夫，李大头就挂在了高高的房梁上，不知道是用的旱地拔葱还是鲤鱼打挺。李大头头朝下脚朝上，犹如倒挂金钟一般。李大头的功夫大家都知道，可过去大抵也就是拿着架势在屋里疯走，顶多偶尔踢个旋子什么的，就是上了房梁也会立刻下来，从没见过还能挂在上面待住。我们哗啦哗啦鼓起掌来，虽然更多出于紧张和害怕，希望他高兴一点，别太生气了。李大头并不领情，“啪”的一口痰就射到了对面笑逐颜开者的脸上，我们立刻全都散开。

我叫来了杜眉医生，还有两三个男医生，把倒挂金钟的李大头团团围住，不管谁床上的被子抻下来就铺在了地上，怕李大头万一掉下来接着点。人们叫李大头下来，李大头不下来，扬言谁抱他下来就把谁踢出门外。医生护士也都知道李大头会武术，都看过武打片，霍元甲陈真金毛狮王一类，都知道一齐上去也不一定能抱得住李大头。男医生们发动我们，要我们准备好一起抱下李大头，但是被杜眉医生制止了。男医生们劝杜眉医生把铜哨还给李大头，他喜欢吹就让他吹吧，他们也都习惯他了。杜眉医生像没听见一样，走到李大头跟前对李大头说，我们刚才不是讲得很清楚了吗，你也同意转正，你答应得好好的是不是？

“噗”，李大头一口痰吐到杜眉医生的脸上，有人笑起来。杜眉医生没动，也没擦脸，脸上的痰颤颤悠悠往下掉。杜眉医生好像没感觉，继续对李大头说，这次体检结果证明，很多人都有耳鸣心颤幻视幻听，还有人长期遗床，这些都和你的哨声有关。你有工作意识，责任心强，我们考虑到了这些情况，把你转为正式职工，你可以做一些其他工作，我们现在是同事了，难道你不听院长的话吗？来吧，下来吧，这样会脑溢血的，听话，下来，自己下来，好吗？来，来，杜眉医生竟然伸出手抱住李大头。所有人紧张得大气不敢出，想不通杜眉医生如此镇定，更想不通的是李大头竟也慢慢抱住了杜眉医生，好像要下来的样子，只是到了最后一刻，人们才通过李大头直直的目光，发现李大头如此老实原来是盯上了杜眉医生白衣口袋里的铜哨。杜眉医生不知道，还在哄李大头，做思想工作。那时李大头已慢慢摸出铜哨，正当我们又紧张又奇怪之际，一声嘹亮的哨音响起，一吹冲天，响彻寰宇，与此同时李大头一个鹞子翻身，合着哨音轻声落地，没有一刻停留，冲过人群，撞倒三四个人跑出了房门。杜眉医生还有男医生追了出去，我们也要追出去，被管护人员拦在门内。我们虽然看不见李大头，但凭哨音的曲折远近，李大头显然高兴坏了，哨音飞快流转，飘飘荡荡，到后来就像鸽哨一样悦耳。我们不知道他后来去了哪里，从此没有回来，好像消失了一样。

十五

再次见到李大头就是那个叛乱的早晨。不能说李大头同叛乱有什么直接关系，因为叛乱发生后李大头才从树丛后面现出身来，不过据人所知至少和李慢有点关系。李慢是为数不多开始没有参与叛乱的人，但是李大头现身之后，李慢非常吃惊，一眼就认出那是李大头但又不像李大头，四不像，甚至像一个人的倒影。那时太阳刚刚升起，李大头胸前的铜哨熠熠闪光，好像擦得更亮了，但是除了铜哨不恰当地闪光，一切都像提示着一个人已经死去但还活着。李慢不知道什么地方出了问题，然后开始神思恍惚，不由自主与大家一起伸展起舞，说不出内心宣泄出一种什么东西，好像一场类似葬礼的感觉。是的，就是那一天，除了医生们，包括杜眉医生，所有参与叛乱的人都预感到李大头后来的死亡。当然预感仅仅是预感，预感从来都是事后的事情，当时李慢只是觉得有一种巨大的惯性把自己投入到一种模糊的时光之中。李慢说不上喜欢还是不喜欢李大头，或者事实上不喜欢，但李慢像所有人一样在那一刻无法不怀念李大头的音容笑貌、李大头的讲述，以及那该死的但现在回想起来又如此醉人的久违的哨声。李大头虽然不在了，但人们的许多习惯仍保留着，比如早晨的弹起、烧灼、抽搐，但抽搐之后却像竹篮打水，恍如隔世，再无应有的与之相应的恐惧感。甚至那时老鼠也一样，照例在房顶乱窜，窗棂也嗡嗡作响，四脚蛇依然翘起小尾巴准时聆听，就是说，一切过去的事物、场景都在，但却没了哨声，人去屋空，就像车已停住轮子还在空转，一切都变得似是而非，毫无意义。这种无意义的行为在见到李大头之后，犹如旧梦重温、回光返照，怎么不令人如醉如痴！杜眉医生并不真正了解李大头对人们的意义，李大头这棵老树被连根拔起，同时也暴露了别人脆弱的根须，它们是连在一起的。这种痛感李慢清楚，但当时也难以说清，难以解释自己的行为。李慢被叫到治疗室的时候，状态相当不好，仍处在一种临界状态，感觉又像回到从前。杜眉医生希望得到李慢的一些回答，李慢也希望杜眉医生拨开自己脑子里的迷雾，谈话十分困难。

你好好想想，你真的觉得需要李友贵吗？杜眉医生说。

我不知道，李慢说，我看到他心就乱了。

可是他没来之前你们就乱了。

我没有，李慢说，他不来我还能坚持。

坚持？什么叫坚持？

我不知道，说不出来。

你们想回到过去？

也不是，我说不清，你别问我了。

我现在需要你，只有你能帮我，你当时怎么心就乱了？

我觉得，好像是一场葬礼——

葬礼？！什么葬礼？

看到许多东西，乱七八糟的。

出现了许多幻象？

是是，许多，还有声音。

你能描述吗？

各种叫声，床，老鼠，窗户，马，冲锋号……

还有冲锋号？

还有乐队指挥，可是一会儿像乐队指挥，一会儿又像指挥官，好像电影《打击侵略者》，公路上有许多部队，使劲吹哨，乱成一团，坦克，汽车，鸟叫，还有笛子……

你认为所有人都像你一样吗？

我不知道，我觉得差不多，我们好像互相能看见大脑。

他们的脑子可能更黑暗，太可怕了。

是，你说得对，深不见底。

噩梦还在持续，不改变怎么能行呢！

杜眉医生深叹了一口气。作为博士和院长助理杜眉医生有一套完整的精神治疗理念，也有相当的权力。事实上她是带着研究任务下到基层病院的，带有博士后工作站性质。发给病人裤带是一项重大改革，至今没出现任何意外事件，显然是成功的，当然还要再看。将李友贵排除出病房受到一些阻力，事情有些复杂，主要是李友贵资格太老了，光李友贵历经的院长就不下七个，据说他的铜哨还是第二任院长颁发给他的。多少年来李友贵作为病房的核心，秩序的象征，功不可没，实际上是病院潜管理的根基之一。杜眉医生要终结李大头，引起上上下下的反对，院方认为就算不考虑李大头个人的历史功绩，从管理角度来说，病人没有一个中心将如何管理？谁能日夜守护病人？护士能代替病人的自我管理吗？李友贵实际上也是一级组织，人怎么能没组织？连正常人都需要组织，更遑论精神病人？反对的声音到了院长那里，杜眉医生说不通院长，最后不得不把课题方案拿出来，院长大人向上级咨询了有关情况，通过了调离李大头的方案，总的说来事情还算顺利。

你认为明天情况会怎样？杜眉医生问李慢。

我不知道。李慢说。

你觉得你会吗？

我现在觉得过去了，好像做梦一样。

我知道会有反复，没想到这么大的反复，连你也进去了。

我开始还行，就是李大头。

他有那么大魔力？

也不是，你能不能别让他穿蓝大褂儿了？

嗯，可以，你接着说。

可以穿白的，旧一点的白的。

好，听你的！李慢，你有比女人还直觉的心，非常准确，我也觉得他的蓝大褂哪儿那么别扭，他自己肯定也不喜欢，可都说不出来，你是对的，就让他穿白的，让他像个老医生，那样就舒服多了。

你应该读点诗，光有科学不行，诗会让你离上帝更近一些。

嗯，我相信，这个说法我听到过。

十六

杜眉医生的治疗室在高大排房（像马房）的最东端，外表看与别的病房或治疗室也没什么不同，木椽照例都露在外面，门窗没有上漆，年深日久自己着了色。看得出当年用的都是好料，绝对结实，多少年不变形，逃逸是不可能的。杜眉医生来之前这里是个杂物室，堆放着各种废弃的医疗器械，担架、轮椅、药瓶、针头、病号服、听诊器、棍棒、马桶、被褥，诸如此类的。房间清理起来相当困难，赶走了七条蛇、数不清的毛虫、蜈蚣、大蚂蚁，堵上了所有可能的虫洞、裂隙和窗户缝。杜眉医生要求清理顶棚，那里不知还藏着多少东西，结果顶棚拆掉了，上面打药、消毒、晾晒，尸横遍野，惨不忍睹。杜眉医生从小就有虫子恐惧症，来这家郊外病院不怕别的就怕那奇奇怪怪的虫子。内部整修工程量着实不小，重新吊了顶，抹了墙壁，铺了水泥地面，直到没有任何缝隙杜眉医生才放了心。杜眉医生没再要求更多的医疗设施，主要是不需要，或者她说出来院方也理解不了，只能靠自己办理。因此治疗室设施最初十分简陋，在人们看来谈话治疗就是谈话，一张桌子，几把椅子，加上纸和笔，也就够了。当然，多了一个白色屏风，这是医院的统一标志，尽管杜眉医生不需要，院长还是坚持让人搬来了。不仅如此，门口照例钉上了治疗室标牌，没过多久就被杜眉医生摘掉了。杜眉医生有自己的想法，实际上医院的东西她一样也不需要，只是治疗室刚落成不得不接受一些惯例，比如白色桌椅、医用屏风、病历、处方、血压计之类，虽然尽可能地减少，最初看上去治疗室仍是带有明显的医疗色彩。

变化是从杜眉医生慢慢把自己单身宿舍的用具以及生活饰品移到这里开始的。心理治疗或者谈话治疗不仅仅是谈话，首先需要一个谈话环境，一个生活化的场景，一个具有个性色彩的工作室，而不是通常的治疗室。李慢目睹了整个治疗室的变化过程，某种意义上治疗室的变迁过程也是李慢恢复的过程。现在的治疗室明亮而温暖，窗上有透明纱帘，几盆文竹构成人工植物环境，云一样展开的空间上总是挂着晶莹的水滴，室内分布着工作台、沙发、茶几、落地灯、电视机、音响，墙上有一些风景照片，杜眉医生自己拍的或者别人拍的。还有一些小幅油画。一架子书。一张有花色图案的折叠床，上面竟然还有一个咖啡色的绒布熊。一架飞机模型停在茶几上，就要起飞，呈示出一种银色金属的理性味道。现在除衣架上表明身份的白衣，房间里已看不到任何医疗特征，白衣是必要的。一切几乎都提示着这里是杜眉医生的私人空间，所有的感觉、每个细节都是精心而又随意设计的，对病人产生着复杂而微妙的影响。如果说杜眉医生在感觉处理上还有什么疏忽的话，那就是对李大头着装的处理上稍稍随意了，就是这一点点随意还是让李慢抓住了，杜眉医生不禁深深叹服李慢的直觉。李慢是对的，倘若李大头穿上白衣像个老中医情况可能会有相当不同。

此外，杜眉医生的书架上书还不够丰富，至少缺一本诗集。作为精神科医生杜眉医生不读诗怎么行呢？读一点诗特别是现代诗人的作品，有助于杜眉医生更直觉地进入细微的精神世界。风景当然很好，有助于精神的放松，但如果风景没有诗的介入就像画龙没有点睛，很难更深更准确地击中感觉世界。说起诗的功能李慢总是侃侃而谈，已经不止一次提醒杜眉医生读点诗，有一次一口气给杜眉医生背诵了《远与近》《稻草人》以及《观察乌鸦的十三种方式》，这些诗均出自现代人之手，文风怪异，如同呓语，弄得杜眉医生不知所云。

诗歌无疑是一种症状，这在李慢身上十分典型。杜眉医生经历了八十年代，怎么可能没读过诗呢？甚至她也曾在日记本上涂过鸦的。那些校园诗人也没少见过，通常都有不同程度的症状，几次实习也接触过若干个诗歌病人。杜眉医生知道诗歌的厉害，因此她更倾向于风景对心灵的作用。风景如同音乐，是流动的、无言的，同时也是诉说的，而诗歌则像是双刃剑，既是进入心灵的钥匙，又是心灵的迷宫，要么难以进入，要么进去又出不来了，得到入门钥匙不等于就有了出门钥匙。当然，李慢说的画龙点睛有道理，但也是危险的，诗歌的陡峭如同两颗站在无所凭依的山尖上的心，心有灵犀，不是一般人能达到的感觉，即使达到了也稍纵即逝难以驻留，之后仍是无穷的混沌。你可以认为诗是人类最后的说出与抵达，但总的来说得不偿失。而且杜眉医生本身也是一个害怕诗歌的人，这一点她十分清楚。

十七

杜眉医生为李慢准备了三张片子，那时秋风阵阵，天气转凉，李大头早已穿上了白大褂，偶尔还能听到树丛中他的哨声。早操已非常整齐，诸事进入轨道，杜眉医生心情愉快，在一个休息日专程为李慢拍了三张照片。杜眉医生是黑白摄影爱好者，从不拍彩色，对黑白的感觉十分到位，同时认为黑白片更具疗效。片子是夜景，月色与河流，多次曝光，明与暗的构图，显然使用了暗房技术，画面很美，光可鉴人，越往深处看内容越丰富，树影细密可见的同时，河流的亮色越发清纯幽远，月亮如同银盘挂在天上，呼应了某种“清泉石上流”的动感。

画与诗孰高孰低的争论到达·芬奇时才赢得重要一票，之前的画家通常要低诗人一等，而这个问题在中国古人那里好像从不存在，诗画同源，有什么可争的？但李慢仍然认为杜眉医生的摄影应该配上诗，比如李白、王维或李贺的诗，即使这样李慢的口吻还是稍显轻薄。李慢认为诗画再美也是古已有之，是对古人意境的重复，缺少创意，因此李慢看上去并没杜眉医生预期的激动。当然了，杜眉医生并没完全指望画面的动人效果，而是另有所期。

你不觉得这画面很熟悉吗？杜眉医生问李慢。

是呀，很熟悉，这是所有河流的抽象。

我不是问你这个，这是京密引水渠呀！

李慢显然有些激动，再次拿起照片。

杜眉医生说，你那次提到夜走京密引水渠之后我就想告诉你，我大三时也走过一次水渠，我们是几个要好的同学，从密云水库山里一直徒步走到颐和园的青龙桥，走了两天一夜，拍了许多水渠的照片，可惜当时没拍夜景，那时设备不行，拍不出那种效果。上星期回家路过水渠，月亮好极了，拍了整整一卷，这两张是最出色的，你怎么会看不出来？我是专为你拍的。不过我也得感谢你，让我得到这么好的三张片子。想起来了吗？

李慢一动不动，稀疏的额角筋脉鼓起来，非常陌生的样子。

不，我不记得了，这是你的水渠，不是我的。

你看这树，这岸，怎么不是呢？

我的月光不是这样，绝对不是这样！

是这样，李慢，就是这样。

绝对不是！

你还能再回忆一次吗？

为什么？

有些回忆需要重复，再试试好吗？

李慢端详照片，月如清泉，水像一个歌者，一种施洗。

是，李慢承认了，这也是我的水渠，李慢轻轻地说。谢谢你的照片，非常美，像一种舞蹈，一个人的歌唱，“海上生明月，天涯共此时”，非常遥远的歌声。我仍然能看到安全套，可它们像升起的生命一样，如同我的孩子。

说得非常好，李慢，你是个奇才，真的。

我喜欢这张照片。

我会送给你一张，你出院的时候。

我会吗？

当然会，你这么聪明。

李慢站起来，背对杜眉医生，又开始看墙上的风景。镜框做得非常考究，金属边框与宁静的黑白画面十分相称，一些大幅构图具有强烈而寂静的冲击力，让人不禁想走进画面，而一些小景如同心灵的不同角落包含着难以言传的记忆和秘密。

李慢转过身来，看着杜眉医生：我会好好活着，像司马迁那样活着。

噢，李慢，你可没那么严重。

司马迁是我们的传统。

那是两码事，你的器质没问题，你要相信自己。

我没什么相信不相信的，我已经想家了，想做些事。

你这样想就很好，我觉得你已经快走出自己，你还会有爱，也能爱，你的能力没问题，你读了那么多书，我一直没把你当病人你不觉得吗？

可我仍然是病人，我知道。

我知道你还恐惧什么，也非常理解，但是你要相信科学，你的器质没问题，这是解决问题的物理基础，这一点你相信吗？

有没有问题对我都无所谓了，我不会再想这个问题。

你是诗人，应该比我更懂得爱，爱是神奇的，爱会唤起爱，会让你战胜所有的恐惧，会让一个瘫痪病人重新站起来，白朗宁夫人的诗和故事你难道不知道？

那是对女人，爱从没使一个瘫痪的男人站起来。

但是，无论如何——

我可以问你一个问题吗？

可以，你说吧，只要我能够回答。

你已经在防护了，是不是知道我想问什么？

防护是人的本能，我也不例外。

我想我们年龄差不多，甚至你可能还比我大，我三十了，是吧？

是。比你大点。

你为什么没有成家？

爱就需要成家吗？

一般是这样吧。

你问了一个我无法回答的问题。

那就别回答了，我并不是真要你的回答。

我可以告诉你，杜眉医生沉默了下，我有过爱，就像你有过一样，可我没有你幸运，我们没接过一次吻，手都没碰一下他就消失了，事实上我们还没表白，但我知道我爱他，他也爱我。

消失了？

是。

怎么消失了？

你还要再问吗？杜眉医生冷冷地说。

对不起。

没关系。

他喜欢摄影？

是。

李慢再次转身，面向墙壁，似乎在寻找那个人的照片。

哪天我想到墙外面走走，可以吗？

墙外是条干河，今年来了点水，很美。杜眉医生淡淡地说。

你答应了？

还没有。

你不相信我？

我正考虑让所有人都到外面走走，我不知道能不能做到，这需要院长同意。

先拿我试试。

我考虑一下行吗？今天就到这儿吧。

李慢看着杜眉医生：对不起。

没关系。

十八

杜眉医生第一次表现出了冷漠，尽管是节制的。但对李慢的情绪影响很大。李慢并没要求杜眉医生一定谈自己的私生活，李慢只是想要反驳杜眉医生关于爱的理论，没想到触动了一段往事情结。杜眉医生真的可以不说，说了自己又难以控制，特别是最后几乎不欢而散。通常人把自己最隐秘的事情告诉别人有两种结果，一是拉近了两人的关系，一是反而疏远，进而心生反感。杜眉医生太想安慰李慢了，结果把自己的隐私搭进去，后来有点承受不住。医生不是神话，博士也不是，杜眉医生显然还不成熟，她不该勉强自己做办不到的事。最好的医患关系应该止于信任而非更进一步，杜眉医生无疑有违了心理治疗的基本原则。李慢了解这一准则，但也像杜眉医生一样事后才知道事情总是身不由己。杜眉医生第二天向李慢道歉，约李慢到治疗室再谈一次，李慢怕更深地卷入杜眉医生的往事情结婉言谢绝了。知道别人更多的秘密不一定是好事，除非是亲密无间的朋友。李慢已恢复得相当不错，思路清晰，心细如发。李慢也为自己那天的失礼道了歉，并希望杜眉医生考虑自己出院的可能。李慢这样说实际上反映了某种失望甚至不满，他自己可能不知道，但杜眉医生显然敏感意识到了，微妙的心理往往当事者迷，对方却洞若观火，事情就是这样有趣。杜眉医生明确表示李慢还不能出院，还要再观察一段时间。杜眉医生这样说时多少使用了女性的特殊身份，无形中化解了李慢的某种郁结。

杜眉医生有几天没来病房，早晨也没见到，这是从未有过的，李慢忍不住向别的医生打听杜眉医生，没有得到明确答复，只说这两天有别的事，李慢开始为杜眉医生担心起来。他想象不出杜眉医生有什么事，如果有事也是那天的事，似乎还没过去，李慢开始认真考虑杜眉医生仍然爱着一个已故男友的问题。那件事或许像唐漓对自己重要那样对杜眉医生也一样重要，有些事往往一石激起千层浪，甚至失去控制也未可知。李慢有点后悔没有接受杜眉医生那天的约请，也许那天杜眉医生会把一切讲明，显然是一段悲怆的生命过程。夜里的狗叫把李慢从一个噩梦中惊醒，李慢感到十分恐怖，不禁想起杜眉医生。后来回想起来那天夜里的狗叫的确事出有因，与杜眉医生有关。

李大头死了。杜眉医生一直在处理那件事。

李慢最初从杜眉医生嘴里听到这个消息，不禁长出了一口气，杜眉医生没出事就好，至于李大头的死李慢既没表现出惊讶也没表现出兴趣，好像这件事早就发生过了，李大头早就不存在了。李慢倒是对自己一个星期来的胡思乱想有些气馁，想来想去的结果竟是李大头死了，这事多少有点讽刺意味。或者自己还没完全恢复？还不能像常人那样思维？李慢这样想的时候杜眉医生讲了事情的经过，慢慢地才感到事情有些不对，乃至有些惊讶了，而且杜眉医生的神情上显然受到了某种刺激。从杜眉医生凌乱的疲惫的不断补充的叙述中，同时结合了自己的回忆，李慢大体得出了这样一个带有理想色彩的死亡过程：

那是个晴朗的日子，秋天这种日子很盛大，金风送爽，李大头面对满地金黄，差不多扫尽了那一天的落叶，扫得干干净净。李慢的记忆中有一天院区特别的干净，总是听到哗哗的声音，树叶不断落李大头不断扫，从上午到下午打扫声就没断，那么显然就应该是那一天了。傍晚风停了，树上还有许多金黄叶子，但是李大头不等了。为什么不等到秋天结束落叶尽收呢？或许因为考虑到蛇的缘故？他可以等，但蛇不能等，或者他和蛇都不能等也未可知。总之有些事情肯定商量过。李大头推着盛满落叶的手推车把落叶倒进了水疗旧址的池子里，加上几天前的叶子恰好也填满了池子，然后把手推车放回宿舍，没留下任何可能找到他的痕迹，拿了药，可能是当晚，也可能是第二天黎明——黎明是李大头喜欢的时辰，法医也难断定，姑且说是黎明时分吧，李大头钻入落叶，一直潜入到几米深的底部，吞食了多种药物，主要是冬眠灵，还有一点附近村子的农药，然后恒久地睡去。

找到李大头时已是五天之后，李大头显然不想让人找到他，但是狗找到了他，因此他的长眠不过四五天时间。李大头睡得非常安详，仰面，嘴里紧紧咬着擦得铿亮的铜哨，从这点来看应该是黎明时分安眠的。有七条或八条草蛇缠在他身上，其中一条盘在胸窝上，一条环绕在脖子上。当人们从他身上拿下这些蛇时，它们一动不动，非常柔软，眼睛也不睁一下。它们提早在李大头温暖的身体上进入了冬眠。如果它们明年春天醒来，说不准李大头也会醒来，这可真说不定。可李大头不可能等到明年春天，他没有权利睡在这里，尽管他认为这里非常隐蔽，并且适合他，但就算人找不到他狗也会找到他，并把他送入高温炉。他只浪漫地想到了蛇，想到他可能明年春天同蛇一同醒来，却没想到狗。

找到他可费了劲，杜眉医生说，不知道他去哪儿了，调出他近二十年前的档案，寻访他的家人，跑了许多地方，连他的原籍铁岭都去了，没有任何音信。李大头的父母都不在了，只找到了两个姐姐一个弟弟，听说李大头还活着非常吃惊，他们认为李大头早不在了，已断绝了十几年联系。不得已最后动用了三只警犬，本来也已不抱希望，结果竟然在水疗旧址翻出了李大头。当时看到他我简直快崩溃了，尤其是绕在他脖子上的蛇是一条很光亮的花蛇，我不知道那是响尾蛇还是蝮蛇，我从没见过蛇，那蛇的尾巴还翘着，一动不动，不知道是一直翘着还是听到动静才翘起来，眼睛也不睁，好像做梦一样，非常恐怖。

十九

还不如别找到他，就让他那样多好。

是呀，我当时也那么想来着。

他不想让人找到他。

那样大家都好。

我这么说可以，你不能这么说。

我怎么不能？

你是医生。

上帝……谢谢你提醒我。

杜眉医生如此软弱，以至于李慢升起了某种自豪感。杜眉医生需要心理援助，应该让她把软弱都说出来。显然李大头之死杜眉医生负有某种责任，甚至说不定在别人看来是一场医疗事故。即使别人不说什么，这事仍与杜眉医生有关。李大头究竟算是管理人员还是病人？这在当初实际上难以界定，如果李大头仍是病人，那么当初剥夺李大头病人的权利连带其他的职能就成为李大头致死的原因。李慢思路异常清晰，这种清晰让他自己也多少感到惊讶。但是实际上这种思路早就在那场叛乱发生时就潜在产生了，葬礼都举行了，那时李慢就对李大头产生了某种同情，同时对杜眉医生生出了某种模糊不清的不满。那么，杜眉医生为什么执意要剥夺李大头的各种权利，以致非要李大头离开不行呢？显然，至少对李大头个人杜眉医生存在着某种偏执。是的，偏执。每个人身上都有偏执，只是程度不同，只是有人仍在工作，有人被工作，实际上大家都需要工作或被工作。李慢几乎有些得意，杜眉医生尽管撑着，但是看得出来淤积许多天的疲惫让她身心交瘁，她需要倾诉。

在我看来，李慢说，看了一眼衣架上的白衣，好像自己就要穿上似的，事情早就发生过了，你还记得那天的早操吗？差不多那就是他的葬礼。

杜眉医生眼睛在眼镜片后闪了一下。

你们一直怀念他？

也不是，怀念早过去了。

你认为这件事对你们不会有影响？

我想不会，不会有第二次葬礼，现在都习惯了，都知道早晚有一天要回到正常的生活，大家都等着你说的电视呢。

你这么说我很高兴，我最担心的就是你们。

但不是没有问题。

你说。

你对李大头和对我们好像不一样。

是。你说对了。

为什么？

他不是病人。

我觉得仍然是。

杜眉医生脸红了，这里的逻辑关系很明显，李慢指出了杜眉医生隐秘的自己不愿承认的焦虑。很多人的内心都有不愿承认的东西，一定程度的隐匿是一种防护，但有些是无法隐匿的，它们在控制你，在起作用，作为精神医生就是要试图进入它们并缓释它们，病人通常既敞开又关闭。李慢缺乏技术，过于简单，此外也有点急于显示自己，占有某种精神高度。李慢说——甚至有点得意：

承认他是病人也没什么。他那样死已不可能否认他是病人，某种程度你确实忽略了他的感受，你认为安排他转正已经很不错了，实际上你在以此逃避对李大头的厌恶。你一来就看不惯他，他的样子也让你不喜欢，哨声让你觉得不可理喻，他身上集中了某种东西，同你的观念格格不入。你厌恶他实际上是在厌恶另外一种东西，也就是说，超出了李大头本人。我说得对吧？

李慢，现在你像个医生。

我说得对不对？

对，李慢，你说得一点不错，说到我的症结上了。你不说我还不能完全意识我对他的厌恶，我是说严重的程度，我的不满集中在了他身上。我实在讨厌他身上的气味，他算什么呀，也那么迷恋权力，咬住权力不放，他死的时候还紧紧咬住铜哨，两腮鼓鼓的，因为丧失，至死不渝。

他的权力是荒谬的，你的权力是正义的，是吗？

你怎么能把我同他相提并论？

本质是一样的，只是你有名义，他没有。

你怎么能这么说，真是奇谈怪论！

你的名义是为了我们，或者说为了人道，这两个名义使你认为自己绝对正确，绝对的正确意味绝对的权力，这两样东西实际上都是很可疑的，当你以正义的权力剥夺荒谬权力的时候，你是不是从来就没怀疑过自己的正确性？

我当然认为自己是正确的。

但是他是病人，而你已超出了医生的权力。

我是院长助理。

我在谈医生的权力。

那么你认为应该继续他对你们离奇的统治？

如果继续那就是你的失职，就像别人一样。

那你说怎么做才对？

怎么做都不对，事情已经铸成了，李大头是个怪胎但本身是无辜的，你要么伤害李大头，要么伤害我们。但问题还不在这里，问题在于你要勇于承担，当你怎么做都是错的时候，你应该预先对你的正确性、你的选择保持应有的怀疑，你不是绝对正确的，因此对李大头也没有绝对的权力。

我怎么觉得你像是在给我讲哲学？

我学的就是哲学，哲学是一切科学的科学。

我想我明白你的意思。

所以，当你不认为自己是绝对正确的时候，事实上任何结果都是可以接受的。李大头死了，你既没做错什么，也没做对什么，这就是事情的本来面目。

好了，我懂了，谢谢你。

我还称职吗？

简直是可怕的称职，你可不能当医生，会把人搞得更糊涂。

你不是明白了吗？

我明白是我明白，可太不容易了，听上去像一种宗教。

你明白就行了。院里有什么压力吗？

有些说法，不过我不在乎，主要是我自己心里过不去。

现在好点了吗？

好多了，不过想起他那样子，还是……

感觉别扭，是吧？

说不出来，算了，不说他了。

二十

一个训练有素、习惯得到正确答案的人，无疑是一个理想主义者。让理想主义者接受怀疑哲学是困难的，甚至是不可能的，即使杜眉医生这样的博士能够理解一种形而上的怀疑与虚无，但仍不能接受没有明确结论的事实。杜眉医生的知识体系已经定型，按照她的训练理念她认为自己的选择是无可挑剔的，面对荒谬怎么能不将其剥离呢？但同样的，李大头死的阴影却怎么也摆脱不了。她的工作凭着一种热情，热情来自一种理想，理想来自多年受训的理念，要是接受李慢的观点，她的工作还有什么意义？为何还要到这荒郊野外来？李慢的观点可以解决李大头的问题，但也引申出更可怕的问题，她将无法再凭信念工作。她是科学工作者，不是哲学家，更不是神学家，她不能接受怎么做都是错的事实。可是李大头到底怎么办呢？

而且这样一来，对李慢她也没把握了。她真的能治好李慢吗？

她原来的优势都哪儿去了？如果李慢过去是一个还看得清的深渊，那么她穿越了，但穿越之后发现了更大的深渊，不仅无法穿越，甚至有将自己投入进去的危险，那样她的分裂可能比李慢还要严重，简直无法想象。因此当她履约带着李慢来到户外时，心情反而越发沉重了。当然了，她现在毕竟还是医生，李慢看起来情况越来越好，她不能影响李慢，李慢毕竟无论从哪方面看都是她骄人的成果，至少看起来如此。最近她的脑子真是有点乱，瞧，李慢一出来多快乐呀。

李慢当时不知道杜眉医生的心情，仍沉浸在那天给杜眉医生上课的快乐之中。他认为杜眉医生的问题解决了，道理并不复杂，很简单。他要到大墙外面看看干河，看看世界，世界久违了。他穿上杜眉医生的女式风衣，蛮合适的，头发在风中扬起，有点不伦不类，像马戏团的小丑。正是晚秋时节，院墙矗立，树木萧疏，寒露过后，满地金黄，院区呈现出少有的高贵的黄，只是树已经空落，与大地的颜色不成比例，如同李慢飘扬的头发。李慢一眼就瞄上一处被落叶和藤萝覆盖的废墟，尽管杜眉医生事实上已经有意绕开了，但李慢还是断定那里就是水疗旧址。

去看看。李慢兴奋地叫起来。

杜眉医生无奈，根本控制不了始终兴致勃勃的李慢。

穿过一小片树丛，差不多到了围墙之下。废墟因为爬满藤萝实际上并不明显，远远看去几乎像一组植物雕塑，只有走近了才能看见内部依稀的格局。锈蚀的水管裸露在砖头瓦块之中，偶尔还能看见一两个不成样子的喷头，几个大小不一的池子形状最明显，有的像墓穴，有的呈正方形，还能看到水泥台阶。断墙上一些空洞的门窗还在，风大时落叶无疑会穿来穿去，并伴有吼声，但是藤萝使得一切并不可怕。尽管如此，杜眉医生还是以蛇为理由拒绝进入，只在外面等着。

李慢说，蛇都冬眠了你还怕什么。

李慢独自走进去。李大头还真会找地方，因为他的睡眠，这里好像成了他的古老的陵地，就算像是无数次被盗过，已无任何宝物，但风骨犹存。李慢不知道李大头睡的是哪一个池子，按照王陵寝宫的布局当然是最大的池子，旁边的应是后妃一类的配棺。落叶如同元宝，而与蛇共舞或以蛇殉葬李慢还从未听说过，只是听说寻常人家墓葬多年后常会有蛇盘踞于骷髅之上，最棒的蟋蟀像王那样住在白色骷髅的嘴里，由上面的蛇守护着，谁要是弄到这样的蟋蟀也会像王一样称雄天下，至少打败十五条街没问题。中山公园的蟋蟀从来不行，都是土鳖，没人要的，必须到乡下去，越远的乡下抓回来的蟋蟀才越厉害。最好就是到坟地里去，这可不是一般人敢去的，能吓死人。这些李慢从来没玩过，甚至很少看过，只是听说而已，没抓过一个蟋蟀，但他又是多么熟悉这一切。现实正像历史一样，是说出来的，所谓亲历更多是语言意义上的，事实是仅仅经历过一个时代的语言你差不多就等于经历了一切。

里面就像宫殿，李慢钻出藤萝说，蛐蛐儿一定很棒。

杜眉医生不知李慢何出此言，什么宫殿蛐蛐儿的，你说什么呢？

李大头可真会找地方，他以为自己是被废黜的国王。

这些话在杜眉医生听来有点颠三倒四。

李慢，你看到了什么？

宫殿、骷髅和蛐蛐，国王嘴里的，李慢几乎模仿着哈姆雷特的口吻。你们把他出土的时间太早了，才五天时间，连梦还没做完，要是十年以后我保证他能风行一时，可以出国参赛。你别这样看着我，我说的是真的，被蛇守护的蛐蛐儿绝对是不出世的高手，你小时候没听说过坟里的蛐蛐儿是最棒的？女孩子也应该听说过。

是的，我听说过，小时我还捉过蛐蛐儿。

真的？你比我还强，我都没捉过。

可你说了半天，和蛐蛐儿有什么关系？

你不觉得这里像一座陵寝？

上帝！杜眉医生几乎叫了起来，因为这么一说确实像。

不对称，柔软，像高第的设计。

高第是谁？杜眉医生问。

一个法国现代建筑师，他的建筑思想是适度扭曲传统的几何关系，师法自然，一座建筑就像一条河流，像自然物。

杜眉医生从没这样打量过这个废墟，让李慢这样一卖弄还真要重新审视了。有那么点意思，但李慢显然有点夸张了，一种活跃的联想表明一种健康的心理，但太活跃了过犹不及，甚至也是一种症状。不过联想也有不同，一种是快乐引起的，一种是不安引起的，现在李慢显然属于前者。

你不要怕，没什么，李大头除了自己帝王的梦他不会怪任何人的，要怪也是怪你们把他出土得太早了，这样一来他还真算不上文物了。

你今天怎么净胡说八道，我看有点中邪。

嗯，这里邪气是挺重的，算了，老李，拜拜。

你瞎叫什么，真讨厌。

二十一

打开大墙角门的那一刻，就像打开仓门，阳光如注，顷刻流入，明晃晃仿佛来到另一个世界。干河没有水，一滴也没有，一览无余，如同史前的陈列，在阳光下裸露出全部的时间与水文的秘密。事实上身后的高墙由于干河的映照，同样也像史前建筑，角门洞开，透露里面空无一人。

杜眉医生穿着白大褂，但是没戴帽子，直发与浅色眼镜使她不像医生，像个军人。李慢的女式风衣很漂亮，满脸的太阳光，头皮屑闪闪发亮，光照太强了，以致他的脸上正在迅速出现某种盐碱的痕迹。他们走着，来到岸边，不是情人，也不像医生和患者，在这深秋辽阔如火焰的干河上，他们像一种混合的类似科幻的东西，杜眉医生像未来战士，李慢像最后的遗存。

风景很美，几乎有点像火星。

杜眉医生带了相机，准备为李慢拍几张照片，找了许多角度都不满意。她想为李慢拍得像样一点，但是怎么看对画面来说都是多余。李慢穿着自己的风衣，当时只考虑了天气却没考虑到拍照，这么拍简直有点开玩笑。要不让李慢脱了？算了。李慢稀落的头发要么再长点，可以扎起来，像个艺术家，要么再短点，有着男人的简洁，也与风衣相一致，现在不长不短，不伦不类，既坏了风景也坏了风衣。不得已，杜眉医生把景深拉到最大限度，尽量淡化李慢，但还是不行。

李慢根本没注意到杜眉医生的为难，凝神看着远方。

嘿，看什么呢，还没看够？杜眉医生走来。

看水。你不是说有水吗，怎么一点没有？

又干了呗，就下雨那点水。

羊没有水喝，草也不吃。

羊？哪来的羊？

远处，羊群静卧在一处河洲上，杜眉医生不是没看到过，早看到了，但是把它们与天边的云混淆了，让李慢一说，定睛一看，吓了杜眉医生一跳。真是羊！竟然都那样安静地卧着，一动不动。足有上百只，形态各异，高高低低，不像生命，像一组雪白的浮雕。风吹它们不动，云走它们不动，不是绵羊，是那种有角的山羊。没有牧羊人，没有水源，寂静得简直恐怖，不像是真的羊。

杜眉医生按了十几次快门，然后把带长焦镜头的相机给了李慢。

你在这里面看看，简直恐怖。

李慢看了一下把相机还给杜眉医生。

它们好像有什么事。

真奇怪，我怎么从来没来过？

不是在等我吧？

你胡说什么。

不像是抗议，就是沉默。

羊就这样。

可是我们不该想想什么吗？

你别瞎想了，我们过去看看。

不不，别动。

李慢这样一说，杜眉医生感到了不妙，李慢被羊吸引住了。今天真是的，怎么碰到这么一群该死的羊，他们时间有限，这样等下去等到什么时候。杜眉医生开始仔细寻找牧羊人，那家伙不好好放羊跑哪儿去了？极目远望，没有一个人，连一个草窝棚也没有，树上也没有，干河像火一样燃烧，云不断溶入天空又不断从远树后涌起。又过了一会儿，杜眉医生说：

李慢，给我留张影吧，现在光线最好了。

李慢接过照相机，依然茫然。杜眉医生手把手教李慢，光圈，速度，调焦，逆光拍摄，李慢让杜眉医生全都弄好，他只按快门就行了，杜眉医生说很简单，又重复了一遍刚才说的。李慢端起相机，杜眉医生退后，摘掉眼镜，两手插兜，以大墙为背景，闪开角门，让李慢一定要把角门取进去。镜头中的杜眉医生姿态非常好，微笑，不用摆姿势就很天然，特别是稍稍含着的下巴，非常动人。李慢照的是中景，接着又自作主张拉了一张近景。李慢问杜眉医生还要照吗，杜眉医生说想照你就照吧，然后稍稍侧了一下身，仍然微笑，李慢又拍了两张，然后挪动了自己，开始再次取景。院墙下一条土路沿河伸向远方，大墙的藤萝始终那么茂盛，金黄金黄的，一直爬到了铁丝网的上端，要是没铁丝网多好，藤萝为什么不再爬高点呢，好像突然就止步不前了，不过也几乎看不出什么了。李慢暂时忘记了羊群，至少已从某种感觉中走出，杜眉医生让他回到了人间，她的微笑那样美，感人。

瞧，羊动了，李慢，羊动了。杜眉医生叫道。

李慢转过身，羊果真都站起来，竟然还站起一个人。

杜眉医生小跑着过来，他们站在河岸上。

他们明白了，牧羊人一直躺在羊群之中，是个老人，或许不太老，一个中年农民，戴着草帽，并没高出羊群许多。羊群围着老人缓慢地走下河洲，背对着他们进入弯曲荒芜的河道，渐渐盈满了。老人走在中部，如此孤独的睡眠之后，又是如此孤独的行走，根本没在意岸上的杜眉医生和李慢，看也没看。

没有拍照，谁都没有，不是忘了，实在是心无旁骛。

太美了。杜眉医生轻声说，恐怕惊动了什么。

它们谁更孤独？杜眉医生浪漫地说。

我觉得不是孤独，李慢说，它们与世界无关。

嗯，对，是这样，不过这是我们的感觉，它们不一定。

你怎么能把我们和它们分开呢？

我们是旁观者。

我不觉得是。

李慢，你别太沉溺了。走吧，我们也下去走走，还有许多好的景致。

他们下到河底，亲临了平沙，秋草，河洲，红色的苇丛，马蹄形干涸的水洼，某棵孤零零的榆树，羊群消失的地方。的确，又是一番不同的景致，大自然的细节同样值得一看，但是真正打动李慢并挥之不去的还是那静卧与远行的羊群。

二十二

李慢从干河回来一直在思索一个问题，那些羊与干河究竟什么关系？还有那个牧羊人，他卧在羊群中真的是在睡觉吗？不是睡觉那他在想什么？就算真的像后来杜眉医生说的那样，他也许在计算那些羊的价值，是的，就算这样，就能减低他和那些羊的意义吗？或许因为在蓝天下，那样的计算更有意义。那仍然是一种简单与超越，单纯与永恒。就像这干河，没有了水仍是一条河，没人否认它是一条河。

病房新添了电视，正上演《渴望》，一个离奇又不知所云的连续剧。过去是李大头讲，现在是电视在讲，没什么不同，只是人们更加如醉如痴。这种剧比起浮雕似的羊群、戴草帽的牧羊人、杜眉医生的微笑，算得了什么呢？还不如李大头重复的故事，因为重复已不构成干扰，可以一动不动沉浸于往事与回忆。一个人如果完全可以依赖内心生活就不需别的生活，就像一个老人或中年人可以依赖羊生活就不需要别的世界。李慢曾经梦想过类似的生活，一个人和图书馆的书过一生，这与牧羊人没什么区别，但是不成，没这个机缘，认识倪维明老人也不成。出院的日子已为期不远，他走过了最黑暗的路程，但是出院以后怎样呢？一个人天高野阔，守着一大群羊，并不孤独，他能拥有类似的生活吗？杜眉医生说出院后不要离群索居，让他试着回父母家住一段，这是不可能的，那不如待在这里。他说，他就想一个人，他不会再出问题，他还会继续找工作。杜眉医生说工作倒不是大问题，情况现在好多了，主要是不能长期一个人；她会帮他找些暂时性的事做，比如校对辞典或百科全书，她有这方面关系，那里很需要某类人才，对他的院后生活也十分合适。

杜眉医生，一个敬业而又善良的人，从人性深处给人以信心。有一些框框，但是职业使然，是必要的，同时在框框中达到了人性的丰富与宽广。杜眉医生是怎样炼成的呢？因为她的男友？对生命的珍视？或者她有宗教背景？但她的父亲是个法官，母亲是外科医生，都与宗教无关。难道是与生俱来？不，从没有与生俱来的事物。要么就是科学？但科学似乎从来都是冷冰冰的。不是科学给她以温暖，是她融化了科学，她给科学带来了什么。那么她究竟源自何方呢？还得回到她的男友，那是一个封闭的世界，自从上次涉及后杜眉医生再未提及，李慢也没敢再问。那是一个怎样神秘的男友？也许是相当完美的，也许是她赋予了他完美，在他死后。也许她是一种变态？一种巨大的虚幻？不然何以那次她为什么突然关闭了什么，以致表现得异乎寻常？那以后他再未见到她那种平静而又紧张的表情。总之，她有一个不对人打开的世界，但倘若她真的有什么情结，她又怎能做到始终如一的敬业？那是不可能的，即使她是这方面的专家也不可能，除非工作成为她的宗教。

某种意义上杜眉医生也是个谜，没人能真正解开这个谜。

想想她的微笑，那种阳光中的微笑，几乎像少女，那一刻他的确有点迷幻，以至于暂时忘记了自己，也忘记了那片惊心动魄静默的羊群，那灿烂的笑人间罕有，只是不常出现，甚至只是一种存在于蝉翼光线上的瞬间。那又怎样理解杜眉医生呢？人间存在着美，美得让人绝望，心灰意冷，因为那种美实在是太虚幻了。所以，只要内心震颤了，一切都无可留恋。

第一场雪过后，父亲和姐姐已来过，出院的日子定下来。李慢希望家人不要再来了，他自己回家，这事稍有争执，父亲不同意，姐姐怀疑李慢是否真的好了。杜眉医生不同意李慢自己回去，但也再次介绍了李慢的康复情况。那么，李慢说，我既然已经康复，为什么不能自己出院？如果我能回家真的回到了家这不是一种证明吗？如果我不能自己回家那就是我还应继续住下去。父亲同意了，知子莫若父。不过还要你母亲同意，父亲说。家里刚刚装了电话，父亲让姐姐把电话号码抄下来，交给了李慢，意思让李慢打电话。事情很顺利，李慢新年出院，先回自己的家，然后看望父母大人，像以前一样。李慢给母亲的电话稍费了点口舌，李慢完全可以承受，甚至电话里同母亲开了玩笑，让母亲只当儿子从老山前线回来。

杜眉医生就在旁边，完了杜眉医生笑道，老山，那都哪年的事了？

这是我们经历的唯一一次战争，李慢说。

他们聊起徐良、英模报告团、《血染的风采》，他们共同的记忆。

> 也许我告别，将不再回来，
> 你是否理解你是否明白？
> 也许我倒下，将不再起来，
> 你是否还要永久地期待？
> 如果是这样，你不要悲哀，
> 共和国的旗帜上——
> 有我们血染的风采。

那年中央电视台春节晚会，英雄徐良着绿色戎装，挂金质奖章，坐在特制轮椅上，缺了一条腿，但腰板笔直，目光坚毅，面色白俊，英气勃发，站在他身后的是双手推着轮椅的温柔美丽的董文华。二人共同高歌一曲《血染的风采》。董文华是舞台上流光溢彩的歌星，徐良是战争里钢筋铁骨的军人，他们像真的一样，扮演了一对生死情侣，令全国人民动容。那时还有不会唱这支歌的吗？

或许某种移情（哪怕荒诞）已被记忆表达过，他们后来的告别平淡无奇。年根前雪没再下一场，前些时的那场已了无痕迹，已完全是冬天景象，一片浑黄。杜眉医生为李慢做了最后的体检，拿足了药，仔细吩咐一次服量以及怎样服法，何种情况可以多服一些，哪些需要长服，哪些视身体情况少服或不服，一些日常注意事项，辞书出版社的联系人、电话、地址，甚至工作方式。可以在家，也可以到出版社，最好到出版社，不要离群索居，那边会有校对人员的工作室，中午有盒饭，等等。

杜眉医生要送李慢到长途车站，李慢坚决拒绝了。李慢原想从角门出去，沿河岸走向公路，但又怕杜眉医生送，只好作罢，走了临街的大门。在大门口他与杜眉医生拥抱了一下，杜眉医生稍感意外，欣然接受。李慢要杜眉医生就此止步，一步也不要再送，然后迈开大步向大路走去。直到走出很远，上了大桥才回头看了一眼，院门前空无一人，这是他希望的。终于一个人了，他甚至奔跑起来，顶着朦胧的太阳，没有坐车，一直大步走着。

现在我还能想象那时走路的姿态，非常健康，甚至过于健康了。的确，直到现在，那是我最健康的一天，那时我头发稀疏但还没有谢顶，可以说依然年轻。

午　门

1

他们在山洞发现了秘密，波罗举着打火机，马格看到地上的酒瓶了、罐头盒、口巾，口巾上面印有女人唇印。没再发现更多东西。他们沿平原铁路走了一天，铁路进山，隧道拦住了他们的去路。隧道上标明：隧道危险，禁止通行。他们徒步去八达岭的计划落空了。

他们都只有十五岁，住圆明园一带，差不多在铁路边上长大，但火车除了经常在一些路口比如四道口五道口拦截他们，与他们无关。他们追火车，扔石头，向火车吐痰，大吼大叫。或者沿铁路疯跑、捉迷藏，用一整天时间像麻雀似的从圆明园铁路一直追逐到城里的西直门。没人沿铁路穿越这个庞大如迷宫的城市，但这是可能的。他们不知自己做了什么。

圆明园后一个轮椅上的老人告诉他们，沿这条铁路可以通往八达岭。他们想去八达岭，把想法告诉了老人。老人称他们年轻人。他们常在这里碰上老人，有时帮老人跨过铁路，然后再把老人送回。手摇轮椅是无法跨越铁路的，没有一次他们丢下老人不管。老人祝他们顺利，希望他们看到詹天佑的铜像。那时他们还不知道詹天佑是谁，没太往心里去。很多年后马格回忆这个老人，老人也姓詹，大概是詹天佑什么后人。

他们在山洞度过了难忘的一夜，趴在洞口看天空。

波罗打火点烟，忽然叫了一声：马格，你看，那是什么？一个漂亮的化妆盒。几乎踩在马格脚下。马格低头捡起来，打开，唇膏、眉笔、小镜子以及一张女人的彩色裸照映入他们的眼帘。女人目光迷离、放荡，以一种原始的坐姿袒露出平时女人隐秘的一切。他们看呆了，波罗忽然大叫一声，打火机就扔了出去。打火机可不是手电或蜡烛，差点就烧爆了。这下急坏了他们。他们还没看清女人长的什么模样，光顾看下边了。满地找打火机，波罗突然说摸到了一只避孕套，马格不信，波罗扔在了马格脖子上，冰凉冰凉的，马格骂波罗。谢天谢地，总算找到了打火机。

他们有事可干了，隔一会就打火看一次女人，看清了女人的面孔。一年以后波罗硬说在北京站看见了那个女人，说那女人与一大群男男女女在一起，好像一个什么电视剧组。波罗十五岁，波罗已知道的很多，那个山洞之夜，波罗像老手似的谈女孩，谈她们隐秘的器官，他们神魂飘荡，满脑子女人的私处。他们不太知道月经是怎么回事，波罗的说法是她们想男人的缘故。马格信以为真，想象着经血，当黎明的曙色照在山洞他们的身体上，他们几乎同时都在梦遗。他们拥有了那个女人。

马格再次出现在铁路上是两年以后的事，此时他已十七岁了，他去接波罗。波罗被关在了南城。他从一处老铁路桥上进入南城铁路，南城的铁路让他惊讶，与北城铁路完全不同，东便门应算是市中心，距离长安街咫尺之遥，能看见长富宫和凯莱，距故宫也不过两三公里，但这里如此破败、荒芜，两侧是仓库、污水、旧城墙、窝棚、废弃的工厂，感觉不像上个世纪的时光。路轨过度闪光，1910 年的麻雀在飞翔。

不时有列车从马格身边驶过，马格停下来，注视火车。一些就要到站的乘客出于好奇伸出脑袋看他，有人扔给了他一瓶矿泉水，他接住，空的，空的他也喝，还有点余根儿，喝完扔向天空。正午时分，他过了永定门桥来到南滨河路上，看到 17 路公共汽车站牌子。上次他接波罗出来就是在这里下的车，看见了这条铁路。那次他对波罗说，要是他再进去，他要沿这条铁路走着来接他。波罗说，不会再有下次了。唉，怎么可能呢。

2

马格在看守所见到了波罗。波罗还是老样子，剃了头显得有点滑稽，不伦不类。十五天的拘留，他目光黯淡，甚至有点苍老，而他不过十七岁。波罗头大，脸不平整，软头发，那年《东方快车谋杀案》一散场，波罗原来的名字就在班里消失了，都说他像，声音，腔调，他原来的名字就这么消失了。

办妥了必要的手续，马格与波罗走出看守所大门。

天很脏。灰。阳光落不到地面，但仍以一种混合的光感刺痛着眼睛。

像上次一样，他们走进了那家街边酒馆。吃，喝，这毫无疑问。

酒馆简陋，昏暗，烟雾腾腾，所有的面孔都模糊不清，骂，划拳，尖叫，女人哭，混乱不堪。生意不错。酒馆是看守所三产，至少幕后是他们，在这里迎来送往，有的人刚出来，喝高了又进去了，挺方便的。

酒几乎从眼睛里流出，让女人害怕。

“怎么样，这次挨打了么？”马格吐了口烟圈儿。

“肯定的，那还用说。”波罗转动着酒杯。

“记住打你那几个小子了么？”

“记住了，不过，都成了朋友。”

烟卷扩展到波罗的大脑袋上，波罗像戴了头盔，挺虚拟的。

“还有钱吗，要不要我救济你一下？”

“得了，你那两子儿，”波罗说，“还是等我救济你吧，我是干什么的。”

“你不刚出来么。”马格咳嗽起来，烟吸进了肺里。

马格不会抽烟，但波罗每次抽烟马格都要拿过撮几口，吐几个烟圈儿，他已经能三四个了。马格咳得厉害。

“你丫不会抽别瞎抽了。”波罗拿下马格的烟。

“我去看过雁子，”马格说，“还行，她没饿着，也没怎么逃学。”

“你给她钱了？”

“我们几个凑了点儿，不光是我的。”

波罗没说话。过了会儿波罗问：“你从铁路走来的？”

“当然，像你，我说到做到，待会儿跟我走回去？”

“你丫真他妈有病。”

他们碰了一下杯。波罗两眼通红。

八达岭之行后不久波罗的爹妈就拜拜了，波罗跟着父亲，父亲去了南方一直没音信。母亲与那个让波罗父亲戴绿帽子的家伙在一起。雁子受到那家伙的骚扰，告诉了波罗，波罗一听就炸了，带人到了母亲家，认真整治了那浑蛋一顿。波罗说，他们的打火机点着了那家伙的胸毛，“我妈疯了似的一头撞过来，我捆起了她，毛巾堵了她的嘴，要不是后来我妈给我跪下，我非报废了那浑蛋，让丫上床，让窗户吧。”

波罗离开学校，倒火车票为生，雁子现在跟着他。

“雁子还就听你的，”波罗说，“你在学校帮我看着点儿她。”

“没问题，你放心吧，谁招她我折了他。”

“你别，我来，你告我谁就行了。”

马格给波罗倒酒，二锅头已下去了一半，主要是波罗喝的。

“你怎么样了？”波罗问马格。

“还那样，没什么结果。”马格说。

“你也是，”波罗说，“管他是不是你父亲，他不没说不是你父亲吗？没说你先用着他不结了，等你丫上了大学，出了国，管丫谁谁呢。你别不知足了，我要有你的条件，得美死了。你瞧我爹妈，那俩牲口，就知道钱和别人干逼，我都想宰了他们！你别生在福中不知福了。”

“你大爷！谁生在福中不知福了。”

“那你管他呢，碍你什么事了？”

“我也倒票去吧，”马格打岔，“我不信我能被抓着。”

“你丫这可是真话？”波罗晃着大脑袋。

“真的，真的。”

“得了吧，甭跟我说山了，要不咱俩换，我去你们家？”

“行，你去，我同意。”

“你丫这人真没劲。”

他们又说笑了一会儿。马格让波罗早点回去，雁子还在家等着呢。马格结了账，他们坐上公共汽车，穿过大半个城回到了海淀。

临别，波罗没忘再叮嘱马格一句：

“你丫别胡思乱想了，算我求你了，真的。”

马格说：“你丫也当心点儿。”

3

天阴下来，下午四点多跟傍晚似的。马格在332车站取了车，慢慢悠悠穿过中关村，进入海淀镇，又看见了那家医疗器械商店门。他支上车，进了店。店里顾客不多，冷冷清清，售货员都认识他。

马格对医疗器械感兴趣，没事路过就到店里转转，他是这儿的常客，什么也不买就是看，喜欢静静地注视不锈钢器械的光泽、排列方式以及它们神秘的寂静。他始终认为这种寂静说不定哪天就暗藏杀机。看看那些手术刀吧，看看那些锯、钻、听诊器、导管、电椅、起博器、电线插头、德国和日本假肢。轮椅和听诊器就安全吗？它们同样让人怀疑。从八达岭回来后他们再没见过老人，老人的名片不翼而飞，一个斜眼儿老太太坐在了老人的轮椅上，他几次上前打听老人，认定那是老人的轮椅，结果他遭到吓人的咒骂。说不定老人被谋杀了也未可知。

国营商店关门早，五点多就要上门了，商店经理谨慎地来到他身边，轻声提醒他，商店要下班了。不过，商店经理赶快说，声音非常小：我们完全可以等你，你不用着急，我们等着你。而那时马格正耽于一场谋杀之后的证词。马格，男，17岁，XXXX年生，身高一米八一，北京人，学生。学生？他是学生吗？瞧瞧你，有一点学生样儿吗？老师常常都这样批评他。

他的确不像学生，但也不像成年人，他高大，面孔生涩，眼睛迷蒙，额上生着大红粉刺，因此脸上总像有火光照耀，眼睛则像夜色。如果不是那些大红粉刺，他是个挺帅的小伙子，但粉刺改写了他，这使他看上去狂热、危险而混乱。他讨厌那些粉刺，它们尖尖的像鱿鱼一样，他最好离厨房远点，粉刺使他与他崇拜的福尔摩斯或希区柯克相去甚远，福尔摩斯多苍白呀，而他简直像苏格兰山地的红头发罪犯。他的脑门是红的，唉，他可怜的脑门，经常血淋淋的，他挤它们、恨它们、折磨它们，想消灭它们，常常鲜血迸流，这时他不得不贴上一张姐姐马洁用的吸水力强的卫生纸，一张不够，很快就透过来，又换上一张，他像个敢死队员。他马一样的身躯卧在老式木床上，捧读福尔摩斯，手不释卷，木床痛苦地呻吟、吱吱地叫嚷，他毫无同情心。他这样的体魄应该在户外，在球场或跑道上，而他竟然喜欢沉思，想些稀奇古怪的事情。

商店已经下班了，经理、收银员、售货员都静静地看他，一动不动，铝合金门窗已经放下，光线暗下来，他们手里拎着包，他们在等他。他看见了他们，知道又耽误他们下班了。这回买点东西吧。他买了一支银色不锈钢框架的放大镜，一直想买没太舍得，这次买下来，波罗没要他的钱。

4

星期天家里还不如平时人多，都出去了。小阿姨把一杯冰水放在桌上，他要的。他手持银色框架的放大镜，把父亲和自己的照片摆在一起。他为自己的工作具有了专业性质感到十分得意，现在再没什么能逃得过他的眼睛。他清楚地看到父亲的面孔，所有的毛孔、细微疤痕，甚至可能的湿度。一切都被放大了，一切都清清楚楚。

父亲身材矮小，结实，头发花白，目光严峻。除了他与父亲身材悬殊，他们在所有细部上也都十分不同，比如下巴、肤色、眼神。当然最显著的还是父亲只到他的肩部。不过父亲似乎一点也不觉得自己矮小，他非常挺拔、自负，样子有点像鲁迅，横眉冷对。

全家福挂在墙上，马格把镜框取下来，放在写字台上，拿着放大镜在上面移动、照。马林、马维，还有姐姐马洁，他们与父亲如出一辙，这是正常的，如果他们当中有一个人例外，哪怕马洁有点例外，他会重新考虑事情的可能性。他们无一例外。当然，这还不能就断定了他不是父亲的儿子。一些看上去无关紧要的问题更值得注意，比如父亲的子女出生间隔都是两年左右，但到了他这儿，一下隔了五年，什么原因打破了母亲的生育规律，使他与姐姐马洁相差了五年？一场事故或者一个偶然？医学上母亲一个人是不可能的，这可以排除掉。那么，如果不是照片上的父亲，会是谁呢？母亲和谁，谁和母亲？

姐姐马洁回来了。马格神情专注，马洁问马格在干什么。马格抬起目光看着马洁。他很少这么专注地打量过马洁。马洁穿了一件短款皮上衣，这使她多少有了点儿身段儿。

“你瞎照什么呢？”

“细菌。”

“那得用显微镜，傻瓜，你那是放大镜。”

马洁声音洪亮，鼓鼓囊囊的身子和香水让马格本能地闪了闪。

“有你的信。”马格说，头也不抬。

“在哪儿？”

“厅里。”

马格支走了马洁，继续研究照片。

母亲。他把目光落在母亲身上。母亲一袭黑衣，苍白，像过世之人。

母亲应该同父亲站在一起，但是没有。母亲长年患病，住过很长一段时间医院，那时他小，人们不让他去看。母亲后来神秘地回来，人们都小心翼翼，他被告知不要打扰母亲，不许进入母亲房间，把母亲说得非常吓人。母亲也的确有点吓人，回来后整天把自己关在屋里，母亲怕光，一旦在光照之下，眼睛就会奇怪地哗哗地流水。母亲房间总是挂着厚厚的幕布一样的绛红色窗帘，有时门开了一条缝儿，里面就会透露某种类似舞台的灯光。晚上母亲总得见光了，这对她是一件痛苦的事。无数次母亲要求不再出席晚餐，把饭端到她房间里，均被父亲拒绝。出席晚餐是父亲对母亲唯一的要求。父亲对晚餐的重视就像主持校务会议，有许多清规戒律，诸如布菜、声音、光线、坐姿，一切井然有序。母亲吃得很少，灯光照得她哗哗流泪，不得不一手拿筷子，一手拿着手帕，每次手帕都水淋淋的，所有人都觉得难受，后来习惯了，后来父亲总算表现出一点开明，母亲获准就餐时可以戴上一副墨镜，这使母亲看上去像一个盲人。母亲不说话，不再流泪，坐到规定时间。从不看电视，房门紧闭，极偶然半夜三更能听到母亲房间里很轻的钢琴声，舒曼、莫扎特或拉赫马尼诺夫的，马格小时也弹这些曲子。

母亲早年在电影乐团工作，后来随父亲调入人大，不久又转到北大。母亲一直在校图书馆做图书管理员工作，多年以前就办了病退。母亲在电影乐团工作的经历是马格最近的调查所获，如果必要的话他准备去电影乐团走走。

5

马格不急于追求结果，这是他生活中一件有趣的事情。多有趣，他可能不是父亲的儿子，他的父亲可能另有其人。他喜欢思考、预测、假设，就像他通常阅读福尔摩斯或希区柯克，别人总是急于知道结果而他不。大量的某一类阅读使他对现实世界存在着种种疑团，或蛛丝马迹深信不疑，他已经具有一种眼光，他不是一般人。他常常心里暗笑，笑那些愚蠢的仍把他当作孩子的成人世界。他们不知道他已经有怎么样的眼光，他已远远超越在他们之上。那些大人们是可怜的、可笑的，没什么出息。真的，他们真的没什么出息。

更不用说他周围那些同学。他们根本没有思想，每天像卡通一样被可怜的老师或家长操纵、重复，永远地重复自己，只有一个目标：大学。好像上了大学就他妈的一步登天到了天堂似的。其实他宁愿下地狱也不想到什么天堂。他们可怜的欢乐无非就是琼瑶、梅艳芳、刘德华，偶尔偷着摸着去次电子游戏厅操纵个把小时电子游戏，操纵打斗、宠物狗，这时他们觉得自己像个人。他们都喜欢“三早”足球（早勃、早起、早泄。）中国足球虽然萎得不能再萎，可他们竟然还是如醉如痴。他们疯，在工体模仿欧洲杯、英国甲级联赛，吹口哨、打鼓、跺脚，摇旗呐喊，骂傻逼，好像他们不是傻逼。你说小公鸡们喜欢“三早”也就罢了，连班上的小母鸡女生们也跟着起哄、叫喊，都是她们哄的，要不“三早”没那早，中国也没那么早。

马格不理解足球究竟在哪一点上吸引了如此众多的人，让人们真的假的发疯喊叫。时至今日怎么还没人指出这是一项最莫名其妙的运动？一大群人为了一个飞来飞去的东西你争我抢、扑来扑去，一百分钟也进不去一个球，而它居然引起了全世界的热情，足以说明人们可怜到了什么程度！

NBA又怎么样？跟马厩有什么区别？

所有集体的乱哄哄的运动马格都打骨子里反感，更不用说队列、团体操、组字，他都躲得远远的，好几次全区中学生春季运动会，校方动员他做附中方阵入场式的旗手，他断然拒绝，虽然他曾是全区自由游泳冠军、至今仍是纪录保持者。他拿过冠军后再没在比赛场上露过面。他喜欢一个人的项目，喜欢一个人面对水面，就像面对天空。他游过北京所有的水面，一个人在水上飞。他独往独来，沉溺于自己的世界。除了波罗以及波罗的一些朋友，他几乎没有朋友。他特别喜欢波罗的样子和说话的腔调，他觉得波罗弄反了，波罗无论从哪方面看都不像好人，事实上他更像一个侦探，要是他们搭档没有什么罪犯能逃得过他们的眼睛，可现在波罗完全倒过来，反倒被别人盯上了。波罗要是当警察绝对没得说，可波罗恨透了警察。

他只有单干，他自认为已经有了一双不寻常的眼睛，虽然比不上福尔摩斯，但比华生强多了。他不放过周围任何一个可疑的人，他寡言少语，这使他具有了某种"暗处"的效果。他不信别人并非有其他理由，纯属某种职业习惯。一度他把所有任课老师都建立了秘密档案，写观察笔记，每天分析他们上课时的表情、举止、着装，哪天哪位老师脸上不易察觉的划痕或眼有些肿胀、眼袋松松垮垮，他都一一记录在案。如果发现有价值的疑点，他会在放学后秘密尾随跟踪，有时还得简单化一下装，把两面穿的夹克翻过来，戴上一顶帽子。他有许多不同颜色和款式的帽子，有十几顶了，因为帽子对他非常重要，尤其对于像他那样有着一头大红粉刺的人，怎么强调帽子的重要性都不过分。

像福尔摩斯一样，马格认为科学起源于犯罪，因此具有显著犯罪倾向的依次是：物理老师、数学老师、化学老师以及生物老师，自从生物技术一跃成为科技前沿之后，最近生物老师有活跃的迹象。历史老师或语文老师一贯没多大出息，在科技时代他们基本上算是不学无术，他们甚至连生存之道的一技之长也没有，酗酒最厉害的就是他们，他们嗜烟如命，板书飞扬，唾沫星子横飞，除了让人悲观厌世从不构成真正的危胁。校长握有权力，具有天然的犯罪倾向，不过那点权力多少人眼盯着呀，光是捕风捉影的告状信、检举信已经把他吓坏了。没什么作为。唉，都没有什么作为，谁能有什么作为呢？一次，化学老师眉毛少了半边，马格以为是个重要线索，说不定是在家做什么秘密实验所致，一种新的作案燃料？遥感或定向爆破？但为什么没烧着鼻子？马格盯上了化学老师，后来查清了，化学老师烟酒不沾，但他迷上琼瑶的老婆是个烟鬼，每天烟不离手，有时还亲自写点什么，烧残的眉毛原来不过是他走火入魔的老婆所致，据说他老婆快疯了。我靠，白费劲了，又是化装，又是帽子的，白忙活一场。还有一次，语文老师老张引起了马格的警惕，老张有段时间下班不直接回家，行为诡秘，走路躲躲闪闪，总是去一个固定小破饭馆，一个人连吃带喝的，不知有什么想不开，没有一个可疑的人与他打招呼或交换点什么，他就是自己。物理老师非常本分，踏踏实实吃那点手艺，给人修修电视、摩托车或煤气灶什么，挣点小钱，看不出一点想法。教英语的董老师整天西装革履的，头发梳得又高又亮，基本不太会说中国话了，但是不曾接触过一个外国人，一见外国人唐山话就溜了出来，据说俄国人懂他说的英语。不过董老师还是学会了小偷小摸，与年轻的有夫之妇生物老师出去吃过几次饭，在公园抱了一会儿，不时回头看四周。老校长干脆无欲则刚，偶尔周末搓宿麻将，输赢不过百十块钱。没什么，实在没什么，就这样子了。没一件看上去可以当做案子的事件或细节可供施展才华。人人都按部就班过着同样的生活，人与人之间就像土豆与土豆之间，互相厌烦，难有区别，又害怕区别；种群庞大，却是相互重复的结果。最终马格不得不把怀疑的矛头指向父亲，这是他不情愿的。

6

“明天？明天不行，我得进城。”

“你干吗去？”波罗电话里问。

“上我姥姥那儿去。”

“怎么，你姥姥要给你丫过生日？”

“我操，”马格用放大镜敲了一下桌子，“你不说我还忘了！”

“你大爷，你丫的生日，我倒记住了。怎么着明天？”

“那我下星期再去吧。”

“明天你早点过来，叫上何萍。雁子想见她，有问题吗?”

“我试试吧。”

“你别含糊。”

“没问题。”

“那我就跟雁子说了。对了，明天余杰他们也来，可能带来一把电贝司，我们可以插电了，好好玩玩。”

“还有谁?”

“就余杰和张雷。”

“别再找别人了。”

挂上电话，马格继续研究照片。照片铺了一桌子，这些天他的研究工作已深入到家里那些历史性的老照片，从黑白直到久远的淡棕色，后者像烫画一样。放大镜帮了大忙，在历史迷雾中起到了类似电视画面的效果。最早的照片是清末留下来的，他看见了传说中的曾祖，不像照的，看上去像画的，曾祖朝服顶戴，个子不高，威风凛凛，刀刻般的眼睛与父亲如出一辙，他们像极了。倒是祖父的模样有些不同。祖父已经穿西装了，那种早期革命党人的西装。当然，祖父的同辈更多还是长袍马褂、留着辫子，到了父亲西装、学生装多起来。查来查去马格没找到一个与自己类似的影子，这当然已说明问题。他把重点放在母亲周围的人，同学、友人、表亲、小时的伙伴，也许有些蛛丝马迹。但奇怪的是母亲与别人合影的照片很少，和成年异性的竟然一张也没找到。他不相信没那些照片，说不定母亲收起来了，藏在她神秘房间的某个角落也未可知。不过母亲的房间可不好进，不如先去姥姥家看看。他记得姥姥家墙上有一些母亲年轻时的照片，不过这星期是不行了。

他拨通了何萍家的电话。

7

何萍说刚进家门，差不多给他做好了生日贺卡，一个让他意想不到的贺卡。何萍记着他的生日，就他自己忘了。他不打电话她说也正要找他。马格忘记自己生日很正常，他没在家过过生日，家里除了父亲做寿，没有给任何晚辈过生日的习惯。去年他十六岁生日是波罗操办的，波罗以成人的礼节送了他一把吉他。波罗虽然有钱，可钱来得不容易，说不定哪天就得进去些日子，有事没事只要需要，他就得进去些日子，他是挂了号的票贩子。

约好了明天见面的时间，晚上马格继续读柯南。第二天他在北大南门见到了何萍，何萍扶着车等他，给了他生日贺卡。贺卡是她早晨才最后完工的，上面嵌有无土栽培的兰草和枫叶，中间用中英文写着“生日快乐”。马格第一次见到植物贺卡，他认为何萍可以申请专利了。

马格与何萍同年同月就差同日了，但何萍上学早一年，一直比马格高一年级，说起这事马格对何萍冷嘲热讽。他比何萍还大几天，而何萍现在是三个月的大学生了。他们都是北大子弟，一个小学中学过来的，但他们真正相识还在高中以后。她也喜欢游泳，游得不怎么样，一般吧，他们在北大游泳池搭上了。马格后来只是偶尔去游泳池，主要是陪波罗。波罗当了票贩子后常到学校来，提着把破吉他晃晃悠悠。他们一起去游泳池，在岸上拨弄吉他，挺扎眼的。波罗那时初学，刚会弹一两个和旋，马格有小时的基础，拿过来就能弄出曲子，让波罗羡慕不已。

他们都很注意何萍。谈论她，瞟着湿漉漉的她的身体。波罗谈女孩从来都是直截了当，上没上过床之类，他谈论何萍虽然人馋得要命，但也不由得发出赞叹。何萍是个美人儿，主要还凡人不理的样子。波罗不敢上前，怂恿马格，问马格敢不敢请何萍过来，马格也认为何萍不太一般，心里犯怵但嘴上很硬：她不也人吗，有什么不敢的，看我的。马格过去了，也没什么新鲜的，厚着脸皮坐在了何萍身边，一声不响，装得挺老练。何萍没理他，后来起身要走，马格叫住了何萍。马格说，他同一个朋友打了赌，赌一次马克西姆餐厅的啤酒，她要是能跟他过去，他就赢了。谁呀？她问他。他仍坐着，指了指那边的波罗：你就跟我过去一下，待一分钟，我就算赢了。他有钱，输得起，我是个穷光蛋，输了就得抢银行去。她说：你是不是看外国电影看多了，学得倒挺快，我去核实要不是怎么办？马格说：不是我请你，还是马克西姆。她笑：你还知道别的地方吗？那你说，你点地方。你还是抢了银行请你的朋友吧。马格急了：我操，你真不给我面子？别拿我打赌，她说，我不喜欢别人拿我打赌。

她一甩头发走了，马格碰了一鼻子灰回来。

“去了这么半天，都说什么了。”波罗急切地问。

波罗一句一句地问马格与何萍都说了什么，何萍怎么说的。波罗最后得出让马格哭笑不得的结论：“马格，你丫有戏，真的，你绝对有戏，她能跟你聊半天说明她喜欢你，起码不反感，你们这就算认识了。”波罗煞有介事，“哥们儿你机会来了！”

“你拿我打岔？她可是学委，优秀干部。”

“我操！现在哪儿还有什么优秀干部，越是干部越有机可乘，哥们儿，都在发情期，谁不动心呀？你就上吧。”

还真是，那以后他们见面说话了。

8

他们住得很近。上学下学经常见到，其实过去都认识，只是不说话，走了对面低头就过去了。儿时他们还在一起玩过，发生过纠纷，甚至一块在小学的节日同台演出过。这些马格都不记得了，何萍居然都记得，她说他小时候的样子比现在可爱多了，又端正，又安静，跟小大人儿似的，现在走样走得厉害，都认不出他小时的样儿了。他说，男大十八变越变越没法看，我有二十年没照镜子了吧？她笑，她说还记得小学他坐在风琴凳上的样子，打着小领带，琴弹得老出错，可是一点也觉不出来。

“我这人好像没什么缺点。”

“你还挺贫的。”她说。

“也分人。”他说。

“你真的变化太大了，怎么弄成这样儿了。”

“什么样？”

“说不出来。”

“你的意思，我是不是变得有点像牲口，那种大牲口，马或骡子？”

“我可没这么说！”她大笑，承认了，从没人让她这么笑过。

她老是提起游泳池那档子的事：

“你那天逗死我了，一想起来我就想笑，你装傻充愣坐在我旁边，好像不认识我似的，张口就撒谎，你换个谎言，我没听过的，你是不是成心？”

“真的，真的，真打赌了。”

一切都进展顺利。他们进了电影院，这很关健。

进电影院的第二天马格就把这事告诉了波罗。

“行呵，够神速的，你丫怎么感谢我？”

马格还挺委屈：“你把我往火坑里推我还感谢你？她老问马克西姆那件事，问我请没请你，我说请了她死活不信。”

“那你丫就请我去一次不完了，你还不该请我呀？”

马格吸口凉气：“马克西姆，那得多少钱？我请你炸酱面还凑合，马克西姆在哪儿我都不知道。”

“这样，”波罗说，“你叫上她，就说你请我，我出这笔钱还不成？你把校花都弄到手了，花点钱值得，你跟她说吧。”

“你钱够吗？”

“你丫就甭管了！”

那是他们三个人第一次在一起吃饭。从崇文门地铁上来，马克西姆到了，马格还找不着北呢，哪是马克西姆？马格有点慌，撞倒一大排自行车，存车老太太抓住他不放，非让他扶起来。何萍笑，一边看马格扶车，刚扶好几辆又倒了。波罗骂马格：你丫慌什么？给了老太太一块钱，走吧走吧，拉着马格到了马克西姆，刚要进去被何萍叫住了。何萍问他们两个到底来过马克西姆没有，马格承认了，没来过，波罗就不大高兴，问何萍什么意思。何萍说没别的意思，改了口，说他们要是不熟悉这儿最好由她来点，“你们别瞎点，咱们到这儿不是挨宰来了，你不想抢银行吧？”问得马格连连摇头，“不不不”，摇得跟拨浪鼓似的。因为名义上是马格请客波罗不好多嘴，马格如此掉链子，波罗气得那架势恨不得从后面踹马格一脚。

马克西姆的确不同一般，连侍者都是老外。波罗点上烟老外立刻就把烟缸送来，每人一个，马格也要了一支烟，压压惊吧。何萍点菜，夹杂着一些外语，要了啤酒、色拉、香肠，还有什么苹果猪柳（没听清）、黑森林蛋糕、哥伦比亚咖啡，我操，马格头就开始大，侍者始终微笑。末了马格问何萍：刀不快吧？何萍笑道：这是最简单的了。你跟这儿吃过？吃过两回，何萍说。波罗也不得不服了，说真的让他点他能点出卤水大肠来！不过波罗沉得住气，波罗见过世面，波罗什么地儿没去过，公安局都进进出出的。别说，在这儿波罗真的人五人六的，说话声儿都变了，净找高雅的话题。什么乡村音乐、布鲁斯、迈克·杰克逊，也不知他从哪趸来的，不过何萍谈起北欧和爱尔兰波罗就插不上嘴了。马格对现代音乐基本一无所知，只谈了谈希区柯克和柯南，都没敢提福尔摩斯。

结账时费了点周折，马格请客当然是马格结。一切都事先策划好了，波罗从卫生间回来不久，马格说去买单，很绅士地问何萍还要点什么。马格在卫生间转了两圈，没尿多少就回来了。事情看上去很顺利，何萍笑着问马格钱是否还可以，马格说这点钱不算什么，哪天高兴没准再来一回，不就再抢回银行嘛。何萍当时只是笑没说什么。后来他们一次在中关村吃拉面时，何萍忽然笑喷了，马格不知道何萍发生了什么事。

“我真没见过还有去厕所结账的，卫生纸多少钱？”

“什么卫生纸？”马格装作没听懂。

“马克西姆的卫生纸。”她大笑。

“噢，你一直盯着我呢？”

何萍笑得推开大碗不吃了。

马格也笑，还怪何萍笑他。马格说了实话，从游泳池那天开始，一五一十彻底交代了。何萍用一袋包装考究的进口药膏惩罚了马格，让他好好治治脑门上吓人的粉刺。

“怎么越来越尖了？真恶心人。”

马格说：“你买它干吗？我这是‘尖锐湿疣’，电线杆子上有的是广告。”

“真讨厌！什么恶心你说什么！”

“你这玩艺儿是美容的，对我根本不起作用，得那什么，你不知道，其实没别的，就是憋的。”

9

他们到了波罗家，还在门外就听到里面的喧闹。男男女女，来了不少人，原来说只有两三个人，波罗看来最近挺顺。有的人认识何萍和马格，有的不认识，波罗一一做了介绍，特别介绍了何萍，何萍是唯一的大学生。一只大蛋糕已经上了厅里的餐桌上。雁子见到何萍非常热情，过去在学校她常看到何萍，非常崇拜何萍，何萍与马格的关系曾满城风雨，为此失去了一切职务，何萍考上了北大，一切烟消云散，所有过去关于她的故事一下子都成了她身上的充满起伏跌宕的光环。雁子见到崇拜的对象，喜欢得不得了，问这问那，不时看一眼马格，笑。

马格送给雁子一支漂亮的签字笔，美国产的，包装精巧别致。马格点着雁子的脑门，明白吗，将来你得到美国去。知道知道，不就让我好好学习天天向上，出国留学，真没劲，我都听腻了，我刚多大呀。千里之行始于足下嘛，我像你这么大都琢磨着上天入地了。入地还差不多，上天呢！

波罗系了条围裙，在厨房忙活着。波罗烧得一手好菜，别看波罗长了个匪徒样，其实上心挺秀气的，人极好，把希望都寄托在了妹妹身上。马格对雁子也像对自己妹妹一样，波罗进去的时候，马格带雁子出去吃饭，讲波罗的心思，讲何萍，讲人生道理，头头是道的。

马格在厨房同波罗聊着什么，波罗不停地骂马格。

何萍显然不太适应波罗的朋友，他们吞云吐雾，头发很长，盖住了脸，眼神已不像少年人，直指某种东西，毫不掩饰。他们一脸烟容，笑的时候嘴唇上挂着过度熬夜或睡眠的白霜。两个女孩儿叼着烟，什么也不放眼里的样子。何萍问雁子这些人是不是常到家里来，雁子说只有余杰和张雷常来，别人也都是第一次见。一切准备停当，生日 Party 在马格一口气吹灭十七支蜡烛后，人们齐唱那首俗不可耐的《祝你生日快乐》。

唱完生日快乐，嘴有点歪的余杰对马格道：

“马格你别在意，说实话这破歌我都听得腻腻的了，听了十来年了，也不知道谁发明的这破歌，以后咱们能不能换换，你每次过生日真的快乐吗？你说实话？”

“我很少过生日。”马格说，对着波罗，“这是第二次吧，波罗？”

“你爹妈没给你过过生日？”余杰看着马格，“你够牛逼的？”

“你没喝多吧？还没喝呢。”波罗对余杰说。

余杰梗梗脖子，没说什么。

马格把余杰酒杯拿起来，舔了点：“我觉得这歌还行吧，就那么回事，别太认真，过不过生日不就是一块聚聚，我喝了。”

他们碰了一下杯，一饮而尽。

“我不是冲你，我冲这歌。”余杰说。

“冲我也没事，你来我就高兴。行了，开始吧。”

四把吉他一个电贝司，串上了音箱，震耳欲聋。

《唐朝》的“国际歌”，挺煽的，好像大家都苦大仇深，都是无产者。都喝了不少，何萍有点受不了，但也没办法，直到唱起《你到底爱不爱我》何萍才进入角色。马格把吉他递给了何萍，何萍抚琴，很轻，雁子见何萍抱起了吉他也从波罗手里抢过了琴，与何萍挨在一起。她们不时停下来说着什么，看上去像姐儿俩。

马格与波罗喝茶，看着何萍和雁子抚琴。波罗希望何萍带带雁子，雁子很浮，听不进别人的话，但会听何萍的。

“我跟何萍说了，你放心吧。”马格说。

波罗点头，又倒上酒，与马格碰了一下。

10

阳光。槐树。门口堆着十二月的落叶。

没人扫这些落叶，四合院墙下也堆着落叶。姥姥喜欢落叶。姥姥快九十岁了，风烛残年，头发、牙全掉光了。一场热病把姥姥烧糊涂了，记忆混乱，时空颠倒，说着说着话就糊涂了，居然把马格当成三十年代上海滩一个演员，老朋友似的谈起了那时马格主演的一部电影。马格哭笑不得，矢口否认，姥姥同他争辩起来，说他记忆力怎么变得如此之差，当年他可喝酒了，怎么说不会喝酒？那年你在我这儿喝得酩酊不省人事，把桌子都推倒了。

清醒一点儿，姥姥又回到了五十年之后，问马格钢琴弹得怎样了，马格说早就不弹了，改弹吉他了。一说吉他，姥姥时间又乱了，马格哭笑不得，没法跟姥姥说话。姥姥在北京住了五十年还是一口上海话，姥姥早年毕业于上海教会学校，天主教徒，弹了一辈子管风琴和钢琴，著名教授，桃李满天下。十年浩劫，姥姥的钢琴、管风琴被红卫兵用大铁钉子封了，姥爷死于院子中的太师椅上。1980 年天主教在宣武门教堂举行首次大弥撒，姥姥以八十岁高龄重返教堂，主祭请她为大弥撒演奏管风琴，那年他被母亲带去了宣武门大教堂。教堂是一个高大的灰色建筑，外表十分简单，里面却是另一个世界。马格他第一次看到了耶稣受难像（苦像）十分不解，一个裸露的人体怎么会被绑在了一大十字架上呢？但他一点也不感到恐惧，那时天光耀眼，他看到了辉煌的天顶画，从没见过祥光与画面，据说是圣母与圣子。来时的路上母亲一点也不像有病之人，母亲一袭黑衣，无限温柔，不管他懂不懂，给他讲弥撒、圣母、圣子，讲最后的晚餐，讲麦面饼和葡萄酒，讲主耶稣受难前怎样把酒和饼变成自己的圣体和圣血，就是所谓的圣。所有人都是有罪的，望弥撒就是向天主感恩和赎罪。母亲非常耐心，从未有过的耐心，马格似懂非懂，但“所有人都是有罪的”这句话他记住了，正如他后来读到福尔摩斯所说的“所有人都是值得怀疑的”。他参加了全部的仪式，直到答唱咏，天主降福。

而他印象最深的还是姥姥，姥姥与唱诗班在教堂后部，被天光照耀，姥姥满头银发，如此瘦小的身躯竟然使尘封了十几年之久的风琴发出了如此恢弘上升的力量！人们齐唱，答唱，风琴烘托着人们，朝向天顶，整个教堂仿佛要冉冉升起，超拔而去！十年浩劫，万劫不复，所有人都是劫后余生，都是有罪之人，都热泪盈眶，滚滚泪水打湿了母亲的黑衣。大主祭身着白长衣、白领带、披白色圆氅衣，大红十字，降福开始——母亲让马格跪下，所有人都跪在下面小凳上，沐浴圣体，聆听圣音：主，全能的天主，求你降福人间，愿所有人都享有健康、保持贞洁、克服罪恶，愿此福常存人间，现在，直到永远。

“阿门。”

人们得救了，胸前划十。

自那以后，母亲重新皈依，逢主日也就是星期天，必进城去弥撒，这成了她唯一的户外活动。开始马格跟着去过几次，家里人有意让他跟着，母亲也接受，后来看母亲没什么大问题，马格才不再跟着。母亲去教堂显然被家里认为是一个病状。

总算找到一些母亲年轻时的合影照片，马格拿出放大镜移动，照，姥姥一旁老眼昏花，念念叨叨，与姥姥一直住一起的大姨妈也在旁边，也老了，两个老人对马格奇怪的举动充满好奇，神态就像两个老儿童，她们不断问马格什么，马格只是“嗯”，她们毫无办法。母亲年轻时可真是个美人儿，何萍算是很出众了，但比起母亲还是差了一些。母亲风华正茂，眼里有一种特别的东西，以致马格都有些怦然心动。母亲身后的那个年轻人是个值得注意的对象，他盯住了这个人，他不放过一点儿可能的蛛丝马迹。所有人都是有罪的，上帝说得不错，福尔摩斯简直就是上帝。他把照片收在自己的包里，也没问姥姥是否同意。临走他拥抱两个老人，他告诉姥姥，等着看他的下一部电影，马上就快公演了，他现在可忙了。姥姥扯着不让他走，一下又回到了五十年前。

11

进入母亲房间是危险的，但是必须的。平时不可能，只有主日母亲去教堂，并且家里也没什么人的时候。马格非常耐心。这个星期天只有小阿姨和马维在家，是个机会。马维是个书呆子，不必管他。他第一次进入了母亲神秘的房间。房间很暗，他轻手轻脚，窗子挂着绛紫色厚重窗帘，他打开落地灯，调亮，感觉像来到了舞台后部。一架老式钢琴。一张写字桌。床。两个旧式书架。到处是书。墙上挂着的耶稣受难像。老式留声机。各种版本的《圣经》。有许多小抽屉的柜子。一切都散发着过去时光的气息。这就是母亲每天的世界，有这样一个世界的确可以不再面世了，天知道这里藏有什么秘密。马格紧张而兴奋，只是大略地看了看，什么也没敢动。

马格成了母亲房间的常客，因为前几次的成功，加上不断对角落的深入，无论怎样经心，他还是留下了痕迹。母亲是敏感的，深居简出的人都有着超常的灵敏，就算马格做得天衣无缝，一切都了无痕迹，但能不留下身上的气味吗？何况他不能不留下蛛丝马迹。这天母亲回来没出来吃晚饭，小阿姨叫了几次也没叫动，把饭端了进去她还是没吃。母亲一声不吭，生气，就是不吃。

第二天仍然是这样。

母亲偶然一次不出来吃饭，父亲一般不强迫，但连续三天父亲是不能允许的。父亲亲自去请母亲，进去不久就传出了惊人的吵闹和哭声。最怕的就是母亲犯病，她一犯病全家不安，平时都小心翼翼的，说话不敢高声，电视不放开音量，没有体育节目，没有球赛，这家人都不喜欢体育，除了新闻就是国际报道或文化长廊，偶尔有部电视剧。

母亲的声音越来越高，开始摔东西，从吵闹声中人们明白，有人进母亲房间翻东西。杀了我吧，你杀了我吧！这是母亲犯病时最常说的一句话，最让人心惊肉跳。父亲一脸震怒从房间出来，面孔恐怖，颤抖着问谁到母亲房间去了。老大马林说从来没有，马维、马洁也都矢口否认，小阿姨指天发誓。

“是你吗？”父亲无法言状的目光。

马格不回答，他闯下大祸。

“是不是?!”

“是。”马格说。

父亲一掌挥过来，马格侧过头去，但身子没动，他有所准备，他的脸上立刻呈现出掌印。又是一掌，马格头侧向另一边。

“畜牲，我就知道是你干的！”

马格不躲闪惹急了父亲，还要打，母亲冲出来，披头散发一头向父亲撞去：“你为什么不杀了我！你杀了我吧，干吗要打孩子，你打我吧，你打我吧！我不活了！”疯了的母亲被马林、马维、马洁三个人抱住，但母亲还是挣脱出来，一头向墙上撞去。马格一只手接住母亲，母亲再也动弹不得。一种原始的力量抵住了疯狂。

“妈，妈！”马格大声叫，“是我去了您的房间，我翻了您的东西，没有别人。我进去找东西，我为什么就不能进您的房间，我到底是谁，我不是您的儿子吗？我以后还要进去！”马格也怒了，脸上火烧一样。

母亲呆住了，软了，忽然搂着马格放声大哭。哭声异常悲恸、深重。

马格强忍泪水，怒视父亲。

父亲拂袖而去，怒气冲天回到书房，把门摔得山响。

马格把母亲扶回房间，母亲似乎突然明白过来，把马格推出去，让马格去向父亲道歉，母求几乎是在哀求：“你把他气坏了，你把他气坏了，去去，快去，向你爸认错去。”母亲推着他到了父亲的书房，关上门。

12

父亲凝视他。他靠在门上。

“对不起。”他说，再没多一句话。

他离开父亲房间。小阿姨已扶母亲回到房里。厅里一桌子饭菜没人去吃，老大马林骂了一句，“操，什么事！”去打电话，打完电话摔门而去。

马维枯坐，喝着一杯饮料，脸上毫无表情。马洁发呆，擦眼镜和眼睛。

马格不知道自己额上的粉刺爆了，正在淌血。马洁站起递给马格一张餐巾纸，让他擦擦。马格看到了血。他没觉得头昏眼花就算不错，父亲积年累月的陈氏太极，功力相当深厚，也就是马格扛住了，换别人可能就飞出去了。不过也许父亲在气头上，未及运功，走了气也未可知。否则他早找不着北了。

他要是运气好呢？但也许他就不会出手了，父亲并不轻易出手，或者从来也没出过手，事实上他用不着出手。这次是个例外。

马维来到父亲书房门口，敲了两下，推门进去了。

马格还在擦脸，把纸巾按在额头上，血透过来，纸巾粘在上面。他的样子有点滑稽，一点儿也不像他想象中的侦探，与福尔摩斯的苍白、冷峭差远了。他是火红的，与福尔摩斯天壤之别。事实上他更像一个亡命暴徒，有时还很不严肃，有点四不像。他饿了，端起碗就吃，腮部嚅动，像马嚼草料，什么也挡不住他进食。他一个人的饭量差不多是全家人的饭量。单从这一点上说，这个家为他付出了可不算少。

马格不时停下来，若有所思，碗就停在了空中。或者只扒饭不吃菜。

“你也是，没事到妈房间干什么，你这不找事吗。”马洁把菜夹到他碗里。

“她的房间怎么就不能去?”

“你不知道她有病?”

“什么病?”

“你真不知道假不知道?”

“精神病?”

“知道还问。”

“她怎么得的病?”

马洁叹气:“这么多年了,我也不太清楚。以后你真的别去妈的房间了,爸就怕妈犯病,爸早就说过,谁都别打扰妈,让她绝对安静,她一犯起病来可不得了,你没见刚才她直往墙上撞,吓死我了,你记住这次教训吧。”

显然,马洁一点也不多知道什么。马洁读大三,父亲惟一的女儿,但并没得到另外的宠爱。父亲治家一丝不苟,绝对权威。应该说在这家中马格与姐姐马洁关系最为密切,也最为自然。过去许多年是马洁担负起对马格的照料和教育,马洁从小就很喜欢这个漂亮的弟弟,为他的样子骄傲,到哪儿都带上他,听到的全是赞美。虽然马格后来的变化惊人,让马洁茫然,但她对他一如既往。他们的关系有点倒过来,马洁一点也摸不透这个高大、行事诡谲的弟弟。

马洁又给弟弟拿了张餐巾纸,忍不住笑起来。

马格知道自己的样子,要是何萍他又开始胡说八道了,有一次他把粉刺挤破了,血流不止,特正经地问何萍带没带卫生巾,“口巾止不住。”他说,气得何萍骂他是天底下最坏的人。他随口就来,何萍拿他毫无办法。

父亲和马维出来了。马格他站起来,准备离开,被马维叫住。

他已经道过歉,所以一声不吭。

“你吃好了?”

“好了。”马格说。

“我希望不会再有下次,我也不会。”

马格不说话。父亲像法官一样地问起他最近的学习状况,这是父亲拿手的,说起学习、进步、远大前程,父亲总是谆谆教诲、高屋建瓴、滔滔不绝，根本不用马格回答，听着就是了。父亲一句也没问马格为什么到母亲房间，到母亲房间干什么。他应该问。马格已编好一到两套谎话。

现在马格知道用不着了。白编了。父亲是深不可测的。

马维适时插一两句话。马维对父亲像对自己的导师。尽管父亲看起来对谁都一视同仁，事实上他对马维器重有加。马维好读书，似乎已得父亲的真传，他正在上研究生，导师是父亲的世交、历史系主任，父亲升任副校长后马维的导师接替了历史系主任一职。父亲的学术衣钵看来是要交给马维的。

马林是完蛋了，因为女人完全丧失了自信。估计快疯了。

13

一个星期后马格出现在马维房间里。马维正躺着看一部线装书，不是史记，不是资治通鉴，不是什么春秋、左传、淮南子之类的，也不是容斋随笔。是一部棋书。写字台上摆着素静的围棋盘，上面一个棋子也没有，也没有装黑白子的草编。总之，就是一张空空的棋盘。房间里除了书还是书，让人觉得仿佛置身于某种布满灰尘的重压之下，就像来到图书馆寂静的后部。

这个家基本上就是一个图书馆。

马格不怎么来马维这里，所以马维有点意外。

“有事么？”马维问。

“没事。”马格说。

“随便坐吧。”马维说。

马维枯涩如一棵冬天的树，马格同情或嘲讽地说：

“你不打打太极什么的，整天躺着？”

说完马格下意识地抚摸了一下自己的脸。

“我就别练吧。”马维还了一句，“你都好了？”

“差不多了，别人见了我以为我是被女人打了，我让他们仔细看，这是太极、八卦，你们他妈懂吗？可他们还是说女人，说我没干好事，哪儿和哪儿呀，你说我冤不冤？”显然不是实话。

“你这么恨他？我看没必要。”马维当然听出来了。

“有些事我不明白，我想你大概知道一些。”马格切入正题。

“你想知道什么？”

“我，还有父亲。”

马维毫无表情，等马格说下去。

“你们那天谈了什么？你和父亲。”马格问。

“我不知道你是聪明还是傻？”马维吸了口气，“我一直认为你是个绝顶聪明的人，你一直在想这事？”

“一直在想。”

“事情过去了，你胡思乱想什么？”

“你什么也不想？”

“我要想的东西太多了，想是我的专业。我们可以想很多东西，但不一定要谈论它们。想是一回事，谈论是另一回事。我大概知道你在想什么，不过我不想同你谈论你想象的东西。说实话，马格，‘想’是没出息的人才干的事，这个世界是为你这样的人预备的，和我无关。你别犯傻，至少现在别。你今天到我这儿来我很高兴，我应该常到你那儿或请你过来，我没做到这点是因为我觉得你并不需要，现在看来你还是需要的，我们应该成为朋友。”

“不是兄弟？”

“这世界没有兄弟。”

“也没有儿子？”

“我点到为止，不和你讨论这个问题。我给你讲讲这本书吧。”马维举起手中的线装书，“这是一本棋书，‘当湖十局’总谱。我对棋道一直乐此不疲，但不是说我就喜欢与别人下棋，我对棋道感兴趣。你看，我这是一张上好的棋盘，可你什么时候见过我和别人下棋？我甚至连棋子也不预备，但这并不妨碍我对棋道的兴趣。有时我可以对着空空的棋盘坐上一个上午或一个下午，我能看见上面布满越来越多的黑白子，就像星星渐渐布满天空。如果我愿意的话，我还能看见更多更广阔的东西。一张空棋盘就是一个宇宙，而我并不在其中。”

马维直视马格，停了一下，接着说：“这就叫想，叫思想，这是人和动物的区别——可怜的区别。我不知可不可以对你这样说，你能否听懂：‘现实是没有意义的’。每个人的现实其实就是每个人的陷阱，人们越陷越深。比如你吧，在我看来你正在使着劲地下陷，好像拦都拦不住。有时候我不知道是由于聪明导致了人的病态，还是病态导致了聪明。偏执、自大、入魔、不计后果往往是聪明人的症状，他们不知道我们其实生活在一个很小的沙盘世界，这个沙盘是上帝为人类规定好的，我们认为这是迷宫，但对上帝我们都不过是一粒沙子。如果你懂得这一点，你就不会在乎所谓迷宫里到底发生过什么、没发生过什么。打个比方，我们喜欢动物，比如猴子，给猴子造了假山，可猴子并不认为那是假山，对于一代代的猴子那是它们与生俱来的世界，正如同我们的世界。事实上我们都生活在假山上，我的意思是，好好地玩耍，什么也没发生过，别太当真了，别往围墙上撞。”

比较烦的就是马维这种云山雾罩，打比方吧，绕弯子吧，东拉西扯，故作高深，你不知道他到底想说什么。

“你认为我是在往墙上撞？”马格试着问。

“依我看比往墙上撞还不如。”马维说。

“你所说的墙指父亲？”

“我以为你能听懂我的话。”

“我觉得我听懂了。”马格笑道。

“等你上了大学吧，”马维说，“如果运气好的话你可能会获得一座大一点的假山，这是极少人才有的运气，而你，我认为有可能是这少数人中的一个。”

“你都上研究生了。”马格言外之意是也不过如此。

“我可能还要读博士或出国，但我们不同，书对我是一种宿命，就像尘埃对我是一种宿命；书对你不同，所谓‘好风凭借力，送你上青云’，指的就是你这种人。别犯傻了，我说句不该说的话，你暂时还得靠他。”

“我懂了。”马格说。

“对了，你有女朋友了吗？”马格站起来。

“你认为我没有？或者不会有？”

“我想有个嫂子，我会同她关系很好。”

马维大笑，从来没听过他如此爽朗的大笑。

14

马格决定放弃对父亲的调查。马维的话还是起了作用。不过放弃了对父亲的调查使他失去了生活中一项主要兴趣。还有什么更吸引他呢？那就是何萍了。

可是关于何萍他同样有些茫然无措。他需要何萍的身体。也许并不真的需要。主要波罗老是问他们上床了没有，问得他挺烦。他想要，不。他尝试了几次，他的确需要。何萍喜欢他，但何萍并不真的给他机会，她总是说：等你拿到北大录取通知书吧。这也和他妈的上大学有关？他烦什么她说什么。她的底线就像马其诺防线，好像她多固若金汤似的，非要人像德国人那样，越过阿登高原突然出现在法国人的背后。他不想那样干。那样太蠢了。那还算什么爱情？可他爱她什么？想她最多的是什么？

他只要一次，就一次。他并非真的那么想要。这事真的让他挺烦。

寒假来临，何萍邀他去哈尔滨看冰雪节，可同行的还有她寝室的两个女生，合算让他去当保镖？要去就他们两个。那两个女生马格都认识，一起吃过饭。何萍上大学不到三个星期马格就去了她们的寝室，他上高三她们都很惊讶。马格没有兴致去哈尔滨，而且还一条，他没钱，那要一笔钱呢。跟波罗张口没问题，可是波罗，波罗也不容易呀！想来想去他还是决定作罢。他的方式是无耻的、赤裸裸的。

“干吗不就咱俩？到时你跟谁住一个房间？”

“你怎么整天不想别的？讨厌不讨厌？”

“你们去吧，真的，我就算了。就我一男的，人家还以为我妻妾成群呢。”

“我都答应她们俩了，你让我怎么跟她们说？”

“你就说我父母不同意，快高考了。”

“胡说，你是不是就不想去？”

“不是不是，那什么，你们去吧。”

“我答应你，我们住一个房间。”何萍气鼓鼓的。

“不是，我不是那意思。”

“你到底什么意思?!”

“你嚷什么?”

“我还求着你了!”

何萍一甩头发走了。

15

高考复习进入白热阶段，脑黄金、蜂王浆什么都上来了，没用，人们已经麻痹、已经累死，怎么也兴奋不起来。吓唬、威胁、利诱什么都使上了，还是疲疲沓沓。因为说实在的，全都会了，现在刀枪不入，死活痛快点行不?

语文课上，老张像念经似的，连老张都没精神了，哼哼唧唧，磨磨唧唧讲着高考作文，实在烦了叫起了马格。马格正在看一本叫做《点与线》的推理小说。老张让马格回答，平时他是怎样观察事物的，上篇他的作文写得还不错。

马格还没从书中走出来，正在聚精会神地观察分析。

“观察很重要，”他说，“但更重要的还要善于分析和假设，在分析中发现动机，找出蛛丝马迹。”

人们哄堂大笑，认为马格是成心的。

老张对马格说不上喜欢还是烦，马格回答问题经常让人大笑，虽然文不对题，但往往语出惊人，你不知他整天在想些什么。

不过马格对数学不同，这是他喜欢的课。他对数学的敬意一如福尔摩斯对数学的敬意。牛顿从苹果落地看到地球引力，同样他在数学中居然也发现了上帝。数学是冷静的、超人的。福尔摩斯平生最凶险的对手是一位数学家，那个关于数学家的故事惊心动魄至极，连伟大的福尔摩斯最终都不得不通过“假死”才将数学家捉拿归案。很长时间福尔摩斯隐姓埋名，远走高飞，假死了长达五年，他来到了印度还觉得不保险，又翻山越岭到了西藏躲藏起来，终日以一颗井底之心与拉萨三大寺的红衣喇嘛消磨时光，这一切都为了麻痹数学教授。

新来的数学任课教师据说在大学是位数学高手，姓冯，瘦，研究生学历，附中大胆起用年轻人，其实此人已不很年轻。冯见多识广，但十分严谨，从不说一句废话，不过他举例时常常超出数学范围，这使冯的课严肃又趣味盎然。冯举例时偶然流露出对推理作品的精湛举证，马格以冯为知音，几次试图与冯讨论这方面的阅读，但冯均三缄其口，这使马格与冯的关系既紧张又微妙。此外，非常可疑的是冯一直单身，对女人毫无兴趣，这点让马格汗颜，同时也更增加了对冯的警惕。

马格有事干了，专注而兴奋。冯在马格的观察之下，可以肯定冯感到了马格的目光，但冯毫无表情，未流露出任何应有的愤怒。跟踪是毫无疑问的，必须慎之又慎，冯这种人的直觉能力通常比动物还要灵敏。是的，不错，马格已假定冯是罪犯，在他看来还是相当危险的罪犯。为了迷惑冯马格已不再注视冯，故意装作无精打彩的样子，课后精心化装，将两面穿的外套翻穿，不断换帽子，压得很低，遮住火红的粉刺，他恨这些粉刺，它们看上去像鱿鱼角那样扎眼，帽子已经压得很低了。

冯行动诡秘，没有任何破绽，仿佛知道有人跟似的，有时骑车有时坐车，这给马格带来极大不便，他只能在必经之路的公共汽车站附近，如果冯骑车他跟着，冯坐车他就得把自行车放在一边跟着上车。这天终于发现冯的异常，冯快到家时走进了一个三角地公园，原来如此，总算让马格发现了，往常冯总是直接进家，没劲透了。马格远远地跟在后面，又换了一顶帽子，驼背，戴上胡子，像个老人。冯在公园小卖部买了七瓶矿泉水，可赛牌的，很一般，装在一个塑料袋里，提着来到一处荒僻的长椅上。冯像是在等什么人，打开一瓶慢慢喝。七瓶，肯定还会有人来。冯喝掉三瓶了。又开了一瓶！

冯非常安静，沉思如座像，喝水似乎只表明他不是一个物。七瓶水全部喝光了，把瓶子摆得整整齐齐，每个瓶盖都拧好，似乎点了一遍数，指指点点，然后离开，一点也不像喝了七瓶水的样子。马格惊骇异常，他不相信冯毫无用意。但第二次、第三次甚至第四次完全一样。马格绝望了。特别是冯走后马格还想试图看看有什么人来，收走这些瓶子，他顺藤摸瓜，但没有，每次都是一个老太太把瓶子收走。马格跟着老太太，直到废品收购站马格彻底死心了。

也许这是冯的一个圈套？

16

“主啊，容忍我吧，一切我都还你。”

母亲安静得像在睡眠中，血流得缓慢，几乎是催眠。非常安静。发现时已经晚了。母亲的一只手垂在床沿下，衣着整齐，似乎一动都没动过，整个黑夜过程是母亲漫长的滴血过程。床上一滴血都没有，全流到地板上。早已干涸。小阿姨一声惊叫，已是二十个小时以后。分局来人做了现场勘察、笔录，每个家庭成员都在笔录上签下自己的名字。包括父亲。

父亲说，十一年前曾发生过一次，由于发现及时，只切破了表皮，后果不严重，后来被送进精神病院。父亲拿出了十年前的住院证明，他一直保留着。

怎么这么晚了，才发现？

平时她不让打扰，晚饭才能见到她，白天家里没人。马维替父亲回答。

好了，你们对结论还有什么疑义吗？

没有疑义。

警察和法医走了。医院太平间的车早已在楼下等候。

马洁以泪洗面，抱着母亲哭、叫、使劲摇。

担架上来了，马林、马维与押车人员搭起母亲，放上担架。

马格没动。没跟着下楼。没有送母亲。

所有人都下楼了。

马格一个人在母亲房间，拿起母亲枕畔一本《圣经》，随便翻了几下，又放下了。环顾四周。他躺在母亲刚刚离开的床上，头枕着两手，望着天花板。他听见有人上来。是马维。马维吃惊地看着他。马维说，就等你了，你不送送母亲。

不，马格说，你们去吧。

听我一句，马维说，别在这会儿犯个儿，这是什么时候？

我头疼。马格说。

马维拂袖而去，能听见他急促的下楼的脚步声。

马格躺着。无声无息。房间一切如故，母亲没给生者留下任何异动的痕迹，没留下一个字。在漫长的滴血过程中，大约像酒精在逐渐起作用，越来越接近幸福，在最后的快感中，她像是被夜的门坎轻绊了一下，就倒下了。

《圣经》。教堂。唱诗。都不能使母亲解脱，只有死。

日子定下来，三天后火化。

家里不断来人，亲戚，母亲家的人，父亲的同事、学生、老友，一批一批，衣冠楚楚，或头发花白，或风华正茂，都面带悲悯，很有分寸地说话，这些狗娘养的。家里没设灵堂，但母亲房间遭了花灾，成了花房。都是来人送的，窗台、书架、钢琴上，甚至床上全是花。来吧，你们都来吧。

马格有时躺在床上的花丛里，闭上眼，想象着人们向他献花的情景。他嚼那些花。牙变得五颜六色。

第三天先都一起去了太平间。长长的车队，浩浩荡荡。

三天没见母亲了。母亲从冷库的抽屉拉开的那一瞬间像个冰雪美人。母亲太冷了，人小了许多，非常干净，头发很黑。她的伤口愈合了吗？马格突然想再看看母亲切脉的伤口，他想象不出此时的伤口会是什么样子。当人们瞻仰完遗容，母亲被装进纸棺，就要盖上盖时，马格拿起了母亲的玉腕，他看到了切口，有两条，一条很深，当然再不会愈合。

车队向八宝山进发。父亲自己一辆小车。子女都在灵车上，守着纸棺。马洁剪了些纸钱，不时朝窗外撒一些，后来被马林制止了。到了八宝山，在一个一等告别室，来宾和全家人向母亲做最后告别。马洁号啕。马林哭红了眼。马维木然。父亲扶棺，摇头，庄严的样子，马林和马维挽走了父亲。

母亲整了容，上了脂粉，脸色粉扑扑的，跟年画似的。

马格站了一会，就离开了。

17

下雨的日子。雨落在他的脸上，他感觉到舒服。高考结束了，他在雨中，骑着自行车，漫无目的。何萍去了甘肃和新疆，陪几个澳大利亚人。街上熙熙攘攘，他又看见了那家医疗器械商店。这家店最近忽然火起来，据说因为国产假肢上市了。昂贵的德国或日本假肢不能满足普通残疾的需求，国产假肢质次，投诉率高，但价格便宜。初级阶段瘸子能凑合站起来应该满足了，质量问题再摔一下结果无非还是瘸子。索赔是不可能的。这事喜忧参半，报纸为此展开了讨论，喜的是我们有了国产假肢，大多数瘸子可以借助假肢站起来了，忧的是质量还不稳定，致使不少残疾人千里迢迢千辛万苦上访告状。报纸呼吁：多增加一些理解吧，我们刚刚开始，我们会越来越好，有胜于无，怎么能一开始就要求完美无缺呢？

马格与这家店擦肩而过。不觉到了波罗家楼下，敲门，没有人。他再次坐在自行车上。小雨。非常舒服。波罗去哪儿了？也许在北京站。

他把自行车扔在街边，上了332公共汽车。到了动物园，换乘103电车，一小时后他穿城而过到了北京站站前广场。黑压压的流动的人，南来北往，票贩子鱼一样游弋于匆匆的过客之中，不时有人悄悄问他到哪儿去，要不要票，他很抱歉地婉拒。波罗就是这样行事的。一个月前他让波罗带他到北京站来过一次，实地看了波罗是怎样操作的。波罗说快高考了，你丫是不是有病？马格非要去，那天缠定了波罗。波罗越来越老到了，每次进去都学到了不少东西，认识了不少人，包括警察，不打不成交，久而久之成了朋友。不过，波罗说他们经常换，小年轻儿的特性，一不小心就可能栽在他们手里，跟他们提谁都没用，下次可能成为朋友，但这次不行。他们正在打出自己的天下，交自己的朋友。波罗说有两种人看人的眼光不同却又经常相遇，一个是警察，一个是贼。

马格自认有一双不错的眼睛，但那天他有点怯生生的。波罗给他现场分析，指给他看哪是“眼”（便衣），哪是“线”（票贩）。马格不以为然，波罗指着一个穿棉袄吸烟的家伙，让他过去跟那人搭搭话。“真的，看不出来。”他说。“你去，看我说得准不准。”“我操，你害我，让我往雷上撞哈?""你又不是票贩子,怕什么,你就说想买票,问他有没有,跟他逗逗咳嗽。"他过去了,很快折回来了。"怎么样,那人说什么?""你大爷,差点没吃了我,说我是活腻了。"

波罗就是这样出生入死。

没看见波罗,他来到售票厅,也许这是以后他经常要光顾的地方。他忽然想烟。没烟。他看着旅客列车时刻表。全是地名,熟悉和不熟悉的。熟悉的又怎样,还是一样的陌生,从小到大他还没走出北京一步,中国版图之大对他是虚拟的,不过是个想象空间。

18

父亲去了黄山。马维办理出国手续。马洁竟然有了一个加拿大的追求者,外国人分不出中国女人的美丑,很美的姑娘他们认为不好看。马林终于搭上圆明园一个花房姑娘,一锤定音,就要结婚了。云绽天开,家里比过去敞亮多了,电视声音加大了,并且一天到晚开着,母亲的房间门打开了,窗子也可以开了,幕布一样的窗帘被取下来,阳光灿烂。阳光之下,母亲的房间有种古色古香的美,非常美。一切还都按原样保留着。"主呵,容忍我,一切我都还你。"还什么呢?马格看着耶稣苦像下这行手写的小字。耶稣是个挺美的男子,虽然苦像,可仔细看还是很美,非常平静,像睡着了,如果只看他的面孔。他想象着自己在十字架上的情景,他会这么安详吗?别开玩笑了,耶稣脸上没有粉刺。不过也许应该有一个"长粉刺的耶稣",那可妙极了。

父亲从黄山回来,气色不错,穿了一件米色T恤,这使他显年轻了。马维已拿到签证,指日即可启程。他的高考分数也下来了,刚刚下来。所有人似乎都有变化和进展。父亲的新人肯定也是迟早的事,他年轻了嘛。父亲在餐桌上似乎也开明了许多,吊灯过去只亮部分,现在全部亮开,十分辉煌。父亲破例小酌了一盅白酒,说他现在也想开了,应该让孩子们到国外去看看,过去他一直不太赞成马维出国,研究中国历史到国外干吗去?不要去赶那种时髦。现在父亲改了口,不过父亲依然为曾经早年拒绝去国外而自豪,这是父亲讲过不下几十遍的事,国民党败退台湾之际,家里给他办好了去美国读书的手续，而他毅然和一些年轻学生去了解放区。当然，今天他没再多讲这些，不太合时宜了。他敦促马林进取，不可碌碌无为，想到国外进修现在就该振作起来。又说到马洁，马洁考研未果，想去一家外企，父亲要她再考一年，并且答应联系国外读书的事。说到马格，人们最关注的是马格的分数，北大还是北师大，这个家族的人在这点是毫不含糊的。马格说分数下来了。

“287.5。”

这是开玩笑。马格又重复了一遍。

马洁忍不住了：“你不是说胡话吧，怎么可能？”

“开始我也以为听错了，我去看了榜，就这么多。”

“有各科的成绩吗？”马维问，马维是冷静的。

“我没看到，应该有吧。”马格含糊地说。

都这么认真，马林讪笑：“还问各科成绩有屁用，其实这也很正常，每年有多少人考不上大学，为什么我们家的人天生就是上大学的料？”

父亲始终不吭一声。

“出了什么问题吗？”马维问。

“我没觉得有什么问题，我答得不错。”

父亲脸色越来越青，仿佛回到母亲时代的表情。

“我也觉得扫兴，”马格站起来，“你们吃吧，我吃好了，慢慢吃。”

马格离席，背后一片寂静。

19

他去了墓地。从墓地回来他给波罗打通电话。波罗已知道马格考试的情况，上次波罗打来电话，马格说想到外地去，波罗说他陪他，马格没同意，让波罗好好照顾雁子，因为他不知这一去多长时间。波罗问到何萍，他说不知道她是不是回来了，一直没她的消息。他告诉波罗准备把家里的一些字画留给波罗处理，他原想出手之后再走，现在他想提前。

波罗电话里说：“钱没问题，字画你收着吧，你第一站去哪儿？”

“西安吧，先去西安再说，明天的票能弄到吗？”

“这你就别管了，等我电话吧。”

马格回到家在家等波罗电话。马维就要飞往英国，都在围着他转，收拾行装，准备晚上的别宴。

马格待在自己房间窗前，隔一栋楼就是何萍家。

他拿起电话。占线。电话总是占线。也许她回来了，她一回来总是他妈的占线。他想见她一面，不过他不知道见到她说什么。

一只苍蝇飞到玻璃板上，很快地爬行、停住，马格拳头落下时苍蝇没逃脱他的一击，成了肉酱。玻璃板破碎，他看着手背上的血，血滴到玻璃裂纹上迅速扩展为一朵漂亮的玫瑰。

然后他听到有人打开了他的房门。

父亲。T恤不见了。白布衬衫。

“你弄出了很大的响动。”父亲说，温和。

“对不起，我忘了在哪儿。”马格歉疚地说。

“一只苍蝇？”父亲低下头。

“是，它落在那儿，我没想用力。”

“回头把我的玻璃板换上。”父亲说，罕见的和蔼。

“你还年轻，要经得起挫折。”父亲说，“开始我的确很生气，你把我搞糊涂了。我一直想跟你谈谈，等你平静下来，当然也等我平静下来。总得找找原因，可我还是觉得不可思议。”

“原因马洁不都讲了？”

“讲是讲了，不过我不太相信她的话。”

“她说的是实话。”

“不不，我想那不是主要原因。那个何萍，我知道她，小时你们是玩伴，这不算什么。可能有她的原因，但我看不是主要原因。我一向认为男人和女人不同，男人放纵一时，一般无碍大局，浪子回头也就是说男人。你三次摸底考试成绩都还不错，所以我对你一直是放心的。我不认为一个有头脑的男人会为一点儿男女私情断送自己的远大前程。”

“女人是会变的。”马格笑道，但他说的是真话。

父亲显然有自己的思维轨迹：“你母亲不在了，我应该对你有点耐心，过去忙，对你关心得不太够，没像对马维他们那样严格。另外你与他们不太一样，你很有个性，但你不是没思想的人，知子莫如父，我心里都清楚，事实也是这样，不管你和什么人接触，何萍也好，聚众弹吉他也好，你的学习一直没大的走样，应该说我有过惊奇。高考前几个星期我还与你们附中的黄校长交换过一次看法，问了你的情况，黄校长对你别的方面表示了一定的担忧，但并不担心你的高考，这一点他和我有大致相同的看法。昨天我还见到黄校长，他像我一样惊讶，谈了一些你的情况，我们还是不解，问题恐怕还是在你身上。”

“临场没发挥好，绷得太紧了。”马格说。

“不是吧，好像中途出了什么问题？”父亲依然和蔼，但话有了分量。

“有什么问题？没什么问题。”马格搪塞。

“我调出了你的考试卷子。全部的卷子。”父亲收起了和蔼。

“您调出了我的卷子？!”

“是，我百思不解。你数学和外语认真做了，得分很高，超过你的考生不多，问题是，你的政治是 22 分，语文 12 分，历史 0 分，历史卷子故意把名字写错，把已答对的题划掉，一派胡言乱语，你想干什么？”

显然，父亲原想平静地说出这一切。这太难了，父亲怒不可遏。

这事马格谁都没告诉，波罗也蒙在鼓里，他自己决定的。他没想得 0 分，但交卷时还是把做过的几道题划了。

“您还真下功夫，何必呢？”

父亲嘴角嗫嚅，第一次显出老人的颤抖。

“我不过一时冲动，您真没必要这么彻底，我求您，给我留点秘密和尊严。”

“你，你还有尊严？!”父亲怒喝，“你要有尊严就不会做这混账事！”

“混账也有尊严，我是混账，可能还要混账下去。我等一个电话，就谈到这儿行吗？我再好好想想，我现在脑子很乱，对不起了。”

“好，好，我给你三天时间，你要做出选择。”

“要不了三天。”他说。

父亲凝视他，像一个陌生人那样凝视他。

父亲目光很悠远，有点迷茫，历史般的迷茫。

20

马格在家等波罗。家里空无一人，都去了机场。

十点钟电话铃响了，马格拿起电话。波罗拿到了票，晚上七点四十五分的。波罗说不过来了，中午都到他那儿聚齐。马格要走的事只告诉了波罗，他要波罗不要告诉任何人，谁也不用送他，波罗曾一口答应。

“我不是说了别跟别人讲。”

“我操，怎么可能呢?”

“我没这份心思，你告诉他们我不走了。”

“真的，你不走了?!”波罗透着喜悦。

“劳驾，把票送过来吧，就我们两个，我请你。”

“我那儿可全都准备好了，干吗呀，你丫也差不多了，不是我说你，马格，你心太重了，真的，没必要。你要这样在外面更不行了，别说到云南、西藏，混不到兰州你就得回来。哥们儿，我一直觉得你是开明的人，你来吧。”

马格同意了，心太重那句话起了作用。波罗有种东西是他不具备的：他的宽广和男人气概。波罗是迷人。说真的，他唯一留恋的人就是波罗。他有一腔话想对波罗讲，可波罗似乎对内心不感兴趣，他从不讲内心黑暗的东西，也不认真听，他总是冲淡，不碰它们，这是波罗最绝的地方。

现在他看看表，东西早已收拾停当，环视了一下他生活了十八年的地方，到了母亲的房间。“主呵！容忍我吧！一切我都还你。”一行小字，还在。

他看了一会儿，下楼，在何萍家楼前犹豫了一下。

他站在何萍家陌生的门口。他以为走错门，防盗门和门铃是新近才装的。他有很长时间没来过了。按铃。没有动静。又按了一次。刚要走听到里面的脚步声，很轻。

“谁?”熟悉的声音。她回来了。他的心里升起一种嘲弄。

“开门吧。”他说。

“谁呀?”

“马格。”

门打开，隔着防盗门铁栏他看到了她。

“你可真会来，我昨天才进家门。”她说。

“你是不是被捕了，还是我？”他敲着铁栏。

哗啦开了，何萍像个棕色美人，可能她的确刚回来。

马格站在过道里，油漆味还有一些，新装修不久。

马格说：“我是不是得换换鞋了？”

“你就算了，我们家可没你那么大号鞋。”

“从外面看，你挺像江姐的。”

“我才不像她呢。”

他把行囊放在过道鞋架上，到了客厅，忽然发现沙发上坐着一个陌生男人。

“噢，马格，给你介绍一下，这是哥哥的同学，林克，刚从美国回来，在休斯顿读博士。”

马格欠身伸过手去：“你好！”

林克站起来，伸出手，一只枯长的手，习惯地蹙蹙眉。显然见任何人都这样。马格伸出手他才站起来，懒洋洋的。

“在美国？”马格问。

“休斯顿。”

“H-o-u-s-t-o-n.”

“对。”

“我喜欢美国人。”马格说，他应该放手了，林克抽了一下竟没抽出来，何萍招呼他们坐下，他们的手才分开。

“林克，你不知道他是谁？马啸风的公子。”

“哦——马教授是你父亲？”

“是吧，美国怎么样？听说里根过去是个三流演员，是吗？”

“谁说的？”

“他不是演员？”

“是，但不是三流。”

“你看过他演的电影？怎么样，听说有床上戏？”

“好像。我不知道。”

“拿到绿卡了？”

林克拒绝回答。何萍给马格拿来饮料，同时拿起林克的咖啡准备再加，林克摆手，站起来。

“林克，你坐着呀。”

“回头打电话吧。”

“没事，不是外人，一块儿聊聊吧。”

“我还有事。”非常干燥地说。

马格听到他们在过道里小声说着什么，大约有一两分钟的样子。

21

“怎么，美国人走了？”

“你真讨厌，就不能正经跟人家聊聊。”

“我怎么不正经了？”马格笑道。

“反正你就是不会说话。”

“我不会说话你都这么喜欢我，要是我会说话——”

“美得你，你现在越来越让人讨厌了。”

“博士挺帅的，看上他了？”

“别废话呵。”何萍瞪眼。

“你家大人孩子呢？”马格问。

“我外婆过世了，他们都去南京了。”

“你怎么没去，在家等美国人？”

“讨厌，你再说！我昨天回来他们已经走了。”

“就是说今天就我们两个？美国人也走了。”

“还有警察呢，马格，我可以随时报警。”

“那是美国，你还没到美国。”

“美国怎么，你以为我去不了？”

“让我亲一个，真的，很想你。”

马格搂过何萍，吻她，似乎一切如故。她今天很漂亮，健康、红润，穿了一件宽松的套头衫，配上紧绷绷的牛仔裤，温柔而性感。她不怎么穿裙子，通常总是T恤加牛仔，今天白色套头衫让她显得纯净贞洁。

“怎么知道我回来了？”

“我想你可能回来了。我是来告辞的。”

“你要走？”

“晚上的火车。”

“我刚回来你就走，不能再等两天吗？我们一起走。”

“还叫上别人？”他笑着问。

“就我们俩。”

“我可没拿到北大的录取通知，什么通知都没拿到。”

“我知道了。”她说。

“你怎么知道，你刚回来？”

“马啸风儿子没考上，谁不知道。”

“知道多少分吗？”

她点点头，垂下眼。

她说：“我没想到。不过没什么，再等一年。”

“我考砸了。”

“高考前三个月，我碰上你父亲，他让我多鼓励你，他好像知道我们之间的事，我知道他的意思，让我别打扰你，他不好这么说。我不知怎么办好，我很矛盾。你对我不满，我知道，可我真的盼着那天。”

“别盼了。”

“你心情不好，等两天好吗，我陪你去。”

她吻他，闭上眼。“我跟你走。”她说。

“等我回来吧。”他说。

他只能这样说，一切都是未知的，他说不好。

“我想一个人，想些事情。”他说。

“别怪我。”

他搂着她，俯看她，他爱她，他知足了。吻她。

“让我一个人吧。”他说。

“你要去哪儿？”

“西安。”

“然后呢？”

“还不知道。”

“到西安就回来，或者你到那儿我们约个地方，去海边吧。”

“去海边，看吧。”他说。

“到西安就给我打电话。”

“好吧。我得走了，波罗他们送我。”

“几点的火车？”

“七点四十五分。”

在过道他们最后拥抱。吻。热吻。

他的背囊滑落到地上。他们缺乏经验，所以有点糟糕。就这样他们迎来他们有点糟糕的十八岁。他们笑，有点莫名其妙，看着对方的身体，拥抱、吻，再次尝试，还不错，真的不错，他们长大了。他们下楼，一起去了波罗家。

北京站，他们一别七年。

我在海边等一本书

自从亚米拉·奥卡约娃说要把她的新书一页页撕下，扔进大海，希望全世界的读者都读到她的书，我就信以为真，每天清晨，我都在海边等这本书。住地离海边不远，很适合疗养，不是说海风和新鲜空气对我的健康有作用，主要是这儿安静，是个不动产投资区。这儿三面环海，沿海岸线到处是海景房，我的一个买卖文物的朋友在这儿一气买了七八套房子，一套他也不住，也不租，所有的房子都静静地闲在那里，像静静的空无一人的墓地。我的买卖文物的朋友说我随便住他的哪套房子都行，最好是哪套都住一住，这样他的房子就都有了人气儿。房子都是装修好的，富丽堂皇，不住真是可惜，我拿着七套房子的钥匙，看上去像是一个拥有七套房子的主人。小区环境很好，绿树青草，海风轻拂，小径和喷泉都有，只是没有服务设施，连个小卖部也没有，偶尔小区才会来一帮子人，这些人从车里拎出大包小包住下来，几天又走了，留下一些很干净的垃圾。垃圾会越来越干净，像露出地面的贝壳，有一次我以为捡到一只海螺，结果是个酒瓶。

房子基本是白色的，与大海的蓝色形成单纯的对比。画家在这儿一般没作为，因为越简单越不好画，只能抽象。抽象是个人事件，不具公共性。文字就不一样了，在表现海水的质感时文字会与所有人的心灵相通，很多时候海的质感就是心灵的质感，写在水上的文字就是写在心上的文字。我没见过一幅成功表现海水质感的画儿，但我看过这样的文字，奥卡约娃的文字就是这样的文字。即使奥卡约娃的书还没从海上漂来，有时我也已看到海水深层和浅层布满她立体的文字。

其实，有一套房子，我用不着出门，只要坐在花园里就可以看到很近的海，海浪有时就在前面几米远的地方停住，尽管如此，我还是愿走出门去，我愿大海用最后的力量触摸到我，那样我才觉得与海水有了一种实质的关系。

有时，特别郁闷的时候，我也会住到七套房子中离海最远的房子。那套房子在小区的最高处，是小区最后的一个层级，后面就没有房子了——后面就是悬崖了。当然，远处的悬崖上还有房子，看上去更孤立、更豪华的房子，但已不是我能理解的房子，就像我不能理解古代的悬棺一样。我站在最高的房子的顶层阁楼上，从一孔童话般的尖拱小窗可以看到很远的海。我能看到小区所有房子的红顶，看到弧形的裙边般的海浪，海天一色。看到天与海的很低的夹角，甚至在夹角中我看见了自己。天特别好时，在半岛的右侧可以看到一角港口，那里有密集的塔吊，轮船的各种旗帜，有的外轮停在海平线上，有的正在驶来，我能看到有人喝咖啡、接吻、抛物，我看到很多看不到的东西。我看到了奥卡约娃，奥卡约娃也在海边写作，在我无法想象的亚平宁半岛的南端。每天，奥卡约娃说，只要她一抬头就会看见维苏威火山，想看不见都不容易。

我不知道维苏威火山，对维苏威火山没有概念，不过当奥卡约娃说起庞贝我又想起了维苏威火山。我想起在不同的读物上看到两千年前维苏威火山喷发，庞贝被吞噬，两千年后庞贝被完整出土出来。记忆常常是这样——主要记忆会引发次要记忆，有些事你记不得了，但提到另一件事你会立刻想起。以前我的医生就是用这种方法治疗我的，医生总是问我：想起什么了吗？看这个，想起来了吗？现在我的记忆仍不太完整，不过已问题不大，我早已习惯了。是的，我对奥卡约娃说我想起了维苏威火山，想起了庞贝的一具人类坐姿的化石，照片上显示这人就坐在自家古老的客厅里，火山喷发时他甚至在思考火山。他的职责也许就是思考，也许他是哲学家，那时的哲学家真是了不起。火山毁了庞贝，但火山炭也保存了庞贝，图片上有完整或局部的浴室、面包房、剧场、街道、竞技场，竞技场当时没有大型活动，否则我无法想象两千年后这里坐满了观众化石，无法想象无数瞬间的手势、呼喊。奥卡约娃说毁灭实际上就是拯救，没有火山就无法看到两千年前的事物。我不太懂奥卡约娃的话，不能想象一种事物还是另一种事物。

我住遍了七套房子，需要不同方向的海，谁知道奥卡约娃的书会从半岛的哪个方向漂来？我相信奥卡约娃承诺过的话，尽管并不能完整地理解她的话。奥卡约娃要我不用担心书会被水溶解，她的书将是透明的，上面有一层薄薄覆膜。奥卡约娃让我想象书页漂流的情景，大体上可以想象为海鸥贴着海浪飞翔的情景。可是那样一来，我担心奥卡约娃的书不够全世界的海分的，或者不是成群的书页，只有一张，一只海鸥？一页，一只，一个人，对我足矣，我要求不多。见到奥卡约娃之前，我基本上对大海没什么梦想，我觉得海就是海，海没什么内容，看时间长了最终只会看到自己的面孔。不仅如此，之前夜晚太近的涛声总是让我感到不安，许多噩梦会随着很近的涛声在睡中升起。因此，那时我住的更多是小区中心的房子，对大海而言，小区中心的房子是平庸的乏味的，却是安全的。

安全或安全感对我特别重要，主要是我和别人的情况还有所不同，我常常会对世界失掉色彩感。如果仅止于色盲，我觉得还可以承受，因为我可以不需要色彩，我并不要求一个非得有色彩的世界。但问题是一旦失去色彩，我会看到更多的东西。我总是看到房子里面或房子后面的东西，在大街上，我会看到人的骨骼，成群结队活动的锁骨、肋骨、大小腿骨，看到许多骷髅，即春天美丽的少女在我看来也不过是一具稍稍苗条的骨骼。出门我总是戴上墨镜，进商店也一样，差不多就像盲人一样。一般人都是闭着眼才做梦，我睁着眼同样会做梦，而且通常都是噩梦，惊悚的会让我白天发出呻吟或大叫的梦。

我从前的一女友说，我如果把这些随时升起的可怕的梦记录下来完全可以出售，比许多恐怖小说还要恐怖（我后来成为某一类作家完全有赖于她)。在许多条小径、许多个池边、许多林荫道上，我的女友反反复复做我的工作，她甚至说可以做我的文学秘书。我们是在医院草坪上认识的，在草坪上，我们蓝白条的衣裳就像阳光和水一样单纯，而我们说的话也像是梦话。离开医院后我的女友继续做说服我的工作，可是当我有一天真的写出了我脑子里的东西，我的女友却离我而去。我不知道文字表达和口头表达有什么不同，也许真的不同，也许文字本身就像一种符咒。现在我的女友是我买卖文物的朋友的妻子，是这儿的女主人。可我的女友一次也没来这里，每次我的朋友开着不断更换的车来，我都要远远地仰望上好一会儿。现在我关于她的记忆中已完全没有色彩，不仅是黑白，甚至由于时间关系变得发灰，我不能说像遗像，但也真的差不多。

或许是因为女友的关系，我的记忆大体都是黑白的，除了奥卡约娃。不过奥卡约娃的同胞埃多拉和洛伦佐就不同了，他们是很重而且很新的黑白色，虽然由于奥卡约娃的原因他们有时也会恢复一点点马赛克似的色度。

埃多拉和洛伦佐是和奥卡约娃一同来中国的朋友，我们在一个极偶然的会议上认识。一般说来，在不得已的公共场合，在极偶然的会议上，为了回避一个 X 光片般的世界，我总是装作低头看书或记点什么，或看手机短信，或戴上有色眼镜。不过有时候也不全由我，有时候我也会控制不住抬起头、摘掉眼镜，那天下午的洛伦佐就是这样。之前我对洛伦佐的印象很不错，我特别喜欢他的一头整齐的金色鬈发，看上去像戴着发套，像十八世纪的欧洲人，好像很老了。但事实上他的眼睛很年轻，他的声音也像他的眼睛一样年轻。洛伦佐做主题发言，讲到早年在阿尔巴尼亚的一次旅行，在地拉那街头的一个小图书馆看到一张墨索里尼被吊死的完整的照片。通常照片上有墨索里尼一人，许多电影里都能看到，但这张小图书馆里的照片不同，照片上除了墨索里尼还有三个陪着吊死的人，洛伦佐在其中发现了自己的祖父。洛伦佐祖父的油画肖像常年挂在家里的显要位置，洛伦佐从来不知道爷爷的真正身世，不知道爷爷乔瓦尼·帕奥里尼二战时是墨索里尼手下一个高官，一个能征善战很出风头的旅长。洛伦佐正在写的一部长篇小说写的就是这事，而我不知道这事能写成什么样的小说。

如果事情仅止于此，我对那次会议的记忆也许还有些色彩，但接下来埃多拉的发言让一切变成了黑白色。埃多拉脸长，谢顶，前额既长且宽，因此眼睛看上去被压得低低的，看人总是从下往上看。埃多拉的祖父过去也是一个旅长，不过是抵抗组织的旅长，埃多拉说他早就知道乔瓦尼·帕奥里尼这个名字，但不知道他就是你爷爷。“你的爷爷杀了我的爷爷，一个旅长杀了另一个旅长。没想到我们是仇人，而且是在中国成为仇人的。”埃多拉低低地看着洛伦佐。

洛伦佐轻飘飘地问：“他被俘了？”竟然一点也不惊讶。

“是，他被人出卖了。”埃多拉两手放在桌子上。

“确切地说，你的爷爷枪毙了我的爷爷。”埃多拉站起来。

洛伦佐·帕奥里尼也站起来，两人如同被什么吸着一样绕着会议圆桌，走向对方。绕过了许多人，也从我面前走过，到了近前，两人站住，看着对方，洛伦佐伸出手，埃多拉也伸出来。两人握手，但没有拥抱。

不拥抱只握手我不知道什么意思，与会的人也都不解。

“我们都是历史的碎片，”洛伦佐说，“过去不认识，现在在陌生的中国认识了，这很奇妙，幸会。”洛伦佐理了一下十八世纪的假发。

“你当心点。”埃多拉奇怪地笑了一下。

两人的手松开了，埃多拉回到原位。

北京三里屯东街二号——意大利文化中心——在一幢意大利风格的建筑物内，事情发生在这里。这座建筑古色古香，有吧台、图书室、会议圆桌、旋转楼梯、廊柱、雕塑和天顶画，北京一些文化人经常应邀来这儿做中意文化交流。这次我得到邀请不知道是什么地方出了差错。意大利来了七个作家，中国相应也是七个作家，七个意大利作家一个我也不认识，我知道的翁贝托·艾科没来让我有点看轻这次对话。此外我还知道一个名叫布鲁诺·莫尔齐奥的作家，他的职业是热那亚的一位心理学教授和治疗师，他的小说属于“地中海式黑色文学”，有论者说我的小说与他的小说有相似之处，他没来也让我有点失望。这已经是第二次中意作家对话会，前年是第一届，我不知道。前年的对话主题“悬疑，惊悚，恐怖”，比较适合我，没邀请我；今年的对话主题是“历史和旅行”，和我完全不相干，我不知道为什么反倒邀请了我。有些事情就是这么怪，该邀请的没得到邀请，不该来的却来了。中国出席的都是头面人物，纯文学作家，我全都认识，可他们一个也不认识我。我几乎不同外界联系，唯一的联系就是我的出版商，还有就是我的倒买文物的朋友。基本没人知道我一直在海边写作，我不知道意大利使馆费了怎样的周折找到我，或许他们并没有错，他们需要我，因为"历史"这个词事实上一直充满了历史性的"疑问"，历史的碎片在生活中也以各种各样的形式无所不在。不过我对埃多拉与洛伦佐这类形式的历史碎片完全不感兴趣，我只是控制不住俗不可耐的有关他们相互仇杀的想象。我不喜欢埃多拉低低眼睛从下往上看人的样子，但比较起来我后来更不喜欢洛伦佐，要是埃多拉杀了洛伦佐我觉得我不会太悲伤，我觉得埃多拉会。我的脑子里不停地放映着《教父》《警察局长的自白》《美国往事》中一些经典的仇杀场面，我觉得意大利是一个可以加重人病情的国家，即使置身在这个国家的作家中病情也会加重。在后来几天的会议上我根本不敢多看洛伦佐，更不敢看埃多拉。但尽管如此，有关他两人的锁骨被穿在一起的幻象还是不断地重叠地出现在我脑子里的电影中。我已看不到他们的肉体，更不消说衣着，埃多拉的骨骼有许多弯曲之处，洛伦佐则完美得多。

我不该参加对话，在其他中国作家看来我甚至没有资格，他们的看法对，我不过是一个惊悚作家，可奥卡约娃却毫不犹豫地说单凭我看人的眼睛我就是一个最有资格的作家，而特别有资格参加有关"历史"的对话。奥卡约娃说，你的眼睛太单纯了、太神秘了，代表了东方，我不得不坦白而又羞涩地告诉奥卡约娃我的眼睛和东方无关，本身确实有问题。可奥卡约娃仍然固执看着我说，她见过许多梦幻的眼睛，我是最特别的，我肯定能看到别人看不到的东西。我说这倒是真的，我曾住过很长时间医院，医院一方面缩减了我的视觉世界，一方面又会成倍地增加我对世界的幻象，所以，我尽可能地不看人。

奥卡约娃一点也不惊讶我自报病史，而且居然说从第一次见面起她就看出我的眼睛里有医院的影子，"不过这没什么，"奥卡约娃说，"这恰好说明你的悬疑、惊悚、恐怖，总之诸如此类的，不是训练出来的，而是天生的，你知道梵·高，他的眼睛就是天生的，他永远惊恐天真地看着世界。”“我的确喜欢梵·高。”我高兴地说。“不过真正的恐怖不是来自梵·高,也不是来自医院,”奥卡约娃大声说，“而是来自历史。”

我们用英语交谈，毫无障碍。奥卡约娃谈及自己的历史，她原籍并非意大利人，而是捷克人，后来移民意大利。交谈中我使用了“移民”一词。

“不，是逃亡。”奥卡约娃严肃地纠正我。

“fugitive！fugitive！（逃亡！）”

我注意到奥卡约娃的冲动，注意到她的浅海似的眼睛逐渐变得深邃、神秘，以至于呈现出颜色本身的恐怖。一种东西太纯粹了就会变得恐怖，眼睛也一样。

奥卡约娃早年，十一岁的时候，就开始了逃亡的生活。

“东欧式的逃亡，你当然懂，是不是?”奥卡约娃说这话时眼睛甚至有了某种石头的质感，在埃多拉的被前额压得很低的灰眼睛里我也看到了这种石头般的质感，我不知道这种东西究竟意味着什么。

奥卡约娃写过很多布拉格的书、奥斯维辛的书、华沙的书、意大利的书、冰岛的书，全都与童年有关，与一个少女冷战时期的逃亡有关。

然而奥卡约娃说她的书并非童书、童话，并不是写给孩子看的。

“我不认为孩子应该看我的书，虽然我有时被定位为一个童书作家。”

“为什么?”

“她们不可能读懂，不过一旦懂了又会很可怕。”

“你的书与安徒生无关?”

“是，是的，当然无关。”奥卡约娃非常肯定，“怎么和十九世纪有关?”

“十九世纪和二十世纪不同?”

“二十世纪没有浪漫，十九世纪还有。”

“不能写一部《逃亡中的〈卖火柴的小女孩〉》吗?”

“你不是恐怖作家，这点我越来越确定。”

“不能试试吗?”

奥卡约娃显出一种我无法形容的表情，就好像海水的颜色慢慢变浅，我不能说是微笑，但也差不太多。奥卡约娃答应了我。

“我会在海边写这本书，写完把它们一页页撕开，扔进大海。”

“为什么？”我不解地问。

奥卡约娃真的笑起来，笑的时候的皱纹显得异常深刻。

我感到一种母性对孩子的表情，她的眼睛几乎在抚摸我。

她不年轻了，但也不老，混合中让我感到一种复杂的说不出的东西。这种东西在奥卡约娃结束中国之旅的时候（我们相处了七天），让我无论感到自己多么幼稚还是忍不住讲出了我的担心：埃多拉让我感到不安。在登上去往首都机场的大巴之前，我们拥抱，告别。

“写出你的担心，”奥卡约娃说，“想象所有的理由。”

“不，”我说，“我希望你们一离开我就忘掉这件事，请原谅我是个病人。”

“谢谢你的不安，”奥卡约娃说，“期待你的新作。”

“我也期待您的书，您答应过的书，与大海有关的书，我会每天去海边，说不定我们会同时到达海边，我马上也要离开北京。”

奥卡约娃上了车，我计算了一下时间，她到热那亚是十个小时，我坐慢车到海边差不多也十个小时。可惜到中国海边我无法给奥卡约娃打个电话，一来我不习惯往国外打电话，二来我的手机也没这个功能。不，干吗要打电话？现在我看着大海，越来越觉得不需要电话。

当然，我知道，大海很虚无，但不会比我对它有所期待以前更虚无。我对大海的期待并没影响我什么，除了伫立的时间较长，并称不上痴迷。事实上我仅仅为自己增添了一种可能，比如我觉得大海随时会布满字，海鸥随时会衔书而来。一切都是可能的，只要你愿意开放你的可能。此外我在这儿的孤独变得有意义，甚至病也变得有意义。过去，噩梦总是包围着我，现在美好的期待包围着我，以至连每周一次过去视为负担的外出购物也变成我的期待。

我并非不食人间烟火，我还要生活，购物。购物要到不远也不近的镇上，有十几公里，除了海风、浪，一路几乎无人。对我而言，过去所有的海是同一个海，现在每一处海都是不同的海，这使我的购物变得充满意义和可能。现在我总是不时地把车停下，看看某处海角、某片海滩，我总想，谁知道哪片礁石或滩涂上静静躺着一本书呢？过去我一直骑自行车，前不久，也就是我住遍了七套房子之后，我的买卖文物的朋友给我提供了一辆夏利车。

车况不太好，二手货，前后都坑坑瘪瘪的，一看就是撞过或被撞过。像我的买卖文物的朋友的职业一样，旧夏利充满了收藏品味道，满身的尘土甚至呈现出某种质感，一看就是在某个地库放了许多年。不过发动机的声音还不错，往返于镇上应无问题。我的买卖文物的朋友完全有能力给我提供一辆新车，但他认为我不需要新车，我完全认同我的朋友的观点，我与夏利是适合的。不过我收留的一只沙皮狗对夏利颇为不满意，我第一次带它去镇上购物它一路唉声叹气，甚至不愿意坐在副驾上。我认为老沙（我叫它老沙，它很老了，至少看上去比我老）没有叹气的理由，它应该忘记被遗弃前的生活。

老沙身体呈棕色，满脸褶皱，几乎看不出眼睛，低调而耐人寻味，我不能说它是一条哲学化的狗，但它的确常常让我想到法国哲学家伏尔泰的表情。它天生属于书房、地毯、沙发、壁炉。我刚到小区时，它在我的房门口奄奄一息，我跟它说话它看也不看我，喂它东西它也不吃，它不怕死亡，好像它已思考过死亡。我的买卖文物的开着古色古香收藏品般宝马的朋友催我赶紧走开，但我还是尽了最后的一点责任，把一点食物和水放在它跟前，很快就忘记了它。

老沙像我预料的一样，基本待在我的书房，除了跟我到海边哪儿都不去。老沙从来不叫，没听它叫过一声。当然这儿太安静了，没有叫的理由。海鸥不是理由，海浪不是理由，远海的轮船不是理由，我当然更不是理由。我们彼此如此沉默，无论在书房，在海边。我不用意识到老沙的存在，老沙也不用意识到我，我们好像是一体的。而且除了涨大潮，我们也基本上一动不动。老沙极偶尔的时候（简直要出什么情况）会叼一些不多的东西到我脚边，比如贝壳、螃蟹、报纸、可乐瓶子。许多个黄昏，在许多个不同方向上，我们一大一小的影子投在晃动的金灿灿的海浪上、沙滩上、岩石上。早晨也是，日出有时从海上来，有时从后面来，看我们站哪个方向了。有时在早晨火红的阳光中老沙会突然冲出去，叼回一个塑料袋，好像这是我们等的。老沙越来越懂我，以至后来我写作时也会单独出去。

我大部分时间伏案写作。有一天，老沙突然在外面叫起来，非常新鲜。老沙的叫声开始有点远，渐渐越来越近，好像追着什么叫。我从屋里出来，一眼看到一个梦幻般的邮差。邮差到了门前，老沙还在叫，不依不饶。这儿从没来过邮差。“你从海上来吗？”我幻觉得脱口而出。“是的。”邮差说。把包裹递给我，让我签单。邮差已不年轻，自行车也是老式的。我签了单，认出了单上的外文名字，同时问：“我怎么从没见过您？”邮差低头整理东西，“这儿从没有过信，你是第一封。”邮差骑上深绿色的自行车走了，没打任何招呼，骑向大海。

海上有自行车是可能的，我想，达利有道理。另外，许多事都是这样，不发生是不发生，一发生就是连续的。就在我收到包裹不到一个星期，有一天，老沙叼回一个古色古香的瓶子，一看就是我梦想中的漂流瓶，那一刻我几乎看到奥卡约娃就在不远处的外轮上，放漂流瓶。然而，当我打开瓶子，里面的东西像她的邮包一样让我失望。瓶子里是奥卡约娃的新书《埃多拉之死》的封面，我觉得漂流瓶方式无论如何应与同样古老的邮差方式有所不同，可竟然完全一样。

包裹里是厚厚的《埃多拉之死》，我还一页都没读。我一看就知道这不是我要等的书，更不是我经常在海中看到的或深或浅的文字。如果不是署名亚米拉·奥卡约娃，我认为这完全是另一个人的书。我对埃多拉和洛伦佐不感兴趣，早已忘记他们，甚至已记不起他们两个谁是谁。

我继续写作，每天去海边，这已是我根深蒂固的习惯。

老沙继续叼一些东西回来，只是越来越少。

有一次老沙又叼来一只瓶子，但里面什么也没有。

有时，我也会想一下：怎么是埃多拉死了？

要死也应该是洛伦佐，到底是怎么回事？我是否应该看看？

但我固执地不想看这本书，我等一本我想要的书，一直在海边梦想的书，奥卡约娃答应的书，一本不存在的书。无论如何我都相信奥卡约娃，相信一本不存在但迟早会漂来的书。可是，有一天，我的朋友的妻子有一天以全身素白的装束来到无人的小区，改变了我的等待。我对朋友的妻子，我的前女友，已经非常陌生，她从车里出来的做派简直像大明星。她开着那辆收藏品般的宝马停在了我的夏利旁，老沙真是没出息，围着宝马团团转，急着想上去，没想到的是我的前女友竟大大方方让它上去了，上去了再也没下来。

我的前女友告诉我她的丈夫死了，这儿的房价已涨了三倍，七套房子已相当于二十一套。我不知这和我有什么关系，说这些干什么。结果还真有，我不能在这儿写作了，我的女友说我得换个海滨写作。

死于某年

梦的怪异常常在于，开始梦见的是一个人，醒时变成了另一个人。此类梦通常是春梦，我年轻时常做，没想到最近又有此梦。昨天梦见李芳就是这样。开始是我和大学时代的一个女孩，十分激情，结果激动时刻醒了，醒了不知怎么变成了李芳。梦很荒凉，在一个类似月亮的沙丘上，某种光照耀，我与李芳赤裸相拥，既色情又忧伤——这是醒时的镜像。同时，之前的残梦还在。我的大学时代已经很遥远，李芳更远。李芳是我中学时代短暂认识的一个女孩，我们之间什么也没发生过，甚至连同学也算不上，不过是很久以前因为高考我曾寄居在西城的一个小院，李芳是我的芳邻。那年她也参加高考，我们同届，都是应届生。她在附近的北京四中，我的学校不值一提。李芳对我高考有过一点点帮助，但我仍然考得不好，高考一结束就离开了，连招呼也没和李芳打一声。整个高考期间我都是灰溜溜的，失败的，我一直不想回想那个时代。我不知李芳考得怎么样，上了哪所大学，也不关心，根本用不着关心，那是没得说的。多少年来我连高考一块将李芳忘得干干净净，真奇怪怎么会梦见她。而且，我们竟然赤裸相拥，却又没任何幸福感。我忧伤什么呢？真是不知道，我们俩就像某类影碟上的剧照一样。或许和我最近总听已很过时很过时的《神秘园》有关？某种呼喊让我梦见更远的人？因为看了更加过时的《本能》的缘故？

不知道李芳现在干什么，四中的学生当然就是北大的学生、清华的学生。凭我当年对李芳的印象她应该是官员、教师，或在国外。在国外就没什么说的了，我比较看不上在国外的人。不是民族主义，主要是我觉得一个人的根儿在哪儿人还是应该在哪儿，在自己的土地上无论如何你的情感活动都是正常的，平静也好，愤怒也好，地沟油也好，三聚氰胺也好，很多事让你愤怒得不得了，但愤怒仍是一种健康的情绪，而在国外据说就连愤怒也没有。我的一个同学在国外久了想回来，又不敢回来，觉得哪儿都不适应，现在他常年在一家医院做护理员，同时是这家医院的病人，他说自己最适合的地方就是在精神病院与安静的病人打交道，就如同与安静的自己打交道。

是的，我最近总是想一些旧人、旧事，很平静，很有味道。我可能老了，但如果老了是这样也完全可以接受，甚至可以说很幸福。现在我有一种罕见的与时间同步的感觉，年轻时可没这种感觉，年轻时不是觉得时间快了，就是慢了，总之总是与时间不合拍，现在没什么不合拍的，我就是时间，时间就是我。我可以早晨起来看着钟表一动不动，一坐就是一上午，什么也不干，时间却过得飞快，这是一种怎样的幸福？即便出门我也仍拥有自己的时间，回忆与行走并行，一切都是双重的，我看到街景、大厦、鸟巢、水立方、城铁、二环、三环，实际上一切又都视而不见。

我乘坐七路公共汽车穿过城市，就像穿过很长时间的梦。我出门既不开车也不骑车，也不走路，就是坐公共汽车。都是老牌子的公共汽车，像大一路、四路、五路、十五路，这些原始编码的公共汽车在这个城市仍然存在，弥足珍贵。当年的行车路线、站名，和平门、文化街、民族饭店、二龙路、丰盛胡同、政协礼堂，居然都在，但我已不认识。虽不认识但听着报老站名仍很亲切，仍有某种感动涌出来。我要去我当年高考的小院，我坐当年坐过的公共汽车，但又像是完全陌生的旅行。这个城市已非原来的城市，二龙路已非二龙路，房子都变了，我像外星人一样。我没能找到当年的小院、当年的胡同、当年的街。政协礼堂的名字还在，但政协礼堂下面一条叫“大麻线胡同”的小胡同没有了，而宏伟的政协礼堂比原来扩大了一倍都不止。扩大的部分覆盖了附近的一切。我去了派出所、办事处、北京四中，没人能告诉我李芳现在在哪儿，一点线索也没有。在百度人肉搜索，搜出一百万个李芳，有歌星李芳、学生李芳、教师李芳、店主李芳。没办法，找人老找不到会找出毛病，会变得固执、愚顽，非找到不可。于是给老友打电话，老友火冒三丈，大骂我吃饱撑的，要不要到医院查查。骂归骂，他必须给我查。他想查谁就能查谁，就算这人到国外去了他也一查一个准儿。不是他亲自查，他说句话就行了，他下面就有一个庞大机器专干这工作。我们是中学同学，铁哥们，我寄居在李芳的小院时他还找过我，见到李芳还说要把李芳如何如何。他没考大学，上了警校，工作很长时间后才又拿文凭，有一次他打电话告诉我他连博士都拿到了，我听出他对博士很蔑视。我们见面并不多，一年也就一两次，通常就是电话，每次通话都保持着几十年前的口头语，要先来一声“你大爷”，然后还一声“你大爷”。

“你大爷，告诉你啊，这最后一次。”

李芳死了。二十多年前就死了。我当然有点惊讶，但二十多年前就死了还是时间太长了点。于是随便问了一下二十多年前是哪年，老同学没回答我，让我自己算。我算了一下，最后准确而失口地说出了某年。“真的？怎么回事？”我问。没有回音，一会儿电话居然给我挂了。虽然我感到某种分量，不过老同学挂我电话还是让我火冒三丈。我立刻又把电话拨过去，我不管他是什么处长政委之类的，我搞不清他，也甭跟我来那套。

电话通了，我先弄了他好几声大爷，根本不容他弄我，简直像孩子。我听不见他的声音。我要求他必须帮我查清李芳的墓地，不然跟他没完，天天给他打电话，一天打八回、十六回，烦死他。他不理我，不说话，但我知道那对他是小菜一碟。果然过了也就不到三天我接到了他的短信，短信只有两个字：西山。他很快就查到了，拖了几天才告诉我。

以西山命名的陵园有许多个，我生气老同学不能再具体一点儿。或者本来很具体他就是不告诉我，他那人就那德行，职业习惯，牛逼惯了。不过我还是感激他，毕竟给了我一个范围。我准确无误地找到了李芳的墓地，不过已是许多天之后，我去了第十二个墓园的时候。我光浪费的鲜花就差不多有一打。西山的墓园大大小小管理得都不错，有些墓园由于多年不扩容，不再接纳新人，自身构成更大的墓，完全是另一世界。李芳的这个墓园不算大，位置偏辟，非常干净。干净是灰尘造成的，因为没有比灰尘更干净的了。墓园呈环形，一排排弧形的墓碑井然有序，像影剧院或露天体育场，只是每个座位上都空无一人，不过如果喊一声：起立，可能还真有不少人站起来，甚至全体起立。

李芳的墓在第三十二排二号，非常朴素，简直过于朴素了，和别的墓没任何差别。统一建制，统一座位，无差别世界。我把鲜花放在墓前，注视了一会儿墓上的一帧久远的小照片，便离开了无人的墓园。小照片是黑白的，一寸，二十世纪八十年代标准的学生证照。有一层厚塑料蒙着，日晒雨淋，塑料和照片均已发黄。不过李芳的样子依然清晰，且微笑着。说实话，当年我几乎没见过李芳笑，照片上迷人的笑让我有种说不出来的感觉。照片一看就是王府井“中国照相馆”照的，或者大北，我在这两个照像馆也都照过，前几天翻箱底儿还翻出几张一寸照。这种一寸照通常都是毕业照，那时还没有两寸的。可惜我没带在身上，要不可以和李芳放一起，比一比，看看像不像同时代人。像什么呢？像兄妹？唉，真该放一放，至少像时代的兄妹，放一放李芳说不定会流泪。

1978 年春天，雪水，阳光，雪水和阳光怎么分得清呢？1978 年，到处都在融雪，滴水，屋檐下，车站牌，叮叮咚咚。我骑着一辆自行车，车后带着行李。午后的阳光与滴水难以分清，像某种音乐，滴滴答答，亮亮堂堂。小胡同也一样亮堂，甚至阴凉处也在融雪。一般雨水会使小院泥泞，但雪水从来不会。不仅不会，反而会使小院有一种阴湿的干净。小院不过两三户人家，有一户还长期不住，空着，我住进来也才两户。午后的阳光安静，街门老化、变形，关上门后有许多缝隙，不过门闩仍很结实，插上依然安全。

李芳的家住院里的正房，两间大北房，在过去就是院子的主人。我和另外一家住东西厢房，在过去就是下人。不知道新中国成立前李芳家是什么人，一直不知道。来前算好我要来的日子，订了一份《光明日报》。报纸先于我到达小院，李芳的姥姥一早就拿到了。李芳的姥姥是袖珍型的老太太，头发花白，满脸皱纹，拿着我的报纸异常庄重等着它的主人。老人没马上给我报纸，直到我掏钥匙，打开了厢房，李芳的姥姥才把报纸给我。这是我平生订的第一份报纸，说实话，当时，我有点激动。一个中学生订了一份《光明日报》，简直就像知识分子一样。那时正是科学大会期间，报上刚刚发表了郭沫若《科学的春天》。真是好文章！在 1978 年，郭老激情澎湃的文辞太美了，很有点超前，我觉得高考肯定要考这篇文章。我考文科，为自己高瞻远瞩异想天开地订了《光明日报》而自得骄傲。我能感到老人双手捧着报纸那份表情的庄重，大概，我甚至想，这是小院有史以来订的第一份报纸，我是小院的考生，时代骄子，前途无量。

我得意了没几天，有一天，突然才看见了李芳。第一眼就觉得有什么震了我一下，感觉李芳也是考生。我们走了对面，没说话，只是相互看了一眼就低头过去了。那个年代，虽有《科学的春天》，冰消雪化，但男女间的关系还很生硬，也不会遮掩，就是一低头或直愣愣过去了。果然，当天晚上我就从李芳姥姥那里得知，李芳也在上高考班，也是应届生，在附近的北京四中。四中当然非常有名了，我觉得受到很大打击，某种光环顷刻消失了，什么报纸呀、小院呀、考生呀、时代骄子呀，都统统离开了我。

我甚至有点后悔来到这个小院。我不明白小院既然有了我还要李芳干吗？既生瑜何生亮？此前我每天骑车回宣武区我所在的那所普通学校很有劲儿，现在感到路途艰难。我原本是学校的闹将，1977 年迷途知返，发奋读书，决心把损失的时间补回来，我被看作是浪子回头的典型。到了小院，我准备“头悬梁，锥刺骨”或者像陈景润在六平方米的小屋面壁。可是李芳让我如梦方醒。和李芳比我差得太远，我根本不可能把在“四人帮”时代损失的时间夺回来。就在我来小院之前我还托人弄到一张四中高考讲座入场券——讲座让我如闻天音，茅塞顿开，获益匪浅，可李芳天天在那儿上课。其实，我当时要是想得开点，不那么自卑又自傲，我完全可以近水楼台沾点李芳的光，比如经常可以到四中去旁听、得到更多至关重要的考试卷子和片子。但是我没有，我异常紧张，每次院里碰见李芳总是目不斜视，昂首挺胸。李芳也同样冷漠，从不看我。其实我们的冷漠的内涵完全不同，她是自然的，女孩子的，羞涩的。而我是努出来的，不自然的，可笑的。我太紧张了，我不知道她后来觉察到我的紧张没有，反正后来我明显感到我的凛然压倒了她的凛然，以至每次碰上，她都是远远地就低了头。

小院不大，却有一溜长长窄窄的通道，两边是外院的墙，我和李芳走对面每每要擦肩而过。李芳低着头，微微侧向一边，有时不，就是低着头过去。不的时候，我们离得非常近，有时我也会感到一种同情的东西，但马上又觉得自己有什么资格同情。现在看来，那种小小的柔软的东西可能更有意义。

李芳戴白眼镜，两只短辫，系皮筋，发缝儿整齐地从中间分开，标准的女中学生，如果不是眼白奇异地发蓝，她就是那时代刘心武笔下的谢慧敏。但是蓝让李芳有一种特别的不同。我无法形容那种蓝，像化学的蓝、宗教的蓝。另外许多年后我到九寨沟看到神秘的五彩池，好像隐约地想起李芳。如同五彩池，李芳的黑瞳孔被眼白之蓝浸染得事实上有些不清晰，眼底总像有一些静态的树枝。还有，因为蓝李芳的整个表情与她的年龄不符，我还记得最初见她时的惊讶，不太相信她和我同届。实际上她不但与我同年，我们可能还是同月、同日，甚至同一个时辰也未可知。但墓碑上只有生卒年，没有月，更没有日。记得书上对古人的生卒注释只有年，很少有日月，乃至生辰。在这个意义上李芳无疑已属于历史，的确该像古人一样注释。那么回忆李芳是否也要像回忆古人一样？李芳真的已是古人了？那么是否我也是？

不，不是这样，只是我们的时间太沉重，其实，只要轻轻掀开一角，一切都如在目前。别看李芳是四中的学生，也一样，每天都熬得很晚。过了五月天越来越长，夜越来越短，我们睡得越来越少。经常的当我走出斗室站在夜空下，透透气、看看星星、伸伸懒腰什么的，都会发现李芳的窗前也还亮着台灯。那段日子我们好像比着赛着看谁关灯晚，看谁不睡觉。其实我后来才知道她根本没和我比，只是自然，只是时代使然。可当时我觉得老天太不公平，她都在四中了还不给我一点点机会。如果她早些睡，至少我拥有的夜晚优势还能体现出一点。但是她不，她简直成心，她一动不动，连懒腰也不伸一下。或凝思，或书写，或翻页，我丝毫不觉那很美，或异性相吸，反而深深地绝望。每次直到最后终于看到她关灯了，院里一片漆黑我才会长长地出一口气，才觉得我的时间才到来。我发奋，骑着黑夜，就像骑着快马一人疾驰，常常一人复习到天亮。

我一个人生活，不生火，不做饭，一日三餐都在外面小饭馆吃。我吃的都是最简单的食物，几乎从不吃菜，主要是面条、炒饼、炒疙瘩、炒面。每天我跟李芳的姥姥订了一壶开水，出门我把暖壶放在窗台上，李芳的姥姥拿走，烧好水给我灌上，放在窗台上。周末或有时不上课，我能看见李芳姥姥从窗台取走暖壶，不久又放回来。一天一暖壶热水够了，其他我用自来水就行了。我不过就是洗洗脸、刷刷牙，一般不洗脚，更很少洗澡。我过着原始简陋的生活。我的房子真的只有六平方米，一张床、一个小桌而已。除了吃饭睡觉，我所有时间都在复习、背诵、书写、计算。后来我去西藏旅行，见过喇嘛僧人的起居生活，我觉得不过跟我当年的生活差不多。在这个意义上，我当年可能应该是有点感人的，因此有时李芳家做了什么吃的，李芳姥姥会给我这个考生送过来一点儿。

我吃过李芳家的银耳羹、葡萄干、花生、薯条，有几次夜已很深了李芳的姥姥端给我一小碗馄饨或一碗菜粥。可能是给李芳做的，也送给了我一碗，她们没把两个考生完全分开。不过李芳从没过来给我送过什么，李芳的父亲母亲也没过来送过。都是李芳的姥姥，一直是那个永恒的老人。我一直不太了解李芳父母是做什么的，也不打听，好像他们在一起工作，是个保密的单位，李芳姥姥一言半语说的。说实在的，我不该忘记李芳的姥姥，现在想起很惭愧。李芳的姥姥几乎就是我的姥姥，如果我也有姥姥的话。那时我真的就认为只是李芳姥姥对我好，没想过别人。我太自卑了，影响了对许多事物的理解。

不过有一件事，当时就可确凿无疑是李芳让她的姥姥做的，可当时我还不太领情。那天很晚了，李芳姥姥又端过来一碗小米红枣粥，同时还拿给了我一套摸底考试卷子。卷子是文科卷子。李芳考的是理科，应该是专门给我找的。李芳姥姥什么也没说，只是又高兴又不自然地笑，好像还有某种不好意思，弄得我本想谢绝，因为李芳姥姥的干笑不得不收下。第二天碰见了李芳，我想表示一下感谢，同时申明以后不再需要了，结果李芳十分快速地低着头从我身边走过，根本不容我致谢。不仅如此，李芳走过时的神情异常冷峻，好像生气似的，这让我糊涂地涌起另一种强烈的感情：我想向她大声申明：我不需要她的恩赐，请她拿回她的卷子！我这人这点不好，受了人家的帮助还恨人家。事实上对于卷子我如获至宝，我把所有的题都做了好几遍。我还把卷子拿到自己的破学校显摆，好像我多有本事拿到了赫赫有名的四中的卷子，我多有路子、多有背景。而别人也的确像我一样如获至宝，让我也非常得意。但是如果有机会我同样可以把卷子毫无理性地扔给李芳。我就是这样。我太紧张了，又很混乱。也许李芳洞悉了我紧张的自尊，所以才不给我致谢与拒绝的机会？

临近高考，李芳的姥姥有一天给了我一张四中的听课证，李芳的姥姥还是像以往那样干干地笑，不说话，只是给了我。这次我拒绝了，老人一下收起了满脸皱纹的笑，显出绝对的不理解。我再重申我不需要，老人跟我急了，我第一次看到老人类似生气的脸。我接受了。不过我没去听课。我还记得那天是“七一”，党的生日，离高考还有六天，我去了宣武区自己所在的那所破学校。学校早已没什么事，前许多天领完准考证就放假了。我毫无意义地在学校转了几圈，又在别处转了转，吃过午饭回到了小院。我这样做无非是减轻我没去四中听课的压力，好像我自己的学校还有事。我当时就是那么愚蠢。

结果当天晚上，李芳的姥姥就敲我的门，这是我预料之中的，来质问了，我已备好了说词。结果让我吃惊，竟然是李芳。我真没想到，我非常紧张，不等李芳质询我就嗫嚅着前言不搭后语地说白天我也去了自己的学校，我们学校最后的课也很重要。我的谎言听上去还算理直气壮，有鼻子有眼。我真得感谢自己白天的英明，否则我怎么面对李芳破门而入的直截了当呢？李芳从没到过我的房间，这是第一次，也是唯一一次，她的蓝色眼白让我发抖。听完我的理由，李芳直视我的目光随着低下的头，也垂下来。我再次向她表示感谢，有条理地重申了我的谎言。李芳看着地面告诉我后面还有两次课，希望我能去听。我有些生气，李芳好像没听明白我们学校也有最后的课，也很重要。我声调高了些地表示看看能不能请假吧，算给她面子，实际是拒绝了。李芳没再说什么，低着头走了。她大概知道她的眼睛和别人不同，让人紧张。李芳走后我才发现自己出了一身大汗，我太紧张，又太自尊了。我不知为什么要表现出强烈的自尊？真是奇怪。我最终没去听课，并且之后一直回避李芳。

在我的房间，那个晚上，应该是我最后见到李芳的时候。

之后见过一两次窗外她匆匆移过的身影，应该不算见到。然后就高考了，我回了家。我回了家，再没回小院。我考得不好，几乎落榜，我很努力了，却不知为什么那么差。那条小胡同我也没再去过，就算大街上的政协礼堂这么多年我只路过有数几次。再见李芳就是墓园，小照，塑料后面的微笑。

李芳，生于 1960 年，享年 29 岁。

没有月、日，像古书上的人。

后视镜

一

我的左脚比右脚稍稍短一点儿，称不上残疾，但与常人稍稍不同。一般称我踮脚儿是可以的，但更多人叫我瘸子或苏瘸子。我不瘸，一点儿都不，只是有那么一点点踮。就差那么一点点，连两厘米都不到。我不知道为什么人们总是习惯把腿脚儿稍有毛病的人一概称为瘸子，我认为这是极不负责任的。严格地说，腿有毛病的人才称为瘸子，仅仅脚有点儿异样或者可以称为跛子，而我连跛子也谈不上。当然，不管怎么说，我走路不太稳，这是事实。我走的每一步看上去都像是对自己轻轻的否定，甚至如果你认为我是在自嘲也不无不可。

踮脚儿，一点儿也没妨碍我与正常人有什么不同，事实上在某些方面，比如运动场上，我还相当不错。我喜欢跑、跳、球类和冰上运动，我不能说踮脚儿使我在运动中获得了优势，但运动中我的确表现轻灵，富有弹性，仿佛比别人有一种越来越快的加速度。在一万米或马拉松这种自我折磨的慢跑中，不用说，我明显处于劣势；但在短跑和百米跨栏中我则像流线，甚至于像射线，十个栏一般不会踢倒两个。我曾参加过一次区级中学生运动会，百米跨栏拿了第一，跳高破了纪录，我跳的高度超出了我身体的三十公分。我赢得了全场的欢呼与潮水似的掌声，但是当我走上领奖台的时候，步伐和别人不一样，同样引起了大笑。

我被认为是某类人的楷模。学校让我做报告、巡回讲演，我为了证明与常人无异，四处赶场，结果声名远播，成为一个著名的瘸子。我差之毫厘，并没失之千里，但事实上好像是如此。由于运动和刻苦练习，我身上没一点儿脂肪，除了青筋就是像筋一样的肌肉，或者简直称不上肌肉，差不多就是一把瘦骨头。如果我想隐匿自己，比如做了隐身人，几乎不是一件难办的事儿。是的，我后来就是这么做的。我又瘦又小，总是穿黑衣服，在人群中几乎就是一个黑影子。我退出了运动场。我认为只要把全部精力用在安静的学习上，就会不显山、不露水，不引人注目，然而即便如此，我仍没办法不使自己脱颖而出。比如最经常的各种考试，会做的题我总不能装作不会做吧？结果考试总是名列前茅，不拿第一对我并非一件轻而易举的事。

我数学最好，物理次之，化学一般。尽管化学一般（完全是有意的）后来还是成了化学课代表。我不想成为任何学科的代表，数学也好，物理也好，这两科我都具备无可争议的条件，两位老师也都动员过我，但最终还是让化学老师得了逞。我的化学老师是个中年瞎眼儿，当然是一只眼瞎，两只眼瞎他就歇菜了，如同我不能两只脚都踮——那样可能倒好了，我可能会成为芭蕾演员。化学老师的瞎眼装的是什么动物的眼睛始终是个谜，有人说是狗眼，有人说是牛眼，还有人说是猫眼，但不管怎么说都一动不动，看上去像个闪光的黑洞。我相信化学老师照相不能打闪光灯，否则就会有一只眼因为反光变得贼亮。我根本逃不掉他的黑洞，他有很多办法，比如凝视、斜视，最受不了的是他的凝视，他盯着你但并不是正眼看你，你根本搞不清他在拿哪只眼看你。

我从未答应做化学课代表，但事实上已成为他的课代表。自从我被他的假眼盯上之后，课前他总是把我叫到备课室，让我帮他抱着实验用具，托盘、酒精灯或大摞化学作业，我们一同步入教室。如果是化学实验课，我还会被留在讲台上，协助各种事物，做这做那，不太稳地走来走去。此前的化学课特别是实验课，从来都阴森恐怖，常常像魔术，甚至于幻术。特别当酒精灯凑近并照亮化学老师的瞎眼时，再加上他的头发又长又稀，看上去有一种古堡的效果，那时因为酒精灯热效应的缘故，他的又稀又长的头发会轻轻飞舞起来，好像一种魔法，我们所有人的心都揪起来，大气也不敢出。我上台后气氛多少有了改观，类似斯特拉文斯基加入了一点爵士，有时可以听到下面一点安静的笑声。

二

我成为化学老师最得意的学生，但是那年高考我坚决地选择了数学系而没选择化学系。我希望以此结束我与化学老师无可言状的关系。那时化学老师只是笑笑，并不在乎我选择什么。化学老师说我根本不可能逃出他的视野，我永远是他的学生。那年的高考也真是让我伤心，我的分数没得说，让许多名牌大学咋舌，然而我的成绩单与体检表在经历了一段类似星际漫游的旅程之后总是不了了之。最终，我不得不找到了残联。我一直在犹豫，不想这样做，但是没办法。我向残联承认了我是瘸子，办理了证件，正式成为注册的瘸子。在残联和母校的干预下，一个盛产为人师表的学院最终收留了我。那时大学已开学，我受到了学院特别郑重的欢迎。我还上了报纸。我的未来清晰可见：为人师表，成为一名教书先生。我不能不想到化学老师的假眼，我不知道我们是否有一种共同的命运、一个共同的南极空洞。不过我没选择化学系，就这点而言，我与化学老师还是颇有不同。数学王国最终存在着一个上帝或一种类似上帝的秩序和体系，而现代化学是无边的，甚至是可怕的，它最终指向哪里至今还不清楚；它使人类生活发生了巨变，但也产生了南极臭氧空洞，就像化学老师的假眼。

大学四年，我沉溺在遥远的数学王国，差不多忘记了这是一所将来为人师表的学院。我已走得很远，远到阿基米德、欧几里德、祖冲之和张衡。我虽然误入歧途，但也可以说独辟蹊径，这在科学上是非常正常的事情。许多人沿着某条蹊径或歧途走下去而成为伟大的数学家，我相信我也会如此。但是四年后我发现等待我的仍是中学的教书先生，并且几乎没有选择地被分回了母校。我能读师范除了残联的干预，同母校签的协议也是决定性的、不可更改的。如同当年化学老师的预言一样，我又见到了化学老师。化学老师并没因为当初的预言而有任何得瑟，在他看来这是再正常不过的。几年光景化学老师明显老了，假眼在我高考那年掉了之后再也没装上，留下了一个空空的更加吓人的眼窝。头发也更长、更稀了，已经见顶，而眼窝则像那个季节的果实。那时校园的松果已经发黑，石榴灿烂开裂，如我们的内脏。太多的老师教过我，因此我对化学老师也没特别地尊重，甚至于比从前还冷淡。一代一代的学生循环为老师，我这种重返母校的情况并不鲜见，大家各操教鞭，都是同事，没什么师承关系。

我依然穿黑衣服。不同的是，作为数学教师，我的黑衣比学生时代的黑更为考究，衣服不是简单的黑就完了，而是要体现出教师的庄严肃穆。此外，多年前我做学生时就梦想一柄手杖，现在我可以拥有了。我还留了唇髭。我想，既然我与众不同，那就再彻底一点。黑礼服、黑手杖、修剪整齐的唇髭，目空一切，这使我有了一种与人格格不入的庄严的效果。直到有一天一位同事告诉我，学生都说我像日本人我才感到某种真正的侮辱。这之前别人说我什么我都不在乎。我想也许我该再配一顶黑色礼帽？像福尔摩斯那样？但恐怕还是脱不开像日本人，因为据说日本人很早就风行过福尔摩斯式的帽子（日本总是比中国早一步），这让我颇为烦恼。我说不上是民族主义者，也说不上反感日本人，但说我像日本人我的确觉得受到了侮辱。哪怕说我像英国人、塞浦路斯人或柬埔寨人我都可以不予理睬。我不能不忍痛割爱。不再西装革履，改穿中式服装，我回到了传统，像章太炎或死硬的辜鸿铭那样，看上去老气横秋，绝对的中国做派。我甚至于还想过留一条大辫子，像康有为那样，我觉得这真的没什么不可以。我开始蓄发，剃了日式唇髭（我真不明白怎么一留唇髭就像日本人，什么都成了日本人的专利）。我的庄严形象有点受损，甚至于一落千丈，简直像阿 Q 或孔乙己。好在我坚持把手杖留下来，这纯粹是我个人的标志，不是学日本人或英国人，我的确有点瘸。

没人再说我像日本人，仍叫我瘸子或苏瘸子。我不能禁止别人这样叫，包括学生们叫。尽管我是从母校出来的，无论校长、同行（当然不包括化学老师），还是学生，都不接受我复古的孔乙己的形象，但是说到底这是我个人的权利。现在许多方面的确好像是自由多了，至少没人再规定你能穿什么或不能穿什么。是的，从一开始学生就总是哄堂大笑，我是“日本人”时学生不仅笑我走路，还笑我的手杖和唇髭，给我起了许多日本人的名字，具体我就不说了。即使到了中国做派，笑声仍然不断，每次教室都要几分钟才能安静下来。笑声中我一直望天儿，好像凝视星云、暗物质、南极臭氧层。学生笑够了，我开始上课。笑是暂时的，笑也会疲劳。

我教高一数学，教高二时丢掉了教科书，每次上课什么也不带，只一柄手杖、一根儿粉笔，板书清晰有致，如同科学本身，直到铃声响起。下课——没有一句废话。上课只一根儿粉笔只有二十年教龄的特级教师才能做到，而我只用了一年。当然我得承认，二十五年教龄的化学老师也很早就一根儿粉笔，具体什么时间我不知道，可能比我早。不过我仍是杰出的。我按顺序教了高一、高二、高三，最后停在了高三上。我是应试教育培养出来的魔鬼，高中三年的魔鬼训练使我早已深得应试的精髓，就如同杰出的运动员往往也会成为同样杰出的教练。加之我又掌握了一套慑人心法——主要是三十年代横眉冷对千夫指的做派，因此受到部分学生狂热的欢迎。一些学生下课围着我不愿我走，一如当年德国人的狂热。高考之后，新升入高三的学生家长组成了请愿团，向校长要求请我留任高三数学，虽然没佩戴袖标，但举出了小旗儿，喊出了口号。家长坚决反对我按惯例轮回到高一，我留任了，开了许多年学校教学的先例。我的非人教学法——主要是题海战术和目空一切，使我第一年教毕业班就成绩斐然。我的理论是：如果我们不在平时压垮自己，怎么可能在库尔斯克殊死的高考战场上取得铁血的决定性胜利？我培训（绝不是培养）的人是能挺过来的那些人——结果很多人都挺过来了，让我十分惊异。

我在中学待了五年，最后两年，我的学生连续两届成为全市高考数学状元（当然，毫无疑问，两位状元都对我毫无感激，其中一个后来跳了楼，一个成为著名的食堂纵火犯）。如果说一届如此成功是偶然的，那么连续两届显然不是偶然的，有人把我的成功归结为我的手杖，说我的手杖是“数学魔杖”——那时人们对我已非常尊敬，只要提到我就肃然起敬。人们不再指出我的踮脚儿，而是以“手杖”所指——人们甚至于学会了隐喻。许多与教育有关的报纸采访我，还有电视台。我手执权杖、满怀鲜花（报纸可以做证），尖声尖气地回答记者。我是个瘸子，没别的原因，我就是这样回答记者的。我的荣誉达到了顶峰，但也不过如此。也就是那一年，我丢掉了数学手杖，退出了教师职业，在中学数学讲坛上彻底消失了。

三

我在家闲置，玩俄罗斯方块，用直钩在大鱼缸里钓小金鱼儿，做化学试验，烧制各种颜色的水，研究高斯和阿基米德、弯曲空间和圆的度量、托勒密的公设与循环理论误区、祖率、肯特以及欧几里德和帕提米亚；谢绝一切学校或家长邀请。外出旅行，乘火车、飞机、轮船、长途大巴，进入人山人海或人迹罕至的旅游点。骑马、驴、骆驼、骡子，买各种纪念品和小玩艺儿，吃棉花糖。还打电子靶，很快掌握了要领，回回都是靶心，无论走到哪儿都是靶心。做了手脚的电子枪我可以调好，照样命中靶心。我把一个业主打急了，然后到下一个，下一个业主也急了，再到下一个，常常整条街都被我打急了。我不能再打靶了，就玩套圈。套圈也一样，圈无虚发，套了一大堆日用品，烟、打火机、酒、剃须刀、小电视、小火车，甚至于人民币——到哪儿我都带来灾难性的后果。在神农架，打枪和套圈的小贩们最终联合起来对付我。我像过街老鼠两头挨堵，险些被小贩们扔进野人洞；我获得的奖品被哄抢，身上的钱财被洗劫一空，幸好那天遇到一支归途中的野人考察队才得以获救。

那支野考队是一支胜利之师。因为首次抓获了野人，特别申请了森林警察开道，顺便也将我从小贩的围堵中拯救出来。队员中有我过去的一名女学生，我已不认识她，她说也姓苏，叫苏未未，我几乎记不起来她，但一旦想起来，过去的印象还是十分深刻。在小贩们联合起来的推推搡搡的过程中，我的女学生苏未未发现了她当年的苏明老师。警察驱散了不法商贩，我认为应抓起那些小贩，但我的女学生说这次考察收获重大，野人在押，叫我不要多生枝节，以免发生不测。我的女学生在考察队中无疑颇有地位，是考察队长的怀中人，这一点我一上车就发现了。考察队已发了外电，尚未对国内媒体公布消息，怕沿途引起难以预料的骚乱，因此一路秘不发丧。考察队要在房县做短暂逗留，然后将日夜兼程赶往首都北京。车队到房县我就可以使用银行卡了，因此我的随队旅行不过几个小时，这是考察队长还有我的女学生与我达成的三方协议，这对我已是格外开恩了。我和我的女学生、考察队长坐在指挥车里，前面是森林警车，后面是蒙着毡布载有野人的专用卡车，再后面是补给车。车队浩浩荡荡，前后都有警车啸叫。我觉得自己真是威风凛凛，要不是野人在押，我相信他们会抓起那些小贩，他们一个也跑不掉。

我没有机会一睹野人的芳容，一进县城就得滚蛋。我的女学生说卡车里的野人十分暴躁，幸亏事先预备了铁笼子，不然就得五个人按着野人，一刻也不能松懈。铁笼子早在六十年代野考队成立之初就已铸好，无数次的考察，一代一代人的考察，里面装过白熊、白鹿、白苏门羚、白猴，还从来没装过野人。会不会是狒狒呢？有的狒狒很像人的，我自言自语。不可能，我的女学生大声说，以前他们抓到过狒狒，这次是直立行走的，绝对是野人！看来直立行走是他们这次收获的主要标志，是的，这是个很重要的指标，但我仍心存疑惑。我对野人完全不了解，不是我不相信野人，我担心不是。我完全是好意，结果惹得野考队长十分不悦，我的娇小的女学生也因此表露出嫌恶我的样子，再也不正眼看我。

两个小时后，车队快要抵房县，严格地说还没到县城，只是公路上出现了房县的交通标志牌，我便被请下了车。我的女学生偎在队长怀里睡着了或者干脆就是装睡，而队长对我毫不客气。队长打开了车门，虽没一脚将我踢下去，但我尚未站稳车就疯牛似的开走了。我长途步行了差不多三十华里才到县城。我的踮脚儿完全不适合公路上的长征，虽然只有三十华里，但走到县城时我差不多已是一个真正的瘸子。

考察队早已启程，我不可能找到他们，也不可能一睹野人的真容。我在银行取了钱，掉头又上了一辆长途车，重返神农架。这次我既不打枪也不套圈，径直上了神农顶。在海拔三千米高度的神农顶上，我眺望了三个多小时茫茫神农架林海，一动不动。我在想野人，想女人，想我娇小丰满的女学生，想野考队长。我慢慢地回忆起我的女学生，她数学好像不错，但是大学上了生物系。我对学生考到哪里从不关心，对女生也从不感兴趣，或者对整个女性都没兴趣，但是我对苏未未还是有点印象的。我对苏未未的印象主要来自我的邻居的一只猫，那只猫黑、静，一动不动，但并不怕人，你在各个角度都感觉它在盯着你。苏未未也有这个特点，一度我常常把苏未未和猫混淆。学校里有一些苏未未的传说，比如她很小就被流氓强暴过，但我从不相信，我认为那是男生对女生的想象。事实上我曾天真地想，如果将来我有女人就该是猫一样的女人，苏未未就是我邻居的猫。我已三十出头儿，不知女人为何物，甚至于从未触摸过邻人的猫。我怕它隐藏的爪子——她怎么可能被强奸呢？但是这次苏未未真让我失望，她那样安静地偎在脏兮兮的野考队长身上让我很不自在。野考队长尽管十分健壮，但总有五十岁了，也许还不止五十岁，他占有着我如此年轻似乎已没有爪子的女学生，她的乳房那么富有弹性，就那样放肆地贴在野考队长身上。显然，可以想象，长达两个月的野考，我的女学生怎样委身于这个老家伙，我能闻到她身上的他那种不再年轻但仍然旺盛的味道。这味道就如同老年大学厕所的味道，如此黏稠、厚味，是让任何一个碌碌无为的年轻人愤怒的味道。

四

我厌倦了旅行。继续在家钓鱼，玩俄罗斯方块，忙生病的下体，关注野人的消息，继续研究数论、函数、弯曲空间和抛物线，不停地买影碟、看影碟。我收集某一类碟，如恐怖、悬疑、凶杀，像《去年在马伦巴》《小旅馆》《后窗》《西北偏北》《爱德华大夫》《午夜凶铃》《三十九级台阶》，这都是我喜爱的。我不喜欢历史或战争电影，特别是二战电影，见到希特勒大呼小叫我就浑身抽筋儿，尽管有人说我的声音像元首的配音李扬。我也不喜欢喜剧，包括卓别林的喜剧。我甚至于可以说厌烦卓氏的喜剧，卓氏他把一种残疾表现得如此浪漫、同情、忧伤，我认为与生活不符。

我不是说我在卓别林身上看到了自己的影子——没那么严重，我是觉得卓氏太小资了，比起希区柯克，卓氏差不多就是一个小丑。恐怖与理性，如同数学的严酷一样，是我所欣赏的。我认为这两点是世界存在的基础，卓别林算什么呢？卓别林只是小情小调，哗众取宠，没任何科学基础。我这些观点是我在研究数论时产生的，我看的碟同我的数学并不矛盾，甚至于相映成趣。我花光了所有积蓄，开始寻思总得找点营生养活自己。这一点我倒也什么时候都不用犯愁。什么时候我想再去教书，只要给任何一所中学打个电话就可重返教坛。我的抽屉里放着不下十几所中学的邀请函。但我不想重返中学。我想到了私塾，我认为私塾的方式对我更好一点。这方面我的机会太多了。自从我金盆洗手后，找我补习高考数学的家长一直络绎不绝。人们通过各种方式找到我的住址和电话。我一直拒不开门，把电话拔了，但即使这样在我出门时也常常有人一下从角落里突然蹿出来，拉着我的衣角不放，让我救救她的孩子。我云游期间访问者将条子贴满了我的房门，我的房门几乎成了公共广告栏。如果我不定期清除，就算全市清除牛皮癣小广告也清除不了我门上的纸条。门上纸条一层落一层，有的用糨糊，有的用胶条，有的写得声情并茂，有的晓之以理动之以情，有的许以重金，我觉得这已不是求贤若渴，倒像是求神拜佛。

我决定开设私塾，招收几个学生，但是绝不再教女学生。什么时候想起那个野考队长和娇小的女学生，我就不太平静。那次神农架之旅让我似乎懂得了什么是爱情，我破天荒在宾馆开始胡乱接受爱情。我的第一次爱情使我既是一个失贞者，同时又是个嫖客。这使我的身心乱了套。不，不，现在我刚刚修复了身体，我不再教女学生。

正当我准备给两个许以重金的家长打电话时，一个偶然机会使我找到了一种我从未想过的生活，简单地说，给一家调查公司充当了一次“线人”。那家调查公司对我事先进行了调查，在我的公告栏上留了言。

我看到这条信息立刻联系了他们。事情很简单，一位有妇之夫在我们楼顶层养了一个二奶，公司要我盯住顶层的窗户，一旦二十七层住户窗户灯亮了，立刻打电话给调查公司。二十七层楼非常高，我住的小区十分逼仄，观察角度是直角三角形，我在六十度角上（两座楼之间的空地），观察三十度角，两个锐角的连线让我无时不处于仰望之中。我化了装，以免学生家长不速而至的纠缠。我的工作是晚上八点到第二天早晨六点，白天由调查公司的雇员蹲守，我只负责夜间。这意味着我每天要上一个夜班，而我那时还在失眠，就很愉快地答应了。

调查公司开出的条件是每小时十元钱，晚上八点到早晨六点正好是十个小时一百元钱，期限为一个星期，按小时计酬。如果正好是一个星期我就能得到七百元钱，如一个星期仍未发现计酬减半。我当然希望正好一个星期发现，那样我就可以挣七百元钱，但是如果正好第一个晚上灯就亮了，我就只能挣一百元，以此类推还有可能是五十元，四十元，甚至于十块钱，因为这是一个变量关系。因为也许我蹲守的第一个小时就发现了目标，那样我就只能挣十块钱，这在理论上是存在的。但是发现目标是一回事，报告发现目标是另一回事，就算我第三或第四个晚上发现目标，我为什么不等到第七天报告呢？对我来说结果不在于是否发现目标，而在于是否能拿到七百元钱。我的数学头脑算这种小账真是小菜一碟。

我向调查公司指出了漏洞，委托人当时请示了一下，答应就算我第一个晚上亮了灯也要付我七天的一半酬金。我当即指出这仍然有漏洞，我仍然可能等到第七天再报告。我不一定那么做。对侦探公司而言，这里绝对有漏洞，你自身都有漏洞如何侦窥别人？可见当时的侦探业是多么的不规范，多么需要高素质的人才。我的数学头脑给调查公司留下深刻印象，公司最后答应无论哪天发现亮灯都付我完整的七百元。我又对公司说，你们其实不妨这样，这活儿未完成的底价是三百五十元，期限为七天，就是说如果七天都不亮灯是三百五十元，之前无论哪天亮了灯都是七百元，这样既堵塞了漏洞，又鼓励完成任务，提高了责任心，不是更好？

我不是在乎钱挣多少，而是有计算的毛病，而且逻辑上的漏洞的确是明摆着的。老板再次听从了我的建议。我发现调查公司在其他方面同样存在着诸多漏洞，但是公司效益仍然相当不错。这件事完成之后，不用我说老板就要求我加盟调查公司，许以优酬。

五

作为一个踮脚儿或瘸子，如果我对生活仍有兴趣，那就没有比侦窥职业更适合我的了。以前我完全没想到还有这种可能。我辞职就是想过一种人群背后的生活，而私塾这种闭门不出的工作显然是消极的，侦窥刚好在两个方面都满足了我。我既养活了自己又在人群之中，但是没人知道我。

我很快进入角色，同时自修了许多侦探教材，包括间谍教材。我对自己的训练相当严格，主要是我也饶有兴趣。训练从观察人群开始。我到火车站、机场、广场、大型商场等各色人出没较多的场所，悉心观察人的身高、面相、发型、体态、习惯动作、服饰等等，然后分类观察分析。每次按工人、农民、军人、公务员、商人、摊贩、记者、文秘、白领、教师、演职员、官员分类，方法是每组选取十人做“模特”，将其身高、面相、发型、体态、衣着、与人讲话时的神态、习惯性动作一一记录下来。在不被注意时用针孔相机将这些“模特”的样子拍下来，回到寓所根据图像或照片对记录再作修改。当每类被记录的人都不少于十个，记录下来的“模特”总数达到数千人以上，我就开始制作表格进行归纳分析工作。这样的工作是多么有趣，我的兴趣与日俱增，简直着了迷。

我按照近二十组类别，把各类人在与人交谈、走路、购物、休息时的神态分类制成表格，输入电脑，这样取得了对不同身份背景人员在不同场合下的外表、装扮、神态等规律性的认识。这是极专业的自我训练。借这张表与观察记录过千人以上的神情举止的经验，我对各类人的认识有专业的把握，没有这样的基础训练就不可能成为一个好侦探。

福尔摩斯探案集“黄面人”一案中，福氏通过对一位他不在家时来访客人遗忘在桌上的烟斗的鉴定，推断出该人的种种特点、嗜好和其他情况，过后经验证竟然惊人地准确。他鉴定后对华生说：除了表和鞋以外，没有什么东西比烟斗更能表示一个人的个性了；烟斗的主人是个身强力壮的人，惯用左手，一口好牙齿，粗心大意。我记得华生当时很不解，请福尔摩斯说出推理的根据。福尔摩斯说，那位不速之客有在煤油灯或煤气喷灯上点烟斗的习惯，可以看出烟斗的一边已经烤焦了，如果用火柴就不会弄成这样子了，而烧焦的只是右侧，由此我推断他是一个惯用左手的人；琥珀烟嘴已被咬破，说明他身强力壮，牙齿整齐；至于他是个盗贼，丢掉的那个用“欧石楠根”制成的烟斗说明了问题，那烟斗最多值七先令六便士，显然已修补过两次，两次修补都用了银箍加固，银箍的价值要比烟斗本身高得多；此外从烟斗中磕出的烟丝来看，这是一种最昂贵的烟丝，八便士一英两，由此推断他的财产十分混乱，是个盗贼。

我供职的调查公司虽然并不认同我如此专业的训练（他们认为根本不

需要)，但还是认可了我的专业素质。没多久我便由项目主管升任为副经理，收入成倍增加，但这仍不能阻止我在一年后创办了自己的私人调查机构。我如此出色，凭什么为别人打工呢？而且那些人的业务素质是如此的糟，我怎么能整天与他们为伍呢？我有了自己的工作室或者叫事务所。工商登记时申报了十几个职员，大都是兼职或子虚乌有，实际办案人员只有我一个。当然，还少不了一个做接待和案头工作的女孩，那是个乡下女孩，高中毕业没考上大学，我对她非常尊重。我愿成为这个行当的最神秘的侦探，那时我在圈内已小有名声。我的“婚姻不忠”“第三者插足”“包二奶”调查特别受妇女欢迎，我也熟悉了许多受伤害的妇女。

我的生意如火如荼，日程排得满满的。我的专业素质真是响当当，我提供的床上照片和影像资料显示出惊人的放荡与丑态，常常让委托调查的妇女昏厥，有的当时就扑到我的怀里失声痛哭，有的甚至于愤怒地敞开自己。一般我是讲道德的，不会染指情绪激动的当事人，除非万不得已、差不多等于是被强暴时。当然，我也有半推半就的时候，有些楚楚可怜的女人你真的无法拒绝，她们的小眼神儿看着我就像看着上帝，出于同情我也会将自己奉献出来。我的职业并不高尚，在我看来只是有趣。

1998 年，我应邀参加了在山城重庆召开的“首届私人侦探峰会”，二十几个墨镜在一家神秘酒店汇聚一堂。我们被媒体大肆炒作，媒体称我们是“生活在别人身后的人”“婚姻卫士”“二奶杀手”，当然也有人说我们是苍蝇。叫什么无所谓，我觉得叫苍蝇挺恰当的。我并不认为生活就是烂疮或狗屎，但我们的确也不高尚。

六

罗一戴着黑礼帽和大墨镜走进我的事务所是一个秋天的早晨，外面下着小雨。我刚刚起床，还在刷牙。

“佐罗先生，早晨好。”我见了太多类似的神秘应聘者。我通常喜欢拿他们开个小玩笑，然后打发他们走人。我尤其不喜欢佐罗一类的模仿者，这倒不是由于佐罗高大帅酷而我是个瘦小的踮脚儿，事实上我对现实生活中高大威猛者越来越有一种嘲弄的感觉，我知道他们多数不如我这个瘦小抽象的踮脚儿，至少在智力上他们真是差太远了。罗一用大墨镜望着我，没有打伞，身上带着雨点，可以闻见她带来的秋雨阴冷的味道。罗一对于我的佐罗玩笑毫无反应，像没听见一样。我必须承认这是个无论智力还是体格都有力量的家伙。是的，不错，我一开始把罗一当成了一个类似施瓦辛格的家伙，甚至于当她摘掉了墨镜我依然认为她是个男的，直到她慢慢摘下礼帽，露出齐刷刷的短发。

那时我刚刚重新装修了事务所，生意蒸蒸日上。换了低调考究的小铜牌，属于英派事务所风格。我添置了不少新设备，有些设备是当时最先进的，如高倍镜头、针孔摄像、暗拍探头、微型窃听器。这些设备通过各种不合法的渠道都可以弄到。一切重新启动，我需要一名助手。我见过了很多人，都不满意。许多人打扮得怪模怪样，就像罗一那样。他们根本不了解一个侦探应该是什么样儿。真正的侦探并不像电影中招摇过市的样子，形象也绝不高大，事实上一个侦探应该是那种在人群中让人过目就忘的人，没有个人特征。生活中的侦探就像我这样子，说不上难看，很难描述，再普通不过。当然我的踮脚儿不包括在内，不过就算这点引起人注意也不会使人想到我可能是大侦探福尔摩斯或者波罗。人们可能会同情地记住我是个踮脚儿，但不会记得我长得什么样儿，顶多也就是记住一个影子。我的助手当然也应该是这样。我想象中的助手是一个年轻、低调、平淡无奇的大学生，城市生活背景，喜欢克里斯蒂、西默农，至少希区柯克，如果还喜欢狄公、施公、包公那就更好，那样我会更多办一些古典主义风格或传统的通奸案。

应聘的人有一些退役特种兵、民警、社区保安、体育健将、体工大队或武术学校的学员，我确实考虑过这些人，特别是退役警察或打算下海的警察，但最终放弃了。我不想与有任何官方背景的人发生关系，这当然使我的业务面很窄，而且缺少保护，但我坚持个人风格。我的工作不仅要赚钱，更主要的是还要安静，既介入又疏离。

“我做过侦探，抓获过我的丈夫。”

她居然有丈夫！她要真长得像佐罗也罢了，事实上她长得像高仓健——简直就是一个女高仓健。她的脸不平整，长，宽，并且绿（也有阴雨天玻璃反光的缘故），有喉结，神情庄严，以致有点神经质。我当时就想到她过去可能是运动员，而且显然服用过类固醇之类的兴奋剂，不然一个女的怎么跟男的似的？而且还这么绿。结果还真是。

她说她过去曾是链球运动健将，现在退役在体育总局工作，半年前辞去了工作。她一直暗中对付狡猾的丈夫，使用过各种手段，完全熟悉一个私人侦探的工作。

“就为抓你丈夫辞了职？”

“他很狡猾，我不能不辞职。”

“抓到什么了？”

“他，还有那个烂货。我一直跟踪他们，有半年时间，最后从阳台进去把他们赤条条按在床上。”

“没反抗？那时人是很急的。”我调侃道。

“没有，根本不可能，他和那婊子一丝不挂，已经非常疲惫，我提起他们，就像捆小鸡似的把他们捆起来。我早就侦察好了，有备而来的。我用的是专业行军绳，这么粗（罗一夸张地比画），完全不可能逃脱。我把他们赤条条吊在两个对门的门框上，把他们用过的手纸塞在他们嘴里，塞得满满的。那可真是个荡妇，他们用了一地纸！我丈夫成了烂泥。我用护膝封住他们的嘴，让他们在两个房门之间面对面看着，看了三天，我再回到那所郊区的别墅时他们像死狗似的。”

“死了？！”我认真地问。

“跟死了差不多！”

“你丈夫做什么的？”

“健身俱乐部。”

“老板？”

“没我他狗屁都不是！”

“现在他踏实了？”

“不踏实也得行，我最痛恨狼心狗肺的男人。”

“据我所知人大体都这样，很少不花心的。”

“女人就不是，都是你们男人。”

“我说的就是男人。”

罗一看了一下我的脚：“我相信你不是这样的人。”

“我是个瘸子。”

“我不是这个意思，您误会了。”

“做我的助手？”

“是的。”

七

罗一辞职前就已开了三处健身房，是个连锁店，当然都是以丈夫名义开的。我知道那个叫“长白丽人”的健身场所，在那儿蹲过目标。罗一不是北京人，成为运动员后才到了北京，参加过亚特兰大和悉尼奥运会，退役后留在了体育局。罗一是东北人，白城那一带的。她的丈夫也不是北京人，是个南方的小个子，潮州人，其貌不扬，脸总是洗不干净，用罗一的东北话说挺“磣”的。潮州人叫马光，本来是罗一的雇员，后来成了罗一的丈夫。潮州人大体都瘦小，有着南方生意人的精明。潮州鞋、潮州假货，潮州人的素质不高，给人印象不太好。我不知道他们是怎样成为夫妻的，是压服、强迫，还是生意经？这一点罗一始终含糊其辞，更多是对丈夫的蔑视和仇恨。罗一说她是丈夫马光的恩人，她称马光为马蝗，她的一切都胜过丈夫——她怎么就不知道自己的样子有多吓人呢？

“你那儿是声色场所，也难怪他不老实。”我说。

“是健身场所！”罗一大声纠正我。

“对，健身，可你那儿美女如云，不能让他一点儿都不沾呀。”

“净是二奶、小妖精，我就不许他沾！”

“你这不是让他着急吗？”

“我就是要考验他！”

“结果呢？”

“他再也不敢了。”

“你这么自信？”

“我雇了人，全天看着他，他知道我的厉害。”

“你可以自己开事务所，我看你可以。”

“我是打算开来着，可是我想到你这儿来，你是这行的专家，我不图挣钱，就是要抓尽天下负义的男人。”

“我这儿并不抓人。”

“我要揭露他们，让女人的权利得到法律保护。”

“法律能保护婚姻？”

“反正不能让男人逍遥。”

“我也是男人。”

“您是‘婚姻卫士’‘二奶杀手’，我非常尊敬您！”

“我从没想过我的助手可能是个女人，我尽量避免女人。”

“这说明您正派。”

“不、不、不。”我上下打量了一下罗一，毫不掩饰某种意味。

“看过《远山的呼唤》吗？”

尽管我毫不掩饰，但还是无法完全显出我想达到的某种轻佻的味道，甚至于相反想到那个著名的日本男人。

“什么？”罗一的脸微微涨红。

“《远山的呼唤》，还有《追捕》。”我说。

“您什么意思？”罗一的脸完全红了。从罗一的表情上看，显然她感到了某种侮辱，这说明罗一像高仓健不是我的发明。

“我是说，我不一定正派。”我又回到轻佻上来。

这回轮到罗一打量我，同样毫不掩饰：“我正派就行了，就算您真的不正派我也用不着担心您——可以再加点水吗？”

罗一喝了一口我倒的茶，要求我再加一点。

我去饮水机加热水，我知道罗一不是为要茶，她想看一看我的“猫步”，在一个真正的运动员看来我的行走的确就是猫步。

我不能说决定收下罗一是匆忙的，但从后来许多方面看，罗一做我的助手并不恰当。首先通常作为一个“生活在别人背后的人”，自身不能引人注目，这一点我个人也不是很适当，但勉强可以做到，而当我与罗一并肩走在街上情况就完全不同了。可以想象，一个高大威猛的女人和一个踮脚儿男人走在街上会是怎样的情景？就算我们一前一后保持一定距离，但也总有碰头的时候，总有一起走进咖啡店或快餐店共进晚餐或午餐的时候。我是个踮脚儿，这无须再强调，我是说，当我一个人的时候我的轻微的踮脚儿实在算不上什么，甚至于你可以认为我走路太随意，或者说简直是傲慢的，但是同高大的罗一在一起，我的骄傲就变成了玩笑。

我是无法改变的，那么怎样装扮罗一呢？罗一开始不同意装扮自己。我们到街上走了一圈后，罗一同意了。罗一既然像男的索性就扮成男的。罗一剪掉本来就不长的运动员短发，留起了寸头，结果一成型我才突然发现可不行，罗一这样上街估计会有人围着签名，会让“寻找高仓健”的中年女性发疯。此外，罗一作为男的胸部太高了，我不能说罗一的胸部辽阔有如高原，我这样说未免有些随意，但罗一胸部隆起得的确惊人，你能想象一个丰满的杜丘先生吗？你能想象高仓健同时具有女人可怕的性感吗？

我建议罗一还是回到女人。

我的事务所有个化装间，里面有各式行头，西服、夹克、风衣、披肩、婚纱、数不清的假发、胡子、墨镜。罗一试了各种装束让我看。女人试衣的那种天性的兴奋我算见识了，即便像罗一这种女人，居然也搔首弄姿转动身体。每一次我都摇头，每次的失望都比上一次更强烈。事实上罗一既无法成为女人，也与男人迥异。罗一戴了假头套，两条乌黑垂肩的粗辫子，涂了鲜艳如火的口红，施了粉底，描了眼圈儿，但怎么看怎么像印第安人了。想让罗一不引人注目根本就是不可能的。我从未恐惧过任何女人，但我现在恐惧罗一。“不不，”我说，“罗一，这样不行。不行。”我要求罗一重新回到男人的装扮，但罗一坚决不再改，罗一认定了自己的美容效果与罕见的身段——她竟然又穿了旗袍。我说：“坚决不行，你这样太恐怖了。”但是罗一发现了自己的美，而且不惜承认这是一种恐怖的美，无论我再说什么罗一也不再改变；罗一认定了几乎具有爆炸效果的旗袍。

罗一定型的当晚，我喝了不少酒，但是酒也不能让我挥去罗一恐怖爆炸的样子。我无法睡眠，旧病复发，夜晚来到了一家高档声色场所——人间天堂。我很久没光顾这里了。我知道这里有一些青春姣好的尤物，这些尤物美轮美奂，素质很高，通常可以按客人的要求打扮，比如学生装、护士装、模特装、女兵装、新娘装，然后再一件件脱掉。她们价格昂贵，有些真的是服装模特、舞蹈演员，她们冰清玉洁，吐气如兰。那天我要了两个女孩陪我，我饱尝秀色，挥金如土。一连三个晚上我光顾人间天堂，直到筋疲力尽才差不多消除了对罗一的恐惧。我不担心钱，不是钱的问题。

第二个晚上，我甚至于不采取任何安全措施，这使我花了更多的钱，但也只有这样才能彻底消除罗一带给我的毁灭性的恐惧。我有一年没到过这类场所了，我是说自从我的下体长了可疑的丘疹和硬疖之后。那段时间我自己治疗，调试化学试剂，涂抹，自我注射，没求医问药。近半年时间我才成功地修复了自己，然而罗一使我重访“人间天堂”。

八

我告诉了罗一最近一掷千金，夜夜宿娼。我是故意的。罗一不相信我的话，以为我说笑。我向罗一详细描述了“人间天堂”的情景，我说得具体而平静，就好像讲到某家特色餐馆。罗一首先被我的平静震惊，其次对“人间天堂”闻所未闻，她不知道竟然还有“人间天堂”这样的性场所。她开健身房，知道发廊、洗浴中心、洗脚屋的小姐的情况，但从没想到居然还有一个“人间天堂”这样的场所。我甚至于觉得某一刻她好像不是听一个色情故事，而是在听一个发生在空中楼阁或海市蜃楼的故事。但很快她从一个神往的神情转换为一种恍有所悟的严肃。罗一对男人寻花问柳一向瞧不起并咬牙切齿，但是对我显然是犹豫的。

我问罗一：“还在我这里干吗？”

罗一不说话，鲜艳如漆的口红好像在脱落，茫然无措的目光流露出我预料之中的呆滞表情。我喜欢她这副蠢样子，不再感到威胁，事实上直到这会儿我才觉得真正战胜了罗一。当然了，我也不是无懈可击，这一点我再清楚不过。特别是罗一的目光再次渐渐落到我稍稍有点变形的左脚上，她的神色慢慢缓解下来，甚至于微笑地对我说：“你讲这些干什么？跟我有什么关系？”

我开始对罗一进行简单的技能培训，尽可能地不靠近她，她浑身紧绷的张力仍让我感到混乱。那时秋雨淅淅沥沥，天光晦暗，白天屋里仍要开着灯。我说过我们与严格意义上的侦探不同，严格意义上的侦探需要进专门学校学习，有一系列专业课程和技能训练，这对我们是不可能的，也是不必要的。对于跟踪个把第三者、偷情男人我们没必要小题大做。就算我们练就一身本事也不可能拥有权力机关刑侦的权限。我们只能是私人侦探，甚至于不敢称自己是私人侦探，我们只能以民事调查掩盖小偷小摸的偷窥行为。就算如此，我们仍是不合法的，仍然要面对一次次罚款、整顿甚至于取缔。我们这行人模糊地在狭小的范围内生存，悄悄接受怨妇的委托。这不是我从业的初衷，更不是我的理想。如果可能，如果取得合法性，如果允许私人在各领域独立调查，比如凶杀、黑幕、丑闻、黑社会、腐败，我完全有条件成为最出色的侦探。这些罗一从没想过，事实上罗一并没有对成为一个严格意义上的侦探有兴趣，罗一只有对男人的仇恨。罗一不知道什么是女权主义，但她却是地道的原教旨女权主义者。

我教罗一怎样使用纽扣窃听器、针孔摄像、暗拍探头、无线连接，怎样调适显示器、怎样遥控，这花费了很多时间。罗一扔链球没得说，在击剑和跆拳道方面也有一套，做过陪练，不过在高科技上罗一真是笨得出奇，她的愚钝显示出本能地拒绝精密仪器、高科技工具。罗一对外语一窍不通，记不住英文按键，得反复告诉她这是开那是关，如何控制。

“什么时候我也想到人间天堂看看。”罗一说。

“你去干吗？那是男人的场所。”

“我想看看那些鸡。”

“你不是想吃了她们吧？”

罗一把探头对准了我：“我想嫖她们，嫖死她们。”

“你怎么嫖呀！真是傻话，你恨她们没有用，还是恨男人吧。”

“只要花钱不就行吗，管我是男的女的。”

“那里不会接待你，除非我们俩一起去。”

“呸！”罗一啐道，“我可以使用电动阳具！”

“可你对付的还是女人，除非——”

“？”

“除非你开房待客。”

我大笑，疯狂地笑。我几乎想象到某种罗一接客的情景，我敢打保票那情景会让所有寻花问柳的男人回心转意。想想吧，一个打开房间的小男人，面对一个浓妆艳抹高仓健式的女人，想想吧。

“你笑什么？有什么好笑的！”罗一非常严肃。

“罗一，”我问，“你只有过你丈夫吗？”我不能想象罗一还有别的男人。”

“当然！”罗一受到侮辱似的叫道。

“可你刚才提到工具。”

“什么工具？”

“电动阳具，你显然用过。”

“我没有！”罗一面红耳赤，“你怎么能这样侮辱我！”

“用工具也没什么，很正常。”

“我没有！”

“工具挺好的，想谁是谁。”

“我不跟你说话了，我发誓再不跟你多说一句话！”

的确，此后无论我再说什么罗一都不再说话，只专心地摆弄仪器。我讲充气仿真人，讲仿真人的感觉，讲想订做谁就可以订做谁，比如订做梦露、波姬小丝或任何一个电影明星，都行。

“你是个魔鬼，”罗一终于忍无可忍，“你赶快找个女人结婚吧！”罗一扔下窃听器，冲出了房间。

我想罗一也许不会回来了，这也是我潜在的目的。

罗一走了我不会留恋，某种程度上我安静的工作已被打破。我想我还是一个人比较好，我和任何人都不能合作。我不是魔鬼，不过与人合作就难说了。但就在我刚刚产生希望还不到二十分钟时，罗一又从外面回来了。我闻到了我一向厌恶的烟草味。罗一是到外面抽烟去了。我有一种大失所望、深深厌恶的感觉，因此毫不客气地对罗一说：

“你抽烟去了？”

罗一脸色铁青，一声不吭。

“我这人一向不喜欢烟，讨厌身上有烟味的任何人。”

罗一掏出烟盒恶狠狠扔到地上。

“请扔到外面垃圾道去。”我烦躁地说。

罗一踢了一脚烟盒，捡起来，冲出门去，门关得很响。

我认为我们的合作真的结束了。但到晚上，我的手机响了。罗一打来的，罗一问我在哪儿，是否还回事务所。我说在人间天堂，罗一说她在事务所。我说，你现在应该待在你丈夫身边。罗一罕见地温柔地说，你别这样放纵自己，这样真的不好。她不温柔还好，一温柔让我起了一身鸡皮疙瘩。我说，你少废话。便关了手机。

第二天刚一开机，我就收到罗一的一条短信：

你应该有好的生活。

九

罗一做了最大的忍让，不再描眼圈、涂口红，脱下了旗袍，摘掉了印第安人的大粗辫子，完全照我说的办了。罗一再次变成一个高大的男人，皮夹克、板寸、灰调风衣、打领带。胸脯没办法，高就高吧，把腹部垫一垫，也只好如此了。罗一告诉我她戒了烟。我们走在街上，尽管仍不伦不类，但总比罗一作为一个女人好点。

我们的主要工作就是跟踪、拍照，拿到证据交给事主。“目标”是活动的，跟踪需要敏捷的身手，更需要好眼力。罗一眼力不错，并且身高马大，这方面每每让我赞叹。有人说女人是天然的侦探，我过去不信，但罗一让我信了。罗一有过跟踪潮州小丈夫的经历，在跟踪技巧上几乎没让我费什么口舌。在复杂的地形环境，比如超市、展销会、有观光电梯的商厦，罗一对“目标”的分辨率甚至高过我这个老手。即使在一些大厦外侧的透明升降电梯里，在电梯正处于 30 米高空的疾速下降途中，罗一也能像鹰一样一眼认出“目标”就在电梯里。我后来送给了罗一一个绰号：电眼。那是我们一起办的第三个案子，“目标”是个真正的瘸子，一看就是左腿装了假肢，不过走起路来倒真是虎虎有生气。瘸子个子不高，是个忙忙叨叨的小老板。小老板从商业大厦出来，速度很快，叫了一辆出租车，我们的夏利一路超车，跟上了“目标”。出租车上了二环之后我们长出了口气。二环没红绿灯，是盯车最好的线路。出租车行驶了大约五公里上了立交桥，进入劲松路段，直奔三环。我让罗一记下车号以及公司所属名称，罗一掏出小本子记让我觉得有些可笑，我告诉罗一作为一个侦探必须有过目不忘的本领，哪儿还要掏小本子，我嘲笑了罗一。罗一说她记的只是车号，她从小就对数字有恐惧症，越怕记不住就越出错，最后脑袋一片空白。

我们与出租车咬得很紧，但是上桥转弯时拉开了一点距离，好不容易追上，路口红灯亮了，通常我会冲过去，但正好路口有警察指挥，这是最糟糕的事情。我们只好停下来，眼看着“目标”消失在车流里。目标暂时消失了，罗一眼力再好也无法看到没有的事物。我们追，一路超车，到了三环路桥下无法判断“目标”向左还是向右去了，二者只得选择其一。最后我们决定向右。我们上了三环路，在三环路上又追了一会，一直不见那辆出租车的踪影，只好停在三环辅路上。罗一把矿泉水递给我，并且打开了盖儿。这是个细小的动作安慰，作为女助手恰到好处。无论如何罗一还是女的，罗一挺好的，我想。我让罗一给出租公司打电话，告诉罗一怎么说：就说我们是乘客，东西落在车里，希望提供司机的联系方式。罗一拨通了电话，车号说错了，我一个号一个号提示，罗一重复，罗一的数字记忆真是糟糕透了。

我们从公司得到了出租司机的手机号，罗一报告完手机号问我记下没有，她因为担心自己也习惯性地担心别人。

我拨通了司机的手机，司机说刚刚放下客人，在松榆里小区。

司机说完有些后悔，显然想起应该讨价还价：靠，我真他妈的蠢！司机挂了电话。我又拨通了司机的手机，告诉他可以再到松榆里，我这里有300元的酬谢。司机不相信，认为我骗他，我说你不过来也行，我会寄到你公司里，这是你应得的。“你真要寄？”罗一问我。“当然，”我说，“我从不在这上面失信。”

我们到了松榆里小区。松榆里是我比较熟悉的小区，它坐落在北京东南角，三环以外，相对偏僻，虽不是高档住宅区，但很安静，是北京的“二奶”高发区，我在这里办过不下六七个案子。

我们不知道“目标”具体在哪个楼，不过会弄清楚的，什么也难不倒我们。现在我们要去的地方只能是餐厅，一来这是“目标”最有可能出现的地方，二来我们也饿了。小区共有两家餐厅，一家是火锅店，一家是风味餐厅。如果你和情人会去哪一家儿？我问罗一。罗一说想象不出，她没这方面体验。

“那么，”我说，“比如我们两个人，我们是情人，你是想去火锅店还是风味餐店？”

“火锅店。”罗一毫不客气地说。

“难道你不想我们找个有情调的地方?”

“不!”罗一坚决地说，绝不搭情人这根弦。

我们去了火锅店。火锅店热火朝天，人声鼎沸。罗一不吃羊肉，对牛肉也没胃口，只想吃豆腐青菜之类。我要了牛肉、羊肉、肚丝、猪血、鸭肠，罗一大声制止了我:“你要吃多少!”我告诉罗一，我们可能会在这儿待很长时间，甚至于到半夜。我看出罗一实际上反对到这里，她根本不想吃什么火锅。她只是为了“情调”那句话才选择了火锅店。我大吃特吃，还要了一小瓶白酒，把自己弄得酒气熏天。罗一情绪低落，显然不理解我为什么要来她说的火锅店，她本来是反话。

罗一一口东西不吃，只喝茶。

“行了，既来之则安之，吃吧。”我幸灾乐祸地说。

“他们会到这鬼地方?”

“你说要来这儿的。”

“我说你就听我的?!”

“我看这儿挺好。”

左近划拳之声阵阵袭来，大呼小叫。

“我请你到风味餐厅。”罗一说。

“那这儿的菜怎么办?”

“我来付钱。”

“不，我不会糟蹋东西。”

“你可以打包带走。”

“也说不定他们会来这儿。”我晃晃酒杯，故意气罗一。

“那我去风味餐厅!”罗一大叫一声。

“不，你留下，我去，我们应该分头各守一个餐厅。”

“为什么我留这儿?我讨厌这儿!”

“这是工作。同志，我们不是情人，甚至连比方也不能，那就只能是工作。”

“你走吧!”罗一恶狠狠地叫道。

“不着急。”我说，我慢慢酌着酒，涮热气腾腾的肉。

“你这人真怪。”罗一幽怨地说。

“是吗，我怪吗？那你得适应。”

十

我们到了风味餐厅，也许“目标”已吃过饭，这是不用说的，但我们还是来到这里。餐厅雅静，客人少了，已是晚上九点。罗一拿菜谱看了一会儿，无精打采，勉强点了一凉一热，征询我的意见。我没意见，我酒足饭饱。罗一要了一瓶啤酒，给我也倒了一杯。我们没什么话，坐在这里几乎是一种无谓。无谓也得坐在这里，这就是侦探的生活。过去我一个人的时候谈不上无精打采，甚至于谈不上无聊，侦探不能有无聊，侦探凭的就是一种信念。但两个人就有些不同了，两个人既不能独自想心事，又得照顾对方，或总得聊点什么。假如两个人再不融洽，几乎就是一种受罪。罗一坐立不安，喝啤酒，无话，不看我。罗一显然比我更不适应这种局面。

差不多快十一点了，罗一提议是不是今天就到这里。一般人可能也走了，而我要训练一下罗一。

“那要到几点呀？今天他们肯定不会再下来了。”罗一特别强调了一个“再”字，显然包含无奈的责怪。

“起码要到夜里两点。”我说。

“这有什么意义？”

“没意义。”

差不多过了一个小时，我觉得可以了，让罗一先走。

“我要待到那个时候。”我说。

“也许他们根本不会下来吃饭。”

“有可能。”

罗一不好意思走，“我可以抽支烟吗？”

“你还是回家抽吧，走吧。”

又过了一会儿罗一嘟囔道：

“一个瘸子也不老实，这是什么世道。”

“你说谁呢？”我正色道。

“哦，不不，对不起。我忘了，你怎么是呢。”

“瘸子就不能有情人？”

“什么情人，就是有了钱烧的！”

“如果一个正常人这样做都不对，那么瘸子就更不对是吗？”

“我不是这意思，我是说这世道。”

“瘸子找女人更坏？”

“你——我没法跟你说话！”

“因为你说到了瘸子，我小学中学人们都叫我瘸子。”

“可我一点也不觉得你是瘸子，我说的是真话。”

“你认为我是也无所谓。”

“我确实不认为你是！”

“那我是什么？”

“你就是有点怪，你很聪明，我真的很佩服你。”

“我还是希望人们把我看作是瘸子。”

“你只是有那么一点点，你真的别太在意。你瞧我，不漂亮，你还说我很恐怖，可我活得很自信。”

“你又批判我。”

“哦，对不起，我忘了你，我今天怎么了？”

“没关系，反正也没事，闲聊吧。”

“我觉得你完全可以正常生活。”

“你认为你的生活正常吗？”

谈话到这里停住了，罗一显然一时不知怎样回答。我接着说：“我只想谈论具体事情，比如瘸子。瘸子到底能不能有情人，瘸子有情人这世道是否更坏？而你要跟我谈论生活，生活是能谈论的吗？比如你的生活。”

“我不是关心你嘛。”

“关心是名义，它显示出对被关心人的优越，这优越并不存在。”

“谁说我优越了，你这人怎么回事？我的生活很糟，但我关心你是真的。”

“为什么要关心我？”

“关心就是关心，没有为什么。”

“出于欣赏？同情？还是暧昧关系？”

“你别说了，我说不过你。”

瘸子和他的女人出现在餐厅，罗一激动得差点叫起来，以致碰倒了杯子。那时已是午夜时分，瘸子警惕地注视了我们一会儿，特别仔细看了一会儿罗一，显然捉摸不定罗一是男的还是女的干什么的。罗一虽然引人注目，但并不可疑。谁也不会想到罗一是受雇的私家侦探。“目标”大概见我们毕竟是两个人，终于挽着女人坐下。罗一捡起杯子，浑身颤抖，她快乐起来就像生气时一样难以掩饰。

“你真伟大！”罗一说。

我示意罗一小声点。罗一压低了声音说：“我一直很绝望，没想到他们真来了！”

“他们下来吃夜宵，”我说，再次提醒罗一，“他们已觉得我们可疑，现在我们也要像情人那样，我们在这儿幽会。”

“可我也是男的。”罗一挺直胸说。

“不，”我说，“他已看出你是女的了，所以坐下来，现在我们要显得很亲密。”说着，我乘机把罗一的大手拉过来，像情人那样握住。罗一立刻脸红了，本能地要抽回手。我说：“罗一，我喜欢你，”罗一睁大了眼睛，我说，“你的手就像天仙，嫦娥奔月。”可我心里想，这真是一只扔链球的手。罗一抽了自己的手几下，并且最终抽回了。我使劲丢眼色罗一才忍住了满腔的怒火。罗一低下头，不说话，脸越烧越旺，显然从没有第二个男人拉过她的手。我说，“罗一，你的羞涩胜过任何美女。”

我认为我们此时必须情话绵绵，但我完全没想到说完这句话发生的情景。是的，我怎么也想象不到罗一突然大叫一声，呕吐出了所有的酒和食物，接下来是不断地干呕，“哦、哦、哦”，像鹅叫。我不能不非常镇定，并且一如既往似的为罗一拍背，轻声呵护，同时小声呵斥：“你怎么搞的！”罗一轻轻一挥我就“飞”了出去，就像她手中的链球一样。

罗一太过分了，这样做实在让我有失尊严。幸亏我轻功不错，否则说不定我会挂在收银台上。不过从另一个角度说，除了情人间有这种愤怒的歇斯底里的举动，还会在什么关系中有呢？它不仅没使我们的关系暴露，反而加强了某种外人的认同。我注意到瘸子和年轻女人的笑，说不定他们认为罗一是妊娠反应呢！我向瘸子和年轻女人耸耸肩，干笑了一下，我的意思是：男人嘛，这时能怎么办呢？谁叫你闯祸了，你也当心点吧。

罗一去了卫生间，我独自饮酒。

十一

罗一从卫生间回来时脸已经清爽，描了口红，眼部也做了很重的处理，上了眼影，有点希区柯克影片的味道。她在无视我的忠告。不过现在罗一无论怎样对我都是恰当的，都会被人看作我们是正常的情人或通奸关系。我和罗一不会再受到任何怀疑，这一点至关重要。我甚至于怀疑罗一是在配合我，不然她描上油漆般的口红涂上大熊猫似的眼影干吗呢？

我不知道罗一是否是希区柯克的爱好者，我从没听她说过希区柯克，不过如果她不是一个爱好者那就更神奇了，那只能说明罗一是个天生的恐怖片表演者。从观赏影片来看，现在如果不发生点什么那就奇怪了，比如罗一从洗手间出来就应该发生什么事，罗一突然被枪弹击中，或者她歇斯底里向餐厅扫射。我或许过于紧张了，想到了种种危险和可怕的场面。不过我如此谨慎也是事出有因，侦探工作看起来神秘，生活在别人身后，实际上是相当危险的行当。侦探一旦被“目标”发现，“目标”再有些背景，当时一个不起眼的电话你就会身处险境，或者“目标”不动声色事后布局，轻者你被暴打一顿，重者惹来杀身之祸也是经常的。前不久我的一个同行就以暴尸街头向私人侦探业发出了警告。我的那位同行陷入“目标”的设局，被人剪掉了生殖器；生殖器还连着半个卵子从一座废弃的准备实施定向爆破的建筑物四楼扔到了午夜的大街上；生殖器像香肠和鸟蛋一样一直陈列到黎明，直到一位失眠老人捡起来报了案。事情发生在三元桥的凤凰城，房地产公司的漂亮女职员与男友工资微薄，没钱结婚，一时冲动把公司的四万元据为己有，驱车逃离。途中女职员遇暴雨，在路旁的汽车旅馆过夜，旅馆老板把女职员玛莉杀死在浴室中。那是个午后燥热的毫无生气的城市，影片慢慢推近一扇半掩的窗户内，可以看到谋杀现场：玛莉戴着胸罩，半裸在床上。

希区柯克毫无保留地把男女情欲放给观众，也让观众不自觉地成为了窥私者。浴室杀人场景通过蒙太奇剪接技巧造成恐怖假象，刀子当然并没有接触到人体，只是经由各个角度拍摄后的快速剪接，形成一种乱刀毙命的效果。据说这场戏的高潮仅有四十五秒，却花费了七天时间，摄影机的移位达六十次之多。我认真研究过希区柯克，在我办案时经常会出现希氏电影的幻象。比如还有，当诺曼把汽车沉入池塘中的时候，汽车先是缓缓地沉入池塘，诺曼的表情显得轻松。突然，汽车在水面上停住不再下沉，诺曼的表情变得极为紧张，过了一会儿汽车才再度沉入水底。这场虽然只有一分多钟的戏，却是希区柯克典型的“罪孽转移法”，即观众会为有罪孽的人担心不已。当私人侦探走上阴森恐怖的楼梯，楼上的房门打开了一条缝，一个清瘦的老妇人手持利刃冲了出来——这里希区柯克采用的是一个“顶拍”手法，摄影机被悬置在屋顶上，这样的处理显得既神秘又恐怖。而在结尾处诺曼身穿囚衣坐在狱中，镜头慢慢移向诺曼，响起他的话外音。接着是诺曼的面部特写，继而叠化成为他母亲的骷髅，继而又叠化成将玛莉的车拖出池塘的锁链。这里希区柯克也玩了一个声东击西的游戏，玛莉只能算是希区柯克玩弄我们观众的一颗棋子，剧情的发展总是让人在进入下一个沉思或震惊时戛然而止，留给观众的是一大片无限的想象空间和无穷的回味。片子后一部分是观众解谜的过程，包括玛莉的情人、姐姐和一名私家侦探都围绕此事进行调查：到底是谁杀了玛丽？凶手跟旅馆老板有何关系？这当中需要推理的部分并不多，谜底很快被揭开，而希区柯克却留下一个广阔的想象空间：让观众自己来猜想旅馆老板诺曼的恋母情结和精神分裂的真正原因。这里，希区柯克又引用了性心理和精神分析学说，片尾心理医生的登场就是这个作用，他把杀人者诺曼对母亲又爱又恨的心理解释得详细无比。

影片的编剧约瑟夫·斯蒂芬原是个名不见经传的小人物，一个歌词作者，后来改写侦探小说。电影上映后，希区柯克接到一位父亲的来信，信中说他的女儿在看完《小旅馆》之后就再也不敢淋浴了，这位父亲问希区柯克该怎么办？希区柯克以他一贯的腔调回答：“那就干洗吧。”希区柯克在回答另一种指责时就更不客气：“什么也阻止不了我拍这部影片，因为我对电影的热爱远远超过对道德的热爱。”

现在罗一冷冷地面对窗外，恐怖的红唇和眼影与这午夜这餐馆无疑构成了希区柯克的某种因素。还有那个瘸子，那对恋人或通奸者。如果采用希氏的“顶拍”手法，即摄影机悬置屋顶，横摇过夜晚的收银台、倒置的酒杯，然后定格在罗一愤怒的面孔上，观众肯定会想到就要发生什么，也许两个瘸子男人会死掉一个，或者瘸子的情妇被杀。但无论谁被杀，凶手只有一个，那就是罗一。但如果罗一死了恐怖效果是否会更出人意料？

十二

当然，一切都不可能真正发生。一切只是现实中普通的一幕。就算我的暗拍探头对准了罗一什么事也不可能发生。我是一个清醒的幻想者，我不会为了某种未来的可能而横生枝节、置生命于不顾。我只是一个抓“二奶”的私人侦探，这一点我非常清楚。我不是也不可能是斯蒂芬或希区柯克，现实与胶片有本质的区别。而且事实上在我偷拍的时候，罗一已很好地进入了助手角色：她的身躯为我很好地掩护了显示器和连接设备，我完全忘记了刚才的不快。

现在，是该我们先一步撤离的时候了。委托人不仅要求丈夫与女人共进晚餐的照片，还要求室内也就是床上的证据。共进晚餐只是嫌疑，不能作为法庭上重婚罪的证据，但如果有了床上的颠鸾倒凤，就不会再有任何疑问，那样婚姻破裂过错方将承担法律责任，受害方将获财产补偿——这是我必须面对的大体千篇一律的受害妇女的故事，而不是电影故事。我也可以写类似的故事，但也仅仅是故事而已。实际上希氏影片高超的拍摄技巧远远超过了影片本身的意义，这也是我对希区柯克最敬佩的地方。

离开餐厅，我们需要进一步暗中监视并跟踪“目标”的去向。我坚持同罗一的情人关系，离开时把手放在罗一辽阔的腰上。罗一没有反对，默默地承受了。我注意到瘸子女人的笑，大概笑我们呢。是的，我和她的“老公”多少有点儿像，我们比他们更显得不伦不类：一个瘦小抽象的踮脚儿和一个高仓健式的女人。但是我们相爱，非常亲密，我的手甚至于下流地放在了罗一肥沃的臀尖上。我们可能有了下流的生命，谁说女人是生命之源，男人才是！但是刚出了餐厅还没等下完台阶，罗一就打掉了我下流的手，很不客气。不过罗一没再说什么，也没有抗议，只是打掉了。

我们不知道“目标”住在哪个楼，估计不会远，就在附近。我们找了一个恰当的地方隐没起来，盯着餐厅。此时已是深夜一点钟，“目标”的夜宵应该差不多了。餐厅没有后门，这我了解得很清楚。我们在灌树后的草坪里，“目标”出现可以沿绿化带尾随，这样“目标”偶一回头不至看到有人跟踪。在这夜深人静的时候，跟踪反而极易被发现，所以要特别谨慎。我们选的角度非常好，是一个与餐厅构成等腰三角形的点，可以照顾到至少两个方向。“目标”有可能向我们走来，也可能离我们远去，这都不要紧。罗一的隐蔽性自然比较差，她不适合夜深人静盯梢，这时最好是我一个人。

我和罗一全神贯注隐蔽在小区的树后。

“不会有后门吧？”罗一问我。

“不会。”我说，“你刚才配合得不错。”

“你说什么？”罗一受到表扬大惑不解。

“我说你和我配合得不错。”

罗一沉思了一会儿仍不理解：“你说什么配合得不错？”

“你的呕吐。”我低声说。

“还不错！你太过分了，用得着那样肉麻吗？”

“他们认为你妊娠了。”

“什么妊娠？”

“妊娠你都不懂，就是有了。”

“你真讨厌！！”

“嘘，小声点。”

“你占那点儿小便宜有意思吗？”

“怎么是小便宜，是工作。”

“你真无聊。”

“你以为我愿摸一只扔链球的手？”

刚说完我的身体突然离开了地面，变成悬空状。

“罗一，罗一，你不要这样，不要这样！”我在空中叫道，“我们在执行公务，放下，放下，你以为我是甲虫呢！我要辞退你，看着餐厅！”

“告诉你，我根本不怕你，就你这样的十个我也能对付。”

“我要辞退你！”我大声说。

“休想，让你下流！”

“我关了事务所，停业！”

半空中我看到瘸子和他的女人出来，正好向我们这个方向走来。我们差不多完全暴露在“目标”视线之下，现在就算罗一放下我也来不及隐蔽了，而且如果突然放下反而可能惊动了“目标”。我吃力地几乎是恳求地对罗一说：“千万别放下我，要坚持住，再转几圈。”罗一心领神会，悬着我原地转了三圈儿，甚至于又抬高了一些，故意让“目标”看得清楚一点。我看到瘸子的笑，瘸子女人掩口的笑，他们像倒影一样手拉着手，如此亲密相爱，我心想，罗一千万别这时把我扔下，那样效果可就不好了，或者最好是把我扔上天再在超低空的情况下接住、抄起，然后揽入怀中——结果正是这样！

“噢，罗一，我爱你，爱你！”我寻着罗一很厚的唇，一下啃住了罗一。罗一的舌头像条大鲤鱼似的躲闪开了，同时我瞥见“目标”重新迈开了脚步。“他们走了。”我低声说，罗一迅速闪开我，长长出了口气，愤怒地一下把我扔在干燥的冬天的松墙上。只是松墙好像有弹力似的，一下又把我重新弹回到罗一身上。

“他们还没走远！”我说，紧紧抱着罗一，“你怎么搞的？听话，说不定他们还会回头看的。”我不放过罗一，但是我不能再真的亲吻罗一了，由于距离的原因现在我只要装出亲吻的样子就可以了。我在罗一面前晃来晃去，不时地轻轻向罗一的耳畔吹口哨，让因愤怒而发烧的罗一清醒一些。

“目标”拐过楼角，到了另一条路上。我们看到了，罗一重新推开我，但是顾不上怒斥我，我们同时在冬天的草上飞起来追踪“目标”。罗一虽然质量很大，不过跑起来还算轻盈。一个链球运动员这样奔跑竟毫无声息，简直不可思议！到了楼群路口，我让罗一不要现身，因为罗一目标太大，很难隐形。我们没时间争论。我对罗一下了命令，罗一同意了。我在树后迅速接近了“目标”。“目标”进了楼门，连回头看一眼都没有。

这是一栋多层砖结构建筑，没有电梯，连灯也没有。“目标”到了顶层，我留在五层。我用不着跟着上顶层，凭开锁的声音我已判断房门在中间位置。门咣的一声关上，接着是稀里哗啦上锁的声音，然后归于寂静。“目标”的“爱巢”搞清楚了，601 号房间，不会有错。我轻松地在黑暗中下楼，因为想着下一步入室拍摄的可能，所以毫无防备，与一个人撞了满怀。我一点儿也没想到可能是罗一，以为着了“目标”的道儿，几乎本能地摸到了绑腿上的小刀，然后我听到罗一嚷道：“你干什么呀，真是有病！”

罗一抓小鸡一样提起我，以为我又借机图谋不轨。

我们下了楼，罗一说：“怎么拍摄？”

“是的，这是个问题。”我说，“这房子十有八九是租的，我们先要找到房东。”罗一又问：“怎么找到房东呢？”当然有办法，但是我故作没主意的样子，让罗一想想。罗一想了一会儿，反问我过去都用什么办法，这是个聪明的反问。但我还是决定继续训练一下罗一：“罗一，这是一道考题，你回家想想，以后我们还会遇到各种难题。侦探的主要任务就是与难题打交道，否则还要我们干什么呢？”

十三

罗一的办法是找邻居打听。不能说这不是办法，但这是初级的办法，一来楼房的住户间一般素无往来，打听不到什么；二来离得太近容易暴露我们的身份。

“一晚上你就想出了一个办法？”

“你有办法还要我想，我一想到这个办法马上就睡着了。你知道昨天我到家都几点了？三点了！”

“你先生睡觉了？”

“你问他干吗？”

“随便问问。”我说。

罗一警惕地看着我，脸微微泛了红。很显然从罗一的反应上看昨晚她并没马上睡，她的丈夫可能睡了（被全天候监视），但很可能被她叫起来。昨晚尽管罗一总是不断处于愤怒之中，但在我看来那可能是情欲的另一种表现形式：与其说那是愤怒不如说是某种性激动。我一提到她丈夫她的脸就红了，这说明她一回家就干了她丈夫，并且毫无疑问处于上位。一定是的！如果事情不是这样，我刚提到她丈夫情形就会完全不同。据我观察，如果成年女人厌恶性事是不会脸红的，如果被丈夫迫奸甚至于会脸色发白。当然我昨夜也没闲着，去了一家洗浴中心。事实上罗一既让我恐惧又情欲旺盛。我渴望罗一吗？不，但我渴望女人。如果罗一是个荡妇我也可能真的和罗一怎么样，但罗一不是。她的愤怒像她的情欲一样真实，她的忠贞观念也像她的情欲一样强烈而分明。她并不担心我，我的玩笑开大了她随时都可以收拾我，比如把我提起来放到任何她想放的地方。我根本不可能强暴她，充其量是一种可怜的骚扰，倒是她要想通了强暴我易如反掌。我已经做过关于罗一强暴我的梦。我梦见她像大象一样的臀部向我压下来，梦到我的手脚被绑在床上，梦到这之前她给我服用了各种催情药物，猛男伟哥威龙肾宝什么的。尽管如此，我的体液还是被她榨得一干二净，空如枯井。我的快感如此强烈而痛苦，梦境如此怪诞，恐惧与渴望并存，厌恶与诗意同在。罗一隆起的臀部与高仓健的面孔交相生辉。人间天堂也不能消除我混乱的可怕的诗意的梦境。也许我必须拥有一次罗一才能真的彻底摆脱夜晚的梦境，或者我们意外地拍到谋杀情杀现场，我全力以赴进入紧张的侦破才能排除噩梦。

是的，自从有了罗一之后，除了死亡没有什么能制止我的梦境。我渴望拍到一次死亡，但我知道这几乎是不可能的。我经手的案子只有淫乱、贪婪、女人的啜泣或尖叫。没有死亡。没有浴室谋杀。没有顶拍。没有裸尸。没有血染浴缸。除了偷情，还是偷情，除非我在纸上创造。是的，我已看过太多这类影碟和小说，我聘请助手也是试图超脱千篇一律的偷窥，以便实现我在肮脏的现实中无法实现的梦想。我的想象力已十分膨胀，已着手了几个开头。但罗一的到来似乎改变了我的某种方向，至少罗一让我感到了另外的东西。我不知道这是什么东西，但无疑和恐惧与情欲有关。我不知道这恐惧比之希区柯克有什么不同，和《小旅馆》的“浴室谋杀”有什么不同。我喜欢《小旅馆》那种紧张、变形、恍惚、情欲、血、每一次的回忆、达利式的心理内容。或许罗一也可能给我带来类似效果？不，不，罗一不可能。罗一只能给我带来某种可怕的幻象。罗一根本不了解我，最多只知道我性饥渴，多少有点可怜我，仅此而已。

我们到了小区的物业中心。物业中心的人认识我，前几次办案他们的人挣过我不菲的酬金。钱交给办事人员，不用多说什么，也不用寒暄。办事就是办事。没有朋友，这是我一贯的作风。罗一向中心的人客气、致谢、热情大方，而我并不欣赏。罗一是生意人，有一套生意场上训练有素的与人交际的能力，她只是恨透丈夫才岔到我的道儿上，改变了人生轨迹。

我们问到了房东的地址电话，然后回到车里，驱车前往房东方庄的寓所。我有意识培养罗一，让罗一独自完成造访房东的任务。简单地说，我们要从房东那里得到出租房的钥匙，有了钥匙之后我们才可能在“目标”外出时潜入房间，投放暗拍设备。从接手一个案子到完成一个案子有诸多环节，每个环节都可能构成困难，没有困难我们这个行当就不可能存在。我让罗一带上一千块钱酬金，这是我们这个案子案值的二十分之一，不算多，但也不算少，足可以打动一般的对象。当然，钱不是万能的，因为这不是通常的一手交钱一手交货的买卖，因此还需要相当熟练的与人打交道的技巧，关键在于能否在短时间内就取得陌生人的信任。罗一是生意人，有着热情直爽的性格，不过我对罗一能否完成任务还是有些担心——我不担心罗一别的，别的没问题，主要是罗一的样子。如果我是房东，初次见到爆炸的高仓健般的罗一会是什么感觉？

罗一已上去半个小时了，没很快出来是一种成功的可能，但如果时间再长就是失败的迹象。半个小时通常是临界点，我要求罗一无论成败都要在这个时间内结束。我的意思是如果不成也不要把事情搞僵，要留有余地。四十分钟过去了，看来情况有点不妙。罗一为什么不收手呢？忘了我的提醒？与房东纠缠不清？迫切显示自己的能力？遇到了危险？罗一能有什么危险？不过也说不定，万一是个黑社会性质的窝点罗一也对付不了。罗一有着遭强奸的某种特别的身体条件。这可不行，一大帮黑社会赌徒就算罗一也受不了！我决定立即给罗一打手机。我的手竟有些颤抖，错号，重拨，通了。我听到了熟悉的声音，立刻放心了。罗一说谈得很融洽，一切都很好，已经拿到钥匙。罗一甚至于让我上来坐坐，说房主是一位很有修养的女主人，给了钥匙却分文不取。我说没事就好，你们谈吧。

我主要担心出事，现在看来情况相反。

十四

罗一和女主人一同走下楼，她们一前一后到了车门前。我仍不想下车，不想同女主人寒暄，但是罗一拉开了车门。女主人向我问好，点头微笑，我向女主人伸出手，问好，表示谢意。罗一说，你还不下来，人家想见见你。我下了车，女主人很有修养地致歉，同时向我的工作表示敬意。女主人看上去年轻，但显然不年轻了，一望而知是个含蓄却有着某种热情的女人。毫无疑问，女主人已很了解我们的工作。我不能不佩服罗一的交际能力，短时间内不仅取得了女主人的信任，很显然她们还成了朋友。

“我没想到中介租给了那样一个人，我支持你们的工作。”

“这不怪您。”

“不不，这是我的疏忽。现在社会风气太不好了。他是个瘸子，我没想到现在连瘸子也在外面养女人。这是什么世道，是得有人管管这事了？”

“我也是瘸子。”

“真的？您，您怎么会呢？那我非常抱歉！”

“没关系。”

“你们的工作很了不起！”

“谢谢。”

“需要我做什么你们尽管说。”

“不用了。”

女主人同罗一握手，拥抱。我打着了车，罗一坐上来，恋恋不舍地挥手。

“您开车小心点儿！”女主人趴着车门，热情得有些过分。

罗一意气风发，掠着高仓健般的短发。我知道她要高谈阔论了，于是先泼了点冷水。我责怪罗一把事情拖得太长，婆婆妈妈，没完没了。罗一一听就急了，骂我冷血，阴阳怪气。

“我给你省了一千块钱呢！”罗一大声说。

“我不需要省钱，那钱不是她的就是你的。”

“你！——我下车！”

"不想干了？"

"我受不了你，让我下车！"

"你以为我们是情人，可以乱发脾气？"

"呸，就你？你也就配找鸡！"

"不要侮辱我。"

"你说的，是你自己说的。"

"我找的小姐很漂亮，很有知识。"

"你们男人统统都该杀了！"

"对不起，这是我们的权力。"

"让我下车，我再不想见到你！"

当然罗一不会真下车。我也是太无聊了。

"你们都谈了什么？"

罗一喘着粗气，脸色铁青。

"说说呀。"我说。

"现在想听，晚了！"

"无非你们是同病相怜。她也是个受害者？"

"我不想跟你说话，你这口气就这么可恶！我真奇怪你怎么成了'二奶杀手''婚姻卫士'，简直太奇怪了！"

"一点都不奇怪，除了我有谁愿做这缺德事？"

"什么？这是缺德事？"

"可不是，现在人们好不容易富裕点儿了，刚刚享受到爱情——"

"什么爱情，狗屁的爱情！"

"狗屁的爱情也是爱情。"

"根本不是爱情，就是牲口，道德败坏！"

"现在牲口都受保护了，人难道还不如动物？"

"我真受不了你，你不要说了好吗？"

"行了，也到地方了。"

车停在离"目标"不远的楼前，我要罗一先去吃饭。从现在起我们要一刻不停地盯住楼门，有了罗一我们可以轮流吃饭，过去我只能啃点面包火腿肠之类。罗一说不想吃，要我先去吃。

我去了风味餐厅。我要罗一与我保持联络，一有情况立刻打手机。我吃了很长很长时间，还喝了点酒，后来手机响了。我以为有了什么情况，觉得这个案子太顺利了，结果罗一的电话很不客气："你的饭吃得完吃不完了？""怎么，刚这么会儿就想我了？""你这人是不是太无耻了，人家还没吃饭呢！"

罗一去吃饭，我在车里守候。侦探与猎人基本相似，需要有极大耐心，无论寒冬腊月、雨雪风霜你都得以静制动，悉心蹲守，有时候守上三天也未见得能等到猎物出现，我已经习惯了。猎人和侦探都一样，更多时候是在枯燥乏味中度过的。但也正是这种枯燥乏味才将侦探或猎人的心磨炼得像冷酷的刀锋一样。刀锋更长时间隐没于黑暗的剑鞘之中，但随时都需要出剑。在这个意义上，猎人和侦探是世界上最孤独的两种人，而且他们习惯了孤独。现在有了罗一，情况不同了，或者说大不相同。

我究竟愿不愿意罗一在身边呢？总的来说罗一还是很配合我的，尽管她有一腔愚蠢的激情。那么一会儿她竟然找到了知音，女人在不幸上是多么容易成为知音呀。而男人则永远是一个水手，没有朋友，从不想负什么责；女人是具体的，男人是抽象的；男人的兴趣主要在边界和边界之外的东西，也就是在虚无或虚无中的几何空间之中。几何绝对是男人发明的，男人总是探讨空间的可能性，而数字则是生活或女人计算的产物，这正好是男人与女人的不同。女人总是试图对男人做出计算、判断，给出定理和规范，而男人更喜欢躲在迷宫般几何空间的核心。比如罗一认为我的工作具有对女性保护对男人惩戒的作用，而我不过觉得只是一件有趣现在却已相当乏味的事情。我试图突破边界，进入新的可能，比如斯蒂芬或希区柯克的可能：从一种现实的游戏进入想象的游戏。我觉得仅仅每天身处的庸常现实空间对于男人是远远不够的，更大的空间在于想入非非创造一种空间。我愿意待在更大的空间的核心，与所有人都无涉，同时向所有人开放迷宫。每个男人都渴望成为魔鬼一样的上帝，而女人更多只想成为修女。即使如高仓健般的罗一也竟然有着修女情结，这真是没办法的事。

十五

女人牵着小狗出现在晚上十二点钟，那时我已让罗一回家了。漫长的一个下午又一个晚上，我们始终没发现“目标”活动。我判断男人不会来了，女人下楼的可能性也几乎不存在。我要罗一回家，我一个人蹲守。罗一开始不同意，后来希望我们一起撤守，明天一早再来。我说服了罗一。

我无家无业，在哪儿都一样，回去也没事儿。罗一走时有点恋恋不舍，有点歉然，嘱咐我也别太晚了。当罗一真的要走了，我说，罗一，你就这样把我一人撂在这里？我当时说得真有点可怜。罗一说那还要怎么办，你要我走的，要不我们一起再待会儿？我说，你没听过《我的柔情你永远不懂》那首歌？也不吻别一下？罗一“呸”了一声，头也没回大步走了。

罗一刚走没多远，甚至于还没出小区大门，女人牵着狗出来了。我完全可以给罗一打手机，但是没有。我迅速采取行动，带上设备，潜入楼里。我估计女人不是遛狗而是带狗出来屙尿，最多七八分钟时间，加上女人上楼的时间也不过十分钟。我必须在十分钟之内上楼、开锁、选点、安放无线暗拍探头，完成一系列规定动作，这方面我已相当有经验。我曾经用最短的五分钟完成过一系列工作。如果这时有罗一在下面监视情况，我们开着手机保持联络，会从容得多，也安全得多，那样就万无一失了。对于一个私人侦探来说，安全永远是第一位的，完成任务倒还次之。任务不是必须的，完不成或放弃任务应视为正常。此外有点遗憾的是，这次对罗一是一个很好的锻炼机会，她应该熟悉一下对时间的计算和把握和在规定时间内完成规定动作，可惜她错过了，现在没时间再叫她回来。不过我对罗一今后的能力一点也不怀疑，虽然她面积比较大，但身手还是敏捷的，不然她也不会是奥运选手。

房间在六楼，是个一居室，一室一厅。家具不新也不旧，有过简单的装修，是个家，但显然带有一种临时的气氛。感觉不到任何浪漫气息，一切都带有中年女人的实用特点。瘸子不过是一个个体小公司老板，还没有经济实力为女人置一所豪宅，但是他已开始享受生活了。其实这也无可厚非。人嘛，有了俩钱，没享受过的总要享受一下，都是苦出身，都刚有了俩钱，再有一两代富裕日子道德上说不定才会好点儿。这就如同当官一样，新官上任总要比老官贪婪一点腐败一点，新鲜嘛，不容易嘛。也许瘸子正在考虑一处新的居所？也许已经买了按揭？但无论如何瘸子还称不上真正的暴发户，我觉得他还没这个实力。不过尽管如此，瘸子的女人还是称得上又年轻又漂亮。现在漂亮的女孩真是数不胜数，你几乎看不到特别难看的。大街上美女如云，秀发飘飘，不管是人造的还是天然的，总之一个奔小康的时代肯定也是一个美女或享受美女的时代。像罗一这样恐怖的女人简直千里挑一的难找，她要明智点儿就别化妆，她不化妆还好点儿，化了妆简直称得上恐怖分子。不过如果从情人眼里出西施来看，就算罗一，事实上也有自己独具的魅力。而当你只要承认了罗一也有诱惑，我是说你不由得承认了，那罗一就是像深渊一样的巨大诱惑。罗一膨胀的性感可以同一只充气大床媲美，她如此辽阔，可以耗尽你所有的能量，或许你重新回到了无比灿烂辉煌的子宫也未可知。

选择拍摄点非常重要，不一定非得是床。有人喜欢浪漫的客厅，有人喜欢浴室，有人喜欢随时随地挑逗、尖叫，在沙发上、地毯上、茶几或电视机前，甚至于面对夜晚的阳台、万家灯火、在巴西木或有藤萝植物的花架前办事。还有人喜欢在客厅中央的健身器如跑步机或起卧器上，一边播放着音乐，一边健身，一边交欢，卧室倒常常只是呼呼大睡的地方。我太了解这些人了，见得太多了。这些人在租来的房间或自己郊外的别墅里就像在外面的包间、俱乐部或按摩房里，他们包下一个女人就等于包下了他们全部的性幻想。他们恣意模仿，贪婪无比，花样百出，干脆一点说就是为自己在家里营造了一个妓院、一个声色场所。没享受过生活的人是多么可怕，他们有了钱不知道怎么享受。当然，这个瘸子小老板还没什么钱，不然也不会租这样朴素简单的房子。那么他们最大的可能还是在卧室。嗯，卧室，就是卧室了，这套房子只有卧室还有点“新人”的味道。在卧室我看到不同的景象，很显然那张大软床不是原来房东提供的，是新购置的，还能闻到大床某种崭新的味道；墙上一整面大镜子映着床头，明晃晃的，可照见整个卧室，看上去好像有两张床似的。无疑瘸子还有点想象力，他在做的时候显然还想同时观赏自己，就像观赏毛片一样。就是卧室了。我把火柴头大小的无线探头放在正面墙上一幅风骚的几乎可以说是色情的裸体画框上。这儿居高临下，俯视全景，连镜子中的内容都可拍下，可以说是一次立体全方位的窥视。

我看了下表，对自己的工作非常满意，最后锁好房门，没留下任何痕迹。当我走下三楼时刚好碰见了女人，我们擦肩而过。我临时戴了一顶帽子，女人不会认出我的。我原来预测我们在楼门口相遇，相差不过 40 秒钟，一切都还在正常范围之内。回到车里，我拿出显示设备，开始调频、接收。没问题，非常清晰，卧室以及镜中的大床尽在画面中，耳机里可以听见厅里女人走动的声音和卫生间的水声。如果我现在偷窥女人宽衣睡觉毫无问题，但我没兴趣。我关闭了显示器，打着汽车发动机，慢慢驶出夜深人静的小区，上了公路，进入三环、二环，回到事务所，倒头就睡。

翌日清晨，罗一的电话把我吵醒了，说马上就到，已快到事务所楼下。显然她认为我昨晚一无所获，今天一早就要去蹲守。我迷迷糊糊告诉罗一白天不用去了，准备今晚上夜班，暗拍探头我已经放好。我告诉罗一下午五点在松榆小区见，然后挂上了电话。

十六

“你真了不起，我真不该离开，以后要向你学习，坚持不懈！”

“我也没想到，一般那么晚了不太可能有机会。”

“你有一种职业精神，特别可贵。”

“你有家有业，我就一个人，在哪儿都一样。”

“瞧你说的，听上去怪可怜的。”

“是吗？”

“是呀。”罗一清晰地说。

罗一这天显得有点女人味，显然是对我坚守岗位的奖励，同时也是对自己撤守的一种补救。大概女人都是这样，当她们觉得愧对某个男人时，她们就会施放某种模糊而又动人的气息。这是女人的本能，即便高仓健般的罗一也不例外。这时男人确实有某种无可言传的受用，当然一般不能认真，某种情况下这更多是女人的小伎俩。罗一的小伎俩使得不错，“是呀”

弄得我有点晕，好像我有人体谅了似的。

“一个人就是挺可怜的，没人疼没人爱。”

“我给你介绍个女朋友吧，真的。”

这是女人躲闪或保护自己的本能，就算罗一也有这个本能。不过从另一个方面说，罗一也真是有操守的女人，她如此恐怖还有操守，也真是难得。事情到此为止，我的美好感觉过去了。我不想谈什么女朋友，罗一少来这套。

“我只对身边的女人感兴趣。”我挑逗地说。

“小张不是挺好吗？”

小张是我最早雇用的接待员，一个乡下来的打工女孩、高考落榜者。我不知道罗一是否真的关心我，但不管怎样，罗一提到小张那么纯洁的乡下女孩子让我感到愤怒。罗一太可恶了，就算她假装对我没有兴趣甚至于反感也不该抬出纯洁的小张。

“我只对你有兴趣。”我说。

“也不照照自己。”罗一并没生气。

“我照了才对你有兴趣。”

“呸呸呸。”罗一学着小女生的样子，竟别有一番魅力。

罗一不再理我，看着外面。我再次打开显示器，探头工作正常，如果现在探头还没被发现就很难再被发现。我遇到过探头被发现的情况，“目标”拿着探头研究，我以最快的速度离开现场，因为发射距离不过五百米，“目标”一旦明白可能被监视，从窗户就能看到我。我有备用探头，不在乎一个小小的探头，我甚至于还会放弃委托，退还委托款，因为安全永远是第一位的。许多年我没碰到任何安全上的麻烦，我是这个行当中最隐秘最狡猾的侦探。特别是我是个踮脚儿，更要隐秘得让全世界人都不知道我，只有隐秘才是真正的自由。在人群之中没有自由可言，只有隐秘，像隐身人一样才有自由。我不能像《聊斋》中的隐身人那样，但事实上我差不多已经做到了。我对罗一有兴趣，但也仅仅是“自由”中的兴趣。

房间中的女人在看电视，我在显示器上看女人，罗一看窗外。女人躺在卧室床上，遥控器放在一边，她并没真正看电视，只是在消磨等待。我也在等待。同样的等待，甚至于是同样的无望，因为从女人无聊的状况看上去“目标”今天可能不会出现。女人穿着松垮的睡衣，显然只草草梳洗过，没有上妆，没有口红、描眉，甚至于没有护肤。化妆品如今早已成为女人的另一件衣裳，没化妆就等于没穿衣裳。因为没上妆，因为真实，因为显出朴素，女人反而显得更年轻了一些。她也就二十一二岁，养了一只小狗，如果不是无聊、无神、头发蓬乱，她甚至于有一种感人的朴素。她吃青春饭，过着这种生活，终日的目标就是等着男人出现，倦容与无聊使她的朴素、真实反倒成为一种堕落的证据。男人的钱成为她唯一的目的。或者也有感情？毕竟和鸡还有所不同，也许能嫁给瘸子？她看电视，唯一所能做的就是看电视，遥控器不离手边。卧室阳台门开着，阳台吊着一些衣物，下面有一些干枯的花盆，花早死了，很可能来到这里就是死的。从敞开的阳台门分析，女人大概有时会在阳台站一站，看看风景，或是什么人。但是没有风景，只有对面的楼、同样的阳台、植物和衣物，事实上她连小区的大门也可能看不到。男人不会从目力所及的方向出现，真要出现也是从后面的路上，隔着两条甬道。何况男人也是有车的，不是自行车，是一辆夏利2000，挺新的，比我的普通夏利强多了。可以想象女人从阳台回到床上，小狗也跟着回到床上，狗随人意，人安静，小狗也安静，一动不动。现在小狗就伏在女人脚下，像玩具狗一样，睁着一双黑眼睛，似乎也在等瘸子男人。

天黑下来，罗一说：“别看了，老看她干什么，浪费电。”

“她其实挺美的。”我没用“漂亮”一词。

“还美呢，不要脸的东西！”

“别这么说。”

“你是不是还同情她？”

我关上了显示器，欲言又止，因为忽然觉得无趣。

罗一握有道德的机枪，一说话就是扫射。关于男人女人我们已讨论多次，我被扫得千疮百孔。我唯一的选择就是承认自己无耻下流，甚至于比罗一想象的还要无耻。我有什么办法呢？况且，我真的同情甚至于欣赏那个寂寞无聊的女孩吗？我说不出。事情好像不是这样。但让我恨这个女孩也不可能，她只是一种存在，一种生命的真实形态，她的时针，每分每秒，都真的与别的女人不同吗？她的寂寞真的那样毫无意义？还是只与无耻相关?

“你说呀，是不是同情她?”罗一催问我。

我觉得罗一有点无聊了。我知道她想让我发表看法，然后我们争论，她批判我。她明明知道我说着说着就会滑向无耻，标榜无耻，让她脸红，可她还要与我争论，这就是典型的无聊。

是的，等人总是很无聊的。特别当你估计“目标”可能不会出现时，等待就越发显得无聊。罗一希望用道义的姿态打发无聊，她甚至于在诱导我为卧室女人辩护、发现我无耻的灵魂，然后站在道德制高点上激情扫射。打发无聊嘛，这同一边看色情片一边批判没什么两样。但是今天我不想满足她，因为无论她的正义还是我的无耻都越来越显得陈旧、可疑、了然无趣。无聊就无聊吧，能忍住无聊的人才是真正健康的人。我再次打开监视器，房间和女人准确无误出现在屏幕上。女人依然在看电视，好像还看上瘾了，一动不动，似乎连小狗也像是看进去了。罗一侧过头来要看，我挪开监视器，背对罗一，我的动作有些夸张。罗一笑：“有什么，你能看到什么!”但罗一还是凑过来。

十七

瘸子一直没出现（我之所以总称他是瘸子就是告诉自己：什么是真正的瘸子，我不瘸）。等待总是让人无聊，以致后来我无聊到同罗一动手动脚的地步。我们离得太近了，夏利又小，罗一的质量又如此之大。好几次我在伸懒腰时碰到了罗一小山似的胸部，那儿简直深不见底，让人晕眩。说实话我也并非总是有意，但每次伸懒腰就碰到了，或差不多碰到了。这时罗一就脸红似火，使劲躲闪，后来并不躲闪，不仅不躲闪，相反总是抓住我的手腕将我反剪起来按到方向盘上，让我舔食方向盘。我没见过如此粗暴的奥运选手，让我没有任何反抗余地，我对着方向盘争辩说：“这不能赖我，你的那什么太大了，你不知道你对我的领空早就构成了性侵犯，你还开着健身房呢，怎么就不自己瘦瘦身……”

我没有助手时一个人曾经蹲守“目标”达七天之久，我阅读、思考、发呆，怎么都行。我习惯了孤独，不觉得寂寞。我耐心等待，计算数学或物理公式，看秒针滴答，与世界同步或进入时间深处。那时我是不存在的，同时又存在于世界之中。但是有了罗一一切都不同了。等待具有了某种双重的悬念，一明一暗，我不能漠视罗一的存在，就算我这样想事实上也做不到。特别是有时从罗一身体内部泛出某种强烈气味，让我欲呕的同时又混乱地神往。我能分辨出她身上各种气味，诸如汗味、浴液、皂香、体液、恶臭、腺液、滴露，它们如此细小，混合在一起，如同门捷列夫的化学元素周期表。她可真是个富矿，如果她爆发会有多少裹着湿漉漉的植物火山岩？包括漫无边际的火山灰？那真是可怕。罗一真是一点也不怕我，并且也确实一次次显示了扔链球的能力。

罗一放开我，尽管她对付我轻而易举，但可能是因为激动或雌激素的缘故，每次她放开我都有香汗流下来，这使她看上去容光焕发，以至于不平整的脸显出柑或橘的鲜艳，有种难得成熟的春光。不能说美，但是的确有点动人。这时我会盯着罗一看一会儿，罗一的脸就越发红，罗一娇羞地说："看什么，看什么！"那时我很想对罗一说，你无论多么不敢恭维，害起羞来还是挺动人的，可谓春光乍泄。我不知道罗一是否看出了我的心思。有一次罗一突然蒙上脸，头顶在挡风玻璃上嗲声嗲气地叫嚷："真受不了你了，真受不了你了……"我觉得羞涩也要自然，恰到好处，特别像罗一这种女人得知道自己几斤几两，胸颤得有些过分，叫声就更让人受不了，过了，太过了，罗一怎么能像少女一样嗲叫呢？当这种局面反复出现，当你害怕什么她来什么，当由于你预感到了恐惧，而恐惧还是惊人地来了，你那种根本的绝望简直无异于石头乱飞山体滑坡。

她还受不了？到底谁受不了？我才受不了！

因此我对罗一的注视必须是短暂的，见好就收，千万不能眷恋，点燃引信。但我总是难改无聊，有一次我甚至于情不自禁地说："罗一，你其实挺美的，真的，你知道人在高潮时是最美的……"

"你！——"罗一几乎成了透明色，像惊艳的美人。

这次我没想到罗一的反应是哭泣！在她脸的燃点到达顶峰时，我看到罗一眼圈慢慢红了。罗一没有愤怒，只是不看我，看着窗外，眼泪吧嗒吧嗒往下掉，不时擦一次，看上去楚楚可怜。我不相信罗一认为我是嘲讽她，我没少嘲笑她，但这次是情不自禁，我真觉得她很美。我想我一定是击中了什么，触到了什么。但是是什么呢？我感到不解。说实话我也是临时想到“高潮”一词，我完全是顺嘴胡说，结果显然碰到了一根什么神秘的引信触动了罗一。罗一的抽泣是真实的，并且真的伤心了，一点也不过分，楚楚可怜，恰到好处，甚至于几乎是平静的。

“你真的想要我？”罗一对着窗外说。

“什么？”实际上我听明白了。

罗一不说话，望着窗外。

“哦，不，不，罗一，”我说，“我不是那意思，你想哪去了，对不起，我都不知道我说了什么。”我退缩了。罗一的眼泪再次流出来，趴在车档上大哭。直到这时我才反省自己，我实在太无聊了，我为什么这么使劲撩拨罗一呢？罗一毕竟是女人，我这么恭维到底什么意思？

幸好这时“目标”出现了，否则真不知怎样收场。

“罗一，看，目标！”我大声说。

罗一立刻弹起来，如梦方醒似的，就好像电影拍摄结束了。罗一看着我手指的方向，从哭泣到进入侦探角色完全换了一个人。我也一样激动，心跳起来，我们度过了五个日日夜夜，度过了多么可怕的无聊、多么可怕的无事生非！我们进入了战斗状态，刚才的一切都像一个浮梦一样消失得无影无踪。

打开监视器，调频，录音，摄像。谢天谢地，一切正常。女人已不在卧室，但可以听见客厅的走动声，化妆品啪啪的拍脸声。卧室收拾得整整齐齐，开阔，无人，电视开着，从墙镜中可以看到无声的电视画面，歌手在唱炽热的爱情，不断扭动腰身。五天的守候终于有结果了，甚至于我们比女人更激动，更盼着“心上人”到来。

瘸子上楼了，几分钟后将出现在画面上。

那时是五点钟。五点钟能做什么？显然，要不了多一会儿我们就大功告成，可以去餐厅了。罗一不相信我的判断，认为不可能。

“你刚才注意到瘸子的头发了吗？”我问。

“怎么了？”

“他的头发是湿的。”

“是吗？”

“侦探要在第一时间就掌握每个细节。”我现场培训。

“头发湿了怎么了？”罗一急切地问。

“肯定来之前洗过澡了。”

“洗过澡了？”

“是呀。”

“什么意思？”

“不想耽误时间，干柴烈火。”

罗一吐了口气，肩有些微颤。

客厅传来动静，门唏里哗啦，然后再没动静。

“怎么没声音了？”罗一问。

“拥抱。靠在门上了，我们的探头只能看见卧室看不到他们。”

等待。呼吸很热。就在我耳边。我和罗一几乎头挨头。我们的血液流速加快。我甚至于想到也许我们可以同时，那将是多美妙的工作！

“不会就在过道吧？”罗一内行地说。

“没准儿。”我说。

“那我们就拍不到了。”

“再等等，不会那么急吧？”

终于有了声音。瘸子和女人进入了卧室。两个人长吻，都闭着眼，旋转着进入监视画面，像电影剧照。

“他们很相爱。”我说。

罗一不说话，呼吸急促。

“你不觉得这是爱情？”

“狗屁。”罗一本能地闪开我一点。

“多沉醉呀。”

瘸子先脱掉自己的衣裳，脱的同时仍不放弃女人的嘴唇，一个星期没见真是热恋。女人也是如此，根本不撒手。瘸子慢慢剥女人的衣服，速度越来越快，最后抱起女人，一下扑在床上。女人一直没睁眼，一直搂着男人的脖子，直到被瘸子凶狠地进入下体女人才骤然睁开眼，几乎是惊恐的，叫声锐利，差不多是哭泣……

“还拍吗？”

“哦，不拍了？行了吗？”

“足够了。”我说。

“是吗？”

“走吧。”

十八

拍摄戛然而止，显示屏一片漆黑。我问罗一去哪儿吃饭，罗一说随便，表情木然。我打着火，但是没挂挡。我看着罗一。罗一脸上火烧云一样乱云飞渡，有种惊人的艳丽，无法形容。我靠近罗一，近到闻到灼热的气息。罗一推开我，毫无力气。我轻轻贴在罗一丰厚的嘴唇上，罗一躲了两下，不再躲闪，但牙咬得很紧。罗一很紧张。我也同样。或者事实上是我的紧张传染给了罗一。这样不行。我慢慢放松下来，轻吻罗一，柔情似水，如梦似幻。罗一终于慢慢接受了我，甚至于张开了牙齿，肥厚的舌头像巨蚌那样迎接了我。我们长吻，难以自持，激情万分。我的手伸到她梦幻般宽广的怀里，胸罩太饱满了，根本摘不下来，只能从上面伸下去。上帝，这真是一个巨大的梦幻，难以想象，里面如此辽阔，又无穷深远。我狂吻罗一，把她的手拉到下体，她像触电一样痉挛，同样拉我的手。她的下面如此灼热，简直像巨大的浴室。一切都毫无疑问，但是夏利的空间太小了，如果我的车是捷达、标致甚至于桑塔纳我们就在车上了，可惜是夏利！夏利又狭小又如此单薄，根本无法转动身子，真怕撑破了夏利。我们颤抖，紧抱，热吻。我不想因更换地点而暂时中断，那样也许会梦醒，物是人非。我们离顶峰一步之遥，大汗淋漓，却身处狭小之境！不，不，这里不行，绝对不行，无论如何不行！该死的夏利……我们最终停滞了。慢慢的，类似一波高潮过去之后出现短暂的无措与茫然，我说，我们吃饭去吧。

夏利风驰电掣奔向大街。我已知道去哪儿，就在我最冲动时脑子也没闲着，一直在转悠去什么地方合适。我不想去方庄美食一条街，不想去灯火通明的餐厅，我们无法接受灯火通明、人声鼎沸，那样我们很难保持感觉。我要去一个酒吧，一个昏暗的有西餐或匹萨的小酒吧，我知道三环路国贸对面有这样的酒吧，只有在那种昏暗低调有烛光的地方梦才不至彻底醒来。在那儿我们可以继续调情，就像调鸡尾酒一样，尽管程序有点乱也只好如此。然后呢，我要带罗一回所里或者她愿意去星级宾馆也可以。要有落地玻璃窗的，可以看到城市之夜、万家灯火。车上我已多少看出罗一有些尴尬不适，这有点不妙。我以最快的速度抵达了国贸桥，我豁出去了，要喝酒，不惜酒后驾车。我找到感觉不容易，不能醒来。

梦想的地点。匹萨、沙拉、意大利面条、红酒、烛光、音乐。只是无论如何这一切还是有点物换星移，和身体的感觉是两码事。在停车、寻找车位、点菜、讨论喝什么的时候，梦无可挽回地醒了。说点什么呢？在如此密切的身体燃烧之后能说什么呢？当我们需要身体语言时事实上不需要任何别的语言，这时一切语言都构成了干扰、消解，不伦不类。但总要说点什么，而我们共同的语言只有偷窥、刚刚胜利完成一桩生意。我们虚假地庆祝一桩案子大功告成，我们回顾、感叹，历数每个环节多么不容易，谈话渐行渐远。罗一完全恢复了自己，重新进入可怕的仇视男人的角色，她批判的锋芒一如既往强烈而分明。罗一抨击瘸子的贪婪、不忠、忘恩负义，痛斥女人堕落、无耻、不思进取。

“她算什么！糟蹋自己，坏人家庭，连妓女都不如！”

“总比妓女强点儿吧。”我敷衍说。

“还不如妓女，二奶危害更大！”

“你的意思宁可允许丈夫嫖娼也不许有第三者？”

“那叫第三者吗？就是妓女！”

罗一的思维显然有些混乱，她把妓女、二奶、第三者混淆在一起进行相互矛盾的批判，不知谁好一点或者更坏。

“她看上去的确不像第三者，是个典型的二奶。”

“可不是！”

“二奶本质上还是贸易、出售，不像第三者是出于感情……”

“什么出于感情，都是下流败坏的幌子！”

我们真的醒了，一切又好像回到从前。

我真不该要酒，有了酒这顿饭就无法草草结束，就得拉长时间，就会无事生非，而我们谈论的恰好是对我们刚才行为的否定。我不得不扭转话题，谈到一个我们可能着手的有趣的案子。案子听上去应该相当美好，一个去国外多年的学子想要找到许多年前“同桌的她”，许多年前这位学子暗恋“同桌的她”，但那时非常自卑，现在功成名就，持有绿卡，希望给当年“同桌的她”献上一束花，表达当年的倾慕之情。这很正常，我说得也相当含蓄，可以说娓娓动听，事实上当然也暗含了我对罗一的某种表白。但是罗一的反应真是让我扫兴，简直让我大失所望。

罗一说：“你别听他说得那么好，他出那么多钱就想见一面？”

我尽量压着火：“是的，他就是那么说的，并且一再强调没别的意思。”

“我不相信，他最好还是别打扰人家的家庭。”

“要是那个女孩离异了呢？”

“他自己没老婆，在美国那么多年？”

“这个，好像他没说，我们只是接案子，不能问得太详细。”

“算了吧，咱们又不是没案子，那么多压着呢。”

我知道罗一指的是哪些案子，她认准了婚姻不忠的案子。

一切都无可挽回。回家吧，我想。

“去哪儿？”上车后我下意识地问罗一，问完后我才发现我仍没放弃某种努力，又怕罗一拒绝，于是又含糊地问了一句：“回所里吗？”我连想也不敢想宾馆了，只能暗示地提到所里，我真累。

“还有事吗？”罗一认真地问。

“倒也没事了，好吧，我送你回家。”我爽快地说。

如果没戏唱了还不如爽快一些，表明我早忘了那件事。罗一住龙潭小区，我非常熟悉那条路线，从正对着龙潭公园的夕照寺街走到头，向右拐第二个大门就是罗一住的小区，她的潮州丈夫大概从来都希望她回来得越晚越好，不回来才好呢。对那个小男人来说，罗一无异于两座大山。

我把车停在公园门口一棵树下，我说：“罗一，你走一段吧，我就不送你到门口了。”

罗一下车，我也下了车，顺手锁上车门。

“你干吗去？”罗一疑惑地问我。

“我到公园走走。”实际仍暗存想法，也许罗一会跟上我？

“都几点了？”罗一说。

“没事。”我说，“你走吧。”

我们站了一会儿。没有告别、拥抱、吻、爱，一切都像影子、浮云，只有罗一高大的背影。我进了公园，毫无目的。罗一不可能随我进来，但我还是几次回头。我在公园乱走了大约不到十分钟，突然想到洗浴中心，一下有了方向，立刻折返。出了公园，心情激动，蹿到车上，一路寻觅，很快就见到一家，停车、锁车。洗浴中心旁边的发廊小姐向我招手，十分妖艳，但我还是进了洗浴中心。我不喜欢发廊，发廊太闹了。后来当我平静下来——平静得如此之快，当我独卧包房，目送吊带离去的背影，我觉得好像什么都没发生，并不存在一个罗一。

后　记

门罗获诺奖，中短篇小说似乎一下站起来，和长篇小说一般高。本来就一般高，不分高下，但多年来它一直是坐着的，好像也甘于坐着。特别在大众视野里，中短篇小说更像是专业小说家所为，首先中短篇小说主要诞生在文学杂志上，而文学杂志似乎是一些专门“人才”施展的地方，随着文学杂志与大众隔开，这些“专门人才”一同与大众隔开，与市场隔开。换句话说，中短篇小说似乎是少数人所为，亦给专门的读者所看。

某种意义上，这种感觉是对的，是好感觉，是文学最纯粹的部分。中短篇小说的纯粹性与专业性历来为圈内人称道，大家都知道中短篇小说艺术上的含金量整体上高于长篇小说。长篇小说实在是太芜杂了，似乎什么人都能写，中短篇小说有时倒成了试金石，或者看一个作家的中短篇小说有时更能判断一个作家。记得有一次参加评审中国作协会员，有人几部长篇小说摞得很厚却没获评委通过，相反有人没有长篇，只发过若干部中篇小说，且是在《十月》《人民文学》《收获》《当代》上发的，大家没二话就过了，仿佛纯文学杂志是一种免检的标志。然而情况有时就是这么复杂，好的长篇小说，那些真正的洪钟大吕，威威乎矗立，召唤着一颗复杂的心。正是在这种复杂的心态下，在一种专业性与洪钟大吕双重召唤下，我在写中篇的同时也在写着长篇，写长篇的同时也在写着中篇，有时形成了中篇与长篇互通，可拆卸。比如有的中篇在杂志上发了，被选刊选了，后来它又成为长篇小说的一部分。但它的独立性并不因为它成为长篇小说的一部分而消失，这就像盖了一所房子，后来周围又盖起了一些房子，成为了一组建筑，但先前的房子仍具有独立性与自治性。

中短篇小说是文学的基石，没有这一基石很多名噪一时的小说都不过是昙花一现。我曾说，中短篇小说是萨克斯，是长笛，是小号，那种独立的倾吐与技巧是任何形式，比如交响与协奏，代替不了的。孤独的人都会喜欢中短篇，尤其是优雅的孤独的人。当然，如果你是一个激烈的孤独的人，另当别论。

不一样的写作

——宁肯论

藏　策

一、诗人？小说家？艺术家？

宁肯曾经是个不错的诗人和很潮的散文家，现在当然更是小说家了，但我以为，在骨子里，他其实是个艺术家。诗人也好，散文家也好，小说家也好，其实都是他作为一个艺术家的N种面相，或者说是他实施艺术实践的N种途径。这也正是他与一般作家最大的不同之处。雅各布森曾经有个非常著名的论述，他认为，诗是隐喻的艺术，散文是转喻的艺术。按雅各布森的诗学理论，隐喻属于纵向的聚合语义轴，强调的是选择和联想的关系。比如："枯藤，老树，昏鸦，小桥，流水，人家，古道，西风，瘦马，断肠人在天涯。"就是一口气把聚合语义轴上构成了联想关系的这些意象，统统转换成了横向的组合关系，妙不可言！横向语义轴中的组合关系，属于转义。故事序列之间的衔接、情节之间的组合等，就都属于转义。雅各布森说散文——包括小说在内的大散文——是转喻的艺术，就是强调其叙事性。所以诗人天生就善于用隐喻的联想方式思考问题，而小说家则善于用转喻式的思维讲故事……其间虽多有交叉，但基本的定势却是一经一纬，指向各异的。宁肯的独特性恰恰也就在这里，他其实是个用隐喻性的诗思，进行转喻性叙事的小说家。破解宁肯小说文本奥秘的关键，正在此处。宁肯把“枯藤”“老树”“昏鸦”……这些隐喻联想关系中的元素，化成了小说叙事中的故事元素。比如《天·藏》中的王摩诘、马丁格、维格几个主要人物，其隐喻与联想关系就相当于“枯藤”“老树”“昏鸦”。王摩诘带着富有历史色彩又具有现实指涉的精神疾患来到西藏，试图解决内心问题，马丁格作为法国年轻科学家虽已站在分子生物学研究的最前沿，但最终认为科学并不能解决精神问题，辞去实验室工作皈依了藏传佛教，而维格——维格拉姆作为藏文化的代表，同时兼汉地与西方的文化征候，最终回归西藏，这三个人物的设置本身就是一种跳跃的隐喻性的思维，而其各自所携带的故事又互相指涉、交织、映衬，构成横向的组合关系即横向语义轴。用这种符号学的方法分析小说，宁肯的叙事特征虽然隐秘，但已昭然若揭。

其实以前也有不少的所谓诗化小说或散文诗之类，但大多是文本表层上的诗化，而非文本结构深层的诗化，只不过是把叙述语言打磨得有了些“诗味儿”而已。用诗思作小说，并不是件容易的事，这也就是为什么诗人写小说成功率比较低的原因。诗思固然高妙，可一旦用于小说，却往往容易不“及物”，最终成为不食人间烟火的空泛寓言故事……诗思又往往是高度抽象化了的，而小说的表达却必须是建立在具象基础上的，没有具体可感的细节和场景，没有世相百态和人生经验的呼之欲出，也就失去了小说的基本要素。类似的小说我见过许多，作者往往修养甚深、自视亦颇高，小说里的人物都是作者意念和思辨的化身，以高度诗化的文本隐喻了各种玄妙的哲思……然而这类诗思+哲思的小说却极难成功，因为犯了小说之大忌……用罗兰·巴特的话说：“艺术不表达可以表达的东西。”小说自然也不能一味地去表达“哲思”，即便是用了非常美妙的“诗思”去表达也不行。中国的知识分子作家，大多都有表达自己思想及立场的强烈欲望，所以写出来的小说反而不如那些缺少哲思和诗思、但是貌似朴实厚重的传统现实主义小说。

如何在诗化的抽象与小说的具象之间找到一个绝佳的平衡点，关乎到现代主义文学中此一类小说的生死存亡。作家眼中的现实，大体不外乎三种视角：第一种是夸张变形了的，犹如以大广角镜头看世界；第二种是以标准镜头看世界，平淡但写实，现实主义的视角；第三种是以长焦距或微距的视角看世界，比如法国的新小说派。第一种视角的最佳平衡点，是抽象中的具象；而第三种视角的最佳平衡点，是具象中的抽象，也就是具象到了抽象的地步。当然，第二种视角也可以是现代主义的，那就是对日常事物的极大陌生化……

老实讲，在国内的文学界，相关的问题并没有得到解决。理论批评界对此可谓是一片茫然无知，只知道提倡“体验生活”，却不知道如何以独特的视角去观察生活……而作家们的表达欲望又过于强烈……然而在艺术界，有关此类问题的探索却从未停止，比如摄影理论中对于“新客观主义”及“杜塞尔多夫学派”的“无表情外观”所做的研究……当代艺术中的“无表情外观”（Deadpan）其实就非常类似于法国的“新小说派”，尤其像布托尔的《变》以及罗伯格里耶的小说，不仅“文本趋冷”（dead），而且同时也是“意义趋冷”（pan）的。也就是说，作者不仅不去表达“意义”，而且还要有意地去屏蔽“意义”。因为只有屏蔽了文本的具体意义和俗套意义，才能获得更高层面上的更大的意义。换言之，文本在屏蔽了具体的所指意义时，才有可能获得能指的最大张力，才有可能获得意义阐释的无限空间……然而中国作家急于表达“意义”的欲望，却让他们大多患上了“意义”的早泄……

在这一点上，宁肯是幸运的，他虽然并不精通“无表情外观”及相关理论，但他在思维方式上却有着艺术家式的天然气质。宁肯曾说过一句“名言”：“真实的最大敌人不是虚假，而是简单。”于是他没有以简单的诗思去表达复杂的哲思，而是把复杂的哲思融入了他观察现实的方式，并获得了独特的诗思的视角。《天·藏》有这样一个细节：一个三岁藏族男孩午后在小溪边玩水，他两手空空，没有任何玩具。水打湿了他的鞋，于是他发现了鞋，便拿鞋舀水玩。鞋不慎落水，他也没觉得失去，只觉得鞋漂起来很好玩，是个新发现，便又拿起另一只鞋轻轻地放在了水上……鞋像船一样再次航行起来，男孩跟着鞋跑，非常快乐，直到鞋子消失了，男孩才显出某种失去的茫然：他两手空空，这回彻底的一无所有了……这是主人公王摩诘所见，写的完全是生活，但谁又能说这不是寓言呢？在这里，具象便达到了抽象的程度。实际上具象与抽象是分不开的，这种分不开的经验才是哲思与诗意可以抵达小说领地的中转站……这也就是宁肯之所以能够成功的奥秘，是他所寻得的属于他自己的最佳平衡点。当然，宁肯也和大多数的中国作家一样，在对于文本意义的控制上做得并不纯粹，不仅没去剪断所指意义的隐喻链，反而有强而化之的趋向。比如有关王摩诘虐恋倾向的所指，隐喻性就过强，让人一看就知道指的是什么。意图太明显了反而不好，他的《沉默之门》在这方面就比《天·藏》要好一些，因为他的主观意图不得不面对现实做出妥协，但从另一方面来说，这反而成全了他。

二、现代主义 or 后现代主义？

中国是一个最热衷“主义”的国度，却又是个并不真懂“主义”的地方。批评家见了看着像真事的就说是现实主义，不像真事的是浪漫主义，两样都不像的是现代主义，看来看去看不懂的就用上了最后半招——往后现代主义那儿一推了事。早在 1928 年，鲁迅就挖苦道：“看见作品上多讲自己，便称之为表现主义；多讲别人，是写实主义；见女郎小腿肚作诗，是浪漫主义；见女郎小腿肚不准作诗，是古典主义；天上掉下一颗头，头上站着一头牛，爱呀，海中央的青霹雳呀……是未来主义……”（见《三闲集·匾》）近一个世纪过去了，中国的批评家们却依然故我……屈原和李白可以在浪漫主义出现之前的 N 个世纪里，率先当上“浪漫主义诗人”……在这样的“穿越”中，《诗经》同样被盖上了“现实主义”的金印，杜甫甚至成了“批判现实主义”……

老实讲，宁肯的小说并没有多少人能真正读得懂，见他在《天·藏》里加了那么多条叙事性的注释，便觉得这属于“后现代主义”的手法呀，于是宁肯在许多批评家那里便成了“后现代主义小说家”。

现代主义和后现代主义，对于国内大多数作家和批评家而言，迄今都是个知其然不知其所以然的谜。因为传统批评就好比盲人摸象，今天摸着了鼻子，明天摸着个腿……却永远都无法对大象这种生物做个“基因图谱”式的分析。现代主义其实首先是反浪漫主义的，而国内许多被冠之以“现代派”的作家，恰恰是浪漫情怀+现代手法，面子上摆出一副“现代”式的“酷”，骨子里却一派浪漫感伤……现代主义更注重“智性”，讲究在文本中设置一个“意义”的“深度模式”——当然不是图解意义，而是反讽，反讽那些“传说中”的俗套意义。而后现代主义则更像反讽的反讽，也会在文本里戏拟出一个“深度模式”，然后再去颠覆它……宁肯的小说绝对是有“深度模式”的，尤其是《沉默之门》，在卡夫卡式的情境中，充满着隐喻。比如小说的开头，主人公李慢爬到地下室高高的窗户上关窗，结果凳子倒了下不来了，办公室人都认为李慢高高地挂在窗上十分有趣，谁也不去帮他下来，愿意让他在上面多展示一会儿，就像看动物园的猴子。这个细节在那个特定时代意味深长，充满悲伤与自嘲，是典型的现代主义的“深度模式”的表现，它指向了我们时代最深沉的问题，一个巨大的创痛。

《天·藏》中王摩诘与援藏女法官于右燕的虐恋描写虽然其能指上表面看有后现代的“戏拟”特征，但所指却是鲜明的现代之痛，是不折不扣的意义深度模式。这种深度模式到了维格以密宗空乐双运（双修）的方式，试图拯救王摩诘的受虐癖时已完全去掉了后现代的“戏拟”，其美妙、隐喻与失败的爱情描写异常精准、别致、深刻。让我们来看看宁肯的描写：

> 月光。蓝色。月光真好。整个房间是蓝的。王摩诘轻轻拿下维格手中的书，在深海似的月光中凝视维格的脸，书，白色的手。王摩诘如此安心，甚至心里升起某种罕见的温暖的感动。是的，没有比“睡美人”更适合她的了，特别是拿着书的睡美人；如果这不是天造地设还有什么是天造地设？王摩诘欣赏不够，久久地看着睡美人。如果还有另一双眼睛看着他和维格，那么他和她就是书中的插图，就是《一千零一夜》的情景，就像被深海囚禁的人，就像祥云与海藻包裹的密修者与空行母。

同时，《天·藏》又是宁肯小说写作中迄今所呈现出来的最极端的状态，在某些方面成了以小说的名义所进行的精神层面的哲学对话录。就这种叙述形式的本身而言，已经是一种反小说了，然而奇妙的是，宁肯最终并没有让小说的形式成为他哲学思考的“传声筒”，反而让所有的哲学思考成为构成他小说的基本元素，从而构建了一个超越于所有哲学意义之上的，属于小说的“意义的深度模式”。《天·藏》的基本情节是这样的：法国怀疑论哲学家弗朗西斯科·格维尔来西藏看望儿子马丁格，并与儿子进行一场有关东方佛学与西方哲学的对话，儿子马丁格早年是一名科学家，后来皈依藏传佛教，在西藏已修行二十多年。马丁格的朋友、小说的主人公王摩诘与女主角维格负责接待工作，同时也是对话的聆听者。在西方哲学家与东方修行者对话的同时，还平行着另一场对话：王摩诘与维格的身体对话，而这场对话才是小说真正着力要表现的。从这一基本情节框架设置中我们很明显地可以看出，世俗意义的身体对话被嵌入到东西方思想对话即“意义的深度模式”当中，互为对位，互相指涉，而前者的成功与后者的失败颇具反讽意义。这是典型的现代主义深度模式的表现，与后现代主义完全不沾边。《天·藏》的写作属于那种风险极大的小说写作，在西方，也只有像乔伊斯那样的现代主义小说狂人才会去只身犯险……在国内，敢于犯险的或许并不少，但能成功的却寥寥无几，而宁肯居然成功了。为什么？这就是我后面所要分析的主要问题。

三、寻找能指的心灵之旅

宁肯是个极端注重小说形式的小说家，他的四部长篇，每一部的结构都完全不同，而且每一部都在文本形式上进行了苦心孤诣的探索。他的小说观念绝对是现代主义的，他认为一部长篇小说如果不能在形式上有所突破，就不能算是成功的作品。宁肯说的确实是真心话，而且也是有道理的，但作为一个批评家，如果真的听信了他的话，而对他的小说仅停留在文本分析层面的话，就会落入一个无边的陷阱……因为对于他而言，小说形式的实验，只是一种表象，犹如浮出海面的冰山一角……因为他在小说形式上的实验，绝不只是出于文本的需要，而是内心的需要。

追求小说的形式感，或者更准确地说，是小说的“文本性”，其实只是宁肯小说的表层。当对这个表层进行了分析之后，我们就会发现，宁肯的这几部小说其实就是宁肯个人的系列“心灵史”……宁肯小说的主题，总是与“成长”紧密相关……而在他的“成长”的过程中，又必定缺少不了这样两个心理原型式的人物：一、智者原型，如《蒙面之城》中的父亲——虽然以对立的形式出现，但仍是主人公马格的心结……而《沉默之门》中的倪维明老人，《天·藏》中的马丁格则完全是这一原型的正像……二、与男主角形成鲜明反差的女性原型，如《蒙面之城》中的果丹、林因因……《沉默之门》中的唐漓，《天·藏》中的维格等……宁肯小说中的人物，完全不像传统的现实主义写作那样，只是去转述和描摹现实生活中的所谓人物形象……而是在文本中投射自我心灵深处的潜意识原型，并使之外化、显影为具有现实感的人物形象。这一点是洞悉宁肯小说深层脉络的一个关键穴道。

另外，宁肯的小说每每与西藏有关，可以说北京是他现实中的故乡，而西藏是他的精神故乡，他的“成长”则是在这两个心灵的空间——现实的平地与精神的高原——之间徘徊和游走。已届“知命”之年的宁肯，为什么要反复地书写“成长”主题，以及那些心理原型呢？答案只有一个，那就是源于强烈的内心需求。我与宁肯，是人到中年后才结识的道友。有关宁肯的早年生活经历，我并不是很了解，但中年以后的宁肯，我则非常熟悉。宁肯是那种为数不多的可以彼此进行心灵对话的朋友，虽然我们的对话并不在西藏的雪山之巅，而只是在北京喧闹的市井一隅……在为什么而写作这个最根本的问题上，我们有着高度的共识，那就是——为心灵寻找能指。

有关艺术创作与心灵能指的关系，是我近年来理论研究的一个最新观点，其灵感来自拉康的精神分析学说。拉康把文本理论与心理结构进行了对接，沿着这个思路就可以超越西方理论中所谓“作者死了”的局限，而将诸如“知人论世”“以意逆志”这样古老的东方智慧与现代西方的文本理论结合起来，从而开启一个全新的具有中国文化特质的批评范式。拉康把潜意识冲动看做“所指”，把相应的意义编码活动，比如文本的编码，看做是能指。那么心理医生为病人进行心理分析的过程，就等于是一个给困扰着病人的无名所指寻找“剩余能指”的过程。同理，真正的作家艺术家的创作过程，其实也都是在为心灵的所指不断寻找“剩余能指”的过程。这实际上也就解释了所谓“心灵写作”的奥秘：为什么有些小说写得也很精彩，却打动不了人？因为那些为了现实的功利目的而写作的文本，没有经过内心，所以也就引发不了文本与读者内心之间的“短路”——用罗兰·巴特的话说就是“击中”。

所以尽管我并不十分了解宁肯的早年生活，但我可以肯定地说，在宁肯的人生辞典中，“求道”的意义远大于“求生”的意义。而在他心灵的深层，对于精神境界的完美合一——用荣格的话说就是“自性原型”——投入了远多于常人的心理能量……而“智者原型”——也就是荣格所说的“智慧老人原型”，在他的潜意识结构中占据着异常重要的位置……他潜意识中的“女性原型”，也就是荣格所谓的“阿尼玛原型”，对他而言既意味着诱惑又充满着危险……而这几个主要心理原型所构成的复杂关系，又决定了宁肯在写作中作为“隐含作者”特有的精神气质：“自性原型”决定了他作为一个思想者和探寻者的基本底色，与“成长故事”的一贯主题……“智慧老人原型”让他略显早熟、孤傲、拘谨……以及不合时宜……而“阿尼玛原型”却又映衬出了他性格中的另一面：原始的野性和桀骜不驯……这就是那个隐匿于文本之后的复杂而矛盾的宁肯。

当年有着如此心理特质的文学青年宁肯，在 1984 年的某一天来到了西藏，他的心灵在神秘的雪山和圣洁的寺庙中找到了投射的对象……他所看到的西藏其实并不都是现实的西藏，许多是他想象中的西藏，在这个想象的西藏他找到了属于他自己的心灵契合点，独特的藏传佛教意味着自性的修炼和圆满……古老的智慧犹如精神之父……而原始的野性之美更是给他狂野不羁的想象提供了梦幻般的时空……于是西藏从此成为了他精神上永远的故乡……《天·藏》中的一个注释透露出这种精神故乡的自叙性，我们看看宁肯在这个注释中是怎么说的：

> 喜马拉雅山无与伦比的高度是毫无疑问的，不过如果没有那些分布于山间的绛红色的大师，其高度也不过是一种自然的矗立。作为科学的基础——实证——固然可以破除一切精神迷信，但无法破除象征、暗示、隐喻、引申以及超验之类的属于心灵修辞的现象。总之，实证主义永远无法取代神秘主义，在这个意义上，王摩诘认为喜马拉

> 雅山无论如何对天空都具有某种指向性和超越性，即使不必强调它的高度，它所拥有的最大限度的接近天空的自然风光也足已常常让人倾心，让人忘我，让人忘言。(《天·藏》第三十页)

《天·藏》充满了这种作者的自叙性，亦是这部小说的重要意义之一。

宁肯早期有关西藏的散文，虚构成分很大，进而成为他有关“新散文”的一种文体主张。因为他更关注心灵的感受，不愿受到写实的束缚……但虚构毕竟是属于小说而非散文的专利，于是《蒙面之城》的写作便是顺理成章之事了。《蒙面之城》的主人公是个十七岁的高中学生，……迷恋福尔摩斯、希区柯克，用可笑的侦探眼光怀疑周围的一切，秘密跟踪别人，甚至怀疑身为历史学教授的父亲是否自己的生父，并开始了一系列的调查。他由此堕入了历史和现实的迷雾，最终放弃高考，走出“蒙面之城”，开始了长达七年的“蒙面之旅”……在《蒙面之城》的成长故事里，还属于完成“成人礼”的阶段，青春的青涩和狂野弥漫在字里行间……与后来《天·藏》里中年闻道式的成长故事大异其趣，但其心灵维度的基本构架却已呼之欲出。“智者原型”投射在《蒙面之城》中，表现为对生父的怀疑以及对于精神之父的寻找……青春期的反叛与弑父色彩，充满了这一原型的初级阶段……而“阿尼玛原型”的最初形象，就是女主人公果丹、林因因，甚至桑尼……

我一直以为，《沉默之门》是宁肯最重要的小说，至少其意义绝不在《天·藏》之下。《沉默之门》讲的是主人公在特定的历史时段“成长”受挫的故事——人生的成长与一段被禁忌的历史交错于十字路口的故事……这是走出了“沉默之门”的一种不可言说的言说……主人公李慢，就像他的名字一样，慢慢腾腾，窝窝囊囊……因为他的人生成长在特定的历史高压状态下，被迫减速了……他扭曲而无助，渺小又彷徨……而“智者”在这部书里的形象，开始变得异常清晰、正面而强大，这就是那位倪维明老人。老人是历史的化身，是价值的化身，是李慢精神上的教父……如果以拉康的“菲勒斯”名之，老人就是他精神世界的“第一能指”。然而，就如那个著名的“俄狄浦斯”传说一样，父与子之间的关系，在潜意识层面上，是异常复杂的。父亲的人格过于强大，儿子就会感到压抑……

李慢对于倪维明老人也是既敬畏又逃避……然而李慢与老人的故事绝不仅仅是心理小说中的情节，其实更是一个意味深长的隐喻。就如哈姆雷特所面临的“生存还是死亡”一样，以父亲“自居”，就意味着历史的承担；背叛父亲，则意味着选择了一种凡俗的犬儒式生存……“智者”在《沉默之门》中有了决定性的重大发展，由《蒙面之城》中的困惑、弑父、反叛……逐渐走向了敬畏、尊崇，乃至“自居”……

而唐漓这个形象的出现，对于宁肯小说的成长故事而言，具有另一番重要意义。在《蒙面之城》中，林因因的形象还仅仅是神秘和野性的，而从唐漓开始，“阿尼玛原型”已经有了象征着“危险”的因素……由此可见历史的烙印对人潜意识的铭刻之深……由此而看《天·藏》中“阿尼玛原型”的继任者，与主人公王摩诘之间的虐恋游戏，便可一目了然了。现实中的恐惧，对人潜意识的改写，是如此惊心动魄！我以为这是反观《沉默之门》以及解读唐漓形象的一个重要脉络所在：唐漓在《天·藏》中幻化成了维格和女法官于右燕。在《沉默之门》里，李慢与唐漓的爱情是灵肉分离的……而《天·藏》中的爱情也依然是灵肉分离的，与维格是“灵”的部分，与于右燕是“肉”的部分……唐漓和于右燕都与国家机器有关，其特殊的女性魅力中都充满着“制服诱惑”……而唐漓凸显的是性爱+危险、恐惧、震惊……发展到于右燕则已经是性爱+虐恋……这种变化其实是意味深长的，表明恐惧已经被内化到了日常化和仪式化的程度了……受虐从容忍最终而成为一种习性，直至乐此不疲……把《天·藏》和《沉默之门》放在一起解读，这一隐喻的深刻性才更加耐人寻味……

外在的恐惧被内化为人格成长中深层心理的焦虑不安，是《沉默之门》的底色和基调，既是李慢内心世界中苦苦挣扎的显影，更是中国一代知识分子的灵魂“变形记”。值得一提的是，李慢这一形象，在宁肯的心灵中是久久挥之不去的。在宁肯所写的为数不多的中篇小说里，《词与物》的男主人公苏为民，可谓是一个“李慢二世”，虽然只是一家报社的校对，但对文字的敏感已经神乎其技，他的世界是属于词语的、精神的。而他的妻子却是属于物质的，是物质世界中的弄潮儿，在现实的游戏规则中如鱼得水。在妻子和世人的眼里，苏为民无异于卡夫卡笔下的那个大甲虫……在单位里苏为民也是越来越被边缘化的，虽然他的校对水平超一流，甚至可以成为一个语言学家了，但在改革后了的单位体制中，他却越来越成为一个“多余人”。因为苏为民的校对功力优秀得有些过分，以苏为民的纠错能力恐怕所有的终校都得重来，所有人的奖金都要遭到灭顶之灾……小说隐喻了精神世界的“成长”与世俗社会的格格不入，以及在大众消费社会中的无所适从。苏为民其实就是《沉默之门》“续集”中的李慢，讲述了其后所面临的新的困境。

写作《天·藏》时的“隐含作者”，显然在心态上已经走出了“沉默”的阴影……主人公王摩诘作为一个求道者，可谓是宁肯“自性原型”的化身。故事背景也从《沉默之门》那充满压抑和恐惧的魔幻市井，重新回到了他精神的故乡——西藏。苦难深重却威武不屈的智者倪维明老人，则化身成了雪山之巅上的世外高人……不过《天·藏》中的“智者”已经不再像倪维明老人那样是一种外在于意识主体的了，而是在“成长”过程中进而成为了意识主体的一个有机部分——藏传佛教上师马丁格与他那法兰西学院哲学教授父亲之间的对话，其实就是作者自我心灵的对话，是“自性原型”的投射：东方与西方，内心与宇宙，历史与当下……都将超越对立而得到整合，变得圆融无碍……这里我们可以引用一段王摩诘与马丁格的父亲怀疑论哲学家让·弗朗西斯科的对话：

——可是，要知道，老头（让·弗朗西斯科）说，孔子是公元前的人，是不能对后世承担责任的，动辄追究一个两千年前人的责任不是你应采取的态度。

——的确，王摩诘说，独立地看孔子是无辜的，但事实上孔子在中国从来就不是一个独立的个人，他身上集中了很多东西，这些东西现在仍在起作用。当然我相信，孔子迟早会在中国获得独立意义，就像您认为的那种独立意义，是大势所趋。

老头凝视着王摩诘：

——我理解孔子在中国的复杂含义，不过不管怎么说，哲学不仅仅只对现实发言，很多时候它更大的意义在于对现实的超越。我不知道你能否超越，你能吗？特别是中国的现实？

老头目光炯炯，不仅仅锐利，还有老年人的慈祥。

——我不知道。王摩诘说。

——你虽然年轻，可是很沉重，和法国年轻人不同。

——某种意义也很衰老。

——王，你非常有味道，我喜欢你。

从上面这小段关于孔子的对话中，不难看出宁肯的“自性原型”已明显走出“沉默”的阴影，进入到“东方与西方，内心与宇宙，历史与当下”的语境，并把这一切变成意识主体的有机部分，主人公王摩诘作为一个求道者，正是宁肯“自性原型”的化身。

“自性原型”在荣格理论中，是比个人无意识更为古老强大的所谓“集体无意识”中，最为重要的“心理原型”。具体到宁肯而言，更是统摄着他人格成长以及艺术信仰的重要“心理原型”。纵观他的人生与写作之路，我确信，他在小说形式上的不断实验，也同样源于这一“心理原型”的深层需要，绝非仅仅为了文本“陌生化”而翻新的写作技巧。

四、“不一样的写作”之“不一样的意义”

我以为，小说的所谓题材，从根本上讲，其实只有两种：写自己抑或写他人；小说的叙述也只有两种，自述抑或转述。写自己的作家，无论写什么，写的也都是自己，都是内心自我的投射……对于作家这其实是非常自然和本能的，按拉康的说法，人来到这个世界上，最初的认知就是对自我镜像的确立……浪漫感伤主义者如郁达夫，称之为“自叙传”，现代主义文学则反观自我、超越自我乃至解构自我……写自己的作家多属于自述，讲的是“我眼中”和“我心中”的事，是我感我知我见我闻我思我忆我梦……而写他人的作家，自身所处的则是某种“代言人”的立场，通过叙述者在“转述”他人时呈现自我。然而当这种“转述”一旦被权力话语固化为某种僵硬的模式时，作家的个人立场便面临湮灭。

在中国的当代文学中，为“时代”代言，为“历史”代言，为“底层”代言的“转述”式写作，一直占据主流地位，相对而言写自己的“自述”式写作则长期被压抑，处于边缘化地位。二十世纪末，所谓的

“个人化写作”虽一度兴盛，但又大多限于“隐秘意识”和“私人空间”的狭小格局，并未真正深及到“心灵写作”的层面……今天的当代文学正在陷进这样一个瓶颈：写自己者正在越来越迷失自己的“本心”，代言转述者则越来越看不懂他所转述的现实。因为各种功利目的正在替代作家心灵中艺术创作的原始冲动，使得作家的“自我”失去了“本心”而沦为一个徒善巧言令色的“说书人”……另一方面，今天的现实也早已不同于以往的现实，不只是社会的形态不同于以往，就连现实的存在方式都已经高度的符号化、虚拟化和文本化了。文学早已不再是“反映”现实那样简单，今天的现实不再是作家们静态写生似的描摹物，而是一个众声喧哗的话语集合体。作家们已经看不懂现实了，却又非要去“转述”现实，就只能根据以往的思维定势、以往的经验和想象去写，其结果只能是——越“贴近现实”就越不“现实”。

宁肯的小说，作为一种“不一样的写作”，也正是在这样的语境中才显示出其“不一样的意义”的。宁肯是一个忠实于自己“本心”的作家，把《蒙面之城》《沉默之门》和《天·藏》三部长篇小说，在阅读上打通，就会发现其间三部曲式的“成长”主题，无不围绕着“自我”与“本心”之间的关系进行。现实一次次将“自我”扭曲变形，带入迷途……而“本心”则借助智慧，一次次地将“自我”修复，并走向彼岸……那么宁肯到底有何德何能，竟具有如此强大的内心修为？

其实道理很简单，当艺术创造给他心灵带来的快慰和满足，超过了那些源自名利和物欲的满足时，写作自身的快乐就超越了功利的诱惑，宁肯也就成为了宁肯。孔子说：古之学者为己，今之学者为人。写作亦同理，首先也应该是为己的。只有先满足了自己心灵的需求，才谈得上去与他人的心灵共同分享，才有可能成为人类心灵共同的精神财富。在今天这个以数字技术为核心的新媒体时代，真实的事件远比小说故事精彩，影像视频更比文学描写逼真……而唯有心灵，以及其叙述的复杂性，才是永远都无可替代的，才是小说继续生存下去的理由。宁肯在这方面是自觉的，他对西藏的苦苦思索就是对自己心灵的苦苦思索，这样的思索让他达到了“西藏即我，我即西藏”的境界。正是这种主客体不再有明显的界限导致了宁肯的写作沉思的、思辨的特点，往往一上来就以心灵的方式，并饱含了心灵的技巧抓住了读者的心。

《天·藏》开头就非常典型，为了达到心灵的立体可感的叙述效果，宁肯使用了两个叙述者，一个是小说的叙述人“我”，一个是这个“我”的朋友王摩诘，两个叙述者一远一近，就像两个机位，把读者一下带入既是视觉的又是心灵的叙事，且看《天·藏》开头：

> 我的朋友王摩诘看到马丁格的时候，雪已飘过那个午后。那时漫山皆白，视野干净，空无一物。在高原，我的朋友王摩诘说，你不知道一场雪的面积究竟有多大，也许整个拉萨河都在雪中，也许还包括了部分的雅鲁藏布江，但不会再大了。一场雪覆盖不了整个高原，我的朋友王摩诘说，就算阳光也做不到这点，马丁格那会儿或许正看着远方或山后更远的阳光呢。事实好像的确如此，马丁格的红氆氇尽管那会儿已为大雪覆盖，尽管褶皱深处也覆满了雪，可看上去他并不在雪中。

小说的第一句话，不足三十个字，便出现了三个人物，且具有动态性，这在以往的小说中是罕见的。从这段引文不难看出，小说有两个人在叙述，一个是“我”，一个是王摩诘。“我”相当于传统的第一人称小说，王摩诘的叙述则采取的是间接引语，是“我”对王摩诘叙述的“转述”，于是这一“转述”又客观上带有了第三人称的效果。毫无疑问，一般说来两个叙述者交互使用容易造成叙述上的混杂与视点上的忙乱，而宁肯创造性地解决了这一难题，他的办法是将小说的叙述人“我”慢慢从正文中隐退，而第二叙述人王摩诘成为小说的主要叙述者。但“我”会时不时地插话，在哪插呢？在注释里。这时候的注释就像电影中的旁白，旁白性注释与正文互现，构成了《天·藏》最主要的特色，同时也解决了两个叙述人不兼容的问题，可谓一举两得。

宁肯的写作对于“先锋小说”同样具有“不一样的意义”。在二十世纪八十年代，“先锋小说”在中国当代文学中本具有无可替代的重要意义，遗憾的是九十年代后便日渐式微了……原因自然是多方面的，但就文学的流变本身而言，我个人以为其中的一个重要原因就是：先锋作家们误读了西方形式主义的那句名言——“文本之外一无所有”。对于先锋作家来说，西方的形式主义诗学理论，其实是个“成也萧何败也萧何”的角色。新批评、结构主义时期的形式主义理论，确实将“文本”的外延限定在文学文本的范畴，并宣告文本之外的“作者”已死……殊不知后结构主义以来，“文本”的外延却极大地拓展了，直至无所不在……在鲍德里亚的“类象理论”中，整个世界都已经文本化了……在拉康、杰姆逊等人的理论中，人的“主体”乃至潜意识，又何尝不是文本？“文本之外一无所有”在今天的语境中其实应该做这种最开放式的解读……而中国先锋作家的文学观念，却大多仍滞留在新批评的年代，不知秦汉无论魏晋，误以为文学的意义仅仅止于“语言”，而没有顿悟出“语言”只有作为“心灵的能指”时，才是文学的至高境界……

艺术与手艺的根本区别就在于，艺术是不断创新的，而手艺是不断重复的。文本形式，只有当其成为心灵探寻中的某种能指时，才有可能取之不尽，永远“陌生”……而单纯为了形式而形式的“文本实验”，迟早都会流于手艺式的俗套，进入“熵”的状态……宁肯是个极其讲求文本形式的作家，但他与其他先锋作家最不一样的地方，就在于他的形式创新并不是孤立的，而只是他心灵“成长”过程中一个有机的部分。宁肯在《为什么不同》一文中说：“我的写作不是讲述了一个人的故事，而是讲述了一个人的存在。存在显然包含了故事，又远远大于故事。这非常关键，它涉及故事与存在的比例：故事是在存在中自然生成的，就像在岩石中生成的图案，有着天然的一体化的比例，还是强加给了存在？故事和叙事应是有区分的；故事—叙事—存在，三者的比例关系、方位性与方向性，以及这一切所要求的审美化叙事语言，而非工具化叙事语言，正如坛城所散发出的无声语言，都是一个事关西藏的写作者应该认真思考的。”单就形式而言，宁肯的小说或许并不足效法，在很多方面甚至是“反小说”的……然而心灵的力量却让他把不可能变成为可能，敢于乾纲独断的艺术勇气让他把“反小说”变成为“不一样的小说”。

宁肯之所以成为宁肯，只不过因为他有一个属于艺术家的心灵，如此而已。

宁肯作品要目

诗歌：

《积雪之梦》，《萌芽》1982 年第 11 期，署名“宁民庆”。
《最深沉的最热烈的——给 M》，《西藏群众文艺》1985 年第 3 期。
《世界屋脊致北京》，《西藏日报》1985 年。
《草原的风》，《西藏文学》1985 年第 12 期。
《雪顿节》，《诗刊》1998 年第 9 期。

散文：

《西藏的色彩》，《中国文化报》1987 年 1 月。
《天湖》，《散文世界》1987 年第 3 期。
《藏歌》，《散文世界》1987 年第 4 期。
《雪或太阳风》，《延安文学》1992 年第 2 期。
《沉默的彼岸》，《大家》1998 年第 3 期。
《喜马拉雅随笔》，《散文天地》1999 年第 6 期。
《一条河的两岸》，《青年文学》2000 年第 3 期。
《我的二十世纪》，《青年文学》2000 年第 4 期。
《在一棵树中回忆》，《散文天地》2001 年第 2 期。
《神赐的静物》，《人民文学》2001 年第 2 期。

中短篇小说：

《青铜时代》，《江南》1992 年第 1 期。

《后视镜》，《红豆》2005 年 6 月。

《词与物》，《江南》2007 年第 5 期。

《我在海边等一本书》，《中国作家》2011 年第 11 期。

《维格拉姆》，《北京作家》2011 年第 7 期。

《死于某年》，《文艺风赏》2012 年第 9 辑。

《塔》，《山花》2014 年第 2 期。

长篇小说：

《蒙面之城》，《当代》2001 年第 1、2 期。同年由作家出版社出版《蒙面之城》单行本。

《沉默之门》，《十月长篇小说（创刊号）》2004 年 1 月；同年 8 月，十月文艺出版社出版《沉默之门》单行本。

《环形女人》（后改为《环形山》），《作家》2006 年 12 月；后于 2007 年 4 月，由中国青年出版社出版《环形女人》单行本。

《日光之城》，《中国作家》2009 年第 11、12 期。

《天・藏》，北京十月文艺出版社 2010 年版。

《三个三重奏》，《收获》2014 年第 2 期。同年由十月文艺出版社出版《三个三重奏》单行本。

获奖情况

2001 年，《蒙面之城》获“第二届《当代》文学拉力赛”总冠军。

2002 年，《蒙面之城》获第二届“老舍文学奖”。

2007 年，《沉默之门》获香港“首届世界华文长篇小说奖·红楼梦奖”提名。

2008 年，《蒙面之城》获首届“美国纽曼华语文学奖”提名。

2011 年 3 月，《天·藏》获第四届老舍文学奖；8 月获第八届茅盾文学奖提名奖；10 月获首届施耐庵文学奖。

2012 年，《天·藏》获第七届北京市文学艺术奖。

2014 年，《三个三重奏》（十月文艺出版社出版）被《亚洲周刊》评为“2014 年十大小说”。